台灣の讀者の皆さんへのコメント

海を越えて旅したことのない私の書いた小説が、
海を越えて多くの讀者の皆樣のもとに屆いていることを、
心から嬉しく思っています。
この作品も、どうぞお樂しみいただけますように！

致親愛的台灣讀者

從未出國旅行的我，
這次很高興自己寫的小說能跨海與許多讀者見面，
希望這部作品能帶給您無上的閱讀樂趣。

宮部みゆき

宮部美幸

高詹燦 譯

如前所述

よって件のごとし

三島屋奇異百物語八

宮部美幸

作品集／79

MIYABE MIYUKI

如前所述：三島屋奇異百物語八

Contents

導讀——張亦絢

進入「宮部美幸館」，就是進入最具原創力與當下性的新新羅浮宮

宮部美幸並不是不容錯過的推理作家——她是不容錯過的作家。

她不只值得我們在休閒時光中，一飽推理之福，也爲眾人締造了具有共同語言的交流平台，讓我們得以探討當代的倫理與社會課題。

在這篇導讀中，我派給自己的任務，是在高達六十餘部作品中，挑出若干作品，介紹給兩類讀者，一是還未開始閱讀宮部美幸者；二是面對她龐大的創作體系，雖曾閱讀一二，但對進一步涉獵，感到難有頭緒的讀者。

入門：名不虛傳的基本款

在入門作品上，我推薦《無止境的殺人》、《魔術的耳語》與《理由》。

《無止境的殺人》：對於必須在課業或工作忙碌時間中，抽空閱讀的讀者，短篇集使我們可以自行調配閱讀的節奏——小說其實具備我們在小學時代都曾拿到過的作文題目旨趣：假如我是×××——本作可看成「假如我是某某的錢包」的十種變奏。擬人化的錢包是敘述者。如何在看似同一主題下，變化出不同的內容，本作也有「趣味作文與閱讀」的色彩，是青春期讀者就適讀的想像力之作。短篇進階則推《希望莊》。從短篇銜接至較易讀的長篇，《逝去的王國之城》則是特別溫馨

的誠摯之作。

《魔術的耳語》：這雖不是作者的首作，但卻是作者在初試啼聲階段，一鳴驚人的代表作。北上次郎以〈閱讀小說的最高幸福〉讚譽，我隔了二十年後重讀，依然認爲如此盛讚，並非過譽。媚工、心智控制、影像——分別代表了古老非正式的「兩性常識」、傳統學科心理學或醫學、以至商業新科技三大面向的操縱現象及後遺症——這三個基本關懷，會在宮部往後的作品，比如《聖彼得的送葬隊伍》中，不斷深入。雖是作者的原點之作，也已大破大立。

《理由》：與《火車》同享大量愛好者的名作；雖然沒有明顯資料顯示，是枝裕和的《小偷家族》受到《理由》一書的影響，但兩者除了有所相通，寫於一九九九年的《理由》更是充分顯露宮部美幸高度預見性天才的作品。住宅、金融與土地——社會派有興趣的主題，偶爾會得到若干作家略嫌枯燥的處理——《理由》則以「無論如何都猜不到」的懸疑與驚悚，令人連一分鐘也不乏味地，就看完了批判經濟體系的上乘戲劇。說它是「推理大師爲你／妳解說經濟學」，還是稍微窄化了這部小說。除了推理經典的地位之外，也建議讀者在過癮的解謎外，注意本作中，無論本格或社會派中，都較少使用的荒謬諷刺手法。

冷門？尺度特別的奇特收穫

接著我想推三部有可能「被猶豫」的作品，分別是：《所羅門的僞證》、《落櫻繽紛》、與《蒲生邸事件》。

《所羅門的僞證》：傳統的宮部美幸迷，都未必排斥她的大長篇，比如若干《模仿犯》的讀者非但不抱怨長度，反而倍受感動。分成三部、九十萬字的《所羅門僞證》可能令人遲疑，節奏太慢？眞有必要？事實上，後兩部完全不是拖拉前作的兩度作續，三部都是堅實縝密的推理。最後一部的模擬法庭，更是將推理擴充至校園成長小說與法庭小說的漂亮出擊：宮部美幸最厲害的「對腦也對心說話」，更是發揮得淋漓盡致。此作還可視爲新世紀的「青春冒險小說」。說到冒險，過去的未成年人會漂到荒島或異鄉，然而現代社會的面貌已大爲改變：最危險的地方，就在「哪都不能去」的學校家庭中。誰會比宮部美幸更適合寫青春版的「環遊人性八十天」？少年少女之於宮部美幸，恰如黑猩猩之於珍古德，或工人之於馬克斯，三部曲可說是「最長也最社會派的宮部美幸」。

《落櫻繽紛》：「療癒的時代劇」，本作的若干讀者會說。但我有另個大力推薦的理由，我認爲，這是通往，小說家從何而來的祕境之書。除了書前引言與偶一爲之的書名，宮部美幸鮮少吊書袋。然而，若非讀過本書，不會知道，她對被遺忘的古書與其中知識的領悟與珍視。如果想知道，小說家讀什麼書與怎麼讀，本書絕對會使你／妳驚豔之餘，深受啓發。

《蒲生邸事件》：儘管「蒲生邸」三字略令人感到有距離，然而，融合奇幻、科幻、歷史、愛情元素的本作，卻可說是一舉得到推理圈內外矚目，極可能是擁護者背景最爲多元的名盤。如果對「二二六事件」等歷史名詞卻步，可以完全放下不必要的擔憂。跳脫了「你非關心不可」與「你知道也沒用」兩大陣營的簡化教條，這本小說才會那麼引人入勝。我會形容本書是「最特殊也最親民的宮部美幸」。

以上三部，代表了宮部美幸最恢宏、最不畏冷門與最勇於嘗試的三種特質，它們有那麼一點點專門的味道，但絕對值得挑戰。

中間門：看似一般的重量級

最後，不是只想入門、也還不想太過專門——介於兩者之間的讀者，我想推薦《誰？》、《獵捕史奈克》與《三鬼》三本。

《誰？》：小編輯與大企業的千金成婚，隨時被叫「小白臉」的杉村三郎成爲系列作中，業餘到專業的偵探。看似完全沒有犯罪氣氛的日常中，案中案、案外案——至少有三案會互相交織連鎖——其中還包括一向被認爲不易處理的陳年舊案。喜歡生活況味與懸疑犯罪的兩種讀者，都容易進入；宮部美幸還同時展現了在《樂園》中，她非常擅長的親子或手足家庭悲劇。動機遠比行爲更值得了解——這不但是推理小說的法則，也是討論道德發展的基本認識：不是故意的犯罪、不得已的犯罪與不爲人知的犯罪，爲何發生？又如何影響周邊的人？除了層次井然，小說還帶出了「少女勞動者會被誰剝削？」等記憶死角。儘管案案相連，殘酷中卻非無情，是典型「不犯罪外，也要學會自我保護與生活」的「宮部伴你成長」書。

《獵捕史奈克》：主線包括了《悲嘆之門》或《龍眠》都著墨過的「復仇可不可？」問題。節奏快、結局奇，曾在《魔術的耳語》中出現的「媚工經濟」，會以相反性別的結構出現。本作是在各種宮部之長上，再加上槍隻知識的亮眼佳構。光是讀宮部美幸揭露的「槍有什麼」，就已值回票價——何況還有離奇又合理的布局，使得有如公路電影般的追逐，兼有動作片與心理劇的力道。雖然不同年齡層的男人互助，也還是宮部美幸筆下的風景，但此作中宮部美幸對女性的關愛，已非零星或一閃而過，而有更加溢於言表的顯現。

《三鬼》：《本所深川不可思議草紙》的細緻已非常可觀，《三鬼》驚世駭俗的好，並不只是深刻運用恐怖與妖怪的元素。它牽涉到透過各式各樣的細節，探討舊日本的社會組織與內部殖民。以兼作書名的〈三鬼〉一篇爲例，從窮藩栗山藩到窮村洞森村，令人戰慄的不只是「悲慘世界」，而是形成如此局面背後「不知不動也不思」的權力系統。這是在森鷗外〈高瀨舟〉與〈山椒大夫〉譜系上，更冷峻、更尖銳也可說更投入的揭露——看似「過去事」，但弱勢者被放逐、遺棄、隔離並產生互殘自噬的課題，可一點都不「過去式」。雖然此作最令我想出聲驚呼「萬萬不可錯過」，不代表其他宮部的時代推理，未有其他不及詳述的優點。

透過這種爆發力與續航性，宮部美幸一方面示範了文學的敬業；在另方面，由於她的思考結構具有高度的獨立性與社會批判力，也令人發覺，她已大大改寫了向來只強調「服從與辦事」的「敬業」二字的涵意。在不知不覺中，宮部美幸已將「敬業」轉化爲一系列包含自發、游擊、守望相助精神的傳世好故事。

進入「宮部美幸館」，就是進入最具原創力與當下性的新新羅浮宮。

本文作者簡介

張亦絢

台北木柵人。巴黎第三大學電影暨視聽研究所碩士。著有長篇小說《愛的不久時：南特/巴黎回憶錄》、《永別書：在我不在的時代》（以上國際書展大獎入圍），短篇小說集《性意思史》（二〇一九年Openbook年度好書）；推理評論《晚間娛樂》等。專欄「我討厭過的大人們」獲金鼎獎最佳專欄寫作。曾任二〇一九年台北藝術大學駐校作家。《FA電影欣賞》專欄「想不到的台灣電影」作者。《永別書：在我不在的時代》經選爲二〇〇〇後台灣最具代表性的小說之一，獲頒「二十一世紀上昇星座」榮譽。近作爲《感情百物》。

序

位於江戶神田三島町的提袋店三島屋，邀請人們到名爲「黑白之間」的客房，舉辦風格奇特的百物語。

一名說故事者對一名聆聽者。一次只說一個故事。不會一一點燃蠟燭，也不會吹熄燭火。

「說完就忘，聽過就忘。」

現場說的故事，只會留在現場，說故事者說完後，便卸下重擔。而聆聽者接下的重擔，也會在黑白之間忘卻。

店主伊兵衛一時興起而展開的奇異百物語，在擔任首位聆聽者的伊兵衛姪女阿近出嫁後，由次子富次郎接替。具有畫功的富次郎，有一獨特的安排，每次聽完故事會畫成水墨畫，封存在名爲「怪奇草紙」的桐木盒內。有時理應聽過就忘的故事，會過於沉重幾乎無法負荷，但最後他還是都挺了過去。

阿近原本是心懷陰影、備感孤獨的姑娘。因一時浮動的少女心引來災禍，失去未婚夫，並讓身邊一名親近的男子淪爲殺人凶手，她深深自責。但自從擔任百物語的聆聽者，聽聞世上許多坎坷、不可思議的故事後，她受創的心靈逐漸癒合，擁有懷抱這樣的傷痕重新振作的勇氣。

至於富次郎又是怎樣的情形呢？以他現在的身分還能悠哉度日，不必急著決定未來要走的路。雖然他自認曾到別的店家歷練，並非完全不懂人情世故，但他的內心像阿近那麼堅韌嗎？

個性溫柔、爽朗、不太可靠，這樣的富次郎，背後有兩名全力支持他的女侍。她們是守護三島屋不受怪談吸引來的鬼怪侵擾，負責消災解厄的阿勝，以及對三島屋無所不知的資深女侍阿島。

人人都有說故事的欲望，不分善惡。三島屋奇異百物語，這天同樣有新的說故事者來訪。

第一話

骰子與牛虻

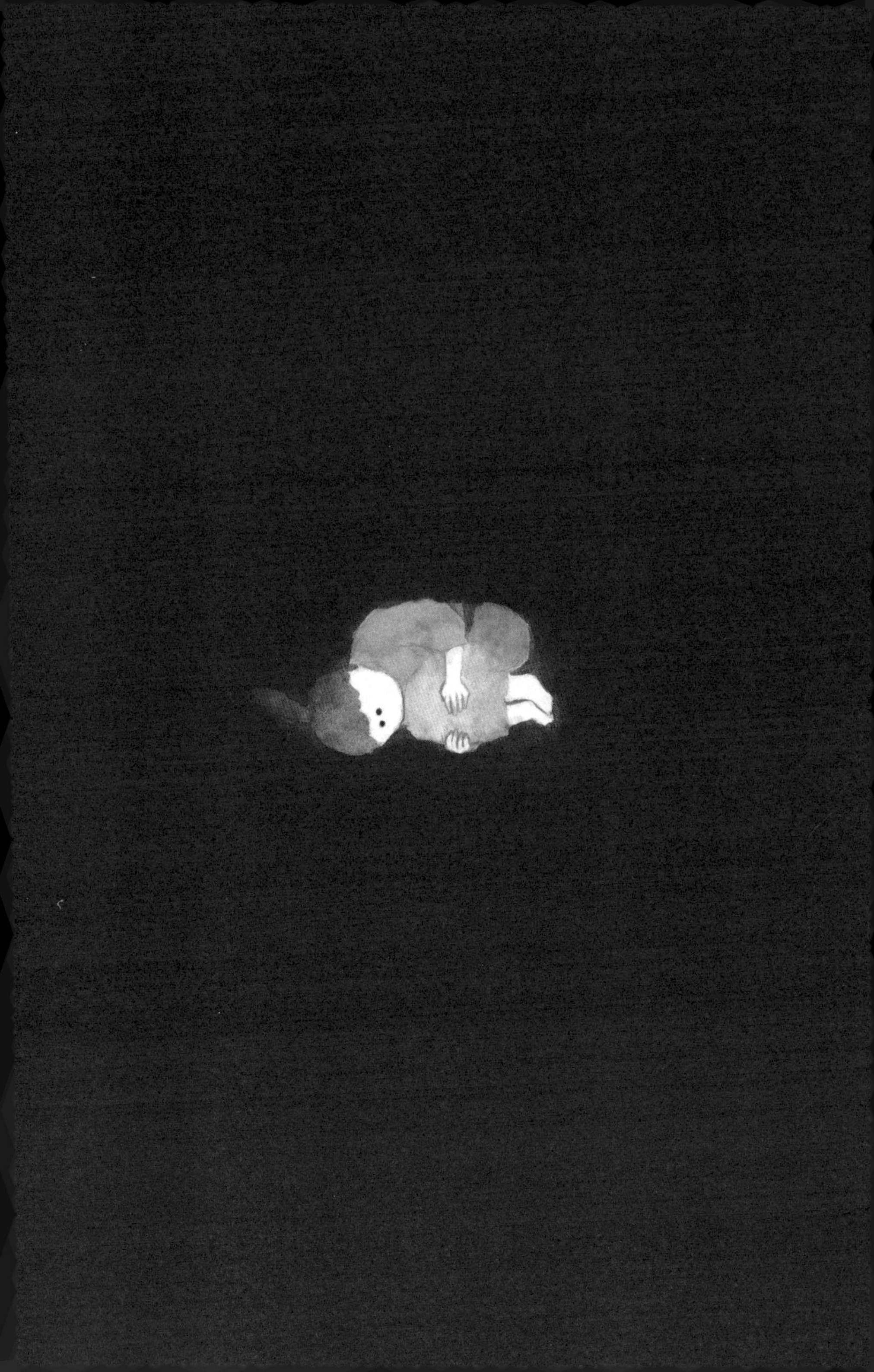

綿綿細雨籠罩江戶町。

小小的雨珠，清冷地落向路上往來行人的額頭和臉頰。這場雨融解了沉滯不散的秋老虎暑氣，沖走乾枯的蟬屍，將塵埃沉入土中，喚來雲斑金蟋和鈴蟲的叫聲。

秋天已至。

鋪在黑白之間緣廊上的薄墊已完全溼透。積在屋簷上的水滴，就像在引誘人打盹般，每隔一段時間就會滴落，無比悠哉。

過了秋分，奇異百物語迎來的說故事者，是一名個頭矮小的男子，雙腳似乎有點虛弱無力。雖然還不至於無法自己一個人行走，但每一步走起來都顫顫巍巍。在他走到上座坐定之前，負責帶路的阿島一直陪在一旁，頗爲擔心。

從他的長相、皮膚的光澤、兩頰未鬆垮的情況來推測，年紀介於三十到三十五歲之間。不過頭髮似乎掉了不少，略顯稀疏。

這樣稀疏的毛髮，如果是女人，可以不綁髮髻，粗略地綁成一束，以此掩飾過去，但男人可就不能這麼做了。這位說故事者勉強梳了一個模樣窮酸的銀杏髻（註一），額頭的髮際線和鬢角一帶，甚至看得見頭皮，與其說不夠風雅，不如說看了令人同情。

他那身褪色的微塵縞（註二）窄袖和服，下襬撩起塞進腰帶裡，下面穿著染成藏青色的緊身底褲。全身上下只有白色二趾布襪比較新。他看起來悶悶不樂，眼睛和嘴角不高興地歪斜著。

沒錯，這點令人納悶。既然專程來到這裡，爲什麼他繃著一張臉？

註一：江戶時代最常見的男性髮型。前額剃成月代，髮髻朝頭頂反折，髮尾處像銀杏葉般散開，因而得名。

註二：雙色絲線交織而成的細緻條紋。

奇異百物語的說故事者，打從一開始就是委託人力仲介商的燈庵老人居中介紹。隨著評價攀升，變得愈來愈受歡迎，如今想在這裡說故事的人都得排隊了。

這個人也是好不容易才輪到的吧？是自己主動想說故事吧？難道不是嗎？他很不情願嗎？是因爲這樣，才刻意穿著工匠當工作服的緊身底褲前來嗎？

——莫非是燈庵先生刻意給我難堪？

那位長得活像癩蛤蟆，臉和肚子都圓鼓鼓的人力仲介老闆，不知爲何，總是不給奇異百物語的聆聽者好臉色看，不單阿近被狠狠挖苦過，當初見面富次郎也曾被罵「米蟲」。

刻意找來和奇異百物語沒半點關係的人，或是花錢雇人假扮說故事者，送來惡整富次郎，如果是那位蛤蟆仙人，確實有可能做出這樣的事。

——果眞如此，我該怎麼做？

眼前的說故事者可能是感受到富次郎內心不斷冒出的怒氣和困惑，維持不悅的表情，突然低頭行了一禮，行禮的力道之猛，額頭都撞到榻榻米了。

「抱歉，我天生就長得不討喜，絕不是對三島屋有任何不滿。能在這裡說故事，我深感慶幸。」

說完這一串話後，他抬起臉。不光是額頭，連顴骨也留下榻榻米的印痕。

「十一歲那年我忘了怎麼笑。在那之後，我一次也沒笑過，也沒辦法對別人說好聽話，所以才會一直是這種表情，還請見諒。」

聽他的聲音，感覺不到三十歲，應該更年輕。搞不好和富次郎差不多年紀，才二十二、三歲。

「您可能已發現，我步履蹣跚，無法做粗重活。現在是跟一個背部和曲尺一樣彎的老爺爺一起工作，很多方面還得靠他幫忙。」

說著說著，說故事者那黯淡的臉龐開始冒汗。

「我這樣的工作情況，每天光是有飯吃就該謝天謝地了。連一分錢的工資也領不到，所以整年都穿同一件衣服，就連今天要到這裡來，都沒衣服可換。這身寒磣的打扮，還望海涵。」

他再度低頭行禮，額頭撞向榻榻米。

「夠了、夠了。」

富次郎不自主地朗聲說道。

「請停一下，別再磕頭了。您沒聽人力仲介商提過嗎？在這個黑白之間是不講尊卑貴賤的，不論是武士，還是流鼻涕的小鬼，只要是以說故事者的身分坐在上座，都是我們的賓客。」

說故事者緩緩直起身。他的汗水流得更多了。雖然坐著，卻像被雨淋溼一般。

「請用。」

富次郎遞出手巾，說故事者握住後，低下頭去。隔了一會，他緊握的拳頭和手巾抵向臉龐，發出「唔、唔」的低吟，哭了起來。

啊，要引他說出自己的故事嗎？光是這麼想，便心情沉重，所以富次郎刻意想到別的事情上。

阿島送來的今日茶點，是芳香的焙茶和紅葉形狀的羊羹。那是稍有硬度的水羊羹，裡頭放了一整顆甘露煮栗子，是秋初的這個時節才有的甜點。像今天這種下著淡淡秋雨的日子，配熱茶一起享用，再適合不過了。

「我真的是……太不像樣了。」

說故事者以手巾緊抵著臉，擠出話聲。

富次郎將裝有焙茶的茶碗緩緩遞到他面前。

「如果您真的不方便說，可以只和我喝茶閒聊，喝完後就回去，這樣也無妨。這奇異百物語是三島屋一時興起所開設。若因一時興起，而讓客人感到痛苦，日後將會墮入商人去的地獄。」

雖是臨時想到的說詞，但似乎清楚傳入對方耳中。

「——商人去的地獄。」

說故事者像孩子在跟著背誦一樣，嘴角歪斜，嘴脣發顫。

「這麼說來，武士有武士去的地獄，工匠有工匠去的地獄是嗎？」

這麼一來，也會有農民去的地獄、演員去的地獄、妓院的地獄、旅宿和旅店的地獄嗎？男人去的地獄、女人去的地獄、全是嬰兒的地獄、全是老爺爺老婆婆的地獄。說故事者嘴脣發顫，不停說著，再度以手巾緊抵臉龐。

富次郎這才明白，這個人是真的不會笑。他想笑的時候，嘴角會奇怪地歪斜，嘴脣發顫。

「以後我應該也會去某個地獄吧。在真的去之前，不知道會是怎樣的地方。不過，三島屋的少爺，有個地方我倒是很清楚。」

那裡不是地獄，卻是最接近地獄的地方。

「這就是我想說的故事。我的名字叫餅太郎。雖然是個好笑的名字，但畢竟是父母替我取的，有它的意義在。」

當每年飄下這樣的綿綿秋雨。

當雨滴落在臉頰。

當因爲打向屋簷的雨聲而醒來。

餅太郎都很想哭，想大聲吶喊，想用站不穩的雙腳用力蹬地，大鬧一場。

箇中緣由，過去一直不能跟任何人說。因爲沒人會相信。

「我相信。」

富次郎往胸脯用力一拍，於是餅太郎說出他的故事。

＊

餅太郎的故鄉，上州宇月藩的畑間村，是另一座山頭後方的大畑村六個分村的其中一個。

宛如互踩彼此的衣服下襬般一路相連的群山，山谷間可耕種的土地少之又少。幸好這裡是水量豐沛的土地，一開始種麻，接著改種棉花田，以麻和棉絲紡紗織布，成爲這一帶人們的生計，交織出這塊土地的歷史。從大畑村守護神的由來來看，早在江戶建立幕府之前，這一帶的山林便有人入住，建立了幾個村落，互相扶持。

同時，大畑村也是一座客棧町，位在翻山越嶺的幹道上。當這座村莊的人口增加，增加的人手整建道路，擴展耕作後，就會在適當的距離下建立一座分村，再繼續增加人口和農田——如此一再反覆，依序建立了一木村、二澤村、三本木村、四辻村、五橋村，而第六個建造的村莊便是畑間村。只有這個村名沒加上數字，因爲這是最後在大畑村與一木村中間建造的分村。

身爲熱鬧的客棧町，有眾多商家，名主（註）和地主的宅邸林立的大畑村，與全是旱田的畑間村中間，是一條山路，不過，就算是孩童的腳程，也只要兩刻鐘（約三十分鐘）就能走到。所以畑間村的孩子們常到大畑村打零工。在他們長成強健的體魄，能和大人們一起下田工作前，都會到大宅邸幫忙照顧小孩、跑腿、汲水、打掃、清洗，做這些打雜賺錢的工作，或是扛著薪材和木炭叫賣。

餅太郎一家有四口，分別是父親、哥哥、姊姊、餅太郎。父親松一個頭矮小，但工作勤奮，這點畑間村每個人都認同。哥哥松太郎也不知道像誰，長得人高馬大，工作從不喊苦，這點盡得父親眞傳，不論是需要力氣的工作，還是需要耐性的工作，他都來者不拒。

註：江户時代的市町官員。負責維護治安，處理各項市政，採世襲制，領取奉祿。

母親在生餅太郎時，因難產而死，所以餅太郎沒見過母親，但知道的人都說姊姊長得和母親一模一樣。連名字也很相似，母親名叫「陸（りく）」，姊姊叫「凜（りん）」。

姊姊雖然不是長得如花似玉，但膚色白淨，兩頰紅潤，而且個性開朗溫柔，有雙巧手。不論是紡線還是以草木染色，姊姊都很拿手，是餅太郎的驕傲。

他們住在佃農小屋裡，說到家當，有鐵鏟、鋤頭、紡線工具、陶鍋、臉盆，以及叫賣用的背架。再來就是只擁有這副身軀，除此之外什麼也沒有，一貧如洗的一家四口，但他們還是過著和樂的生活。然而就在哥哥十八歲、阿凜十六歲、餅太郎十一歲那年夏初，意外的幸運突然降臨在這家人身上。

「阿凜，大畑村『豬鼻屋』的兒子想娶妳。」

豬鼻屋是從事麻與棉絲買賣的中盤批發商，總店是位於城下町的「豬頭屋」，就算在宇月藩也算是老店。而在大畑村的分店，開店至今應該已有二十個年頭。他們是收購大畑村和六個分村生產的絲線來做買賣，所以生意興隆。

這種大店家的獨生子，竟然要娶畑間村一戶農家的女兒為妻？

一般情況下，要是有人說這種話，肯定會被臭罵一句「搞錯人了吧」，或是「大白天的，做什麼白日夢啊」。但這不是夢，因為這是那家店的獨生子衷心的願望，他名叫玄一郎，今年十九歲。

玄一郎愛上了阿凜。到底是在哪裡、怎樣一見鍾情的呢？這謎團解開後，令人大為吃驚，沒想到扛著草鞋叫賣的餅太郎竟然成了月老。

由於木炭和薪材的生意競爭對手太多，餅太郎只賣草鞋。這是一家人夜裡趕工製成，他們以草木染的方式，將麻絲和棉絲染成茶綠色、朱紅色、靛藍色，再連同稻草一同編入草鞋中。當然，用的都是不能當商品賣的剩餘絲線，但以這種方式製成的草鞋，不僅外觀好看，穿起來也很柔軟，緩和了稻草原本刺刺的感覺。

長途跋涉、疲憊不堪，又穿膩草鞋的旅人，在大畑村這個客棧町，看到這樣的編織草鞋，最是喜歡。餅太郎一邊叫賣，一邊說道：

「想出這款漂亮草鞋的人，是我姊姊。」

「我姊姊唱起紡線歌來，不光是畑間村第一，六個分村裡也沒人唱得比她好。」

他毫無惡意，只是很坦率地告訴人們這件事，就此傳了開來。

某天，這傳聞也傳入豬鼻屋的玄一郎耳中。他深受吸引，想看看對方是怎樣的姑娘，明明沒事卻謊稱有事要辦，特地跑了畑間村一趟。

玄一郎前往造訪時，聽說阿凜正在村裡的紡線屋裡紡麻絲。紡線屋是紡線的女人們工作的地方。女人們一邊動手紡各種絲線，一邊以獨特的曲調唱著小曲。這就是紡線歌。餅太郎並非胡亂吹噓，阿凜確實唱得很好。那微微帶著哀傷的柔美歌聲無比動聽。

玄一郎馬上為之著迷。愛上阿凜的歌聲、輕柔的動作、渾圓的額頭上浮現的清爽夏日汗水，以及唱得愈久，愈顯紅潤的白皙臉頰。

如果要娶妻，我想娶這位姑娘。她如此能幹，豈不是正好？——然而，兩人的身分地位相差太大，豬鼻屋的老闆夫婦也不會輕易答應。

連日的思念，令玄一郎形容憔悴，臉色蒼白。如果說是中暑，現在這時節未免太早了，而且也太嚴重了。為兒擔憂的母親哭著問他究竟是怎麼了，於是玄一郎道出自己為情所困的苦悶。豬鼻屋老闆夫婦大為吃驚，馬上調查起阿凜的出身背景和風評，結果得知，她除了是畑間村一戶貧窮佃農家的女兒外，倒是沒什麼可挑剔的。

這麼一來，也沒別的辦法。既然是為愛所苦，唯一的治療方法，只有成全兩人的戀情。

事後仔細想想，從玄一郎像被紡線機纏繞的絲線一樣，主動前往畑間村的那一刻起，就已註定是這樣的命運。那就廢話不多說，馬上迎娶阿凜當豬鼻屋的媳婦吧——豬鼻屋內部達成共識後，便來到阿凜家談這門親事。

面對這做夢也想不到的良緣，一開始阿凜有些畏怯，但慢慢聽完事情的來龍去脈後，便接受了。那因靦腆而羞紅的臉龐，美得連餅太郎都看呆了。

不過，這樁婚事有個條件。阿凜得離開娘家，暫時先成爲大畑村的大村長夫婦的養女，再從那裡嫁入豬鼻屋。因爲要是直接從畑間村的娘家出嫁，實在太門不當戶不對了。

大村長是統管大畑村和六個分村的領袖。身分比地主和山主還高。如果是他的養女，就算嫁入豬鼻屋當媳婦，也一點都不丟人。

對於這個條件，阿凜還沒答應，父親和哥哥已搶先接受。他們低垂著頭，懇請對方妥善安排。

之後過了幾天，阿凜整理好身邊常用的物品，便搬往大畑村的大村長家。儘管臨陣磨槍，總比什麼都沒做來得強，辦婚事前，先在此學習禮儀。大村長的夫人很認眞地教阿凜插花和舞蹈。

最重要的婚禮，決定在十月九日舉行。總店豬頭屋的老太爺熱中占卜，親手以炭火烤龜甲，讓紙捻浮在水盤上誠心膜拜，算出這天是最佳吉日。

姊姊嫁入好人家，餅太郎雖然高興，但有件事一直弄不明白，所以悶悶不樂，向哥哥問了一個蠢問題。

「婚禮是在哪裡舉行？」
「大畑村的豬鼻屋吧。」
「我們也能看到姊姊穿新娘禮服的模樣嗎？我會守規矩的。」
「不，你、我，還有爹，都沒被邀請參加婚禮。」
「爲什麼？爲什麼沒被邀請？」
「你不懂。阿凜已不是我們家的女兒。大村長和他的夫人成了阿凜的養父母。我們不再是阿凜的親人。」
原本就少言寡語的父親，自從讓阿凜當人養女後，變得更沉默了，從那板著臉的模樣，看不出他是否眞的爲降臨女兒身上的幸福感到開心。不過，他總會像突然想到似地，前往村郊的墓地，靜靜蹲在母親的墓碑前。
「他和娘很爲阿凜高興。你別去打擾。」
好寂寞，但我能忍。不論我們再怎麼拚命，也沒辦法替阿凜找到這麼好的婚事。就這樣吧。我能忍。
「聽好了，小餅。」
父親和哥哥都是這樣喚餅太郎。小餅，過來一下。小餅，仔細聽著。
「就算背貨出外叫賣，也不能去找阿凜。偶爾在路上看到，更不能隨便靠近，一副很熟的樣子。」
——因爲我們不再是親人。
兩人的吩咐，逐漸滲進年幼的餅太郎心中。
——再也見不到面了。姊姊已不再是我的姊姊。

他終於接受事實。夏去秋來，大風吹過山的另一頭，餅太郎又長大了一些。

然而……

距離婚禮只剩不到半個月，阿凜突然被送了回來。

那是個晴空萬里、菊花綻放的清晨，父親和哥哥都下田工作去了。餅太郎準備出門叫賣，將貨物堆進背架裡。有編織草鞋、柿餅，以及村裡到處綻放的黃色和白色的野菊花束。花朵不大，但氣味芬芳，在大畑村的客棧賣得很好。

他正在準備時，遠處傳來敲響鉦鼓的聲音。叮～、叮叮、叮～、叮叮。聲音愈來愈近。不久，聲音中夾雜著男人們的喊叫聲。

「畑間村的～松一～松太郎～」

有人在叫喚。咦，這不是我爹和我哥的名字嗎？

「阿凜～回來了～」

「阿凜～被牛虻～附身了。」

聽到這裡，餅太郎嘴巴張得老大。他說什麼？發生什麼事了？

姊姊被牛虻附身了？

說故事者餅太郎，因爲剛才幾聲短促的嗚咽，鼻頭微微泛紅。但說著說著，他平靜許多，嘴角不再歪斜。

至於富次郎，則感到有點困惑。聽著餅太郎的故事，他愈來愈搞不清楚餅太郎究竟是多大歲數。人的年齡會顯現在聲音上，倒不如說，這會充分顯現在說話的語調和遣辭用句上。不是只憑三言兩語，而是只要對方持續說話，就聽得出來。聽餅太郎說話，感覺他並非和富次郎同樣年紀，也不是三十歲左右，而是更爲年長、老成。

「牛虻附身。」
富次郎緩緩地反問一句，加以確認。
「您剛才是這樣說的吧？不是我聽錯吧？」
「對。牛虻就是嗡嗡嗡四處飛的那種蟲子。全身黝黑，會螫人的牛虻。」
「這種蟲子附身在人身上……」
富次郎覺得噁心反胃，忍不住發出一聲「嘔」。
「這到底是什麼意思呢？」
此事有它的由來。據說很適合來一段「很久很久以前」這樣的開場白，是個像童話故事般的傳聞。
「這故事說來話長，請耐著性子聽我說完。」
在大畑村所在的那一帶，守護著層巒疊嶂、深邃森林、大小河川的產土神（註一），是位很喜歡賭博的神明。祂邀請全國各地的神明，每天都玩賭骰子、賭雙六（註二）。愈是熱中於賭博玩樂，產土神就會愈強。不知不覺間，祂在八百萬眾神中成了首屈一指的賭王，博得「六面神」的稱號。六面，指的是六個面分別是數字一到六的骰子。
六面神挑戰豪賭，一再獲勝。以手中持有的山林爲賭注贏得賭局，以一整個夏天此地的降水爲賭注贏得賭局，以春天山林裡新生的所有野獸爲賭注贏得賭局。
與祂對賭的神明們，以自身擁有的重要大自然、生物、產物當賭注。六面神全部賭贏，將這一切

註一：日本神道將土地的守護神稱爲「產土神」，也被認爲具有安胎順產的神格。
註二：一種桌上遊戲，遊戲者以擲骰子的方式在圖盤上前進，類似中國的「昇官圖」。

納入自己的土地。

大畑村的鎮守神社裡，留有一卷文書，記載著六面神在賭博中贏來的物品。這宛如童話般的傳聞，突然變得很有眞實性，因爲上面所寫的事，與大畑村一帶的風景和產物完全吻合。

像是附近到處都沒有，只有他們這裡的原野才會綻放的花。能製作上等藥材的草木、只會洄游到這一帶河川的魚。只有這裡的山林才有的小型銀礦山和銅礦山。初春時節一定會飛來的紅翅小鳥。這群鳥掉落的大量羽毛，能在城下町賣出很好的價錢。

拜賭技高超的六面神之賜，大畑村一帶變得富裕。美味的食物、對人們的生活有助益之物、美麗的事物，全匯聚在此。當地的人們崇敬六面神，製作出不同顏色和大小的骰子，供奉在鎮守神社內。

但再厲害的賭徒，總有一天會落敗。某天，六面神在賭雙六時輸得一敗塗地。六面神連一半都還沒走到，對方早已抵達終點。

「祂的對手就是牛虻神。」

牛虻神。首先令富次郎感到吃驚的，是竟然有這麼一位神明。

「咦，那不是蟲子的神明嗎？而且是只掌管牛虻的神明……」

見富次郎面露驚訝，餅太郎很不以爲然。

「蟲子有分益蟲和害蟲，神明當然也會有各式各樣的。」

原來如此，眞是抱歉。

「六面神在那場賭局中，將自己治理的土地農田一年份的作物全部拿來當賭注。」

崇敬六面神，對祂無比景仰的氏子（註）們，辛苦流汗耕種收成的農作物，全被祂拿去賭了。這下可傷腦筋了。既然輸了，賭注自然會被奪走。氏子們將會活活餓死。

六面神急忙向牛虻神道歉，懇請祂看在氏子們的面子上，饒了自己一次。

——不過，今後在我治理的土地上，絕不會再殺你。我也會嚴加告誡氏子們，今後不能打死你，或是用煙燻你，並教導他們要敬畏你。

全程目睹這場賭局的八百萬眾神，因爲之前都敗在六面神手下，於是痛罵——你這種只圖自己方便的提議，怎麼可能行得通！

豈料，牛虻神一口答應。

「因爲牛虻神是個笨蛋，不懂衡量得失。」

話說回來，牛虻神之所以能在這場賭局中獲勝，也是因爲牠的腦袋裡什麼也沒想，毫無欲望。賭博常會有這種情形，才既可怕，又有趣。

牛虻神同意這項提議，而且極爲開心。

——過去不管是哪位神明治理的土地，我和我的眷屬一直都被人們和野獸嫌棄，總是驅趕我們。今後如果能安心住在六面神的土地上，受六面神的氏子們敬畏，再也沒有比這更開心的事了。

六面神還對忿忿不平的其他神明立誓：從今天起，再也不賭骰子和雙六了。不過，爲了讓各位今後還是一樣能繼續享受賭博，我把骰子送給你們吧。我的氏子們獻給我的骰子，全奉送給各位。

八百萬眾神這才平息了怒火，六面神得到原諒，與牛虻神一同回到自己治理的土地——

「就是這樣的童話故事。」

註：在氏神周邊生活，並參加其祭典的人民，稱爲氏子。

餅太郎吐出一口氣，伸指搔抓著鼻梁。指甲裡滿是髒汙。

「大畑村與六個分村，眞的都不殺牛虻。」

父親從小就是如此。父親的父親也一樣。這是從很久以前便流傳下來的習俗。

「聽說是六面神託夢給鎭守神社的神官，向他這樣囑咐。」

這感覺也很像童話故事。

「被螫吸血後，皮膚會發癢腫脹，有時牛馬會被傳染疾病。村裡的民眾看到牛虻，都會加以驅趕，但不會殺牠們，也不會燒除蟲藥。」

謹愼起見，每年爲了送走夏蟲而燃燒篝火時，人們會提早幾天在農田和路邊大喊「牛虻大人請迴避～牛虻大人請迴避～」，請牛虻在舉行送蟲儀式時先找個地方躲藏。

「所以我們那裡的牛虻全都長得又大又粗。其他地方來的人看了，還誤以爲是蟬呢。」

富次郎想像著牛虻的模樣，頓時又感到一陣噁心。

「這麼說來，在餅太郎先生的故鄉，牛虻是你們的產土神六面神請來的賓客嘍。」

「冰客？」

「啊，意思是重要的客人。」

對對對——餅太郎頷首。

「不過，沒有像樣的神社或小廟。因爲祂只是寄宿者。」

雖是寄宿者，神明終究是神明。六面神的氏子也全都是牛虻神的氏子。氏子會膜拜神明，祈求神明守護，賜予好運。神明則會接受氏子的祈願。

這就是麻煩的地方。

「牛虻神原本是吸食人血和獸血的害蟲之神。就算向祂祈求好事，也不會實現。因爲祂頭腦不好，不知道什麼事不能做，所以……」

無法說給六面神聽的一些虧心事、心術不正之事，六面神的氏子們都會轉爲向牛虻神祈求。嫉妒、憎恨。希望能讓某人受苦。希望某人死掉。想從某人那裡奪走某個東西。想讓某人墮入不幸的深淵。

沒錯，都是詛咒他人的邪惡願望。

長得像蟬一樣粗的牛虻，全是牛虻神的眷屬。在六面神的土地上，恣意地四處飛行。

心中暗藏詛咒願望的人，不論是在山路、農田、沼澤，還是森林裡都行，只要讓遇見的牛虻吸自己的血，然後報上自己的名字，向牠這樣呼求就行了。

——請轉告牛虻神，我有願望相求，請代爲轉告。

如此持續呼求，讓牛虻吸血，等到牛虻的數量達到九十九隻時，牛虻神就會聽見你邪惡的願望，實現你的詛咒。

因爲牛虻神很笨，不懂什事不能做，連不該聽取的願望也會聽取。

餅太郎壓低聲音，接著說：「牛虻神的詛咒會顯現出『象徵』，不是顯現在詛咒者身上，而是在被詛咒者身上。」

如果認得那種「象徵」，不光是當事人，周遭的人也都會知道是牛虻神的詛咒。那既殘酷，又令人感到不舒服的「象徵」是……

「受詛咒者想吃什麼，或是想喝什麼的時候……」

食物或飲料裡會冒出牛虻。

剛盛好飯的飯碗裡出現牛虻。湯碗裡出現牛虻。用勺子從甕裡撈起的水裡有牛虻。一口咬下的飯糰裡有牛虻。切開剛蒸好的地瓜，裡頭有牛虻。

又粗又大，幾乎會讓人誤以爲是蟬，黝黑的翅膀還泛著光澤的牛虻。

「是、是、是……」

富次郎強忍內心升起的寒意，如此問道。

「是死掉的牛虻吧？」

說故事者餅太郎坐得很端正，一直在膝上把玩著雙手。

啊……眞難啓齒。抱歉，但我非說不可。

「是快死的牛虻。會發出『嘰嘰、嘰嘰』的聲音，腳動個不停。」

「哇……」

富次郎忍不住轉身，爬著逃離聆聽者的位子。餅太郎臉色發白，不斷道歉。

「三島屋的少爺，我還是回去好了。這種故事果然……」

「唔……」

富次郎打開雪見障子（註），來到緣廊上，從外緣朝滴著小雨的庭院探出頭，張口嘔吐。他徹底吐了個夠，清空胃裡的東西後，重新坐正，深深吸了口氣。

——我要振作一點。我這副德行，日後會沒臉見阿近。

「我才眞的是失禮了。」

他關上雪見障子，兜攏短外罩的前襟，站起身走了回來，朝衣服下襬一拂，重新坐回聆聽者的位子。

「另外，餅太郎先生，請不必叫我『三島屋的少爺』，直接叫我富次郎就行了。或是要叫我膽小鬼、酒囊飯袋、窩囊廢也行。」

富次郎正經說話的聲音仍微帶顫抖。

「啊……這怎麼行呢。」

餅太郎顯得萎靡不振。我做了對他非常失禮的事。要是讓說故事者就這樣回去，肯定有損聆聽者的名聲。

「眞的很抱歉。請繼續接著說。雖然在您面前出了醜，但這也是因爲我深切感受到牛虻神詛咒的可怕。」

打從出現「象徵」的那天開始，受詛咒者不就一概無法吃喝了嗎？

「如果是請別人餵食物，或是給水喝，牛虻一樣會出現嗎？」

餅太郎戰戰兢兢地窺探富次郎的臉色，緊盯著他的雙眼，可能是從中看出剛強之色——努力想展現剛強的男子氣概吧，餅太郎點了點頭。

「沒錯。例如，就算是請一旁的人餵食，將飯或湯送入口中……」

「湯匙上就會出現牛虻是嗎？」

「對，當事人會看到。這代表『象徵』的牛虻只有受詛咒的當事人才看得見。」

這種牛虻是附身之物，所以才會稱爲「牛虻附身」。無法閃避，也無法抓起來扔掉。

富次郎應道：「要是中了這種詛咒，我恐怕不出三天就會發瘋。」

說三天還是有點逞強了。眞要說的話，連一天都撐不過。

「我姊姊在大村長家不吃不喝，忍受了五天之久。」

那五天，大村長四處奔走，用盡千方百計，想找出解咒的方法。

註：「障子」是紙門的意思，將紙門的下半部分換成玻璃建材，方便欣賞庭園景致的設計，稱爲「雪見障子」。

然而，完全無效。牛虻神的詛咒，連六面神也解不了。因為六面神欠牛虻神恩情，是祂邀請牛虻神來這塊土地。

愚蠢的牛虻神究竟知不知道詛咒的含意，都很令人懷疑。

阿凜拿定主意，請求與玄一郎解除婚約，並說她想回老家。

——既然逃不過一死，我想死在自己家中。

「由於她已無法行走，便請大畑村的男人們送她回家。」

他們想盡最基本的守護之責，於是敲響除魔鉦鼓，一路護送她回到畑間村。

「我姊姊坐在男人們背的背架上，為了防止她跌落，以腰繩帶纏了一圈又一圈。」

阿凜面無血色，連抓緊背架框的力氣都不剩，卻還是朝趕來的父親、哥哥，以及餅太郎露出微笑。

——對不起。

一隻黑得發光的牛虻，發出嗡嗡振翅聲，從她面前橫越而過。

儘管回到家，阿凜依舊臥床不起。因為她連日來滴水未沾，粒米未進，無比虛弱，連自己起身上廁所也沒辦法。

「你們男人沒辦法照顧她，交給我們吧。」

隔壁的大嬸，以及紡線屋裡最資深的阿常婆婆來到家中幫忙。一開始大嬸帶著替換的浴衣和手巾前來，但看到阿凜的模樣後，馬上改為準備尿布，令餅太郎無比難過。

「牛虻神頭腦不太好，所以我們只要瞞過祂就好。」

阿常婆婆先將冷卻的米湯裝進竹筒裡，也就是讓人看不出裡頭的東西，想用這個方法餵阿凜。雖然覺得這方法可能行得通，但當竹筒一靠近嘴邊，阿凜便一臉排斥，幾乎都快哭了，抬起她虛弱的手臂，想離竹筒遠一點。「牛虻……從竹筒的孔洞裡……望著我。」

阿常婆婆大吃一驚，馬上拿起柴刀將竹筒剖成兩半，卻不見牛虻，只有裡頭的米湯四處飛濺。

隔壁的大嬸想到，要是趁阿凜睡著的時候，讓她含著竹筒，把水送入喉嚨裡，不知道行不行得通，然而這招同樣無效。當周遭的人抱持想讓阿凜進食的念頭靠近時，阿凜就會馬上醒來。一問之下才得知，她聽到腦袋四周響起牛虻的振翅聲，還夢見牠們全往她臉上聚集，於是無法再入睡。

大家都千方百計想讓她喝點水，可是不管用什麼法子都失敗，最後將棉花揉成一團沾水，輕拍阿凜的嘴脣，保持溼潤，好不容易才成功，能以這個方法給她一點水氣。

「這樣就像是臨終水（註）啊。與沾臨終水的做法一模一樣。」

雖然父親這麼說，但餅太郎一點都不在意。他和大嬸她們輪流，一天多次這樣爲阿凜補充水分。

「我都這把歲數了，即使明天就死去也沒關係。不知道能否讓牛虻神搞錯，由我來代替阿凜。」

阿常婆婆如此說著，穿上阿凜的衣服，一頭白髮梳成髮髻，插上阿凜的髮梳，繫上阿凜在紡線屋使用的束衣帶，陪在阿凜身邊照顧她，偶爾還會哼唱阿凜拿手的紡線歌。

「阿常婆婆，妳的心意我明白，不過牛虻神再笨，也不會上這種當吧。」

大嬸苦笑道，餅太郎和哥哥卻是朝阿常婆婆的背後雙手合十。

隔壁大嬸和阿常婆婆把阿凜當親人看待，相反的，不少村人離阿凜和他們一家人遠遠的。

「不知道她爲什麼會被詛咒，要是隨便靠近，搞不好會遭到波及。」

「阿凜是不是做了什麼引人怨恨的事，才受到詛咒啊？如果是這樣，也怨不得別人。」

隔壁的大嬸和阿常婆婆罵這些人「比牛虻神還笨」。

註：人在臨終時，由至親到近親，依序用毛筆或紗布沾水擦拭臨終者嘴脣的一種儀式，表示對死者的惜別。

「阿凜會遭遇這種事，一定是有人嫉妒她飛上枝頭當鳳凰，不然還會是什麼？」父親、哥哥、餅太郎也這麼認為。只是不知道這個因嫉妒而下詛咒的人是何方神聖，教人心急如焚。

畑間村的村長也很在意此人究竟是誰。這個嫉妒阿凜、詛咒她的始作俑者，如果是同村的人，事態就嚴重了。實際上，自從發生這件事後，不斷有人前來向村長做無謂的告密，說什麼是紡絲屋的同伴阿菊下的詛咒，或是說一直嫁不出去的阿靜，最近常被牛虻叮。要是不先處理好這件事，將會影響村子的紀律和管理。

村長做好安排後，對畑間村的每個村民展開嚴密的調查。如果有誰做出令村長覺得可疑的行徑，不管是誰，一概不聽任何解釋，馬上逐出村外！他展現出這種氣勢。

最後，根據嚴密調查的結果，村長對父親說：

「詛咒阿凜的，不是我們村裡的人。雖然有人會對這樣的良緣感到既羨慕又嫉妒，但村裡沒人那麼壞心，會做出詛咒這麼可怕的事來。所以日後阿凜……過世，也不能心懷怨恨喔。」

——這種說法，根本就是當姊姊死定了。

在一旁偷聽的餅太郎，感覺胸口被狠狠刺了一針。

將阿凜送回來後，大畑村的人們又是什麼情況呢？眼看婚禮舉辦在即，玄一郎此刻被意想不到的不幸重創，一直關在家中，足不出戶。

豬鼻屋那邊都沒人來探望阿凜，也沒派人來。玄一郎的母親，也就是豬鼻屋的老闆娘，甚至說出很殘酷的話。

「當初想娶這個野丫頭當媳婦，根本是大錯特錯。這麼一來就能重頭來過了，對玄一郎反倒好。」

四處找尋解咒方法的大村長，得知無法可施後，一直都意志消沉。大村長的夫人很了解女人的心情，於是積極地到處說服眾人，上從千金小姐，下至廚房幫傭的女侍，想讓大畑村所有女人都能聽見。

「不管是誰詛咒阿凜，我都不會訓斥、責備，或是懲罰，請自己報上名來吧。人們和牛虻神一樣愚蠢，但和牛虻神不同的地方，在於我們發現自己做了壞事時，能夠悔改，不是嗎？」

說來可悲，面對村長夫人的呼籲，沒人搭理。

「牛虻神不會取詛咒者的性命嗎？」

「對方已先讓九十九隻牛虻吸過血，可能這樣就夠了吧。」

「被詛咒的人卻是一天一天受苦而死，只付出這樣根本不夠吧。」

父親與哥哥在廚房吃早餐時，如此交談。哥哥的聲音中暗藏怒氣。父親的聲音則是充滿疲憊。

阿凜回來後的第九天早上，餅太郎一覺醒來，打開採光用的外推窗後，發現天空覆滿雲層，飄下冷冷的秋雨。

由於希望在阿凜半夜臨時有狀況時能馬上知道，希望隨時為她補充水分，餅太郎就睡在阿凜旁邊。白天只能靠阿常婆婆和隔壁的大嬸幫忙。

——小餅眞是個關心姊姊的好孩子。不過，這種事阿凜會覺得難爲情，交給阿姨和阿常婆婆處理就行了。

在她們的勸說下，幫阿凜換尿布、擦拭身體、更衣等工作，餅太郎一概沒碰，所以他才會想，至少晚上應該寸步不離地陪在姊姊身旁。

像這樣陪在一旁，餅太郎突然想到一個點子。搞不好用這種方式，能幫助姊姊擺脫詛咒。

但他遲遲無法眞正付諸實行。不是因爲害怕，而是因爲這只是他自己想的點子，不太可靠。

當他猶豫不決時，日子一天一天過去，眼看姊姊日漸衰弱，只差一步就要走到奈何橋。不，可能只剩半步。今天恐怕已是極限，也許明天她就無法再睜開眼。

——要趁姊姊眼睛還能睜開，還能清楚看見詛咒的牛虻時行動。

否則這招就沒意義了。不過，這麼做眞的行得通嗎？餅太郎眞的能代替姊姊承受牛虻神的詛咒嗎？

沒時間猶豫了。碰碰運氣，試試看吧。

餅太郎前往廚房，走下土間（註），用阿凜的飯碗從水甕裡舀了一碗水。這已成了一天當中的早中晚一再重複做的習慣。

「昨晚阿凜情況如何？」

吃完早飯的父親詢問。由於烏雲密布，廚房略顯昏暗。

「沒什麼不一樣。」

「你有小睡一會嗎？眞是辛苦你了。」

哥哥一直沉默不語。他們兄弟之間，爲了阿凜已無話可聊。

餅太郎將裝滿水的飯碗放在小托盤上，轉身走回阿凜休養的房間。如果是平時，他會在托盤上放一個全新的棉球，但今天早上只放了一個飯碗。

餅太郎悄悄蹲在阿凜的枕邊，喚道：「姊，早安。」

阿凜的眼皮顫動。她的雙頰凹陷，下巴消瘦，整張臉比當初健康時整整小上一圈。眉間浮現健康時絕不會有的皺紋，充滿痛苦。

餅太郎暫時將托盤放在地上，避免飯碗裡的水灑出來，好好給自己打氣：我要放手一試，也許這樣就能拯救姊姊。我要試試看。

「姊，是我，阿餅。今天早上我們試著起來一下吧。」

阿凜的身體變得很單薄，彷彿緊黏在墊被上。餅太郎雙手環住她，想扶她坐起來，發現她瘦得骨瘦嶙峋，尿布發出臭味。餅太郎極力忍住想哭的衝動。

雖然下著小雨，晨光還是從採光的小窗照了進來。姊，請稍微面朝明亮的方向。

「下雨了。這種情況稱爲陣雨是嗎？姊，妳很清楚這類特別用語吧。」

餅太郎只是個十一歲的小孩。他接下來想嘗試的事相當可怕，所以語帶顫抖，外加破音。

阿凜可能是聽到他說的話，微微睜開眼睛。因生命即將告終而發白的肌膚，以及失去光芒、變得渾濁的眼瞳。

「小餅……」

自從餅太郎開始背貨出外叫賣後，阿凜就不再叫他「小餅」了。因爲他已是獨當一面的男人，能一個人做生意賺錢，不再是小孩了。每次阿凜都一定叫他「餅太郎」，有時甚至會叫他「餅太郎先生」。

可是現在阿凜就像突然想起般，對他說道：

「小餅……你怎麼了？」

餅太郎再也按捺不住，熱淚盈眶。阿凜清楚瞧見了，但不太確定地眨了眨眼。

「你……在哭嗎？」

餅太郎以左臂膀支撐著阿凜，右手端起飯碗。

「姊，妳看這個。」

註：日式房子入門處沒鋪木板的黃土地面。

他將裝滿水的飯碗遞到阿凜面前。這飯碗使用多年，邊緣缺損，但當初剛買時，上頭的釉藥晶亮好看。是哥哥扛貨去大畑村叫賣時，說他今天賺了不少錢，在一家二手雜貨店買回來的。

「姊，用這個碗喝水吧。」

阿凜再度虛弱地眨了眨眼。她的目光游移，望向飯碗。

這時，餅太郎感覺到一股恐懼和嫌棄的波動在她瘦弱的身軀內遊走，從她靠近的臉頰傳向自己臉頰。

「碗裡果然有討厭的牛虻嗎？」

得先確認才行。抱歉，姊，請回答我。

「在這個碗裡，水中有大隻牛虻扭動著腳，眼珠轉來轉去，發出嘰嘰叫聲嗎？」

阿凜拚命想轉過臉去。

眞的有，詛咒的牛虻。

好，這樣就行了。

「那麼，姊，這隻牛虻我要了！」

話一說完，餅太郎馬上舉起阿凜的飯碗，咕嘟咕嘟喝下肚，一滴不剩。

僅僅是普通的水，沒有怪味。他並不覺得自己吞下了一隻大牛虻，只有冰涼的水通過喉嚨。

這樣沒用嗎？

「喂，小餅！」

大聲叫喊著，飛快衝過來，幾乎快把隔門踢飛的，是隔壁的大嬸。今天一樣來得眞早，眞是不好意思，受您關照了。

「你在做什麼啊！」

餅太郎還扶著阿凜坐在地上，無法逃跑，大嬸冷不防賞了他一巴掌。好猛的一記耳光，阿凜的飯碗頓時從餅太郎手中掉落。

「所以你才故意要餵阿凜喝水是嗎？你做這什麼傻事啊。」

當大嬸抬起手，準備再打餅太郎一耳光時，阿凜也抬起了手。她想阻止大嬸。

「小、小餅他、代替我……」

把詛咒吞下肚了。阿凜努力想告訴大嬸這件事。她擔心餅太郎的安危，一把抱住他。餅太郎也抱住姊姊。

就在這時——

餅太郎的腦袋裡、耳朵內，突然滿滿都是牛虻的振翅聲。

不是一、兩隻，是一大群。黑得發亮的眼睛、像大顆豆子般又粗又硬的軀體、令天空為之震動的翅膀、急促搓個不停的手腳。

一大群牛虻從餅太郎腦中竄出。從他的眼睛、耳朵、鼻子，以及用不成人語的語詞叫喊、張得老大的嘴巴。

「唔哇！」

餅太郎將阿凜拋到墊被上，整個人彈跳而起。他的雙手摀住耳朵，緊緊咬牙，雙唇緊閉，跨過倒臥地上的阿凜，從嚇得腿軟的大嬸身邊穿過，邁開大步，飛奔而去。

我不能待在這裡，得趕快離開。我全身上下都是牛虻。

他赤腳跳下土間，撞向門板，搖搖晃晃地衝進後院。整排都是佃農小屋的這一帶，是村裡地勢較低的地方，只要下場小雨，馬上就會形成水窪，變得一片泥濘。

餅太郎一腳踩進水窪，濺起一大片泥水。緊閉的唇縫間持續發出低吼般的聲音。在驚訝得衝出來查看的左鄰右舍，以及餅太郎的父親和哥哥面前，不斷大喊著「虻〜虻〜虻！」。發出叫聲的同時，還張口嘔吐，他急忙用雙手摀住嘴，低下頭，彎著身子，像一頭失控的牛，也像發狂的野豬，一味地往前猛衝，打算爬上山、跳進沼澤、從懸崖一躍而下，犧牲自己，將牛虻的詛咒一併消滅！

餅太郎不停奔跑。他從穿越村莊中央的道路飛奔而過，穿過放置拖車的地方，穿過井邊。這時，有人朝他潑水。

「餅太郎，振作一點，你怎麼了，冷靜一下啊！」

一個熟悉的聲音朝他大吼。抱歉，但我現在很冷靜，只是體內滿滿都是牛虻。

他跑了許久，突然往前撲倒，雙手撐向地面，咦？原以爲是手撐向地面，但不知爲何，手指僅僅是在空中揮了一下。

雙腳也浮離地面。

嗡、嗡。他聽見響亮的振翅聲。這次聲音不是從腦中傳出——

而是來自頭頂！

「——就像被蜻蜓抓走的青蛙。」

餅太郎如此說道，嘴唇再度發顫。

「我被巨大的牛虻抓走，整個人飛了起來。」

一隻像米袋一樣大的牛虻。是妖怪。餅太郎被牠以鋸齒狀的腳抓住窄袖和服的後方衣領，整個人懸在空中。

「當我發現是這麼回事時，正好從村莊出入口的番屋（註）上飛越而過。然後我在空中晃蕩的右腳腳尖，將壓在木板屋頂上的圓石踢飛了。」

好痛！餅太郎大叫一聲。圓石從木板屋頂上滾落，沿著屋簷飛了出去，番屋裡輪値的大叔衝出來查看發生何事，圓石差點擦中他的肩膀，掉落地面，發出嘩啦一聲，濺起泥水。

「這表示我不是在做夢，是眞的發生這樣的事。」

富次郎坐在聆聽者的位子上，雙目圓睜，緩緩點了點頭。坦白說，他很想張開嘴巴，但要是這麼露骨地做出無禮的舉止，身爲聆聽者實在太不像樣了。

——的確，如果是這個故事……

餅太郎一開始說的「沒人會相信」這句話，他就能理解了。縱使在租書店很受歡迎的《妖怪草紙》裡寫下這樣的故事內容，並附上牛虻神的插畫，也不會讓人覺得奇怪。

——阿近聽過這樣的故事嗎？

如果富次郎是第一個聽到這種故事的人，會有點開心。不，是非常驕傲。他會撐大鼻孔，洋洋得意。身爲一個男子漢，而且還是堂哥，「爲這點小事這麼高興，未免太小器了」，是是是，我自己也很清楚。

「我一副剛睡醒的模樣，而且牛虻以極快的速度飛行，小雨迎面打向我的臉和身體。我感到又冰又冷，不禁流下淚來。」

這牛虻要飛去哪裡？懸在半空中的餅太郎完全猜不出來，但剛才從視野右邊掠過的，不就是大畑村的消防望樓嗎？

註：江戶時代，由村人自己組成類似義消、義警的組織，日常值勤的地方。

「喂，你這隻大牛虻，我問你，你到底要帶我去哪裡啊！」

牛虻只是發出嗡嗡聲。在持續飛行的過程中，牠飛入雲中，周遭被霧氣般的東西包覆，不管望向何方，都伸手不見五指。

「我感覺又凍又冷，而且窄袖和服的後方衣領被牠緊緊抓住，無法自由行動，所以我自暴自棄地想，不管要帶我去哪裡都行，快點放我下來吧。」

你不會想逃嗎？應該是沒這麼想吧。富次郎大爲佩服。餅太郎當時才十一歲，竟然能有這樣的決心。

「不久，因爲太累，我打起了盹……」

牛虻突然一陣用力搖晃，我大吃一驚，以爲自己被扔了下去，赫然醒來。

「結果發現居然入夜了。」

原本籠罩四周的霧氣逐漸變淡。我們已從雲層穿出，腳下變得開闊，可以清楚看見景致。

就像有人朝漆黑的山林裡撒下晶亮的金柑，當中亮著黃色與暗紅色的光芒。隨著牛虻漸漸降落，餅太郎才知道那是無數窗戶透出的燈光。

是市町。一座沿著山路而建的市町。屋簷上掛著招牌，擺出箱形座燈的，是商家——不，是客棧！那是客棧町。

「當時還是孩子的我，一提到客棧町，只知道大畑村。」

被牛虻抓走，在秋雨和雲霧中四處亂飛，最後又回到大畑村嗎？也沒什麼嘛——正當餅太郎如此思忖時，牛虻已降至很接近地面的高度，隨即將餅太郎拋向地面。

因爲力道很強，餅太郎翻了好幾個跟斗。餘勢未歇，他直接撞向某個東西，嘩啦一聲，濺起水花。

——到底是怎麼回事啊？

他雙手撐地爬起來。因爲撞到額頭，感覺頭冒金星。

餅太郎撞到了天水桶（註）。那裡疊了三個桶身上寫著「用水」的木桶，上面搭設有防塵埃的頂蓋。

畑間村沒這麼漂亮的東西。大畑村不知什麼時候學城下町，也擺起這種東西來了。如果山裡發生大火，光靠這木桶裡的水根本幫不上忙，頂多在熄滅篝火時派得上用場。

好痛，餅太郎環視四周。牛虻已飛走，不見蹤影。

現在餅太郎坐的地方，是剛才從上方看見的客棧町外郊，一條貫穿市町的大路旁。轉頭一看，漆黑的森林足足有夜空的一半高，阻擋在前方。

不知爲何，夜空中不見月亮和星辰，但餅太郎之所以能看清周遭的景致，是因爲有道路左右一路配置的石燈籠。每座高度都只到餅太郎的膝蓋，但裡頭擺著又短又粗的蠟燭，明亮的燭火搖曳。

大畑村也沒有這種東西。

他望向前方，才發現那無數窗戶透出的燈光，大小不是像金柑，而是像蜜柑。窗內有隱隱晃動的人影，以及……

咚叮鏘、叮咚叮、噹噹噹、咚叮鏘。

是三弦琴和鼓聲。還有愉悅歡唱的歌聲，和開朗的歡笑聲。

是宴會。而且相當熱鬧，人聲鼎沸。

「哎呀呀，快停下來，來個三點！」

註：貯存雨水用來防火的大木桶。

「你想得美。」

「哦，看我下一局贏回來。」

——他們在賭博。

有低沉嗓音、粗獷嗓音、尖細嗓音，全部交錯在一起，亂烘烘的。

——好熱鬧啊。

這群人歡笑喧譁、拍手、踩著舞步，好不熱鬧。

這裡果然不是大畑村。大畑村的客棧，不會這樣大剌剌地聚賭，會遭責罰的。

不過很奇怪，從剛才就聞到某種臭味。嗅、嗅。難道這臭味是源自我的身體？

而且一摸肌膚，感覺黏答答的。剛才撞到天水桶時，水濺到我身上。是因為那個緣故嗎？

餅太郎漸漸感到噁心起來，於是他走近路旁的一座石燈籠，拉起窄袖和服溼透的地方，對著亮光。

他這才發現手上沾滿黏答答的鮮血。

「哇！」

怎麼了，這是怎麼回事，是我的血嗎？我受傷了？被那隻大牛虻螫傷了嗎？牠吸我的血？身上是不是有哪裡破了個大洞？在哪裡？在哪裡？

正當他大為慌張，手忙腳亂時，又撞向剛才的天水桶。嘩啦！這次桶裡的水直接濺向餅太郎臉上。

他終於發現，這不是水。

「是血！」

是血，是血！天水桶裡裝滿了血！這是怎麼回事，是誰幹的？

「哇！」
就像要抹除餅太郎的這聲慘叫，滿是窗戶透出燈光的客棧到處都揚起響亮的聲音。有歡笑聲、怒吼聲，當中有歡喜，有懊悔。
「好耶，這一局我贏了！」
「唔，又被贏走一座山了。」
咚叮鏘、咚叮鏘，揚起一陣激昂的鼓聲。
我得逃離這裡才行——餅太郎胡亂抓著地面，站起身，但雙腳打結，馬上又跌了一跤。要振作一點，站起身用跑的，要逃離才行！
颼～咚！
有顆像小石頭的東西，從客棧町的方向破空而來，直接命中餅太郎背部。
那強大的勁道朝餅太郎背後一推，他往前一躍，趴倒在地。石燈籠裡燭火彷彿在眨眼，一陣搖晃。
「你要去哪裡！」
趴在地上的餅太郎，背後有個像鳥鳴的聲音大叫道。對方在生氣嗎？
餅太郎額頭再度撞向地面，鼻頭和下巴擦破皮。
「你到底想逃去哪裡？那座黑暗的森林，是黑暗的陰間啊！」
餅太郎花了很長一段時間，才察覺那個聲音像小鳥的主人，一直在他背後蹦蹦跳跳。
「我的背好痛……」
沒錯。那蹦蹦跳的東西，感覺十分堅硬。只要他一動，背後就會有刺痛感。
「哎呀！」

背後的東西發出更尖銳的叫聲，一躍而起，落在餅太郎面前。

「餅太郎，快起來。」

餅太郎定睛一看。他看得非常仔細，接著用力閉上眼。我在做夢。明明是夢，卻不知道自己在做夢。一定是這樣。否則這種東西怎麼可能自己亂動，還跟我說話。

「餅太郎，你不是在做夢。」

餅太郎睜開眼。那像小鳥一樣叫個不停的東西，滾到他面前來。

沒錯，是用滾的。因爲那原本就是用來滾的。

那是骰子。現在是三點那一面朝向他。

三顆黑粒排成一排。

單面和成人的拇指指甲一樣大。這是以木頭削製而成，模樣樸素的小骰子，但顯示數字的圖案畫得相當清楚。

「骰子，」餅太郎說：「你是骰子，對吧？」

眼前的骰子滾動，露出四點的那一面。「我不是普通的骰子。」

「是會說話的骰子，對吧？」

「我是餅太郎你的骰子。你忘了嗎？」

咦，我的骰子？

「我又不會賭博。」

這時，那個會說話的骰子活像被蛇纏繞的小鳥，發出吱吱叫聲，不斷蹬地，來回滾動。

「我不是賭博用的骰子！是六面神的供品！」

六面神的供品。這麼一說，餅太郎終於懂了。

「你是……過年時，我獻給鎮守大人的骰子嗎？」

祭祀六面神的神社，以位於大畑村的爲總神社，之後每成立一座分村，就會建造分社，作爲各村的鎮守大人，受人景仰。雖然原本是同一尊神，但在長期祭祀的過程中，形成各分村的慣習，不過，只有在過年參拜時，一定都會在神社獻上骰子。氏子們會親手製作，獻給神明。

今年過年，在餅太郎家中，哥哥和餅太郎製作了大家的份。對了，阿常婆婆的份也拜託他們。材料用平時的薪材就行了，但要盡可能採用木紋漂亮且一致的木材。至於大小、要不要上色，以記號來表示數字，還是以「壹」、「貳」、「參」這樣的漢字來表示，各村都不一樣。畑間村會保有原本的木紋，在畫上用來表示數字的圓形記號時，會將草木染的染料煮得特別濃。

哥哥和餅太郎製作的骰子，大小整齊，品質相當好。只是，當中有一顆骰子，堅硬的木節處正好位在邊角，形狀有點變形。

見餅太郎刻意挑選它當自己的骰子，哥哥笑道：

——過年時，會供奉像山一樣多的骰子，連六面神也不分清哪顆骰子是哪個氏子送的。形狀有點特別的骰子反而比較顯眼。

餅太郎相信哥哥說的話。

而此刻在餅太郎面前又滾又跳的骰子，形狀有點變形——是我的骰子沒錯。

「不過，骰子會說話，這是怎麼回事？」

話說回來，這裡又是哪裡？既然有氏子供奉給六面神的骰子，表示這裡是六面神的住處嘍？這種像客棧町的地方？

而且此刻人聲鼎沸，鬧烘烘的。從亮燈的窗戶滿溢出因宴會和賭博而熱鬧歡騰的聲音。

「餅太郎，總之，你快起來吧。」

在那顆變形的骰子催促下，餅太郎從地面爬起身。感覺還在腿軟，無法順利站正。他手撐地面，成了彷彿在磕頭鞠躬般的跪姿。

「很棒、很棒。」

骰子誇獎他。

「這裡是六面神為了招待八百萬眾神而打造的村子，凡人應該表現出恭敬的態度。」

骰子以老鼠叫般的聲音說道，並跳到餅太郎的膝上。

「咦？好臭啊。」

「剛才我撞到那邊的天水桶，差點把桶子撞翻。」

餅太郎轉身望著背後的黑暗，指向天水桶。

「桶裡的東西潑到你身上是嗎？」

「嗯，那個……」

餅太郎的鼻子已不管用，感覺不出來，不過衣服沾溼的部位緊黏著肌膚，那黏答答的感覺有種說不出的噁心。

「那是血，是鮮血。」

說出口之後，他頓時覺得反胃，胸口一陣翻湧。

「這裡是神明抓人來吃的地方嗎？我會被吃掉嗎？在吃掉我之前，會先放血是嗎？要放血直到把天水桶裝滿為止，不知道會有多痛，我好怕。」

餅太郎頓時冷汗直冒，從下巴淌落。他膝上的骰子大叫一聲「哎呀！」，左滾右滾，避開那滴落的汗水。

「啊哈！所以你才想逃走是吧。」

眞是太沒用了——骰子如此感嘆，以點數「一」的記號朝上，就此停住。
「這裡的天水桶，裝的不是人們的鮮血。」
「不是血？」
「應該說，不光是血……還混進更髒的東西……」
嚇！這樣更噁心，都快吐了。
「那是人世的汙穢。」
汙穢。在人們生活的世界中生成、累積、淤積不散的髒東西，汙穢之物，醜陋之物。
「我再說一遍，這裡是六面神爲八百萬眾神打造的娛樂場所。」
眾神齊聚的神域。無比聖潔的清淨之所。
「不過，如果太聖潔的話，感覺又太脫離俗世，過於顯眼。倘若眾生一看就知道這裡是眾神聚集的地方，未免太不謹愼了吧？」
那些想從眾神這裡偷走東西，或是想傷害神明，心術不正，該遭天譴的人們，會往此處聚集。
「於是六面神收集人世的汙穢，灑水似地灑向邊界，以隱藏這個場所的聖潔之氣。」
這話聽起來像在唬人。餅太郎吸著鼻涕，順便打了個噴嚏。
在這種奇怪的地方，做著理所當然會做的事。我能笑嗎？試著笑笑看吧。
笑不出來。不過，心情稍微平靜一點了。雖說對方是骰子，好歹現在我不是孤零零一人。
「我是被一隻大牛虻抓來這裡的。」
餅太郎向變形的骰子說出來龍去脈。聽他提到自己將象徵詛咒的牛虻一口吞下時，骰子以沒變形的那個邊角立起來，轉個不停。
「你竟然、竟然敢做出這樣的事！」

它無比佩服。因爲變形而不好滾的這顆骰子，用邊角立起來打轉倒是很拿手。

「你叫什麼名字？」

「我是餅太郎的骰子。這樣就夠了，我沒有名字。」

「這樣的話，我幫你取個名字吧。叫你『錐次郎』如何？」

「錐次郎？哈哈，太謝謝你了，好名字！」

看著左繞圈、右繞圈，轉個不停的錐次郎，餅太郎又不禁想笑。這應該是很好笑的場面吧？錐次郎似乎是個不錯的傢伙。

然而，餅太郎笑不出來。雖然嘴角上揚，但也只是嘴形彎曲而已。儘管雙頰上揚，其實不過是雙頰的肉往上提罷了。

笑臉是什麼樣的表情呢？

他突然全身發冷。

「餅太郎……」

錐次郎在地上打了個滾，讓「五」那一面朝上，溫柔地說：

「你把身子擦乾淨，今晚好好睡一覺吧。跟我來。」

這邊、這邊。在錐次郎的引導下，從兩側都是石燈籠的道路走向一旁，踏進雜樹林中一條羊腸小徑。

雖然一片漆黑，但走在前面的錐次郎那嬌小的方形身軀像星星一樣發光，照亮了餅太郎腳下。他打著赤腳，腳掌踩的不是泥土或砂礫，感覺是柔軟的雜草或潮溼的青苔。

「再往前走一小段路。」

聽到錐次郎這句話，餅太郎試著環視四周。外觀像客棧，沿著石燈籠道路兩側而建的成排大房

子，就隱藏在雜樹林後面。如果剛才那裡算是這地方的中心，那麼，此刻餅太郎所在之處可說是繞到外圍去了。

「我們是獻給六面神的供品，在這村子裡當僕人服侍祂，我們都不是人。或者應該說，我們都不是有生命的東西。」

但餅太郎不一樣，至少現在算是「有生命的人」。今後要在這村子裡生活，需要住處。

「我認爲這一帶不錯。很像畑間村，對吧？」

來自腳下的亮光不太夠。儘管如此，還是逐漸可以看見小路前方有木板屋頂的小屋。不是只有一幢，而是有好幾幢錯落林立。

腳下的柔軟觸感變了。這是沙，還是灰呢？感覺有點粗糙。他小心翼翼地踏出每一步，同時伸長脖子確認周遭情況。

經過幾幢小屋後，前方出現一座瓦片屋頂的宅邸。雖然四周土牆環繞，但有多處崩塌，甚至有破洞。

隔著一條小路，對面有大小不一的小屋以及雙層樓房，在雜樹林間比鄰而建。正門爲腰高障子（註）的人家，是商店。有賣炭的、賣油的、補鍋的，以及工具店。白色紙門上寫著做何種生意。雖然沒有亮光，一樣看得清楚，眞是不可思議。

在一處略微開闊的地方有飲水處、晾衣場、繫著牛馬的柵欄，以及幾輛拉車和手推車。一旁堆成小山的，應該是剛從森林砍伐來的圓木吧。

——眞的就像我們村裡附近的景致。

村裡的廣場有村長和神官的宅邸。深井旁有女人們在洗東西，男人們揮著汗，餵牛馬喝水。

餅太郎感到一陣雀躍。

「錐次郎，除了我之外，這裡還有其他人吧？是像我一樣被抓來這裡，就此住下，對吧？」

他忍不住提高音量。

錐次郎跳了起來，跑到餅太郎肩上。

「確實有人在。大家都住這一帶，所以我才帶你來。」

「啊，太好了！」

「別高興得太早，你這是空歡喜。」

爲什麼？餅太郎原本想反問，又把想說的話嚥回肚裡。

因爲他看到一個像人的白影。

從對面幾幢小屋之間倏然滑出。

妖、妖、妖怪。

沒有腳。頭和肩膀是人形，但整體宛如巨大妖怪，雖然不

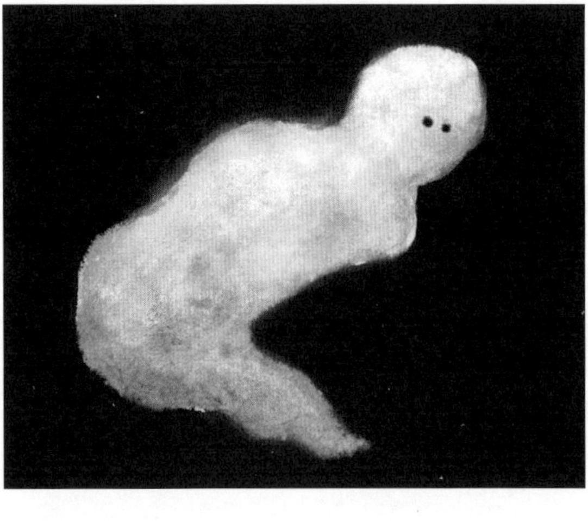

清楚妖怪是什麼模樣。如果要拿知道的東西來比喻，就像頭上套著白布。這種描述最貼切。

那東西飄也似地在暗夜中飛行，消失在小路深處。

「剛、剛才那是……」

餅太郎牙齒直打顫。他伸出上下顫動的手指，想指出妖怪消失的方向。

「對，剛好在。」

「錐次郎，那不是人！那是妖怪啊！」

餅太郎一陣腿軟，差點又癱坐在地。振作一點啊。我要移動雙腳，逃離這裡！

「等、等一下啦，餅太郎，你想去哪裡？」

「這種有妖怪在的地方，我怎麼可能待得下去。」

「那不是妖怪！」

錐次郎吱吱叫。

「在這村子，那就是人。人們一走進這裡，都會變成那副模樣。在剛才那個人的眼中，你也是那副模樣！」

這到底是怎麼回事？我不要這樣！

「這裡的人全都和你一樣，都是遭受詛咒，或是犯下嚴重過錯的人。」

在眾神眼中，他們滿是汙穢。

「不允許他們以那滿是汙穢的模樣，住在這個神域之村。」

要連同這一身汙穢，將人的外貌、人的氣息、帶有人味的一切，全部捨棄，如果沒化身成這種姿

註：日式紙門的一種，上方是紙門，下半部是腰板。

態，沒人可以在這村子生活。
「我也……變成那樣的妖怪嗎？」
餅太郎檢視自己的雙手和身體，試著拍打臉頰，雙腳蹬地。
——我一切完好。身體還在，也有皮膚和骨頭。
「我一樣是我啊！」
「那是現在。」錐次郎說：「接下來就不知道了。」
如果餅太郎深感絕望，變得自暴自棄，任憑時間流逝，茫然度日……
「連你也看得出自己已化爲妖怪。到時候你自然會明白。」
不過，能明白這點，還算是好的。
「再繼續待下去，甚至會忘了自己已化爲妖怪，迷失自我。」
迷失自我？
「意思是『死』嗎？」
如果是這樣，也無所謂。餅太郎已有覺悟。
「雖然覺得寂寞，但這也是沒辦法的事。」
這時，不知爲何，錐次郎突然小聲說：「你再試著踩踏地面看看。」
餅太郎依言用力踩踏地面。
這種感覺不像沙子。是更爲粗糙，帶有顆粒的觸感。
「那是在這村子失去自我的人們最後變成的模樣。」
「咦？」
餅太郎抬起腳掌細看，有東西黏在上面。這是什麼？

「那些白色顆粒，是人骨碎裂而成的粉末。至於黑色的粗糙之物，是人的血肉腐爛後，化成的碎屑。」

竟、竟、竟然有這種事。

「呀！」

餅太郎大叫一聲，原地跳個不停。在他肩上的錐次郎被甩落，掉到不遠處。

「好噁心、好噁心、好噁心！」

餅太郎不想踩在地上。此時別說開心了，他甚至是驚恐不已，做出的反應卻是蹦蹦跳跳。

「不管你再怎麼排斥和害怕，還是要仔細聽我說。振作一點，否則你早晚會變成這樣的顆粒和碎屑。」

「我不要！」

正當餅太郎摀住耳朵準備逃離時，不巧從那座宅邸的土牆崩塌處冒出另一個妖怪。比剛才的妖怪還大。如果剛才那個是小孩，這次出現的則是大人。

餅太郎倒抽一口氣，僵在原地。

大妖怪浮現在土牆前，抬起頭，靜止不動。

雙方互望。餅太郎無法動彈。大妖怪也不動——

一這麼想，大妖怪倏然往上升。以活人的動作來比喻，感覺就像挺身站了起來。

——它要做什麼？

在呆立原地的餅太郎，以及發出淡淡的光芒、靠在他腳邊的錐次郎面前，大妖怪雙手合十，朝餅太郎低下頭。

這大妖怪和一開始看到的妖怪，外形一模一樣，宛如頭上戴著一塊頗寬的白布。所以它的動作始終只能用「看起來像……」來形容。

不過，大妖怪雙手合掌。

餅太郎渾身脫力，當場癱軟。

他的淚水盈眶，嘴角下垂。

大妖怪恢復原本的姿勢，輕柔地飄向一旁，消失在黑暗中。

錐次郎眨了眨眼，說道：

「你的同伴很有禮貌地向你問候呢。」

雖然那是妖怪，怎麼看都像是妖怪，但其實是人。和餅太郎一樣是有血有肉的人，所以才會做出充滿人味的舉動後離去。

我也能像它一樣嗎？

「餅太郎，你是男子漢吧？爲了拯救姊姊，你不是代替她承受詛咒嗎？快想起你當時的勇氣。」

勇氣。將牛虻一口吞下。

錐次郎發出淡淡光芒，滾到他的面前。因爲有點變形，左搖右晃。一個有缺陷的骰子。不過當初和哥哥一起製作它時，非常快樂。

淚水終於從餅太郎眼中滿溢而出。

「哭出來吧。就算哭也沒關係，要拿出勇氣來。」

令人吃驚的是，錐次郎的聲音也像是在哭。

「我是餅太郎你製作的，所以才會在這裡。」

錐次郎的光芒映照在餅太郎被淚水溼透的臉頰上。

「我是你向六面神許的願望。」

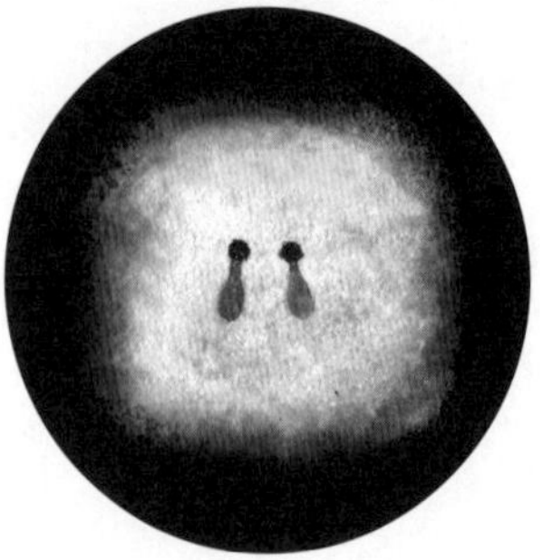

——我的願望。

請救姊姊一命。請讓姊姊擺脫牛虻神的詛咒。

並且希望大家都能幸福地過日子。

「我會引導你，所以，餅太郎，在你能重返畑間村之前，要在這村子裡好好工作。」

總有一天能回去。要相信那天一定會到來。

「我們這些僕人的職責，就是維護村子的美觀，張羅造訪此地的眾神想要的各種事物，讓這場不會結束的宴會和賭博遊戲不受任何打擾。」

餅太郎也要一同擔負起這項職責。

「要是什麼也不做，因絕望而一直蹲坐在地上，很快就會變成妖怪。」

然後化爲粗糙的顆粒。

「你要一邊以僕人的身分工作，一邊持續想念畑間村的生活。」

從早上起床到夜晚入睡的期間，喝水進食、歡笑生氣、受熱發汗、受冷發抖，從心底挖掘出這些充滿人味的種種，要一直不斷思念和回想。

並持續許下「想回去」的願望。就說你想見父親、哥哥、姊姊，想再一次看到他們幸福的笑臉。

想回去。希望有一天能回去。不，不對。要更堅定地告訴自己。

我一定會回去。我要活著回到畑間村。

請聽取我的願望，六面神。

「如果六面神能聽到你的願望，你就能獲得赦免。」

一旦獲得六面神的饒恕，寄宿的牛虻神所下的詛咒便會消失。話說回來，腦袋不好的牛虻神對於自己幫人實現的邪惡願望，不會一一都記得。

「餅太郎，你有個好名字。這是六面神喜歡的東西。」

對了，相傳六面神喜歡吃麻糬（餅）。在祂沉迷賭博的時代，曾一手抓著烤麻糬，咬一口賭「雙！」，咬第二口賭「單！」（註）。

因為輸給牛虻神，顏面盡失，從此徹底戒賭，但祂還是一樣愛吃麻糬。所以氏子們獻給六面神的神饌，一定都是麻糬或是麻糬糕點。連過年的供品骰子，有些講究的氏子甚至是用麻糬製成。

當初餅太郎才剛出生，還只是個沒有名字的嬰兒時……

——就用六面神最喜歡的「餅」，來替這小子取名吧。希望他能討六面神喜歡，一生中會遇上許多好事。

說這番話的，是哥哥松太郎。

母親阿陸當時已不在人世。八歲的松太郎明明才剛失去母親，卻得帶著年僅六歲，連「媽媽死了」都還不是很明白的妹妹，在村裡四處為嬰兒討奶水，並絞盡腦汁，想為連母親長怎樣都不知道的可憐弟弟取個好名字。

父親松一在孩子出生前，曾和妻子討論過，決定生下男嬰就取名「松次郎」，所以他原本對松太郎的提議並非欣然同意。但在父親與哥哥討論的過程中，阿凜已記住「餅太郎」這個名字，一邊逗弄著弟弟，一邊叫他「餅、餅」，於是父親心想，只能取這個名字了，放棄堅持。

自從懂事後，餅太郎不止一次被問名字的由來。問到我耳朵都快長繭了，餅太郎常這樣抱怨。這時，哥哥和姊姊總會笑著說：

——看吧，麻糬膨起來了。

阿凜戳著餅太郎的臉頰。松太郎輕撫餅太郎的頭。

父親則是默默望著孩子們打鬧。之所以流露些許落寞的神情，想必是憶起妻子吧。

我爹、哥哥、姊姊，以及大家珍惜的對娘的回憶。

這一切繫住了我，在呼喚我回去。

餅太郎在地上重新端正坐好。他以拳頭用力擦臉，望向錐次郎。在這暗夜底下，它的光芒是多麼溫暖、可靠啊。

「嗯，我是麻糬。黏性特強！」

儘管只是個孩子，但心中已拿定主意，他鼓舞自己，抬起臉。此時身在黑白之間的餅太郎，吐露自己當時的想法。

富次郎還是猜不出他的歲數。餅太郎垂頭低語時有點顯老，而他現在雙眸散發光彩，看起來就像是個才十一歲的男孩。因爲怎麼也看不透，富次郎覺得有些可怕。

「最後，我決定以位於角落的一幢小屋當住處。」

附近還有一口古井，汲水一看，是無比冰涼潔淨的水。

「我一看到水，馬上覺得口渴起來。連使用吊水桶都嫌慢，很想跳進井裡大口暢飲。」

他感到口渴，覺得水很好喝。這就是活著的證明。如果是這樣的話……

「您一早就被牛虻抓走，一直都沒吃東西吧。肚子不餓嗎？」

面對富次郎的詢問，餅太郎重重點頭。

「對，我餓得前胸貼後背，感覺整個人搖搖晃晃的。不過在看到井水前，我壓根忘了這件事。」

他嘴角抽搐，眼眶抽動。一般來說，這時候都會笑，但他確實笑不出來。

註：日本的賭博中，擲出兩顆骰子的點數和，偶數爲「丁（雙）」，奇數爲「半（單）」。

──十一歲那年我忘了怎麼笑。

「那裡有水。至於食物，你猜如何？」

可說是堆積如山。

「我被帶往的那座村子……我就坦白說吧，那是六面神打造的賭場村。」

一處八百萬眾神享受賭博之樂的場所。「賭場老大和客人全都是神明。所以會有獻給賭場老大六面神的食物。錐次郎說那叫什麼來著？」

「是神饌吧。神明享用的食物。」

「對，神饌。」

六面神喜歡吃的麻糬和麻糬糕點。

「聚在這裡賭博的神明們，也都會各自帶著人們上供的神饌和供品前來。那不是便當，該怎麼說好呢……」

「應該是伴手禮吧？」

餅太郎雙目圓睜，「對，就是那個。沒錯。三島屋少爺，不愧是在這種熱鬧的地方開店，您對這樣的用語眞熟悉。」

「這國家的八百萬眾神，各自拎著伴手禮來到六面神的賭場村。這可是很麻煩的一件事啊。」

喜好美食，對諸藩的名產和美食評論也看過不少的富次郎，輕易就能想像出這樣會有多「麻煩」。

「全國的美食和美酒都往此處聚集是吧！」

由於富次郎十分投入地回應，餅太郎一時顯得有點怯縮。

「抱歉，我這個人很貪吃，對美食沒半點抵抗力。」

富次郎急忙道歉，餅太郎嘴角歪斜，眼睛瞇成一道細縫。這是忘了如何笑的人極力模仿的笑臉。

「三島屋少爺，您人眞好。」

他充滿溫情地說道。

「如同您說的，神明們帶來的伴手禮，對當時只知道畑間村和大畑村的我來說，無比奢華，感覺一點都不像是這世間之物。當然，我吃的都是獻給神明之後剩下的，以及撤下的供品。」

他說大部分都很美味，平時就吃這些東西。

「只要是和人們的食物一樣的東西，就能吃。」

作爲人們供奉給神明的食物，神饌有其規矩。像砂糖、砂糖菓子、白麻糬、白飯、芋頭、整尾完整的鯛魚等等，全國不論哪個地方，都是當作神饌的食物。

「這些東西眞不錯——應該說，非但不錯，甚至讓我覺得自己來到龍宮城。以前在我們村裡，生活中根本沒看過白米飯，而且我空有這樣的名字，一整年下來也只有元旦當天才吃得到白麻糬。」

他說自己開心得不得了，只有吃飯的時候，完全不會感到難過、寂寞，還有悲傷。

「不過，當時我只是個十一歲的小鬼，對酒不感興趣。」

塗漆的帶把酒桶、白木的帶把酒桶、纏著注連繩的一斗酒桶，排成長長一列，餅太郎僅是暗暗讚嘆，望著這景象，一滴也沒喝。

「如今回想，說這話眞該遭天譴呢。」

「一點都沒錯。」

連同餅太郎的份一起，富次郎開懷大笑。

「而以諸藩的名產當作神饌供奉的物品中，也有令人感到吃驚的物品。那始終都是神明的食物，一般人無法吃這種撤下的供品。」

「像是怎樣的物品？」
餅太郎瞇起眼睛，「是莫名其妙的樹根。有的白，有的黑。」
「也許是藥材的原料。」
「是嗎？我湊近嗅聞，聞到一股藥味。當時還是孩童的我，只覺得那像毒藥，很危險。」
大小跟手掌差不多，一個又硬又乾的圓形東西。原本以爲是土，沒想到微微帶有味噌的氣味。我很高興，敲碎後拌進白飯裡。
「但又苦又澀，我一口都吞不下去。」
「就算同樣是味噌，釀造方式也可能和我們吃的味噌不一樣吧。」
意外令他感到困擾的是生魚。
「因爲每天都會有，往往還沒吃完就發臭了。如果是乾貨就太感謝了，例如大烏賊乾。當眞是美酒和下酒菜都齊備了。」
「既然準備得這麼齊全，應該也有人會喝酒吧。」
餅太郎看到的其他「妖怪」。雖然彼此看起來像白布，眞正的身分卻是普通人。至少在他們努力讓自己保有人樣的時候是如此。
「如果是愛喝酒的男人，就算和每天猛扒白飯的餅太郎先生一樣，每天猛喝名酒，也不足爲奇。」
「啊，說得對。或許是我不喝酒，所以沒發現。」
餅太郎雙手揣在懷裡，頻頻點頭。
「我想起來了。我愛吃圓麻糬，但有時會一個都不剩，只剩下扁麻糬，讓我很失望。應該是某個喜歡吃圓麻糬的人搶先拿走了。」
光是聽他這麼說，富次郎便忍不住面露微笑。「會像這樣搶著拿，表示神饌都集中在某個固定的地方嗎？」
餅太郎似乎沉浸在回憶中，這時猛然回神，望向富次郎。
「對耶，我實在太不會說故事了。這件事忘了說。」
餅太郎說那裡有一座神社。
「在八百萬眾神玩樂的賭場村裡，有一座神社是嗎？」
「還立著一座用粗大的老樹建造的鳥居。很氣派，但相當古怪。」
不管從哪個方向看，都只能看到神殿的正面。
「啥？」富次郎不懂這句話的意思。「不可能有這種建築吧。」
「在那村子就有可能。因爲我每天都會去那裡。神殿裡有個集中擺放神饌的大廳。」
鳥居也一樣，不管從哪個方向看，都立在神殿的正面。沒有能從旁邊看的場所。
「穿過鳥居後，回頭一看，鳥居已在很遠的地方。
明明才走了兩、三步，剛從鳥居底下穿過，但回頭一看，鳥居已離自己約半丁遠（一丁約一〇九公尺），似乎還感到一陣暈眩。
「神社也是類似的感覺，儘管踩著白色碎石子前進，還是怎麼也無法走近。不過，當你一呼氣，或是一眨眼，突然神社就來到了面前。」
神殿正面掛著注連繩，不過，掛繩的方式，與餅太郎他們村裡的守護神——六面神的神社不一樣。
「表裡相反。我只能這麼說，注連繩表裡面朝的方向完全相反。」
而且夾在注連繩裡的紙垂，像用墨汁染色一樣黑。
「是藉此表示，這不是正統的神社嗎？」

眾神盡情玩樂的賭場村，如果這裡的神社和其他神聖的神社採同樣的建造方式，感覺不會被允許。

「是啊。實際上，一走進去，感覺不像是神社，反而還比較像商店。」

神社裡有好幾個大房間，每間房都堆滿各種供品。當中最大的是神饌之間，第二大的是衣物之間，以及零亂的道具之間、活祭品之間、繪馬（註）之間、人偶之間。

「活、活祭品是……？」

「有剛勒斃的雞、大鯉魚、鯰魚、老鼠、兔子。」

啊，太好了。還好不是人。

「三島屋少爺，您剛才鬆了口氣，對吧？」

「對。我膽子小，眞不好意思。」

「不不不，在那村子第一次踏進活祭品之間時，我同樣也鬆了口氣，十分慶幸不是有人被勒斃，懸掛在裡頭。」

很傻吧——餅太郎嘴角歪斜。

「明明自己就是活祭品了。」

活祭品之間總是飄散出野獸的血腥味。偶爾會有一些大型魚還活著，我照顧了牠們幾天。

「我找來臉盆，裝滿井水端過去。不知道該說是因爲我個性古怪，還是因爲我只是個孩子，那時比現在傻多了。」

不，可能只是沒安全感，覺得寂寞吧。不管錐次郎再怎麼親暱地陪在身邊，終究不是有生命的個體。十一歲的餅太郎約莫是想念有生命的個體吧。

「您在神社裡，不會遇到其他人吧？」

現在才想到，餅太郎會和人爭搶圓麻糬。應該是無法和任何人見面吧。

「嗯……偶爾遇見，或是看到別人，這是可以允許的，但那裡嚴格禁止人們彼此接觸。」

因為那裡每個人都是罪人。

「彼此成為好朋友，互相勉勵，如果是男人和女人，就此墜入情網，這樣不會挨罰吧？」

「儘管彼此看起來都像妖怪，還是能成為好朋友，或是墜入情網嗎？」

餅太郎靜靜凝望提問的富次郎。面對那可怕的凝視，富次郎重新端正坐好。

「抱歉，我是不是說了什麼令您不悅的事？」

餅太郎不發一語，謹慎地搖了搖頭。

「我才要向您道歉。如果我能好好地露出笑容，其實只要笑著回答就行了。」

光是失去「微笑」的表情，人就會變得這麼不方便。

「三島屋少爺，您會這麼說，表示您還不曾體驗過真正孤單一人的滋味吧。」

富次郎恍若胸口挨了一記重擊，深有所感。

「對，如您所說。我講得好像很懂似的，真是抱歉。」

富次郎低頭致歉。餅太郎也低下頭，摸著鼻子，發出「嘿嘿」兩聲。

「剛才那兩聲，請當我是在笑。」

「我明白了。順便喝口茶，吃個羊羹，休息一下吧。」

餅太郎也伸手拿起茶點，邊吃邊聊。

「雖然那村子理應匯聚了全國的神饌，但我倒是沒看過羊羹。」

註：向神社或寺院祈願時，或是祈願達成來答謝時，獻給神明的一小塊木板，上頭繪有圖畫。

「那裡有哪些糕點呢？」

「滿多落雁（註一）。也有最中（註二），大部分是做成梅花或桃花的形狀。比較罕見的，是做成臼的形狀。」

「如果去到當地，應該就會明白做成那種形狀的含意吧。」

「沒錯。另外，還有紅豆飯。三島屋少爺，你們是在糯米中拌入紅豆放下去蒸，再撒上芝麻鹽，用這種方式吃，對吧？」

「對。有其他的紅豆飯作法嗎？」

「有，口味很甜。是先加砂糖把紅豆煮透後再蒸。那不知道是哪一藩的供品。」

神饌是獻給神明的供品，大多是放在方木盤上。方木盤上往往會鋪紙或是細竹葉之類的葉片。

「看到有人在上面鋪昆布時，我嚇了一大跳。」

有的不是用方木盤裝，而是用附圖畫的大盤子、素燒盆、簸箕，或是竹籠。

「當中最罕見的，就屬竹筏了。」

「竹筏？是用圓木組成的竹筏嗎？」

「沒那麼巨大。只有半張榻榻米這麼大吧。」

餅太郎說上面擺了生米、紅豆、大塊的扁麻糬、水果乾、砂糖菓子、酒和味噌的甕、大小生魚各一隻、成捆的絲線、棉布。

「那一定是富裕的土地獻上的供品。」

「是啊。連大畑村的鎮守神社也沒這麼多供品，所以當時還是小鬼的我心想，我們的六面神眞是儉樸啊。」

身爲美食愛好家，富次郎聽人聊食物的事，怎麼也聽不膩，但對其他房間的供品仍不免好奇。

「那衣物之間裡，匯集了獻給神明的衣物吧。」

餅太郎大口喝乾焙茶後，點了點頭。

「有窄袖和服、短外罩、腰帶、二趾布襪、浴衣，連布質綁腿也一應俱全。另外，還有兜襠布。」

神明的兜襠布。

「也有纏腰布喔。」

「這表示有女性神明前來賭博是嗎？」

「來這裡放鬆一下。」

說到兜襠布和纏腰布，與其說是神明帶來的伴手禮，感覺更像是爲了在此長期停留而自己攜帶的換洗衣物。

「道具類又有哪些呢？」

「舉凡人世的東西，那裡幾乎都有。」

人們幾乎將人世間有的一切全獻給神明，祈求能過安穩的日子。

「那好像是梳頭之神吧？堆了許多假髮，乍看之下怪噁心的。」

富次郎無意對守護梳頭師傅的梳頭之神挑毛病，不過……

「假髮到底能不能當伴手禮，實在令人存疑。」

在山村長大的餅太郎，完全不懂假髮要怎麼用。

註一：以米、豆子、蕎麥等製成的乾粉，拌入麥芽糖和砂糖加以著色，再固定成形的一種乾菓子。

註二：以特製餅殼夾餡的和菓子。

「還有攤開之後，幾乎占滿整個房間的大網子，邊緣有附上鎮石。」
「啊，那大概是拖網用的漁網。」
「還有和當時的我差不多高的巨大木勺。」
「那可能是用來攪動大鍋或是大甕裡的東西……不，可能是在溫泉地用來攪拌滾燙的水源，撈取湯花（註）的工具吧。」
「三島屋少爺，您果然很博學！」
而在繪馬之間，當然全是繪馬。因爲是上面什麼也沒寫的繪馬，一直都聞得到木頭的香氣。
「六面神的繪馬，不論是總神社或分社，都一樣是六角形。」
這十分合理。
「原本以爲六角形的繪馬只有六面神才有，不過這個國家幅員遼闊，所以某個地方可能也會有六角形、五角形，也有三角形。」
對前來賭場村玩樂的眾神來說，自己所屬神社的繪馬，不就是一種通行證嗎？證明我是受眾生膜拜的神明。
雖是突然冒出的想法，但富次郎說完，餅太郎再度雙目圓睜。
「三島屋少爺，您眞厲害。」
沒錯、沒錯，就是這樣！餅太郎不斷拍手，頻頻點頭。
「當時我只是個小鬼，沒想到這一層面。不過，我向錐次郎問過這件事。」
——欸，惡神會到這村子來嗎？
「因爲我心想，要是惡神也來這裡賭博，那就太危險了。」
結果錐次郎回答：

——神明沒有善惡之分。

並非因爲受人們感激，就是善神，受人們畏懼，就是惡神。以人們的標準來判斷的善惡，不能套用在神明身上。

「它還說，在人世不受任何人膜拜的神明無法進入這裡，大可放心。」

「原來如此……」

連寄居的牛虻神，在餅太郎的故鄉也有人膜拜。因爲祂不聰明，會實現人們邪惡的願望，但祂算惡神嗎？人們自己這樣劃分對嗎？

富次郎緩緩點頭。

「可當通行證的，不光是繪馬。神明們帶來的伴手禮，全是有人膜拜的證明。由於有這層含意，造訪賭場村的眾神，不論是假髮還是兜襠布，都有可能帶來，而六面神也一概接受，收在大房間裡。」

想像著當時才十一歲的餅太郎，環視眾多物品，瞠目結舌的模樣，富次郎不禁嘴角輕揚。

「這樣啊，嗯……」

餅太郎盤起雙臂，流露像在凝視遠方的眼神。

「住在那村子時，我完全沒這樣想過。」

因爲相當忙碌。

「拜大房間裡的這些食物之賜，我從沒餓過，可是每天的打掃工作很辛苦。發酸腐爛的東西得丟棄。」

註：溫泉裡的天然沉澱物。

「我和身爲僕人的骰子們一起做這些工作。」
用「骰子們」這樣的說法合適嗎？
「因爲六面神的僕人只有骰子。不過，剛才我也說過，有個人偶之間。」
那裡的人偶叫「人形」，是以折紙或剪紙的方式製成的紙人偶。
「只有那種人偶，始終呈現同樣的形狀。高約兩寸，沒有五官，是純白折紙人偶。」
它們是僕人骰子的手下，工作很認眞。
——人偶們，起床了！
「每天早上錐次郎這樣大聲呼喚後，人偶就會飄然起身，跟在它身後。」
人偶們認眞投入工作，完成一天的職責後，會變得又髒又破，鬆鬆垮垮。
「太陽下山後，人偶們會像塵埃一樣消失。但隔天一早前往神社的大房間一看，又會有許多全新的人偶，眞是不可思議。」
人偶的眞實身分是什麼？它們有人的形狀，富次郎忍不住往可怕的方向想像。
「人偶的眞實身分是吧……」餅太郎突然瞇起眼睛。
「先說破就沒意思了，所以接下來會慢慢說。它們確實很古怪，我一開始也不太適應。」
「我知道它們工作很認眞……」
紙人偶們會將道路兩旁的石燈籠清理乾淨，並將燒了一整晚的油燈後黏在上頭的黑灰擦去。
「但我覺得有點噁心。」
「既然這樣，別光站著看，你去打一桶汙穢之水過來。」
「那更噁心。」

「不工作的話，今天早上我從大房間拿來的圓麻糬就不給你吃。」

雖然太陽總是顯得曚曨暗淡，但賭場村也有早中晚之分。此刻正好是中午。眾神的賭博是從傍晚開始，整晚都熱鬧歡騰，清晨時落幕。天亮時祂們都在睡覺。

餅太郎來到這村子，今天已是第五天。

——你還不能靠近村子中央。

說到餅太郎現在能做的事，只有打掃道路、撿拾垃圾、汲水供骰子和人偶們擦拭（這工作沒完沒了，要不停汲水搬運），汲完水後得清洗抹布晾乾，而他最討厭的工作就是灑汙穢之水。天水桶裡的汙穢之水，就算一度空了，隔天又會滿至桶緣。如果模仿錐次郎的口吻，它會說人的汙穢無窮無盡。

「那麼，我再去汲一桶水來。」

餅太郎發出嗨咻一聲，左右各提起一個水桶，返回飲水處。

與餅太郎住處旁的水井不同，這位在繫著牛馬的柵欄旁的飲水處，約一張榻榻米寬，高度約莫到餅太郎的膝蓋，四周以石頭圍起，裡頭蓄滿了乾淨的水。明明沒看見引水進來的導水管，卻一直有水從某處流過來。前三天餅太郎一直四處找尋，想調查水源，但現在他已放棄。算了，反正這樣很方便。

噗通！他將空桶放進飲水處，汲滿了水。四下一片安靜，聽不到蟲鳴鳥叫。這村子連風都沒有，所以森林裡的樹木不會沙沙作響。

噗通！濺起的水花閃閃發亮。這水當然很乾淨。

餅太郎伸手搭在飲水處外緣的石頭上，蹲下身。方形水面蕩漾，餅太郎映照其上的臉也跟著蕩漾扭曲。

——今天早上吃了糰子。

神饌之間有黃米糰子。我到底吃了幾串呢？聞到黃米的香味，又甜又好吃。

試著笑笑看吧。我很開心。不可能笑不出來。

方形水面停止蕩漾，但餅太郎映照其上的臉依舊扭曲。

明明想笑，卻只有眼角上揚下垂。只有鼻翼翕張。只有嘴角下撇又恢復，臉頰抽搐僵硬。變成了這副扭曲的表情。

不行。現在還沒辦法。如果更習慣這村子，如果不會再夢到被大牛虻抓走，如果錐次郎不在，我一個人也不會嚇得發抖，就能想起該怎麼笑了。一定是這樣沒錯。

他閉上眼，這麼告訴自己。要加油，餅太郎。然而，緊閉的眼皮間卻積了許多淚水。流淚就是這麼簡單的事。

——爹、哥哥、姊姊。

不知阿凜是否已擺脫牛虻的詛咒。我做的事不是徒勞吧？

因爲我想回去。我一定要回去。你們一定要健健康康的。

他睜開眼，確認自己映在水面的臉。不能哭喪著臉，得振作一點才行。

餅太郎那張臉的旁邊，出現另一張臉。

是個女人。梳成糰子般的髮髻。雙頰豐腴，嘴脣豐厚。右頰有顆大黑痣。

一張沒見過的臉，是誰啊？

「喂，妳！」

當他大聲叫喚的瞬間，映在水面的那個女人，彷彿看到什麼髒東西，表情扭曲，頓時消失。

咦？咦？剛才那是誰啊？

餅太郎全身一僵，無法動彈。

嗡～

後方傳來沉重又響亮的振翅聲。是牛虻的振翅聲。宛如解開咒縛般，餅太郎整個人彈跳而起，猛然轉身往後望去。

不見那個人的身影，也不見四處亂飛的牛虻。

感覺像被狐狸耍了，這句話想必就是用在這種時候吧。不過，這村子沒有狐狸。只有眾神、僕人，以及爲了不變成妖怪，努力工作的可憐人們。

剛才那個女的既然是人，應該就是同樣被關在這裡的同伴。爲什麼她看起來不像妖怪呢？映在水中，就能看出人原本的樣貌嗎？

提著水桶回到錐次郎身邊後，人偶們全靠了過來，想要乾淨的水。這些傢伙被水溼透也不在乎。髒了就洗，髒了再洗，持續地打掃。望著人偶們沖水的模樣，餅太郎問：

「錐次郎，我們人要是映在水中，看起來就不會像妖怪嗎？」

「你在說什麼夢話啊？」

因爲——餅太郎說出剛才發生的事，錐次郎聽了之後，又以邊角立起來，就這樣靜止不動。

「怎麼？你嚇了一跳嗎？」

由於是骰子，就算大致知道錐次郎的性情，還是不容易了解它有什麼情感。
「……豈有此理，執念也太深了。」
錐次郎飛快地悄聲低語。
「雖然她一肚子壞水但要是知道羞恥還能同情她偏偏她罪業深重這下棘手了。」
「嗯，你說什麼？」
錐次郎突然快速轉了起來，大聲喊道：
「人偶們，有下個工作要做。到我這裡來！」

餅太郎在他居住的小屋牆上刻記號，記錄天數。在記號剛好滿六十個的這天早上，前來迎接他出門的錐次郎一本正經地說：
「餅太郎，你已徹底學會這裡的工作。從今天起，要前往眾神的客棧了。」
餅太郎確實已完全學會這村子裡打掃、整理，以及各種瑣碎雜務的處理方法。多虧錐次郎總是陪在一旁教導他，不過，他原本就不是懶惰鬼。醒著的時候一直都在工作，這種生活和之前在畑間村家中的時候一樣。他一點都不以爲苦，反而覺得能吃到難得的美食、白飯、麻糬，眞是好福氣。
——而且食物和水裡也不會混進牛虻。
之前把糾纏姊姊的牛虻吞下肚時，他已有覺悟，知道會遇上無法想像的痛苦。
「我明白了。我會認眞工作。」
爲了得到六面神的赦免，我要努力完成工作。爲了回到思念的畑間村，回到家人身邊。
「接下來的工作會困難許多。」
錐次郎以邊角立起，嚴肅地說道。

「因爲白天眾神都在客棧裡的房間休息。」

打掃和洗衣，都要盡可能保持安靜。

「天一黑，眾神就會起床泡湯，接著參加宴席，圍著酒菜而坐，開始賭博玩樂。一直吃喝玩樂到早上，等天一亮，就離開宴席，上床就寢。」

哇，日子過得眞好。

「餅太郎，你絕不能看眾神的樣貌，也不能讓眾神看到你。」

「爲什麼？」

「僕人看到賓客的臉，以及讓賓客看到僕人難看的模樣，都是不可饒恕的無禮行徑。」

每天完成工作後，餅太郎就得馬上離開客棧。有些神明連剛才有凡人在現場留下氣息都很排斥。

「感覺有點可怕。」

神明原來這麼嚴肅啊。

「剛好我最近才開始覺得，這裡其實也不是什麼多痛苦的地方。」

餅太郎脫口說出心中的想法。

「要是沒再苦一點，我甚至有點擔心之前承受姊姊的詛咒會不算數。」

錐次郎轉了一圈。

「你這是瞎操心。」

接下來眞正的工作才要登場。

「要是我沒做好會怎樣？」

「我還沒看過有誰沒做好，所以不清楚。」

「你好歹說些能給我勇氣的話嘛。」

這裡是很簡陋的小屋，餅太郎把撿來的木板疊在一起，鋪上草蓆當床睡。錐次郎跳上去。

「——這是什麼？」

它指的是餅太郎刻在牆上的記號。

「我在數日子。今天恰恰是第六十天。」

錐次郎聽了，開始左翻右滾。意思就像人們用搖頭來表示「不對」。

「咦，我數錯了嗎？」

「不，這村子所過的時間，和畑間村過的時間不一樣。」

眾神所在的地方，原本時間是不會流動的。因爲神明代表永恆。

「不過，在時間不會流動的地方，也不會有樂趣。唯有花費時間去做，才會『樂在其中』。而賭輸贏更是如此。」

所以這村子也會暫時有時間流動。與畑間村的人世時間不一樣。

「餅太郎，你大可不必刻下記號來數日子。」

勸你最好別對這個記號所顯示的天數抱持期待。

「在這裡待上五百天，不一定就能得到赦免。也無法保證你在這裡待了一千天，六面神就會認同你是值得嘉許的氏子。」

知道啦……用不著解釋得這麼清楚。

「不過……」

錐次郎滾到餅太郎面前。

「你大可不必擔心，你成功解救了你姊姊。加諸在你姊姊身上的詛咒已消除，你姊姊在人世應該一切安好。」

餅太郎聽得目瞪口呆。由於太過驚訝，他的眼睛和嘴巴都張得好大。可能連耳洞也撐大了，只是他自己沒發現罷了。

「你、你剛才說什麼？」

「你姊姊現在一切安好。」

「為、為、為、為……」

「你想問我為什麼知道是嗎？」

餅太郎一把抓住錐次郎。湊近一看，它變形的地方有髒汙淤積。這傢伙也是一名工作認真的僕人。

「當時我擔心告訴你這件事還太早，所以才沒說。」

「當時？」

「你來到這村子的第五天，不是看到一個女人的臉映在水面上嗎？」

在飲水處確實發生過這麼一件事。水中映出一個女人的臉龐，出現在餅太郎旁邊。

「錐次郎，那時候你含糊地說了些話，想蒙混過去對吧。」

「那樣就能把你蒙混過去，餅太郎真是坦率的好孩子。」

該不會又要蒙混吧？

「她就是害你姊姊被牛虻附身的女人。」

也就是詛咒阿凜的女人。

餅太郎想起來了。映在飲水處水面上的那個女人，有梳成糰子般的髮髻、豐厚的嘴唇。就像製作失敗的多福面具(註)，雙頰豐腴。然後右頰有顆醒目的黑痣。

在這村子看到別人的長相，只有那一次。他感到莫名其妙，怎麼也忘不了。

沒錯，當時那個女人彷彿看到什麼骯髒的東西，表情扭曲。

「她應該是很不甘心吧。」錐次郎說。「由於你接收了牛虻神的詛咒，你姊姊幸運獲救。那個下詛咒的女人很不甘心，咬牙切齒，狠狠瞪著你。」

餅太郎將錐次郎放在手掌上，坐向草蓆，雙腳微微顫抖。

「我姊姊獲救了。」

「對。不過，當時我要是告訴你這件事，你想必會歸心似箭，想和解開詛咒的姊姊見面，這樣心裡反而會難受吧。」

所以錐次郎才會蒙混過去。

「……謝謝。嗯，一定會像你說的那樣。」

餅太郎現在心情較爲平靜，一半是已看開，另一半是已做好心理準備的緣故。

「太好了，我的努力沒有白費。雖然是一時想到的點子，好在眞的猜中了。」

話說回來，那個女人是誰啊？「那是一張我從沒見過的臉，是姊姊的朋友嗎？」

阿凜飛上枝頭當鳳凰，成爲大村長的養女，學習禮儀、學習才藝，認識的人變多了。因爲要嫁入豬鼻屋，第一次見面的人想必也不少。

見阿凜年輕貌美，又得到好姻緣，心生嫉妒，想讓她被牛虻附身的女人，就在這些人當中嗎？

「和姊姊相比，她實在醜多了。不過，也可能是她露出那嫌棄的表情後，看起來更像醜女。」

餅太郎心中浮現阿凜的笑臉。阿凜唱的紡線歌在耳畔響起。工作勤奮、性情和善、溫柔又開朗，找不出半項缺點的姊姊。

相較之下，那樣的醜女竟然也來嫉妒姊姊，根本搞錯方向。明明打從一開始，兩人就沒得比。

「正因無法好好較量，人們才會嫉妒。」

錐次郎說。餅太郎一驚，望著手中的骰子。
「那個女人現在怎樣？她也在這村子裡，對吧？」
「對。她被困在這村子裡，不過，她變成什麼模樣，你可能猜不出來吧。」
咦？可是映在水面上的是一張人臉，不是妖怪。
「你看到那個女人時，應該是聽到了聲音。」
餅太郎一愣。這麼一說，他確實聽到了。
「我聽到牛虻的振翅聲。只聽到聲音，而且非常大聲。」
啊，原來是這樣？餅太郎終於明白了，但還是很吃驚，手臂上雞皮疙瘩直冒。
「該不會是……」
「就是那樣。」
「她竟然變成了牛虻！」
牛虻神的詛咒，會立刻在受詛咒者身上出現可怕的「象徵」。至於詛咒者會有什麼後果，就不清楚了。因爲沒人確認過詛咒者最後的下場。
「我聽過傳聞，想下詛咒，要先讓九十九隻牛虻吸血，當成『詛咒的費用』。」
錐次郎在餅太郎手掌上轉了一圈。
「那不叫『詛咒的費用』，而是『詛咒的代價』才對。」
「代、代價是吧，明白了。」
「而且那個傳聞有誤。」

註：圓臉、塌鼻、雙頰豐潤的一種女人面具。

讓九十九隻牛虻吸血，既不是給牛虻神的代價，也不是供品。那本身就是詛咒的儀式。

「在牛虻神所在的土地，讓九十九隻牛虻吸血的人，自己會變成第一百隻牛虻。」

自己變成牛虻，在詛咒的對象住的地方現身。混進水和食物中，折磨對方，以飢渴來逼死對方。

和之前當著阿凜的面，將飯碗裡的水連同那隻又粗又大的牛虻一起吞下的時候一樣，餅太郎漸感噁心，甚至有想吐的衝動。

不過，他已明白錐次郎說的話。合情合理。過去之所以一直沒人知曉詛咒者有何下場，也是因為當事人變成了牛虻。

「錐次郎，如果是這樣……」

餅太郎強忍想吐的衝動，努力調勻呼吸。

「把我帶來這裡的那隻大牛虻……」

「沒錯，那就是詛咒你姊姊的那個女人現在的模樣。」

和米袋一樣大的牛虻妖怪，輕輕鬆鬆便抓起餅太郎，在小雨中飛行，發出嗡嗡振翅聲。

「既然那隻大牛虻抓著你來到這村子，表示牠也無法擅自回到人世。」

哪天她也能得到六面神的饒恕嗎？不，向寄居的神明許下邪惡願望的氏子，六面神想必不會憐憫。

化身牛虻，成天四處亂飛。

「以活體的鮮血充飢，四處亂飛，直到化為塵土為止。」

儘管如此，她仍心存惡意，對餅太郎露出怨恨的表情。真可惡——錐次郎已許久沒發出這麼尖銳的聲音。

「當時我是這麼說的。」

——雖然她一肚子壞水，但要是知道羞恥，還能同情她。偏偏她罪業深重。這下棘手了。

「餅太郎，你別理她就好了。以後不論是在哪裡聽到大牛虻的振翅聲，或是看到有女人的臉映在水面上，都別管。要是和對方扯上關係，會妨礙你的工作。」

明明是重要的忠告，餅太郎心裡想的卻是別的事。

「錐次郎，你知道那個女人的名字嗎？」

我想知道她住在哪裡、是什麼人。

「我想告訴大畑村和畑間村的大家，就是她詛咒我姊姊！」

錐次郎突然沉默不語，餅太郎不禁慌了起來。

「當然，前提是我平安從這裡返回村子。」

「平安回去，是你現在該專心追求的。」

雜念與汙穢相通。在這裡帶有汙穢，便無法保有人形，是逐漸變成妖怪的第一步。

「要是過於瞧不起大牛虻，害自己變成妖怪，化為粗糙的塵土，那可一點都不好笑。」

「真是的，你總是動不動就嚇唬我。我不喜歡這樣，錐次郎。」

「不喜歡正好。那你就認真工作吧。」

聊完這個話題後，那天早上錐次郎要他用冰冷的井水沖澡。雖然和平時一樣，前往神社，走進大房間，在前面帶路的錐次郎卻滾進之前沒走過的一條走廊。

「前面是六面神的正殿。」

走廊盡頭有一間寬敞的木板房，前方的雙開門敞開著。再過去是方形中庭，鋪有白色碎石子。不過，只有正中央一處各邊都一尺長的正方形區塊，像是特意清掃過，沒鋪碎石子，直接露出黃土。那是一塊溼潤、肥沃的土地。

「這是六面神的神座。」

錐次郎在木板房間外緣，面朝那塊方形黃土的位置，往前滾了一圈。這是它行禮的方式。

餅太郎也在木板房間裡坐下，伏身拜倒。剛才沖過澡，全身冰冷，鼻子直發癢，很想打噴嚏，但他強忍下來。四周安靜無聲，飄來一股芳香的氣味。

「六面神不會在我們僕人面前現身，但我們都將那塊方形黃土的位子當成六面神，朝祂膜拜。」

「那麼，我也這麼做。」

餅太郎雙手合十，閉目祈禱。希望我的家人，以及畑間村的眾人都能平安過日子。

就在這時——

不知爲何，背後突然一陣寒意遊走。那道從屁股直往後頸竄升的寒氣無比強勁，幾乎令體內發出陣陣摩擦聲，餅太郎維持雙手合十的姿勢，無法動彈。

「錐、錐次郎。」

這到底是怎麼回事？他斜眼瞄向錐次郎，只見這顆變形的骰子以正常的邊角立起，不住顫抖。

「錐次郎，你怎麼了？不要緊吧？」

寒意從餅太郎的後頸散去，接著全身的僵硬解除，感覺溫熱的血液在體內運行。

咚。錐次郎「六」點那一面朝上，倒在木板地上。

「唔、唔……」

它發出像在顫抖般的聲音，滾到餅太郎面前，再度以邊角立起。

「餅太郎，剛才那是……」

這世上最可怕的瘟神靠近時的氣息。

「因爲那位神明不賭博，平時都只是路過這村子。」

瘟神只是路過，就對村子造成這樣的影響。

「不光是我們這種僕人，一些小神感受到祂的氣息，似乎也會渾身戰慄。」

「這麼可怕的瘟神，是怎樣的神明啊？」

「瘟是瘟疫的意思，瘟神是疾病之神。」

而且祂是瘟神當中最凶猛的。

「祂是疱瘡神。」

疱瘡（天花）只要一度病情嚴重，便非人力所能壓制，是非常可怕的瘟疫。染病者會一個接著一個喪命。就算勉強活下來，有人會因臉上或身體殘留的醜陋痘疤而受苦，有人則是會失明。

就餅太郎所知，大畑村與六個分村只有一次被捲入疱瘡的大流行中。事情發生在四年前的盛夏，病源來自城下町。首先是蔓延至最常與城下往來的大畑村，再分散至分村。最後有三十個人左右染疫，超過一半喪命。尤其是一木村死的人特別多，由於染疱瘡而死的人不能掩埋，非火化不可，餅太郎的父親還花了兩天的時間去幫忙，一臉憔悴地回來。

——啊，對了。

聽說，當時一木村長得最漂亮的姑娘染上疱瘡，儘管保住一命，臉上卻滿是痘疤，她受不了這種苦，跳河身亡。阿凜得知後害怕得直哭，餅太郎也跟著哭了。

父親說只要膜拜六面神就不會有事，但一木村的那名姑娘也是六面神的氏子，這樣教人一點都無法安心。六面神完全不是疱瘡神的對手。

對了，當時餅太郎還天真地想：難道六面神不能像款待其他神明那樣，討疱瘡神歡心嗎？

「疱瘡神不賭博，這也是沒辦法的事。」

想通了之後，他跟在錐次郎身後，前往眾神的客棧。

在客棧裡工作，雖然錐次郎警告「會困難許多」，不過對餅太郎來說，也沒多辛苦。

端食物、神饌、神酒給眾神，是骰子們的工作。像餅太郎這樣，由於某個不好的原因而被帶來這村子的氏子們不能負責這項工作。這麼一來，他們該做的工作只有善後收拾、打掃、撿拾垃圾，而這方面的工作訣竅餅太郎早已學會。說到打掃，也比打掃建築外的地方輕鬆多了。白天眾神都在休息，所以賭博和設宴使用的大房間裡空蕩蕩。

不過，如果待在走廊或樓梯上，會聽見在自己房間熟睡的眾神所發出的鼾聲和夢話。鼾聲大小不一，不過，當中最大的鼾聲幾乎和雷聲差不多。

至於夢話，有時聽得出祂們在說什麼，有時完全聽不懂。如果賭輸了，神明一樣會因爲不甘心而說夢話吧。也有神明會大喊雙六擲出的點數，或是大吼：「雙！」「這次是單，你耍老千！」

神饌和神酒有六面神的信眾供奉在祂的神社裡的，以及眾神自己帶來擺在神社裡的伴手禮，骰子僕人平時會一起安排提供（餅太郎他們吃的是這些撤收下來的供品）。所以不論是吃的還是喝的，都不是劣等品。連當時還不懂酒是何滋味的餅太郎，聞了從神酒瓶口逸出的甘甜芳香，也不禁陶醉。

然而，沒想到眾神都會剩下許多食物，很不像樣，還會將酒灑了一地。其實祂們不是邊賭博邊吃東西，而是在吃東西時，會突然發火打架，抄起盤子、酒杯、酒壺，一陣亂丟。

「太沒規矩了吧。」

「因爲祂們是來放鬆休息的。」

「可是，一點都沒有神明的樣子！」

「你就趁現在儘管說吧。再過不久，你說話就不會這麼狂妄了，哼。」

當時餅太郎聽了，心裡不是滋味。但錐次郎說的一點都沒錯。

在客棧工作的第八天早上。一如往常，從石燈籠道路左側客棧裡的三個大房間著手整理打掃。餅太郎在脖子上纏了兩條手巾，將兩個捲成一團的草編袋夾在腋下，拿著長柄掃箒和畚箕走向後門。錐次郎和骰子們從正面玄關開始打掃，微微傳來它們工作的聲響。

走進後門一看，有個大廚房，寬敞的土間設了好幾口灶。餅太郎先在門檻前問候一聲「早安」，才踏進土間。

這村子的客棧，若從外側來看，感覺像是左右包夾著石燈籠的道路，許多建築比鄰而建。事實上，只是分成左右兩邊而已，兩邊都是一體相連的建築。從最早先有的右側一棟和左側一棟的客棧開始，各自陸續增建，才有今日的規模，走進裡頭彷彿踏入迷宮。

對於左右兩側的客棧，餅太郎目前也只知道大客房以及相通的走廊。錐次郎說，知道這樣就夠了。

餅太郎將掃箒和畚箕靠牆放，暫時先放下裝垃圾的草編袋，坐在入門台階，拿手巾把腳擦乾淨。走進這裡後，要先用手巾將周身擦乾淨，這是規矩。只有一條手巾不太放心，所以他才在脖子上掛了兩條。

咦，腳趾甲長長了。來這裡之前，最後一次剪指甲是什麼時候？

——我沒死。

指甲會變長，表示我還活著。之前覺得自己死了一半，以這種心情過日子，所以此刻覺得既開心，又有點不安，這種心情還真微妙。

噹。

廚房深處，通往二樓的樓梯，傳來一陣陌生的聲響。

餅太郎坐在入門台階上，豎耳細聽。他緩緩把腳放下，將手巾掛回脖子。

噹、噹。那奇怪的聲響逐漸靠近。從樓上經由樓梯下來。

不妙！餅太郎從入門台階上滑落，在土間伏身拜倒，把自己隱藏起來。那像是有某個東西在地上彈跳的「噹、噹」聲響，愈來愈大聲。每發出一次聲響，樓梯的木板就會發出嘎吱聲。

餅太郎整個人趴著，臉幾乎快黏在土間上了。

噹！

像是某個巨大東西彈起的聲響，變得更加響亮了，就在這個瞬間，餅太郎感覺後頸汗毛倒豎，雙臂雞皮疙瘩直冒。

得維持趴在地上的姿勢才行。不能動，要保持靜止。餅太郎心裡如此吶喊，但他無法忍耐。無法一直靜止不動。

說來實在愚蠢至極，好奇心一直驅策著他。他很想瞧瞧發出那樣的聲響走下樓梯的是怎樣的神明。

餅太郎抬起頭。只要從入門台階的外緣悄悄看一眼就行了。他雙手仍撐在土間上，只伸長脖子。可以望見廚房前面的樓梯。這樓梯沒有止滑板，每一階之間都是空的，所以才看得到。

有個跟柴房差不多大的巨大眼珠，蹦蹦跳跳地在樓梯前方的走廊上行進。

明明只有一個眼珠，但裡頭滿滿都是瞳眸。就像朝剛蒸好的糰子撒上芝麻，那顆大眼珠裡滿是瞳眸。

這些瞳眸不停眨眼，東張西望，然後嘰嘰喳喳不知在說些什麼。宛如鳥鳴一般。

餅太郎沒和任何一顆瞳眸對上眼。

「我還以爲是怎麼了。」

過了一會，前來查看的錐次郎發現了餅太郎，當時他還趴在土間上，全身直冒冷汗，甚至微微滲尿。

「你看到神明了吧。」

餅太郎無法說話，只是頻頻點頭。

「今天早上目神入浴，泡澡泡得特別久。那位神明不管做什麼事都慢慢來，所以我們有時很著急……餅太郎，你遇上祂了嗎？」

目神？

「是、是、是好大的眼珠。」

餅太郎打了個哆嗦，錐次郎則是轉個不停，尖聲喊道：

「你講這話太沒禮貌了。祂是一位慈悲爲懷又溫柔的神明呢。」

「祂的模樣實在很可、可、可怕。」

「由於是目神，會帶著好幾顆眼睛在身上。因爲眼睛有各種不同的含意。有生命的身體上所長的眼睛，有以「いい目を見ない（沒遇上好運勢）」（註）來表示「命運」、「運勢」的眼，簸箕的網眼，針的孔眼，工作安排的「眉目」。

「對人世來說，祂是十根手指數得出來，排名很前面的重要神明。你竟然怕到滲尿，眞是太失禮了。」

註：原文中的「目」指的是骰子的點數，轉爲意指好運。

雖然錐次郎如此訓斥，還是跟著餅太郎一起先回住處清洗身體，換上別的衣服。

到客棧打掃後，又返回住處，這種情況還是頭一遭。可能是因爲行程和平時不一樣吧，餅太郎在石燈籠的道路上看到一隻妖怪，在返回住處行經的雜樹林裡也看到一隻妖怪。出現在石燈籠道路上的妖怪似乎也發現了他，所以餅太郎低頭行了一禮。對方逃也似地跑走。那妖怪的腳邊跟著一個骰子，和餅太郎的拳頭差不多大。

「你主動向人問候，不簡單哪。」

出言誇讚的錐次郎，在餅太郎沖水淨身時，對他可一點都不客氣。

有那一次經驗餅太郎就學乖了，之後他決定要謹慎再謹慎，提醒自己別再偷看神明。不看祂們，也不讓祂們看到自己。這是很重要的規定。

話雖如此，儘管他認眞地告誡自己，來放鬆玩樂的眾神卻十分恣意隨興。有的一直等到餅太郎快要入內打掃了，還沉迷於賭博。有的喝得酩酊大醉，直接睡在大房間裡。之後仍有幾次意外撞見神明，每次他都會和錐次郎傾訴。

「這次你又看到什麼神了？」

「全黑的大蜈蚣……」

「別露出那種表情。大蜈蚣模樣的神明，是商人的守護神。會保佑商人在催討賒賬時不會討不到錢。」

還有一次。

「是一名上了年紀的和尚，總是轉頭以後腦示人！」

「那是消除後難的神明，會替人把來自身後的所有災難全部消除。」

身爲六面神僕人的骰子們，可以很自然地混在眾神當中，客棧的工作全交給它們去辦不就好了嗎？我受不了了！正當他這麼想的時候，看到了一點都不會讓他覺得排斥難受的東西。

「以可愛的嗓音叫著『金絲銀絲鈴響玉寶箱』的小鳥之神，那是什麼神啊？」

「翅膀是什麼顏色？」

「是耀眼的金色！而且是一對，停在大房間的格窗外面。祂們一感覺到我的存在，就飛走了。」

「那是彩券之神。」

「哦！我看到彩券之神的模樣，還聽到祂的叫聲，那我是不是有希望中彩券？」

「這是兩回事。」

某天傍晚前，眼看眾神即將起床，餅太郎急急忙忙準備離開時，客棧走廊深處突然吹來一陣滿是塵埃味的風。

餅太郎冷不防吸入那道風，忍不住「哈啾」一聲，打了個噴嚏。結果那滿是塵埃氣味的風頓時停住。

「有人氣，有人氣。」

「掃出去、掃出去，把冒失鬼掃出去。」

揚起一陣像是許多人在大聲叫嚷的聲音，於是餅太郎光著腳逃到外頭。

「因爲祂說要掃出去……」

「那是掃箒神。一位難伺候又愛乾淨的神明，應該是聽到你的噴嚏聲祂覺得很沒禮貌，不高興了吧。」

「爲什麼會有那麼多聲音？」

「餅太郎，你知道這世上有多少掃箒嗎？」

「噢，這樣啊。」

每次餅太郎都會感到驚訝，而且以可怕的情況居多，但偶爾也會感到歡喜。儘管模樣駭人，其實祂們大多是難能可貴的守護神或福神。如同人不可貌相，神明一樣不可貌相。

畢竟是八百萬眾神。原本餅太郎只知道六面神、寄居的牛虻神，以及月曆上畫的七福神，如今不停被祂們嚇破膽，也是情有可原。

驚訝、畏怯、悲傷、歡喜、得意、灰心、期待、沮喪、悠哉、焦急。

平時懷抱各種情緒，並表現在表情和動作上。之前在畑間村能做的事，在這個賭場村幾乎也都能做。不是全部，而是幾乎。

唯有一件事做不到，那就是他沒辦法笑。

「這是我所受的懲罰嗎？」

他詢問錐次郎後，那變形的骰子無比悲傷地說：

「餅太郎，你在這裡很認眞工作，豈會再受到責罰？」

「這麼說來，是那個女人的怨恨造成的嗎？」

詛咒阿凜、變成大牛虻的那個女人。

「別再說了。」

錐次郎大發雷霆。

「光是爲了這種不存在的事煩惱，就會耗損你的心靈，讓你愈來愈想不起要怎麼笑！」

受到訓斥，餅太郎也自我反省。從那之後，他就沒再看到那個女人，也沒感覺到有大牛虻在附近飛來飛去。就別再胡思亂想了。

他逐漸習慣這村子的生活，每天爲工作忙碌，有吃不完的美食，還有一處能安歇的住所。搭檔錐次郎是個不錯的傢伙。只要不胡思亂想，便能將心思全擺在生活中，甚至有可能連畑間村和家人都忘記。這樣反倒比較輕鬆。

曾經有一天因爲心裡這麼想，他停止在小屋的牆上刻下記號，隔天卻又改變心意，重新刻上記號。他也曾想過，乾脆把刻有這記號的牆壁搗毀，拿去當柴燒吧，但也很快又改變想法。

某天早上，他起床站在小屋的地面上，整個腳掌感覺到起霜了。

——季節改變了。

餅太郎穩穩踩著地面，感受霜氣。

當初離開畑田村，是個下著冰冷秋雨的早晨。如今，冬天終於臨降這村子。抬頭仰望牆上的記號，早已超過三百天。如果是在一般的村子，要等冬天到來，應該不用等這麼久。

——那也沒關係，我不在乎了。這村子的時間有獨特的流動方式，知道是這樣就好了。

直到昨天爲止，都不覺得有多冷，但可能是現在看到結霜之後，身體才意識到冷，餅太郎更衣時，齒牙不斷打顫。與錐次郎會合，前往神社的途中，他發現路旁立起霜柱。

「這麼冷的天，眞想穿暖和的衣服。」

「你去衣物之間瞧瞧吧。」

不管從哪個角度看都是正面的神社，那詭異的景象餅太郎已習慣。他雙手揣在懷裡，縮著脖子，蹦蹦跳跳地走在參道冰冷的地面上。

「哇！」

由於嚇了一跳，腳下一滑，他滑稽地跌了個倒栽蔥。滑倒之處，因爲霜融化導致地面泥濘。他從頭到腳都是泥水。

這種事他一點都不在意。

來到參道前方，一路走上神社的寬廣石階，有一階、兩階、三階。

有人站在第三階上。

是個女孩。身材修長，比餅太郎還高。頭髮梳成圓髻，胭脂色與金黃色棋盤圖案的和服，繫上加了錦絲的漂亮腰帶。更重要的是……

——那是編織草鞋！

她腳下穿的是編織草鞋，而且還加入與衣服的顏色十分搭配的彩色絲線。女孩望過來。她正望著餅太郎。兩人四目交接。這不是夢，不是幻影。

餅太郎沒擦拭濺滿泥水的臉龐，像被蜘蛛絲牽引，一味地朝女孩走近。

女孩那張白皙的臉龐泫然欲泣。見餅太郎步步走近，她急忙後退，視線落在自己腳下。那裡有一顆柿子般大的黑色骰子，像在保護女孩般，卡啦卡啦地朝餅太郎滾過來。

「喂，你叫什麼名字？」

那黑漆漆的骰子，上面以白色顏料寫著「壹」、「貳」等數字。聲音是宏亮的男聲，聽著頗沉穩。

錐次郎全力往前滾，越過餅太郎，來到它面前，開口回嘴：

「你先報上名來。」

錐次郎因爲歪斜變形，只要快速滾動，就會往左右彈跳，無法筆直前進。餅太郎在那一瞬間——眞的只有一瞬間，覺得很「滑稽」。由於黑骰子架勢十足，才給人這樣的感覺。

「這位姑娘是彌生小姐。」

黑骰子朗聲說道。

「是在大畑村掌管六面神神社的神官家千金。」
就當時的神官來說，彌生算是他姪女的孩子。大畑村的神官宅邸，比大村長的宅邸還大，與一些大藩的名門望族素有交誼，總之，身分就是不一樣。換句話說，這名女孩如果仍過著以前的生活，肯定一輩子都不會有和餅太郎見面的機會。
「像她這樣的大小姐，怎麼會在這村子？」
錐次郎毫不掩飾心中的疑惑。彌生可能是感受到它的懷疑，又後退一步。她低著頭，縮起身子，雙手緊緊交握。
「我要先說明清楚，彌生小姐不是被愚蠢的牛虻神詛咒。她是在六面神的加持下，來到這村子藏身。這也是因爲……」
黑色骰子滔滔不絕地準備往下說時，餅太郎打斷了它。
「一直站在這裡，彌生小姐會冷得難受吧？神社裡有很多衣服，還有二趾布襪。這件事之後再慢慢說來聽，我們先進去吧。」
錐次郎跳了起來。
「餅太郎說得對。我來替你們帶路。」
它在前頭帶路，走進神社後，從神饌之間微微傳來一陣香氣。餅太郎滿面笑容，鼻子不住嗅聞，轉頭望向彌生。
「今天早上有好東西！妳聞這氣味，知道是什麼嗎？」
黑骰子發出「叩」的一聲巨響。別隨便跟小姐說話，你這無禮的傢伙！
「啊，我失禮了，眞是抱歉。不過這氣味……」
「啊，好像是甜酒。」

彌生喃喃自語般小聲說道。
「今天是小寒，我猜是大伯公向六面神供奉溫熱的甜酒。」
餅太郎張大嘴巴。錐次郎則是以沒變形的邊角立起來，大概和他一樣全身僵硬吧。
黑骰子滾到彌生腳邊說：
「想必是希望彌生小姐能早日康復，才特別供奉的吧。」
「如果是這樣，就當是拜完六面神的供品，我們一起吃應該沒關係吧。」
她說「我們」，從一開始就將餅太郎也算在內。
彌生開口後，餅太郎更加明白她與自己的身分差異，但她好溫柔。
「你叫什麼名字？」
彌生注視著餅太郎問，令他心頭小鹿亂撞，舌頭頓時打結。
「他叫餅太郎，是畑間村的人，今年十一歲。我是錐次郎。」
錐次郎代爲回答後，彌生微微一笑。
「你也有名字啊。」
「是。我是餅太郎供奉給六面神的骰子。名字也是餅太郎替我取的。」
「我這顆骰子……」
彌生說到一半，蹲下拿起黑骰子，以雙手包覆。
「是大伯公命工匠爲我製作的。眞要說的話，也許不算是我的骰子……」
「您怎麼這樣說呢，我是彌生小姐的骰子！」
黑骰子大聲抗議，彌生嫣然一笑。
她笑了。這女孩會笑。多美的笑臉啊。

「那麼，我也能替你取名字嘍。該取什麼名字好呢？嗯……嗯……」

她一臉認真的思索片刻後，隨即露出燦爛的笑臉。

「就叫官兵衛吧！」

「好名字！」

「彌生小姐、官兵衛先生，趁甜酒還沒冷掉，快去喝吧。」

「你們不准這樣隨便叫。」

骰子沒有表情，但一直和錐次郎一起生活，餅太郎不止一次明確地感受到它的喜怒哀樂。此刻他也能明白官兵衛的情緒。它板著臉，有點難為情，同時又想擺架子。

他們一起走進神饌之間，發現兩只裝有甜酒的白瓷酒壺，還很溫熱。

「一壺是給六面神，另一壺是給我們的。餅太郎，我喝一點，然後分一些給你。」

「謝、謝謝您。」

餅太郎都快流口水了。說到甜酒，如果是餘香，之前倒也聞過幾次。可能是量不多，供奉完後一點也不剩，只留下氣味，餅太郎一口也沒喝過。而今天的甜酒，就像官兵衛說的，是為彌生準備的供品，才會完好地留在這裡。

餅太郎以甜酒溫熱身子，大致說明這座神社內的情況。說得不夠詳盡的地方，錐次郎會幫忙補充。彌生專注地聆聽。

「那麼，接著來準備衣服吧。我和餅太郎也都需要暖和一點的衣服。」

像是與村裡降霜呼應般，衣物之間滿滿都是冬裝。鋪棉的厚背心、棉袍加棉睡衣、圍巾和肚圍。

彌生不光挑選自己要穿的，也幫餅太郎挑選。

「你穿這麼薄的衣服，之前應該很冷吧？」

彌生一邊俐落地挑選，一邊以輕鬆的口吻說起自己的事。
「我家是城下的一間布莊。是獲准在城內進出的大店家，但我不會因為這樣就擺架子。」
昨天下午，在一名年輕夥計的陪同下，身為神官姪女的母親帶著她到大畑村的娘家拜訪。
「由於曾祖母身體欠安，我娘想見她一面。我雖然不太清楚曾祖母的事，不過我娘說曾祖母希望離世之前能見我一面，所以我就跟來了。」
對彌生的母親來說，這就像返鄉探親。從城下町到大畑村，以女人和小孩的腳程得花兩天左右，但她們還是走到了。
「那是我第一次像這樣出遠門，真的很累。」
因為是神官家，去任何地方之前，都得先去六面神的總神社參拜。這對母女拂去身上的塵土後，隨即前往神社。
神社位於村莊東邊的森林裡，得再走一小段路才行。
「於是我大伯公說『換一雙新草鞋再去吧』，給了我這雙草鞋。裡頭編入了漂亮的絲線，聽說是村裡的名產。」
「那、那、那……」
餅太郎一時太緊張，說不出話來。
「那款草鞋，最早是我姊姊設計的。」
這話才剛說完，在堆滿衣服和腰帶的衣服堆對面，官兵衛再度敲響地面。
「抱歉，打斷您的話。」
「不，沒關係。官兵衛，別那麼愛生氣嘛。」
「溫柔的彌生小姐，謝謝您的貼心。」

在疊滿包裝紙的地方，錐次郎出聲道謝。

「那叫編織草鞋，是我家製作，由我背去大畑村販售。」

姊姊阿凜因此飛上枝頭當鳳凰，以及遭人嫉妒，被牛虻附身。

睽違許久再度看到編織草鞋，淤積心中的情緒一下子全部湧現。餅太郎頓時哽噎，眼眶發熱。他握緊拳頭，緊抵著臉。

彌生輕柔地問：

「餅太郎，你家在哪裡？」

「在、在畑間村，大畑村附近。」

「就算是這樣，你背著要賣的東西走山路，還是很辛苦吧？你一定很勤奮。」

那像是母親誇獎孩子的口吻，餅太郎聽了更想哭。他想忍住淚水，卻喘不過氣。

彌生默默陪在一旁，直到餅太郎止住淚水，呼吸恢復平順後，才再度開口。

「昨日天氣不太好。天空的雲層很厚，都下午了還是一樣天色昏暗，而且颳著強風。」

所以這對母女和隨行的夥計，才都沒發現有可疑的人躲在樹後，藏身在草叢裡，從後方朝他們逼近。

「我們遇上了土匪。」

那是隔著樹叢就可以看見神社屋頂和鳥居的地方，但以黑布蒙面的大漢持刀威脅他們。

「我就像靈魂縮成一團似的，連出聲求救都辦不到。」

大畑村同時也是一座客棧町，遠比六個分村熱鬧許多，進出的人當中不乏壞蛋。這對來自城下的母女穿著不俗，想必很快就被盯上。

「彌生小姐，您、您可有受傷？」

餅太郎問了之後才反應過來。哇，眞丟臉，我也太笨了。
就是受了傷——而且有性命之危，彌生才會在這裡。剛才官兵衛不是說了一句「早日康復」嗎？
「希望你聽了之後不會害怕。」
彌生一副苦惱的表情，如此說道。
「其實我啊……」
「嗯，是。」
「別看我這樣，其實挺凶悍的。」
她噘起嘴，笑了起來。
「那土匪拿走錢包、髮簪、腰帶釦還不夠，連大伯公剛才送我們的草鞋……是叫編織草鞋對吧？他連那漂亮的草鞋也要。」
——快點脫下來給我。
「他想抓我娘的腳，店裡的夥計挺身保護我娘，被他砍了一刀。」
目睹夥計血流如注，當場倒地，彌生大喊一聲——你這個沒人性的！
「我叫喊著，朝土匪撲了過去，想一把扯下他的蒙面布。」
這位大小姐何止是強悍啊。
「成、成功了嗎？」
「成功了。他想必沒料到像我這樣的小姑娘竟然敢反抗，大吃一驚，刀子落地。」
那黑色的蒙面布扯下來一看，原來是一條鬆垮垮的手巾。彌生的十指使足了勁，一時用力過猛，狠狠在土匪臉上留下抓痕。
「我太天眞了。要是一開始就瞄準他眼睛，將他戳瞎就好了。」

「您、您未免太胡來了。」

彌生一本正經地點了點頭。

「他用拳頭狠狠揍了我一頓，我周遭頓時陷入一片黑暗……」

當我醒來時，低頭看到自己仰躺的身軀，臉上毫無血色——彌生說。

「我猜那是總神社裡的房間。我娘在一旁哭泣，夥計也在，還有我大伯公、村民們，以及醫師。」

彌生靈魂出竅，脫離傷重的身軀。

「我一個人飄在空中，感覺都快貼到天花板了。不管再怎麼叫喚，似乎都沒人聽得到我的聲音。」

怎麼辦？怎樣才能往下降呢？如果不回到自己體內，就沒辦法跟娘和大伯公說話了。我想告訴他們：我沒事，我還活著。

「不久，我感覺自己被吸往空中……」

穿過天花板，穿過閣樓，穿過神社的瓦片屋頂，一路往天空飛去。

「我逐漸進入雲層中，四周白茫茫一片，不斷往身後流逝。正當我擔心自己會變成怎樣的時候……」

遠方的雲縫間有燈光忽隱忽現，排成兩列。

「您看到這村子的那條石燈籠道路，對吧？」

彌生原本以爲那是大畑村中心那一整排客棧透出窗戶的燈光。

「當時我心想，我能回到自己身體所在的地方了，很高興。」

降落之後才發現，是完全不一樣的地方。

「我輕飄飄地乘著風降落在石燈籠的道路旁。剛一落地，便有人大聲叫喚我的名字。」

——彌生小姐、彌生小姐！

「官兵衛以飛快的速度滾到我面前。」

住在城下的彌生以及她母親，平時都無法參拜六面神，由神官代爲參拜，過年的骰子也是代替她們製作供奉，所以官兵衛才會馬上趕來見她。

「坦白說，彌生小姐的身體現下仍在鬼門關前徘徊，一直沉睡不醒。」

官兵衛從衣服堆後面緩緩滾出，如此說道。

「彌生小姐雖然是個柔弱的少女，但她與土匪對抗，毫不怯縮，六面神相當欣賞她。」

——她是我氏子的驕傲，失去這麼堅強的靈魂，太可惜了。

「於是從沉睡的彌生小姐身上招來她的魂魄，將她藏在這村子。」

日後她的身體活下來，再讓魂魄回到體內即可。萬一身體不幸就這樣死了，在找到容納彌生魂魄的新容器之前，只要待在這個村子即可。

「只要待在這裡，沐浴在八百萬眾神的仙氣之下，彌生小姐的靈魂將會進一步淨化，變得更神聖。」

哦……餅太郎半是敬佩，半是訝異，一時說不出話。容納魂魄的新容器，有那麼容易找到嗎？總不會是骰子吧。

彌生孤注一擲，想將土匪的蒙面布扯下的這份膽識，六面神應該是相當欣賞。因爲這就像是賭上性命的一場賭博。

不管怎樣，彌生小姐就是這麼特別的人物，在這村子才能維持人的樣貌。這點可以理解，不過……

「彌生小姐，請容我問一個奇怪的問題，我並不是在開玩笑，可以請您回答我嗎？」
「什麼問題？」
「您看得到我的模樣吧。我看起來不是妖怪，而是一個正常人對嗎？」
彌生露出吃驚的表情，望著那兩顆骰子。它們盡皆沉默。
「這裡的人們看起來都像妖怪，是這裡的規矩。我在您眼中應該也像妖怪才對。」
餅太郎加以說明。彌生靜靜聆聽，完全沒插嘴，待他的說明告一段落，彌生倏然伸手摸了餅太郎的臉頰一把。
「臉好圓。」
她如此說道，微微一笑。
「應該是每天吃供品，所以比住在村子的時候胖了一些吧。」
我的臉變圓了？餅太郎感到不知所措，張口結舌。
「剛才的甜酒也很好喝。在這村子裡，根本不愁吃喝對吧。」
在彌生的笑容誘使下，餅太郎也嘴角輕揚——他自己是這麼覺得，但這是真的嗎？
我的嘴角能上揚嗎？心裡覺得歡樂、高興、好笑，我想笑。所謂的笑，就適合這種心情對吧？
那就笑吧。肩膀用力使勁。
「餅太郎，」錐次郎顫聲說道：「別擺出那種臉。你那樣是在嚇唬彌生小姐。」
「咦！對、對不起。我忘了怎麼笑。」
比起餅太郎使勁擠出的奇怪表情，這句話似乎更教彌生吃驚。
「爲什麼會忘了怎麼笑？有那麼令你悲傷的事嗎？話說回來，你爲什麼會在這裡？」
在彌生溫柔又堅強的眼神注視下，就算想隱瞞也沒用，於是餅太郎坦白說出自己的遭遇。

幸好衣物之間有許多地方可以坐，安靜又溫暖。

餅太郎說完後，率先開口的是官兵衛。

「竟然敢將象徵詛咒的牛虻吞下肚，你的膽子眞大。」

彌生用力點頭，仔細一看，她眼裡還噙著淚水。

「多麼勇敢的孩子啊。」

她不是撫摸餅太郎的臉頰，而是撫摸他的頭，接著說：

「六面神爲了避免我的魂魄在這村子太過孤獨，忘了人們鮮活的情感，才挑選你和我見面。」

因爲彌生而被選上，餅太郎恢復原本人的姿態。在彌生的眼裡，他是畑間村一個掛著鼻涕的小鬼。餅太郎也能看見不是妖怪的彌生。

「我的官兵衛，以及餅太郎的錐次郎，我認爲都是忠心耿耿的骰子，不過……」

人還是需要有人陪伴。如果與人們的喜怒哀樂脫離，便會失去生命的溫熱。

「所以你和我的相遇，對你來說應該會有助益。看到我笑，你也會漸漸憶起自己是怎麼笑的。」

熱心說出自己想法的彌生身旁，大顆黑骰子與小顆變形骰子，做出互望的動作，接著頻頻點頭。

「六面神一定知道餅太郎的勇氣，以及爲姊姊著想的這份心思，否則祂不會挑選一個孩子來幫助我。官兵衛，你也這麼認爲吧？錐次郎，你怎麼看？當我身體康復時，餅太郎可能也會得到原諒，和我一起回到人世吧。不，不是『可能』，而是我們努力讓願望成眞吧。」

呃，好。不過，彌生小姐也會在這裡工作嗎？彌生說得慷慨激昂，餅太郎爲之震懾，說不出話。

彌生直視餅太郎，歌唱般開朗地說：

「我今年十四歲，請把我當姊姊看待吧。」

這怎麼行，我高攀不上，不可以。

這種話，有誰說得出口呢？

＊

「眞是位精力旺盛的大小姐。」

此時坐在黑白之間上座說故事的餅太郎，眼淚已乾。眼眸不再因沉浸回憶中而溼潤。不過，自從他談起彌生的事，眼神便有所改變。

最初寒暄問候時，他的眼神像一隻畏怯的狗。開始說故事後，強烈的憤怒和悲傷混在一起，絕望令他的眼瞳一片漆黑。

此時餅太郎的眼中已看不到這些情感，平靜無波。

「不過，託她的福，我過得很快樂。」

他露出平靜的眼神說道。

富次郎的內心，也是這種平穩無波的狀態。他心想，以不吉利的詛咒展開的故事，說到這裡，應該是最明亮開朗的部分吧。

在說故事前的對話中，餅太郎的額頭留下榻榻米的印痕，明確地說：

——我十一歲那年忘了怎麼笑。從那之後，一次也沒笑過。

換句話說，儘管幸運邂逅了彌生，最後餅太郎還是無法重拾笑容。之所以一直無法重拾笑容，當中的緣由，他會繼續娓娓道來。

富次郎的心情愈來愈沉重。這樣不行。聆聽者比說故事者更早洩氣，成何體統？

「彌生小姐與阿凜小姐有相似之處嗎？」

這麼一問，餅太郎單邊嘴角倏然上揚。他是想露出靦腆的笑，還是苦笑呢？

「如果加以比較的話，會被老天責罰的。雖然我姊姊成為大村長的養女，學習各種禮儀後，也變得端莊嫻淑，不過兩人的成長環境相差太多了。」

「那麼，彌生小姐應該無法像您這樣工作吧。打掃、汲水之類的工作，可能自出生後就沒做過吧。」

「因爲沒做過，想試試看，她是會說出這種話的大小姐。」

眞是精力旺盛。

「我不能讓彌生小姐學女侍做這些工作，所以低頭懇求她千萬別這麼做，她才放棄。」

不過，餅太郎改爲教彌生一件事。

「我教她編織草鞋的方法。」

彌生非常開心，很認眞學習。在這村子輕易就能調度到材料。

衣物之間裡堆疊如山的衣服和腰帶等供品，全是上等好貨。理應能以高價買賣。

「她拿起這些衣服就直接拆解或裁剪，以取得中意的彩線，一點都不覺得可惜，果然是個大小姐。」

看著彌生製作編織草鞋的模樣，餅太郎想起姊姊阿凜。當初離開時，阿凜十六歲。餅太郎來到這村子後，依流逝的歲月來推斷，就算阿凜與彌生同齡，也不足爲奇。

「她們的身影總會重疊在一起……」

餅太郎瞇起眼低語。

「我很想教彌生小姐唱紡線歌，最後還是作罷。」

「為什麼？」

「要是聽到她唱紡線歌而想回家，到時候會很難受。」

由於彌生的出現，餅太郎感受到人的溫度。比起之前只有錐次郎這個說話對象，現在過的是更像「人」的日子。

諷刺的是，這種生活同時也激起了餅太郎原本藏在心底，極力壓抑的思鄉之情，以及思念親人之心。這是很危險的內心狀態，絕非好事。

「因為錐次郎已看穿我有這樣的心思。」

──你要認真工作，別為一些無謂的想法煩心。

「錐次郎比以前更加嚴格地使喚我工作。」

白天餅太郎去客棧工作，彌生在神社的衣物之間製作編織草鞋。完成的草鞋直接擺在衣物之間當裝飾，再向六面神雙手合十膜拜。

彌生一樣精力旺盛，她想對聚集在客棧裡的眾神以及祂們賭博的情況有進一步的了解。

「儘管官兵衛嚴厲地勸告她，她還是想和我們一起去客棧。」

──我應該是沒關係。因為是六面神請我來這村子。官兵衛不是也說了嗎？沐浴在眾神的仙氣中對我會有助益。

「它確實說過。」

官兵衛頓時說不出話來，某天早上，它百般不願地帶彌生前往客棧。彌生聽到許多客房裡傳來眾神喧鬧的鼾聲、夢話、胡言亂語，非但不驚訝，還很開心。

──光是夢話就這麼有趣，等太陽下山，眾神開心地玩樂時，一定更有趣吧。

萬萬不可，等太陽下山後，連餅太郎也不能靠近客棧。錐次郎幫官兵衛說服她，然而就算它們不斷磕頭請求，彌生還是不放棄。

「彌生小姐一再地說她想知道在客棧賭博和玩雙六的眾神是什麼模樣，想聽祂們的對話。只要別讓祂們看到，應該就不算失禮。」

「眞是位任性的大小姐。您想必非常傷腦筋吧。」

「不……其實不然。不過，我也裝出傷腦筋的樣子。」

因爲餅太郎同樣很感興趣，眾神在賭博和玩雙六時，不知道都展開怎樣的對話？「之前我只聽到一些片斷。」

餅太郎隱藏自己眞正的想法，爲了讓官兵衛和錐次郎對彌生的任性讓步，他刻意表現出不知所措的模樣，一會說「既然彌生小姐想去，就由我陪同，在一旁保護她吧」，一會說「我代替彌生小姐去聽吧」。

——眞拿你們沒辦法。

率先讓步的，是錐次郎。

——我來安排吧。在那之前，你們絕不能輕舉妄動。

「錐次郎會這麼好說話，其實是有原因的。後來我才知道，無比懊悔。」

進行賭博和雙六的大房間，左右兩側的客棧合起來共有七間。其中一間空間最小，離後門最近，可以從地板下爬著靠近。當然，到不了大房間的正下方。數地板下的屋柱，數到第五根時，就是最靠近的地方。

「彌生小姐和我在飲水處淨身後，將灶灰和鍋底的黑灰混在一起，塗抹臉部和手腳。打著赤腳，衣服上也都塗抹了灶灰和黑灰。」

一旦潛入地板下，絕不能說話。屏氣歛息，不發出聲響，一路爬到錐次郎做記號的地方後，就趴著不動。

「在準備時，我忽然有點害怕，都快哭了，但彌生小姐很堅強。」

——你要是哭，眼淚會把灶灰和黑灰沖走。振作一點啊，餅太郎。

「骰子們跟著我們來到地板下。以官兵衛、彌生小姐、我、錐次郎這樣的順序往前爬行。」

還沒到第五根屋柱，在更前面的地方……

「我的心跳得好快，耳朵深處噹噹作響，全身雞皮疙瘩直冒，幾乎都快滲尿了，很想逃離那裡。」

眾神的氣息傳來。從高處往下傳來的氣。像急流般不斷流過來的氣。像巨石般滾來的氣。趴在地板下潮溼的地面上，感覺幾乎快要被壓扁，餅太郎憋住氣，連睜開眼睛都有困難。

確實聽得見眾神的聲音。這個房間裡似乎正在賭雙六。聚在此處的眾神擲出骰子，大聲吆喝。有的拍手叫好，拍打地板嘆息。有的大笑，有的生氣，有的歡呼，有的冷嘲熱諷。

「我幾乎要昏過去了，無法分辨每個聲音。因此，我連自己在地板下趴了多久都不知道。」

是錐次郎戳了他一下，他才回過神。

「爬出地板下方一看，發現還是半夜。那天晚上沒有月亮，片片浮雲從高空飄過。」

別說保護彌生了，餅太郎甚至需要彌生扶他，才能回到住處。他們在飲水處再次沖水淨身，更換衣物。

「沖去身上的髒汙，恢復成原本雙頰白皙的美女後，彌生小姐向骰子們低頭致歉。」

——眞的很可怕。

「她的聲音在顫抖，眼中噙著淚水。」

——聽到那麼可怕的對話，今後不知道能否像以前一樣過日子。

「我剛才也說過，因爲當時我不省人事，連向彌生小姐詢問是什麼事那麼可怕都不敢。」

餅太郎爲眾神的仙氣震懾，幾乎什麼都沒聽見，彌生得知這件事後，露出鬆了口氣的神情。

——太好了，餅太郎什麼都不知道最好。

「那怎麼行。這樣太沒用了。」

告訴我嘛，彌生小姐聽到眾神說了什麼？

正因爲可怕，才非知道不可。餅太郎一直緊纏不放，最後從彌生口中問出——

「她說在那個房間裡，所有的疾病之神——眾多瘟神和旱神，聚在那裡玩道中雙六（註一）。」

道中雙六雖是孩童玩的遊戲，但種類多樣，從很講究的到廉價的皆有。富次郎喜歡的是「東海道五十三次」（註二）的道中雙六，由於圖上的每個驛站都畫有當地名產，拿來當裝飾也挺有意思。哥哥伊一郎則是喜歡很難走完全程的「伊賀越道中雙六」。

「在這個國家的地圖上，寫滿許多地名。大概是那樣的一種雙六吧。」

疾病之神和旱神在圖上擲骰子，依擲出的點數前進、停步，或是往回退。

瘟神會停在哪裡？旱神會去哪裡？

富次郎這下也明白其中的恐怖的含意了。

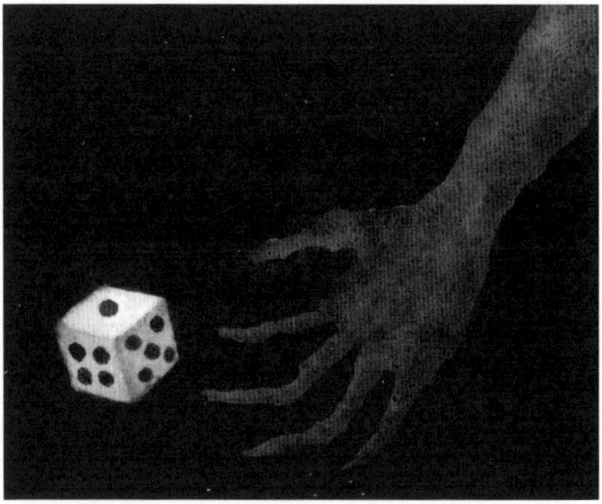

「祂們就是以這種方式決定接下來要去的地方。」

比如咳神停下的地方，就會流行咳病。瘧疾之神停下的地方，就會流行瘧疾。旱神有時前進，有時後退，從遊戲開始到結束這段時間，不知道會在全國各地造成多嚴重的旱災和缺水。

「從那之後，彌生小姐不再提出任性的要求，也不想去客棧了。」

餅太郎回歸原本嚴肅投入工作的日子。

「一直都無法想起該怎麼笑嗎？」

富次郎詢問，餅太郎突然眼神游移，垂下頭。

「我當時心想，照這個樣子，或許會想得起來。只要別太在意，也許哪天就突然會笑了。」

與彌生兩人爬過客棧的地板下方後，又過了十二天。即將天亮時，錐次郎突然來到餅太郎身旁，向他說道：

——餅太郎，我告別的日子好像來臨了。

「人世的畑間村，現下正好在過年。」

每年一到過年，住在大畑村和六個分村的六面神氏子們，都會到各自的神社參拜，獻上注入祈願的骰子。

「擺上新骰子的時候，會在神社境內將去年的骰子放入火中燒掉。」

就像老舊的護身符得燒毀一樣，去年的舊骰子也會燒毀。

「所以錐次郎也會消失，當我明白這一點時，心裡不知有多……」

註一：以東海道五十三次等圖畫進行的圖畫雙六。

註二：指日本江户時代從江户到京都的驛道——東海道途中行經的五十三個驛站。

難過和悲傷。現在提到此事，餅太郎仍會眼眶泛紅、雙脣緊抿，胸口幾乎快要爆開，無比寂寞。

「錐次郎的身影就這樣在我面前變得愈來愈淡。」

——不知會有怎樣的骰子代替我陪在餅太郎你身邊。

不管來了怎樣的骰子，餅太郎，希望你繼續維持端正的言行。當個勤奮的人。對六面神保有一顆虔誠的心。

——不能再任性了。

「彌生小姐和我想聽眾神聲音的任性請求，當時錐次郎一下子就答應了。」

因爲離別之日已近。

「我撲向錐次郎，想要抓住它。」

但完全沒有握住的感覺。

「我張開手掌一看，只握住了一團黑灰。」

連那黑灰也逐漸消失無蹤。

由於外觀變形，無法順利滾動，講話方式也有點奇怪，擅長以邊角立起身子，愛嘮叨又親切，會使壞整人，又暴躁易怒，但餅太郎難過哭泣時，會陪他一起哭。

「它是個不錯的傢伙。」

它消逝不見，就此永別。

餅太郎不顧一切地哭了。當他號啕大哭時，彌生來到他身邊。她同樣也是自己一個人。

「因爲官兵衛也消失了。」

餅太郎哭著說出他第一次遇見錐次郎時的事、當時以爲錐次郎是個怪傢伙的想法、一起歡笑的事、有趣的事。他哭哭啼啼，彌生輕撫著他的背，這時太陽升起，照下聖潔的晨光。

彌生叫了一聲「哎呀」。一顆和官兵衛差不多大小的朱紅色骰子，搭在她纖瘦的肩膀上。

——彌生小姐，我是您新的骰子。

「神官大人，也就是您的大伯公，今年同樣爲您供奉了骰子。由我來代替官兵衛。」

可是，餅太郎呢？有人會爲他供奉新的骰子嗎？

「那個骯髒的小弟，別往這邊看。」

朱紅色骰子在彌生肩上喚道。那是成年女子的聲音，口吻嚴厲，就像在訓話。

「什麼嘛，是妳自己出現在我面前的。」

「哎呀，眞是個粗魯的男生呢，彌生小姐。」

「妳也是，講話太不客氣了。對了，替妳取名『桐葉』吧。」

明明是朱紅色，卻叫桐葉，哼！正當餅太郎感到不服，有個東西「叩」的一聲撞向他頭頂，接著在他肩上一躍，滾到腳尖。

「呀，好痛！」

是一顆仍看得出木紋，模樣簡樸的骰子。上頭的點數不是以漢字呈現，而是用紅色顏料畫上小小的圓圈。

「餅太郎，我是阿凜的骰子。」

骰子以年輕女孩的聲音說道。

「是姊姊爲你製作用來供奉的骰子，知道嗎？聽得懂我說的話嗎？」

那木紋骰子在餅太郎腳下蹦蹦跳跳。

它說是姊姊爲我製作的骰子。

「這麼說來，她還活著嘍？」

餅太郎撿起木紋骰子問道。這骰子的木紋呈現出美麗的條紋圖案，既沒歪斜，也沒擠在一起。

「當然還活著。」

在餅太郎的手掌上，木紋骰子繞著小圓圈滾動。

「這都是你的功勞。因爲你吞下詛咒的牛虻，阿凜才恢復健康。你爹和你哥都在等你回去呢！」

餅太郎再度號啕大哭。這次是喜極而泣，所以彌生讓他哭個夠。

餅太郎取「代爲參拜」的意思，替木紋骰子取名「阿代」。阿代個性開朗又多話，而且比錐次郎年輕，似乎是個小姑娘。

「對了，既然妳知道我姊姊的事，那麼，桐葉應該也知道彌生小姐現在的身體狀況吧？」

餅太郎積極地提問，阿代一躍而起，撞向他的額頭。

「這不是你該問的問題，懂嗎？知道嗎？」

彌生噗哧一笑。不，這應該不好笑吧。

「桐葉，我的身體應該還沒治好吧。」

「您以很安詳的面貌沉睡。」

桐葉不像是有所顧忌的樣子，坦然地回答。

「不過去年初冬，應令堂的要求，您的身體已運回城下的家中。因爲那裡有醫術高明的大夫，而且令尊以及家中的人們也都希望能看到您。」

「哦，這樣啊。」

彌生的笑容中帶有一絲不安和落寞，連粗魯的男孩也看得出來。

埋首於平日的工作中，假裝忘記的事——餅太郎何時才能重返畑間村呢？彌生的身體何時才會醒來呢？

在過年這個爲時間做區隔的日子，兩人重新感受到各自背負的命運。

對這賭場村來說，新的一年似乎也是個轉折點。一個嚴苛又殘酷的轉折點。

那天，帶著阿代一起工作的餅太郎，兩度目睹妖怪消失的瞬間。一次是在石燈籠的道路邊，那些天水桶旁。另一次是工作回來時，穿越雜樹林，走在通往古井的小路上。

出現在天水桶旁的妖怪，像要藏身在堆疊的水桶後方，佇立在那裡，身體變得愈來愈小，最後只剩一寸長。

——哈咻。

發出打噴嚏般的聲響，消失無蹤。

至於出現在雜樹林小路上的妖怪，不知到底是怎麼回事，餅太郎只覺得它在爬樹。

那是身體特別細長的妖怪，好似一塊白布，不同於之前向餅太郎合掌點頭的妖怪，感受不到「一絲人味」。

這白布妖怪虛弱無力。它纏在樹幹上想要爬樹，身體掛在樹枝上，但很快又鬆脫，無力地垂落。餅太郎想

幫它一把，準備朝它走近。

這時，阿代發出尖銳的叫喊。

「不可以！」

明明聲音很響亮，連餅太郎都嚇了一跳，那白布妖怪卻沒發現，只是軟趴趴地想攀住樹枝。

「那是在這裡虛擲光陰，無法離開這村子，即將消失的人。就像快溺斃的時候一樣，要是不小心靠近，會被它拉過去。」

在它眞的消失之前，餅太郎都沒離開現場，全程目睹。雖然雙膝打顫，他還是看到最後。

回到住處後，彌生也從神社返回。她如同飛撲一般，來到餅太郎身旁。

「神社外面有三隻妖怪消失不見，你看到了嗎？」

連彌生也臉色發白，桐葉極力安慰，告訴彌生：只要有我陪在身旁，彌生小姐就還有充分的時間，不必如此擔憂。

「我們一定要一起回到人世。」

「嗯，我不會放棄的。」

我要見姊姊一面，要和家人一起熱鬧地生活。

「回到烟間村後，我會送姊姊製作的編織草鞋給彌生小姐您。」

不封閉，不害怕，要更堅強。無視於少年少女相互勉勵的這份心意，元旦這天的賭場村熱鬧非凡，眾神的聲音響遍客棧。

賭場村頻頻降下白雪。

以人世的曆書來看，過年算是春天，應該會下「春雪」才對，但這村子裡並非飄然降下大片雪花，而是用力踩踏後，會傳來一陣緊實感的隆冬粉雪。才一個晚上，便會積上厚厚一層雪，幾乎把天水桶掩埋了，所以對餅太郎和骰子們來說，除雪是很重要的工作。

像這種粗活，那些紙人偶同樣能派上用場。在骰子們的指示下，熙熙攘攘聚在一起行動的白色紙人偶們，彌生當初一看就覺得可愛極了。

「它們很勤奮，而且體型雖然小，卻頗有力氣。餅太郎，你知道嗎？我摸這些紙人，覺得有點溫熱呢。它們有人的肌膚。」

彌生每天都會去神社的衣物之間，一開始是望著一早從人偶之間出門工作的紙人偶，並欣賞傍晚時分它們返回，在飲水處沖洗的模樣。紙人偶聽得懂骰子的命令，並會遵照它們的吩咐，但它們從未聽從餅太郎的指示。只會沒聽見似地，無視他的要求。

「如果是彌生小姐下令，它們或許會聽。您要不要試試看？」

彌生也覺得有趣，某天早上，她試著向出門工作的紙人偶們叫喚。

「請留下幾個人，幫我搬運編織草鞋。」

紙人偶們置若罔聞，彌生身旁的桐葉出聲喚道：

「人偶們，幫彌生小姐的忙。」

紙人偶們馬上改變行進方向，聚到彌生身邊，就像櫻瓣隨風飛舞。

「這些紙人偶始終都是六面神的骰子僕人更底下的僕人。」

彌生似乎終於搞懂是怎麼回事，如此低語。阿代在她面前沒說，一直等到只剩它和餅太郎兩人時，才開口：

「紙人偶的數量，會配合待在村裡的眾神數量而增減。」

如果是這樣，紙人偶們或許和神饌、神酒一樣，是眾神的伴手禮。就像前往溫泉旅館的富翁，都會帶著打點自己身邊事務的隨從同行一樣。所以神明帶的隨從，都會聽從猶如溫泉旅館掌櫃的骰子吩咐，認眞工作。

另一方面，像餅太郎和彌生他們這種六面神的氏子，對其他神明而言，什麼也不是。如果繼續以溫泉旅館來比喻，只算是剛好住同一家旅館的陌生男女，而且身分明顯低於眾神。因此，連擔任眾神隨從的紙人偶也不會搭理他們。

餅太郎呼出白色氣息，使勁耙雪，因爲腦袋現在有空閒，他思考著許多事。要將客棧的屋頂，以及高處堆積的白雪鏟除，得戒愼戒懼地爬上比熟睡中的眾神身軀還高的地方，所以這是骰子和紙人偶們的專屬工作。

餅太郎不停耙除地上的雪。汗水積在下巴，才稍喘口氣，身體便開始冷卻，身上的汗水馬上結凍。以前在畑間村餅太郎不曾體驗過這種程度的寒冷。

白天眾神都窩在各自的房間裡睡覺，這時不光寒意，還會深深感受到寂靜滲進體內。賭場村的雪景迷人，但這份美帶有一絲恐怖。春天盛開的百花、夏天耀眼的綠意、秋天華麗的紅葉，都沒有這種感覺，那一片死寂的沉默著實駭人。

並非是餅太郎自己的錯覺，這幾天他親眼目睹一隻又一隻妖怪在堆雪的地上融化消失。

那應該是曾經生活在某個地方的某人吧。希望不是當初向餅太郎合掌行禮的人。他們耐不住寂靜，於是結束生命，從這裡解脫——

日後我是否能回家？

能和彌生小姐一起待到什麼時候？

何時才能得到六面神的饒恕？該不會根本沒有饒恕這回事吧？那是錐次郎爲了勉勵餅太郎所編的謊言吧？

白雪引餅太郎陷入愁思，漸感不安，儘管晚上拖著因疲憊而變得像沙包一樣重的身軀躺在床上，還是無法入眠。

就在餅太郎刻在牆上的記號，從正月一日起累計到第四十五天的深夜，他夢見畑間村的家，打著哆嗦醒來。

在暗夜底下，連黑暗都為之凍結。他的腳趾凍僵，鼻頭的凍瘡發癢。

彌生的住處是離神社更近的小屋。桐葉和阿代已前往客棧工作。餅太郎獨自一人待在深夜的寒氣中，只能蜷縮著身子。

從客棧林立的方向，隱約傳來一如往常的熱鬧歡笑聲、怒吼聲，以及吆喝聲。今晚眾神一樣熱鬧歡騰，樂在其中。

餅太郎從床上坐起身。

還是一樣冷，睡意已完全被寒意吹跑。就到客棧附近去吧，即使阿代、桐葉不在也沒關係，找個工作中的骰子，請它讓我幫忙吧。動一動身體也會比較舒服。

他穿上鋪棉厚背心，套好二趾布襪，再穿上彌生替他製作的編織草鞋。打點好鞋履後，再以手巾罩住頭，離開住處。夜裡穿過雜樹林的小路，因霜雪而透著白亮，清楚地浮現眼前。

餅太郎雙手揣在懷裡，弓著背縮起脖子，為了盡可能避免肌膚暴露在冷空氣中，他縮著身子行走。這時候要是深呼吸，恐怕連喉嚨深處也會受凍，所以他淺短且急促地呼吸。因為罩著手巾，視野變得狹窄。再加上深夜時分，覆滿村子的白雪散發的清冷寒氣，使得餅太郎的人氣變淡不少。

他只想得到這個原因。總之，那件事就這麼發生了。雖然是不該發生的事，但就這麼發生了。

在穿出雜樹林的小路，來到石燈籠道路之前，有一道和屋簷一樣高的雪牆。

這是白天餅太郎自己打造出的雪牆。他在石燈籠道路上耙雪時突然想到，要是把雪堆高，再壓實形成牆壁，應該很有趣。然而疊到跟屋簷差不多高時，手臂和腰又痠又累，他頓時不再覺得有趣。
不過，那面牆很不簡單，寬約二間（約三・六四公尺）。阿代出聲誇讚，桐葉也看傻了眼。
在雪牆的後面——整排石燈籠的道路旁，一個小小的人影佇立著。
餅太郎發現時，雙臂雞皮疙瘩直冒，心臟差點從嘴巴衝出來，頭暈眼花，無法站立。
那不是人，也不是妖怪，更不是骰子或紙人偶。
是神明。出現在這麼近的距離。
神明獨自站在餅太郎堆起的雪牆下。
祂身形嬌小，頭部只到餅太郎膝蓋的高度。沒錯，看得出祂有頭和肩膀。不小心看到了。看不出手臂和腳長怎樣。好像披著一件衣袖和下襬特別長的衣服——
啊，我不行了。喘不過氣來。得向後退，離開這裡才行，但我動不了。編織草鞋的鞋底彷彿凍結在積雪的小路上。
餅太郎感覺全身血液逆流，腦袋發燙。
不對，情況和之前完全不同。我現在不光是靠近神明而已。
對方也發現我靠近祂了。
這位小個子神明，梳著奇特的髮髻。髮鬢往左右兩旁挺出，耳朵旁垂著長長的裝飾品。是繫著寶珠嗎？發出卡啦卡啦的聲響。之所以會發出聲響……是因爲神明在動。
神明轉頭望向餅太郎。
——我會死。
餅太郎呆立原地，連心臟都彷彿化爲石頭。他心想，要是能眞的化爲石頭，還比較輕鬆。
「你大可不必這麼害怕。」

耳朵傳來這個聲音。真難以置信，是可愛的女孩嗓音。

「你不是骰子吧？也不是紙人偶。明明是凡人之軀，卻能來到這村子，想必是德行過人，或是累積多年嚴格的修行吧。」

祂這樣才是德行和身分都特別高的人會有的說話方式。不，餅太郎並未見過真正身分高貴的人。彌生小姐應該也不認識什麼真正身分高貴的人吧。更何況是神明……

餅太郎下巴直打顫。

「我、我是個罪人。今日多有冒犯，真的很抱歉。小的馬上離開。」

明明想後退，雙腳卻無法動彈，定住不動。就算扭轉身體，極力掙扎，腳還是不聽使喚。哎呀！他一屁股跌坐在地上。糟糕、糟糕、糟糕。餅太郎的人氣會讓神明受汙染。

「你不必慌。錯不在你，是出現在這種地方的我不對。」

那可愛的聲音微帶顫抖。神明也會覺得冷嗎？

「發生了很嚴重的事，我不知該如何是好。接觸這聖潔的白雪，或許紊亂的思緒能平靜下來，所以我才來到屋外……」

這位神明不是在發抖，而是在哭泣。明知很沒禮貌，但如果要用貼切的話語來形容，此時的祂根本是……

——哭喪著臉。

卡啦、卡啦，傳來髮飾的撞擊聲。在雪牆的後面，有多道漂亮的光芒落向凍結的地面，迸散開來。

是眼淚。這位小個子可愛神明流下的眼淚。

明明是神明，卻像挨罵的孩子般哭泣。

「請、請容我冒昧地問一句。」
餅太郎忍不住問道。
「您有什麼煩惱嗎？您在哭泣對吧。有什麼讓您難過的事嗎？」
這是很厚臉皮，不知分寸的問法。不管對方再怎麼嬌小，聲音再怎麼可愛，終究是一位神明啊。
餅太郎就算當場遭受神明的責罰而喪命，也怨不得別人。
但祂看起來十分可憐，不能放著不管。
「我、我只是個下人，不過如果有我幫得上忙的地方，我什麼都肯做。請儘管吩咐。」
餅太郎的話語化為結凍的雪白呼氣，飄蕩在夜空中。
「你這番話眞是體貼。」
小個子神明如此低語，接著抽抽噎噎地哭了起來。
「我、我太笨，思慮欠周，犯下大錯。」
「您做了什麼呢？」
「我以今年春天到夏天這段期間，在全國空中飛翔的燕子當賭注與人賭博，結果輸了。」
連餅太郎聽了也倒抽一口氣。
「那是……擲骰子賭單雙嗎？」
「嗯，對。」
這位神明連說話方式都愈來愈像是一名挨罵後為自己解釋的孩子。
「這麼說來，您是……」
「我是燕子神。」
啊，原來如此。剛才只瞄了一眼，這位神明從肩膀以下，都是燕子翅膀的形狀。

「請容我問一個像在打探的問題，您常來這村子嗎？」
「不。」
燕子神搖了搖頭，髮飾再度發出卡啦卡啦的聲響。
「這次算是第二次。第一次是烏鴉神邀我一起來，我在賭局中大贏，連我自己都很吃驚。所以，這次我邀鶫之神一起來。」
第一次賭的鶫之神大贏，燕子神則是一路輸，最後連自己統管的燕子性命都拿來當賭注。
「今年春夏的燕子已賭輸，被對方拿走了是嗎？」
「對。」
「對方是怎樣的神明……」
「是泥鰍神和澤蟹神。」
哇，雖然好吃，但渾身泥巴味的一對組合。
「泥鰍神和澤蟹神知道您正爲賭輸的事發愁吧？」
「嗯。」
「該怎麼做，才能讓祂們歸還呢？您可有向祂們提出什麼交易？」
「我要祂們再和我賭一場。」
燕子神說著，又哭了起來。淚珠在雪道上迸散，閃閃生輝。雖然可憐，但美不勝收——餅太郎心裡這麼想，突然發現一件事。
他的心跳已平靜下來，頭暈目眩的症狀也消失了。雖然身體還在發抖，但這是天冷的緣故。全身寒毛直豎的感覺也沒了。
儘管如此，凡人還是不能正眼看神明，這一點沒變，得多加留意才行。

「不過，就算再賭一次，您應該沒東西可賭了吧。」

面對餅太郎的詢問，燕子神抽抽噎噎地回道：「我、我告訴祂們，要拿明年春夏兩季的燕子來賭。」

原來是這招。如果又輸，接著會再以後年的燕子來賭是嗎？賭博這玩意，就是這樣讓人愈陷愈深，無法自拔。人和神都一樣。

燕子神嚶嚶哭泣。不帶半點邪氣，而且無比柔弱。

這位神明要是輸得一敗塗地，今年春夏兩季，整個國家的燕子都將會消失。破風飛翔，在田地上空來回穿梭的成群山燕，也將不會造訪大畑村和六個分村。

這樣未免太寂寞了。爲了讓燕子神奪回今年的燕子，有什麼我能幫上忙的地方嗎？

「燕子神，我是在山中的小村落出生長大。燕子漂亮又可愛，是吉祥的象徵。人們都說牠會吃壞蟲，還會以翅膀帶來福氣。」

燕子神停止哭泣。微微轉頭面向餅太郎——似乎是這樣。餅太郎手臂馬上雞皮疙瘩直冒，背後一陣寒意遊走。

「請您維持原來的姿勢，別看我。請您見諒。」

「哦，這樣啊。抱歉。」

祂像個哭過頭的小孩，說話充滿鼻音。餅太郎發自內心感到敬畏，但並不覺得可怕。

「要是少了在人世的天空穿梭飛翔的燕子，那是很傷腦筋的事，所以我希望能幫您的忙。」

「咦，眞的嗎？」

卡啦卡啦！髮飾相互碰撞。

「是的。不過，我沒有什麼高超的智慧。只能提出我想到的點子，或許完全派不上用場。」

「不，比起現在的我，你應該更聰明才對。」

燕子神呵呵輕笑。

「如果能度過這次的難關，我再也不賭博了。我眞是既愚蠢又輕率，第一次賭贏，就得意起來。」

這種事在人世很常聽到。第一次賭往往都會贏，就是這樣才可怕。因爲忘不了賭贏時的情景，忍不住想再贏一次、再贏一次。

另外，還聽過這樣的說法。運勢不佳的時候，不管做什麼都會失敗。不過，一旦時來運轉，就算什麼都不做，一樣會贏。

運勢是什麼？是氣場的走向、氣勢、氣氛、偶然的機會。

要怎麼做才能改變呢？

餅太郎在微微凍結的地面上重新坐正，雙手撐地，提出建議。

「燕子神，這件事有點難以啓齒，不過坦白說，現在運勢並未站在您這邊。不管受到怎樣的邀約，請您今晚都別再賭了，上床好好睡一覺。」

等到明天晚上，再孤注一擲，一決勝負。

「明天晚上，您就以明年的燕子當賭注，選出單雙，贏了之後，便取回今年的燕子吧。到時候請不要再賭了。請接受我的建議。」

「嗯，我明白了。」

燕子神似乎感到不安，聲音在顫抖。

「不過，該怎麼做才會贏呢？」

這種事，我也不知道啊。

「我不知道是否一定能贏。不過，明天晚上在您一決勝負之前，我會引發一場騷動，讓村子裡的眾神大吃一驚。」

只要好好撼動燕子神現在逢賭必輸的這股走向，加以翻轉，也許運勢會跟著改變。要做到這點，盡可能引發一場大騷動，是最簡單的做法。

「可否告訴我，您和泥鰍神、澤蟹神是在哪個房間一決勝負？」

「是左側從這邊數過去第三棟客棧的『櫻之間』。」

離之前和彌生一起嘗試偷看瘟神祂們玩道中雙六的房間相當遠，但眼下只能硬著頭皮上了。只能放手一搏。

「明天晚上，我會到那個房間去。不論是用爬的，用滾的，還是咬著榻榻米不放，我都會去。」

感受到渾身汙穢的餅太郎散發的人氣，眾神想必會大為吃驚。餅太郎恐怕應該會被眾神的仙氣震懾，而被壓垮在地。到時候就放聲大喊，大鬧一場，讓眾神看到他的模樣。這樣

一定會引發軒然大波。

「等那場風波平息後，不管我變成怎樣，都請您與對方一決勝負。」

在餅太郎的人氣攪亂下，原本的運勢會被吹跑，應該會形成一股全新的氣勢走向。希望燕子神能搭上那股走向，掌握運勢，將今年的燕子們奪回來。

餅太郎只想得到這個方法。

「贏了之後，千萬不能乘勝追擊。請只賭這麼一次，只比一次勝負，然後抽手。日後絕不能再來

這村子。」

「我明白了。」燕子神說。「你這份恩情我記住了。告訴我，你叫什麼名字？」

「這樣太折煞我了。賤名不足掛齒，說出來有辱清聽。」

餅太郎滿腔激情，熱淚盈眶。

「請您返回客棧，一路小心。因爲明天有一場大勝負在等著您。請好好安歇。」

「嗯，你也好好休息。」

繼髮飾的聲響後，傳來在凍結的地面上輕輕蹬地的聲音，厚實的雪牆上，有個東西飛上空中。餅太郎閉上眼，深深一鞠躬，當場蹲坐下來。

燕子神飛離現場。祂的翅膀劃破夜空，夜氣中產生新鮮的動靜。蜷縮在地上的餅太郎，也感覺到空氣的流動。

——我許下一個不得了的承諾。

剩下他獨自一人後，一陣像大浪般的慌亂向他湧來，但他並不後悔。

看不見光明的未來，終日被困在這村子，最近每天都在耙雪，感覺連靈魂都不禁凍結。

——如果能拯救那位小神明……

餅太郎被囚禁在這村子，頓時有了意義。這樣他就能告訴自己，永遠不會結束、無比單調的打雜工作，並非是老天賜予他的唯一職務。

他眼中浮現在畑間村的棉花田上空來回穿梭的山燕，內心一陣溫暖、受到滋潤，父親、哥哥、姊姊的笑聲也在耳畔響起。

「隔天一早，我便忐忑不安。」

在黑白之間的上座，此刻餅太郎臉色略顯蒼白。近距離與神明交談，光是回想就覺得可怕，令人如此難受嗎？或者，是覺得心情沉重？還是，這是超乎想像的經驗？

新年參拜時，富次郎一定會拜神田明神，遇上諸事不順的厄年，也不忘前去淨身消災。對家中神龕上供奉的護身符，也都會恭敬地行禮，行經稻荷神社會向神明問安，偶爾也會許願。與神明只有這樣的往來，所以他不懂「畏懼」眞正的含意。

那是足以對身體產生影響，具有壓倒性氣勢的眾神仙氣產生的力量，或許也能說是壓力吧。富次郎想體驗看看，但如果抱持這種調皮的心態，可能眞的會遭神明責罰吧。

「因爲這次無法像錐次郎替我們安排的那次一樣。我得自己找出那房間的所在地，思考接近的路線。」

跟眾神的距離還沒拉近到足以引發騷動的程度時，絕不能被祂們發現，所以得準備用來淡化人氣的灶灰和黑灰。

「阿代的個性大而化之，要瞞過它不是什麼難事，但桐葉就不好對付了。在彌生小姐面前也不能表現得戰戰兢兢，坐立不安。」

「您打算瞞著大家，獨自幫助燕子神嗎？」

「沒錯。這麼大膽的行徑，不能把別人牽扯起來。」

他豪氣地說著，突然撇下嘴角。那不是在生氣，而是難爲情。

「因爲我是個笨蛋……」

「不，餅太郎先生有俠義心腸。我是這麼認爲。」

近來鮮少有機會用到的語詞——俠義心腸，很適合用在餅太郎身上。

「您代替姊姊受苦，以及出手幫助燕子神，都算得上是俠義心腸。」

看見有人遇到困難或是受苦，便無法坐視不管，不計較個人得失。無法見死不救。即使是神明這種地位崇高的對象也一樣。

「勇氣能分給別人。有時會藉由分給別人，而變得更有勇氣。但俠義心腸往往一個人只有一副，而且會產生俠義心，擁有這種氣概的人，世間少有。」

說完後，富次郎朝額頭用力一拍。

「瞧我講得一副很了不起的樣子，這並不是我自己想出的話。是我拿古代漢籍的戰場訓詞來現學現賣。」

餅太郎雙目圓睜，「古代漢籍……三島屋少爺，您看得懂那麼深奧的書籍啊？」

富次郎像烏龜一樣縮起脖子。

「有學者專爲外行人改寫的簡易版書籍。您可以向住家附近的租書店打聽看看，坊間出了不少本。而且我不用背負三島屋這塊招牌，只是尚未成家的次男，您用屋號來稱呼我，我實在愧不敢當。請叫我『小少爺』就行了。」

對了，今天一直都沒機會在這個人面前說這段開場白。

餅太郎來到這裡，就露骨地表現出不悅，一問他原因就流淚，也猜不出實際年紀，他還說自己在十一歲那年就忘了怎麼笑。

的確，他剛才說的故事眞的很不可思議，既殘酷又坎坷。然而，其中也有愉快開朗的一面，也有待在賭場村才能學會的智慧。這個與他切身相關的故事盡頭，爲什麼會有現在這位悲傷的餅太郎呢？

富次郎很想問後續發展，卻又不敢問。

「……雖然是笨蛋，我仍盡力張羅，心裡一直暗藏著這個計畫，工作了一整天。」

餅太郎沒理會富次郎的想法，接著往下說。

「等到太陽下山，用來舉辦宴會和賭博的七個大房間點亮了燈。」

執行計畫的時間就快到了。

「我自認很小心，但可能我的模樣看起來還是不太對勁吧。阿代一直緊跟著我跑，桐葉也嚴厲地催促我，說今天的工作忙完了，快點回你的住處去。」

如果不想辦法瞞過它們，我將無法返回客棧。約定的那個房間離這裡很遠，再拖拖拉拉下去，今晚的賭局就要開始了，燕子神將延續昨晚的壞運勢，與其他神明賭輸贏。

——若是爲了幫助受邀來到這裡的神明，將六面神的一個僕人抓起來扔，祂應該不會生氣吧。就撿起骰子，用力往遠處扔吧。餅太郎朝客棧直奔而去。

「如今回想，我眞是傻。要是看到自己的僕人這樣被糟蹋，六面神一定會勃然大怒，而且我明明是個等待六面神饒恕的罪人，竟然還有這種錯誤的想法。」

富次郎也忍不住笑了。「所以我才說這是餅太郎先生您的俠義心啊，不顧自己的得失。」

「不，我只是思慮欠周。」

餅太郎的嘴角揚起。不是歪斜，而是眞的揚起。

幾乎就快笑了。再差兩步就算是微笑了。

「不過，三島……不，小少爺。」

這時，一名救星出現在餅太郎面前。

「眞要說的話，不是出現在我的面前，而是從賭場村旁邊經過。」

而且剛好距離非常近。

「是疱瘡神對吧。」

最強最凶的瘟神。

不知爲何，祂一概不賭。往往只會從賭場村旁邊路過。儘管如此，祂那凶猛的氣息，不僅僅會影響卑微的人們和神明的僕人，連一些小神明也覺得難以承受。

「那是我第三次體驗到祂的威力。」

起初是和錐次郎一起去六面神的神座前參拜時，餅太郎突然感到一陣恐懼和寒意襲向全身，錐次郎告訴他原因。

「第二次是彌生小姐來這裡之前。同樣是在黃昏時分，我正準備返回自己的小屋，獨自走在雜樹林裡。」

和第一次一樣，突然全身寒毛直豎，感到一陣噁心，他馬上趴向路旁。

「那時候我才明白，第一次因爲待在神社裡，情況比第二次好多了。」

沒有建築物的保護，肉身直接承受疱瘡神的氣息，簡直就像遭受暴風吹襲。

「我很想乾脆變成蚯蚓躲進地下算了。應該說，即使整個人平貼著地面，還是有股力量從上方不斷往下壓，我的鼻子逐漸埋進土裡，五臟六腑都快要被壓垮了，喘不過氣來。」

在戶外承受這股氣息後，餅太郎才曉得，疱瘡神釋放的氣無比灼熱，像熱風般不斷湧來。

「在祂通過之前，一直發出隆隆聲響。不知道是真的有那樣的聲響，還是只有我才聽得到那個聲響。」

餅太郎緊緊咬牙，咬得嘎吱作響，肋骨嚴重擠壓。

這麼可怕的疱瘡神，三度從賭場村旁通過。餅太郎說祂是「救星」。

「雖然很害怕，但我心想，太好了！祂來得正好，就像是我求來的一樣。」

這樣就不用專程跑到神明賭博的房間去了，省了不少工夫。

「我跑過石燈籠的道路，來到可以望見客棧的地方，昂然而立。」

不是逃進建築裡，也不是躲在暗處，更不是趴在地面。

「我想向疱瘡神膜拜。」

從在石燈籠的道路上奔跑的那時候起，就相當吃力。恍若在夢裡掙扎，邁不開腳步。漸漸感到呼吸困難，寒毛直豎，手腳僵硬。

「我向疱瘡神膜拜，讓疱瘡神看見我。」

這是最大的失禮之舉，是汙穢。

「的確，這麼做能徹底翻轉這村子氣的流向，將氣整個攪亂，要引發騷動綽綽有餘。」

聽富次郎這麼說，剛才嘴角短暫上揚的餅太郎，再度雙唇緊閉，甚至看起來有點扭曲。

「對，我的策略成功了。」

這項計畫成功了，帶給燕子神一個重新掌握氣運流向和運勢的機會。

「不過……果然還是很可怕。」

沐浴在最強最凶的瘟神仙氣中。

還親眼目睹祂的模樣。

「非常巨大。」

疱瘡神是巨人。飄過賭場村上空的浮雲，正好就在祂的額頭一帶。

「祂高大的身軀都抵到雲端了，全身燃著鮮紅烈焰，發出隆隆聲響。」

像在划水般，緩緩一步、兩步往前行，從賭場村旁邊通過。

「不知不覺間，我放聲大喊。」

不成人話，只是放聲慘叫和嘶吼。

「可能是聽到我的聲音不高興吧。巨人頭偏向我，俯視著村子。」

疱瘡神微微蹲下身，巨大的頭和肩膀靠近村子。

「這麼一來，連我也看得見。」
看出那最強最凶的瘟神是由什麼構成。
「全是亡靈。枯瘦、赤裸的成群亡靈，彼此糾纏交疊在一起，形成了巨人。」
全身被業火包覆。令整個黃昏天空也爲之震動的隆隆聲響，並非只是烈焰燒灼疱瘡神身體的聲
響，當中夾雜了成群亡靈的哭喊聲。
「巨人的臉沒有眼鼻，只有空洞，換句話說，是顆骷髏頭。從空洞的洞中噴出火焰。」
疱瘡神像要靠向村子，低下身來，呼出的火焰前端燒向餅太郎的頭髮。感覺就是這麼近。
「我持續叫喊，幾乎連喉嚨深處都要燒起來了。」
餅太郎還記得，在黃昏的天空高處，疱瘡神揮了揮手，彷彿在驅趕煩人的蟲子。
「我撐到極限，昏了過去。當我醒來時，已躺在神社的神饌之間……」
彌生在他枕邊，以沾有神酒的布輕拍餅太郎的嘴脣。
「我一睜開眼，彌生小姐便哭了起來。阿代和桐葉也在，但感覺像在守靈一樣。」
餅太郎被疱瘡神的熱氣燙傷皮膚，全身多處燙傷。他虛弱無力，無法自己起身，請彌生拉著他的雙手，好不容易起身，又發現自己無法站立。
「後來慢慢習慣，花了三天的時間才能行走。」
直至今日，雙腳還是一樣虛弱，無法復原。
富次郎想起餅太郎剛才走進黑白之間時，那虛浮的腳步。
「不過……」
餅太郎單邊嘴角上揚，接著道。
「辛苦沒有白費。燕子神在那天晚上的賭局中，贏回那年的燕子，而且沒再賭了。」

——祂寄放一個答謝禮物要給餅太郎。

燕子神託阿代保管的，是一對美麗的羽毛，顏色是天空藍，上面有一道黑線。

賭場村的生活感覺會永遠持續下去。不論是善是惡、愚蠢還是正確、認眞還是輕率。

彌生小姐什麼時候能回到人世呢？我什麼時候能得到饒恕呢？

餅太郎心不在焉地想著這些事，並抱持期待。有時會因不安而畏怯，儘管如此，村子每天的工作還是一樣繁忙，用來塡飽肚子的神饌供品還是一樣奢華，水很清澈，睡覺的地方很安靜，他以爲會永遠持續下去，然而——

結束的日子突然到來。

事前有預兆。事後回頭看，便會明白那就是預兆。然而，當時沒人能看出那是村子嚴重崩毀的預告。

當時，春天降臨賭場村。梅花、桃花、櫻花、杏花，百花爭豔，風一吹，所有花瓣便會隨風飛向高空，落在石燈籠的道路上。甘甜的香氣包覆了村子。

最早發現預兆的，是阿代。

「今天早上我去客棧的中庭打掃，發現地面乾癟龜裂，蟲子全都乾枯死掉了。」

小池子裡的鯉魚和金魚也都翻白肚浮在水面上。

「昨天晚上還很有活力地在水中悠游，怎麼一個晚上就死了，發生什麼事了？怪可怕的。」

彌生說，可能是春寒料峭吧。桐葉則是根本不將阿代的不安當一回事。餅太郎當時也覺得沒必要大驚小怪。

那天黃昏，落向村子西邊天空的太陽，雖是夕陽，卻像被放了血，看起來一片雪白。太陽周遭的晚霞沒變，唯有太陽失去光芒，變得像石頭一樣。

隔天上午，忙著在神社內外打掃（落地的花瓣如果新鮮倒還好，但要是放著不管就會變色，發出惡臭）的餅太郎，發現某件事，大吃一驚。

鳥居不見了。

平空消失。

這怎麼可能？

如果是從外面走來，不管從哪個方位，看到的都是神社的正面。塗紅漆的鳥居也是在正面。要前往神社非得通過鳥居不可，所以不可能會漏看。

但現在鳥居不見了。

餅太郎慌張地衝進衣物之間，叫喚彌生。兩人回到神社入口再查看一遍，彌生倒抽一口氣，雙手按住臉頰。

「真的耶，鳥居不見了。」

不是餅太郎自己搞錯了。

「是六面神怎麼了嗎？」

兩人衝向六面神的神座之間。一踏進寬敞的木板地，彌生便用力抓住餅太郎的手臂。

「有一股燒焦味！是失火了嗎？」

餅太郎也聞到了氣味。沒錯，是東西燒焦的氣味。

前方那道雙開門，一如往常敞開著。門看起來沒有異常，但前方的方形中庭，白色碎石子好似抹了一層灰，滿是髒汙，發出燒焦味。

重要的六面神神座，原本是將白色碎石子移開，清出一個各邊都一尺長的正方形空間，露出潮溼肥沃的黃土，但現在那塊黃土完全乾癟、龜裂。

「跟昨天阿代說的客棧中庭一樣。」

餅太郎雙膝打顫。六面神的神座竟然變成這樣。

「一定是大畑村的總神社失火了！」

彌生抓著餅太郎的手臂，全身發抖。她臉色蒼白，淚水盈眶。

「不知大伯公是否平安無事？我在這裡，不知道有沒有能幫得上忙的地方？」

「我們先把骰子們召集過來，確認它們是否都平安無事吧。要是它們燒起來了，得替它們滅火才行。」

兩人跑出神社，一腳踩上正面的階梯，四周忽然一陣搖晃。

餅太郎還以爲是自己頭暈。一旁的彌生雙膝一軟，差點滾下階梯，餅太郎急忙抱住她。這時他才明白，不是自己頭暈，是整個村子在搖晃。

開始傳出地鳴，腳底爲之顫動。眼前的參道出現裂痕。雜樹林就像慌亂的人們，左搖右晃，樹枝發出啪嚓啪嚓的聲響。

「是地震！」

餅太郎心生猶豫。比起往下去到地面裂開的道路上，回到神社內可能還比較安全。以前大畑村和六個分村一帶常發生大地震，聽說當時在六面神的總神社以及六個分社裡，就連夾在注連繩中間的紙垂也沒掉落。

然而，這時餅太郎聽到一陣難以置信的聲響。卡嚓、卡嚓、卡嚓！

神社裡一整排的立柱，陸續斷折。卡嚓！從正中央的地方，像被一個肉眼看不見的巨大拳頭打中，直接斷折。

「得離開這裡才行。」

彌生拉著餅太郎的手臂。

「再這樣下去，神社的屋頂很快就會崩塌。」

話剛說完，灰泥碎片紛紛往兩人頭頂掉落。

「快跑！」

兩人頭也不回地往外衝。一邊跑，一邊避開迸裂的地面。彌生拉著行動不便的餅太郎，才衝進雜樹林裡，響徹地面的轟然巨響馬上傳來。

他們忍不住轉頭看，發現那裡猛烈地揚起一道幾欲抵達天際的塵煙，而神社的瓦片屋頂就在塵煙中逐漸崩毀。

怎麼會這樣？不應該會有這種事啊。這裡是六面神的賭場村，是神明建造的場所啊。

隆隆、隆隆——

不知何處響起厚重的鉦鼓聲。是從天上傳來的嗎？

「這是總神社的大鉦鼓聲。」

彌生面色如土。不是一路朝這裡湧來的塵煙所造成。

「這是通知氏子們發生大災難時會用的鉦鼓。是我大伯公在人世敲響鉦鼓。」

「到底發生什麼事？」

「不知道。」

兩人互相扶持，保護彼此，朝石燈籠的道路走去。地面不斷因地震而搖晃，不光雜樹林的樹枝，連大到足以雙手環抱的老樹樹幹也裂成兩半。

餅太郎看到了。一隻上半身清楚留有人形的妖怪，與一隻又白又單薄、活像木片的妖怪，不是像融化般慢慢消失，而是直接化成黑灰，被吸進地面的裂縫中。

——在這裡的氏子也會被燒死。

我和彌生不知何時會被烈焰包覆。該怎麼辦才好？要怎樣才能獲救？

「餅太郎，你看那個！」

在彌生的叫喊下，餅太郎抬起眼。雜樹林對面聳立著一團烏黑的濃煙。濃煙裡火花飛舞。

「客棧燒起來了。」

來到石燈籠的道路後，彌生癱坐在地上。餅太郎也不禁跪了下來。

大火延燒至道路兩旁的每一棟客棧，無數窗戶竄出火舌。而冒出濃濃黑煙的，是已燒毀崩塌的客棧。

百花盛開的春天，許多神明來到這裡，客棧幾乎滿房。

如今這些神明爭先恐後地逃離村子。有人形的神、野獸模樣的神、道具形狀的神，以及像蒸騰熱氣般，沒有固定形狀的神。

眾神散發的氣勢，導致餅太郎和彌生都無法前進。只能在地上蜷縮身子，目送神明一一逃離。有翅膀的神，會振翅飛向高空。沒有翅膀的神，則使用白色紙人偶。原來如此，這些紙人偶果然是神明力量的化身。

眾神一把抓住聚集在祂們腳邊的紙人偶，或是叼在嘴裡、以身體纏住，甚至是一口吞下。接下來，紙人偶會馬上變化成各種形狀的東西。有白色小船、巨大花朵、蓮花、馬鬃飄揚的神馬、露出利牙的狼、扭動溼滑的巨大身軀的大鯰魚、幾乎和一棟客棧一樣大的簸箕和車輪。眾神紛紛抓住它們、跨坐上去，或是一起共乘，逃向賭場村的高空。

但骰子們都跑去哪裡了？阿代呢？桐葉呢？

「喂——阿代！」

餅太郎用丹田的力量大聲叫喚。

「桐葉，妳在哪裡？」

才一張嘴，眾神的仙氣馬上鑽進肺腑，他的身體差點爆開來。

「骰子們——」

眾神逐漸消失在高空。拜此之賜，仙氣由濃轉淡，可以大聲叫喚了。

「阿代、桐葉！」

彌生爬也似地來到前面，緊緊抓住定睛凝視四周、努力尋找骰子的餅太郎肩頭。

「它們都被燒死了……」

彌生流下淚來。臉龐因淚水而發光。

「六面神的神座被汙染，神社倒塌了。身爲六面神僕人的骰子們不可能平安無事。」

今天早上見過面之後，就沒再看到它們。難道就此永別了？

「彌生小姐，您沒受傷吧？」

彌生的身體還沒起火，我也沒事。還不能放棄，得逃離這裡才行。

餅太郎猛然回神，發現大鉦鼓已不再敲響。

滴答。村子的天空降下雨來。

餅太郎錯愕地仰望天空。雨滴打向他的臉。稀稀落落的大雨滴數量愈來愈多，轉爲滂沱雨勢。

客棧的火災逐漸平息。大火熄滅，轉爲冒出幾道黑煙。石燈籠道路兩側原本屋簷相連的客棧，一棟都沒留下。

由於黑煙的緣故，看不清遠處。這樣也好。要是可以清楚看見，餅太郎恐怕會放聲大哭吧。

此時，唯有雨聲籠罩整個村子。

搖晃，又是一陣地震。上下晃動。就在餅太郎和彌生面前不遠處，地面應聲裂開。

「我們回雜樹林去吧。」

如果是樹木牢牢扎根的地方，地面應該不會裂開。

「爲什麼？我們逃不掉了。」

「我會想辦法的。」

「想也沒用啊。六面神應該是出了什麼狀況，失去神力。這個村子將化爲塵埃。我們也會一起跟著……」

「不，彌生小姐，請您快逃離這裡。」

餅太郎雙腿行動不便。但如果只有彌生，應該有辦法逃。可是彌生卻露出晦暗的眼神，垂落雙肩。

「沒辦法逃離這裡。」

又是一陣上下搖晃。左右晃動。客棧大火的殘骸發出轟然巨響，瞬間崩毀。雜樹林跟著一陣搖晃，餅太郎他們住處的方向又升起一道煙塵。大雨馬上將其平息。

賭場村在大火中付之一炬，被這場雨搗毀，化爲黑灰、塵埃、泥巴，而後被洪水吞沒，沖往某處。

雨水滲進窄袖和服，彌生似乎覺得冷。

「彌生小姐，請在這裡等一下。我去找東西來讓您披上。」

穿越雜樹林的小路，化爲一條小河。從不久前鳥居和神社所在的方位，一道濁流滾滾湧來。裡頭有幾顆燒焦的骰子。

餅太郎大吃一驚，伸手探進泥水。原本以爲抓住了骰子，卻在他手中碎裂，只留下黑灰，感覺無比空虛。

那些可靠的骰子們不在了。

村裡的某處傳出震耳欲聾的崩塌聲。不能再磨蹭了。但餅太郎萬念俱灰，一再重新握緊手中殘存的黑灰，無聲地哭泣。

他流著淚，緊緊咬牙，將聲音往肚裡吞。對了，我沒發出聲音。

那麼，這啜泣聲是誰發出的呢？

是來自後方，還是旁邊？餅太郎站起身，隔著大雨，環視四周。滾滾濁流遇上他的腳尖和腳踝，形成漩渦。

左手邊深處有損毀的木桶和木片雜亂地堆疊在一起，想必是被雨水沖刷而來。

在那後方有個曾經見過的東西，因爲雨淋而掉落地面。

是當初將餅太郎帶來這村子的那隻大牛虻。

詛咒阿凜，害她被牛虻附身，結果付出的代價是自己也變成牛虻的那個女人。

餅太郎已不記得她的長相。當初只看到她映在水面的扭曲表情。

餅太郎朝大牛虻走近。一步、兩步。腳下微微濺起泥水。這時，牛虻那些動個不停的蟲腳，突然一下子全縮在一起。

這傢伙還活著！

「喂，牛虻女。」

餅太郎出聲叫喚後，牛虻用腳在空中亂抓了一下，發出低吼。牠改變姿勢，想重新爬起。

餅太郎一口氣拉近距離，雙手按住牛虻的身體。

「妳還活著，對吧？還能飛嗎？不，無論如何，都得請妳飛一趟。」

儘管就近細看，牛虻依舊是牛虻。沒半點人樣，只是大得離譜——

才剛這麼想，他便發現那隻全身溼透、筋疲力竭的牛虻，翅膀上浮現小花的圖案。

——是這個女人之前穿的窄袖和服上的圖案。

想到這裡，一股令人難受的悲哀湧上心頭。她也曾經是人。嫉妒心重又陰險，阿凜的仇人。

「我已不恨妳。」

餅太郎對她說道。

「這個村子毀了，很快就會化爲塵土。值得慶幸的是，我們目前都平安。」

他伸手環著大牛虻的身體，用力扶她起來。餅太郎虛弱的雙腳無法踩穩地面，沒辦法一次就扶起她。他喊著一、二、三，再試一次。

「要善用這倖存的生命。妳打起精神，動一動翅膀，把上面的水氣甩掉。就像妳之前帶我來這裡那樣，我希望妳帶一個人離開這裡。」

身上的窄袖和服與手巾全都被雨淋溼了。餅太郎用雙手替大牛虻擦拭翅膀，把水擠出，再將上面的水擦乾。大牛虻虛弱地甩了甩頭，以短短的前腳擦了把臉。

「很好，看來能張開翅膀。妳先振動翅膀躲雨，在這裡等一下。聽懂了嗎？不可以自己跑掉喔。」

餅太郎湊近大牛虻的單邊眼睛，望向其中複雜交錯的小眼，對她說道：

「最後試著做件善事吧。這麼一來，就算妳死在這裡，應該也不會墮入地獄。如果能活下去，或許還能變回人樣。」

說完這句話後，他咬緊牙關奔向彌生所在的地方。這段期間不時有地震，四周傳來崩塌的聲響。

「彌生小姐！」

彌生蹲在因地面鬆垮而整個冒出來的樹根上，蜷縮著身子。她被雨淋成落湯雞，臉色慘白。

「請打起精神來。」

他與彌生互相扶持，跌跌撞撞地在雨中前進。回去一看，大牛虻正靠自己的力量在揮動翅膀。

「餅、餅太郎，這是……」

彌生想後退，餅太郎牢牢抓住她。

「彌生小姐，這傢伙會帶妳離開村子。雖然她現在是這副模樣，但她原本是正常人，而且是個女人。」

請和她一起逃離這裡吧。餅太郎握著彌生的手，領她走向大牛虻。大牛虻強而有力地揮動翅膀，飛離地面，來到兩人眼睛的高度。

「來吧，抓住這傢伙的腳。抓後腳比較好，後腳比較牢靠。」

大牛虻的前腳抓住彌生衣服的後領，中間兩隻腳的鉤爪則是抓住彌生的雙肩。

彌生眼神游移，望著餅太郎。

「那餅太郎你呢？」

餅太郎沒看彌生，朝大牛虻屁股用力一拍，朗聲道：

「好了，去吧！」

大牛虻飛向高空，彌生懸吊著的身體前後擺盪。雨水順著她線條漂亮的小腿滑落。

「去吧，快飛、快飛！」

餅太郎仰頭大叫，雨飄進他嘴裡。

「彌生小姐，要拚命抓緊！在抵達地面前，都不能鬆手。請多保重！」

餅太郎揮著手大喊。彌生叫喚餅太郎名字的聲音，餅太郎聽不到，但他心想，這樣也好，這樣也好。

餅太郎對大牛虻說的那句話，也是在說給自己聽。

既然橫豎都得死在這裡，希望最後能做件善事。

大牛虻和彌生的身影都消失在雨瀑中，接著就像在等候這一刻般，一陣強烈的地震襲來，從底部搖撼整個村子。

腳下出現裂縫，餅太郎在千鈞一髮之際避開。他一面濺起泥水，一面往前走。他已跑不動。這時候再怎麼著急，也無處可躲。

他背後的雜樹林，好似底部脫落，樹木紛紛斷折。

猛然回神，他發現四周濃霧瀰漫。霧？從哪裡冒出來的？

不，不對。這是雲。六面神的賭場村被地震震碎，被大雨沖毀，即將被積雨雲吞沒。

身旁的地面出現裂縫，餅太郎所在的地面高高隆起。裂縫的底下，竟然連底座的岩石都碎裂，被雲層吞沒，逐漸融解消失。

因為坎坷的情勢發展，以及不顧後果的魯莽勇氣，餅太郎來到這村子。一直被困在這裡。

儘管如此，這裡終究是他投注了部分人生的地方，也留有回憶。錐次郎是個不錯的傢伙。阿代性格潑辣又可愛。彌生小姐和官兵衛是公主和家老(註)的組合，桐葉則是宮中女侍。

供奉完神明撤下的神饌和供品都很可口。關於食物，他已奢侈地享受過，那是他在人世的生活中，一輩子也嘗不到的滋味。

眾神既可怕，又有趣。

但最後就像一場夢，全都虛幻地消失。六面神到底發生了什麼事？原本留在村裡的神明，是否皆已離去，一個都不剩？

冰雨侵肌裂骨，餅太郎身體變得愈來愈沉重。好睏。腳抬不起來。

就在這裡蹲下來吧。如果被雲層吞沒，感覺會很膨鬆柔軟。那我就躺下來睡一覺吧。

地面只剩餅太郎所在之處。以前曾是小屋和飲水處的這個區塊，此刻也逐漸崩塌。

他把頭髮上的水甩除，雙手朝臉抹了一把。這時，有個發出青光的東西從視野一角掠過。

那高高地升起，往餅太郎垂落，彷彿要將他吞沒的雲層裡，有個東西在飛翔。

它輕靈地飛翔，猶如閃光，餅太郎頓時明白。

那是燕子神給他的羽毛。

——祂吩咐我轉告你，今年的燕子都贏回來了。

當初阿代如此說著，交給了他。是天空藍的底色，上面有一道黑線，一對漂亮的羽毛。

那羽毛在雲層中飛翔。

它一個翻身，散發出天空藍的光芒。又一個翻身，發出耀眼亮光。

自從收下羽毛之後，餅太郎一直擺在枕邊當裝飾，每天望著它。只要望著它，心裡就會升起一股

註：輔助藩主治理藩政的重要家臣。

暖意。他想起在畑間村田地上方飛翔的山燕，想起家人的笑臉。

羽毛又一個翻身，發出光芒。在雲層中四處飛翔。眞的是它。

「喂——！」

餅太郎高舉雙手，大聲叫喊，在原地跳了起來。

「我在這裡，在這裡，在這裡啊！」

因爲接連賭輸而暗自哭泣，個頭嬌小的燕子神，賜給他這個重要的寶物。羽毛聽到餅太郎的聲音，從雲層中竄出，輕飄飄地拍動著。

餅太郎腳下一陣搖晃。他站立的地面傾斜，背後的地面隆起，泥水全流向腳下。瓦礫和樹枝也流了過來。

餅太郎沿著傾斜的地面往下衝。燕子神的羽毛浮在空中。他順勢往羽毛縱身一躍，極力伸長雙手。要搆到，一定要搆到啊！

就在他用力蹬地的瞬間，地面崩垮。他的雙手在空中一陣亂抓，那天藍色的光芒照向餅太郎的臉。

他先是右手抓住天空藍羽毛的羽根，接著左手才抓住另一根羽毛。這一對羽毛用力振動，將餅太郎的身體帶上空中。一路往高空而去，撥開雲層不停攀升。

「太好了、太好了。」

餅太郎大聲叫道。儘管此時他眞的是獨自一人，誰也聽不到他的叫喊。

「燕子神，謝謝您。」

他又哭又笑，用力振動雙臂，拍動翅膀——我在飛呢。

不久後穿出雲層，皎潔的滿月出現在餅太郎面前。

「我就這樣回到畑間村。」

說了這麼長的故事，餅太郎臉上浮現疲憊之色。看著那張臉，直到現在富次郎還是猜不出他究竟幾歲。他有老人的皺紋，像孩子般天眞無邪的眼睛，病人瘦弱的肩膀，有力的聲音，虛弱的雙腳。

「藉由滿月的亮光看見地面時，根據山形和河川，我逐漸明白大致的方位。」

餅太郎正朝畑間村而去。他握住羽毛的雙臂，像翅膀一樣拍動，扭轉身體當成在掌舵。

「距離村莊西邊的木門約二丁處，有一尊石造的道祖神（註）。雖然沒有神殿，也沒屋頂，但周遭的地面整理得相當平整。」

藉著月光，從上空很容易找到。

「我不能突然降落在村子裡，而且要是卡在某戶人家的屋頂上，那可就麻煩了。」

餅太郎如此說道，低下頭，雙唇緊閉。

註：爲了抵禦惡靈入侵，守護路人或村民，而在村子邊界、山頂、十字路祭祀的神明。

「當時我滿腦子只在意這件事。雖然我去六面神的村子繞了一趟回來，卻一點都沒變聰明。」

雙腳在道祖神所在之處落地後，餅太郎鬆開手，燕子神賜予的一對羽毛發出天空藍的亮光，消失不見。

此刻照亮四周的，只有月光。

「儘管如此，我還是沒發現。」

因爲此刻他心中滿是回到人世的喜悅，以及回家的快樂。

「村子的木門番小屋，由當月輪値的男丁過夜看守，向來不會熄燈，這是慣例。」

然而，現在卻看不到燈光。

木門也敞開著。

情況不太對勁。奇怪，太奇怪了。

「我邊走邊仔細查看，發現木門被拆掉了。」

走到這裡，一股氣味直衝餅太郎鼻腔。

這股焦臭味是怎麼回事？

「畢竟剛剛我才在崩毀的村子裡聞過火災和濃煙的氣味。」

餅太郎感到心神不寧，心臟噗通噗通直跳。

「這時候明明得小心提防才行，但因爲我是個笨蛋，拖著虛弱的雙腳往前衝。步履蹣跚，搖搖晃晃，還是拚命在村裡四處查看……」

在皎潔的月光下，畑間村被搗毀，許多建築被燒毀的景象浮現眼前。

「我家……」

餅太郎突出的喉結滑動。

「幾乎燒成一片焦黑，屋柱變得像焦炭。」

他試著叫喚父親、哥哥、姊姊的名字。

沒人應聲。

微微傳來附近森林裡山犬的吠叫聲。

「村長家也燒毀了，燒得什麼也不剩。我搞不清楚是怎麼回事，於是朝村裡的六面神神社走去。」

那裡是同樣悲慘的景象。「雖然只是小分社，卻是一座新的神社啊。」

牆壁被敲破，屋柱被撞倒，屋頂被拆除，甚至被縱火燒屋，一切都被破壞殆盡。

「六面神遭遇這樣的災禍，失去神力，所以賭場村也隨之崩毀。」

餅太郎終於想通是怎麼回事。面對雙重打擊，他呆立原地，一臉茫然。腦袋完全無法思考，他就這樣呆站著，不知過了多久。

「等到東邊露出魚肚白，我才清醒過來，漸漸恢復一些理智。」

待在這裡會有危險。大畑村和其他分村不知現在情況怎樣，總之，得先離開這裡。

「我在大火殘骸中翻找，勉強找到能穿的鋪棉厚背心，以及髒汙的編織草鞋，便直接穿上。」

餅太郎躲進森林裡，小心翼翼地藏匿蹤跡，朝大畑村前進。

「大畑村的建築看起來幾乎都完好。」

但六面神的總神社同樣被敲毀，縱火焚燒，化爲悲慘的火災殘骸。大村長的宅邸以及神官的宅邸，也都被燒毀。

「原本是總神社的地方，搭建了臨時的軍營。」

那軍營旗幟上的家徽，餅太郎從未看過。

「那不是我們主君的家徽。而且進駐軍營的武士們，都一身像要打仗的裝扮。」

現在理應是太平盛世，難道戰火再起？還是，城下有人叛變？

「雖然不知道是怎麼回事，但這時候要是被抓，恐怕會沒命，所以我急忙逃離那裡。」

來到村子郊外，他看到幹道沿途立起告示牌，原木搭建的台架上，晾著幾顆人頭。

「是大村長和神官的頭顱。那是彌生小姐的大伯公。」

餅太郎嚇壞了，急忙逃離現場。從昨天開始，他沒吃沒喝，又餓又冷，雙腳愈來愈虛弱無力。

「照這樣來看，其他村子也不可能沒事。因爲心裡這麼想，我撥開竹林裡的雜草，一路爬上大畑村北邊的山丘。」

只要越過山丘，前方的河川就是與鄰藩的交界。河岸的碼頭設有關隘，應該會有官差駐守，但餅太郎想瞞過他們的耳目，藏身在附近，將希望寄託在這裡。希望至少有人能告訴他，這塊土地到底發生了什麼事。

「碼頭的關隘，也立著和軍營相同家徽的旗幟。」

那天下午木桶店的老闆拉著拖車行經山丘底下的小路，收留了餅太郎，他的苦難才結束。

「聽到我是從畑間村逃來的，木桶店老闆馬上讓我躲進空桶裡。他的木桶店開在一木村。」

一路上，餅太郎好不容易得知發生何事，情況比他預想中更殘酷、更不合理。

「我在賭場村的那段期間，人世的宇月藩發生了更換領地這等大事。」

原來如此，這樣就明白了，富次郎應道：「所以軍營和碼頭才會都高掛著您沒見過的家徽。」

所謂的更換領地，是大名（諸侯）奉幕府的命令，更換其治理的領地。有的是高升，換至更大的領地，有的是犯錯遭責罰，移往較小的領地或是邊陲之地。

「宇月藩的主君家，從戰國時代就在那塊土地扎根。雖是個小藩國，但歷代主君都用心治理，這對我們領民來說，也很値得慶幸。」
餅太郎的主君接任第七代藩主時，年僅十九歲。
「在藩主回藩國的隊伍中（註），藩主會騎著披掛裝飾繩的馬匹，到大畑村巡視。雖然我當時才八歲左右，但那凜凜英姿，連我這樣的孩童也看得無比入迷。」
儘管是受領民愛戴的年輕藩主，卻無法平安順利地治理好藩國。
「就時間來看，似乎剛好與我被帶往賭場村的時間交錯。聽說主君承接幕府交代的『協助工程』，結果辦砸了。」
幕府會命令諸大名進行各種工程。而被稱爲「協助工程」的這項命令，順利辦妥是理所當然，要是處理稍有不當，就會遭嚴厲究責。
「那通常是江戶城外層護城河的排乾作業和河堤的重新堆疊等工作，不會被派往遠方，也很容易預估開銷。因爲有許多前例可循，對年輕的主君來說，應該不是多困難的任務。」
然而很不走運，主君委託安排人手的江戶商人，是個一肚子壞水的老狐狸，導致開銷高得離譜。這筆開銷引發的糾紛，爲主君帶來不好的風評。
此外，協助工程都會搭配一位年長的同僚，但與他是同僚的這位大名，瞧不起年輕的宇月藩主君，不肯幫他，見他犯錯或是出紕漏，還會叨絮不休地責備他，老是把事情鬧大。
「遭人惡整是吧。」
「算是吧。爲什麼會這樣呢？即使是大名之間，也會有像婆媳之間的紛爭嗎？」
當中或許存在著平民百姓無從得知的身分高低之爭，也可能是個性不合。甚至可能只是嫉妒他年

註：江户時代的領主，在「參勤交代」的制度下，須時常往返於江户與藩國兩地。

輕。

「不過最大的敗筆，就是讓前來巡視重新堆疊河堤這項作業的監督官員受傷。」

「哇，眞是屋漏偏逢連夜雨。」

這是令人不忍卒睹的大漏子。

「聽說對方是在大雨滂沱中特地前來巡視，滑了一跤，但不能把錯都怪到老天爺頭上。我們的主君只能一肩扛起全部過錯。」

最後，餅太郎的主君被免除職務，在家禁閉後，接受更換領地的處分。

「因爲更換領地，我們的主君也換人了，這對住在江戶的人們來說，想必很難理解吧。」

富次郎坦然地點了點頭。「沒錯，我想都沒想過。」

江戶城始終位於同一處，裡頭有幕府將軍坐鎭。雖然會一代又一代地更替，但富次郎做夢也沒想過德川將軍家會移到其他地方。

「雖然我講得好像很懂似的，其實我……不，就連我爹，以及我爺爺，都只是聽人提過罷了。因爲早在德川家的太平盛世到來之前，我們主君家就在我們居住的這塊土地上了。」

然而，在幕府的裁定下，主君家竟像塵埃一樣，就這麼飛往他處，不許有任何抵抗。

「告訴我這件事的一木村木桶屋老闆，也邊說邊發抖。」

——有生以來，我第一次深深覺得幕府眞是可怕。

「就我們來看，城裡的主君是站在最頂點的位置，日常生活中，我們根本就忘了遠在江戶的幕府將軍。」

這位被眾人遺忘、身份尊貴的將軍，發出雷霆之怒。餅太郎景仰的主君家，千里迢迢前往遠方的另一個藩國。

「擔任新藩主的大名，來自奉祿相近的一處領地。」
前任藩主與領民共有一段很長的歷史，不論好壞，百姓都感到熟悉、親近，至於新任藩主，動不動就對領民很嚴苛，根本沒得比。
「如今回頭來看，迎接新主君的我們，想必也不夠順從。」
「因爲每個人都捨不得之前的主君吧。」
「嗯，這一切新主君和他的家臣們都看在眼裡，可能是因此覺得，好一群狂妄的領民啊！」
宇月藩的新藩主首先著手普查人口和農田，要每位地主申報家人和親戚的構成狀況，並提出佃農名冊。重新丈量土地，確認每年領地內能有多少稻米收穫量。葉菜、豆類、薯芋類的收穫量，也依農田數量重新估算。
「聽說算完農田後，對領地內的山林也採同樣的做法，木材、木炭、來自礦山的收穫，全都展開調查。」
足足花了兩年多的時間，才大致調查過一輪，不過，老邁的新藩主是親自指揮，騎馬在領地內巡視，率領護衛的騎兵隊，所到之處領民們無不嚇得發抖。
「一直持續到新領地的政局穩定下來爲止，這段期間新藩主特別請求免除參勤交代（註），留在領地內，所以情況更是嚴重。」
富次郎暗自思忖。與在協助工程中搞砸差事的年輕大名更換領地，「老邁」的大名。雖然奉祿不高，但也許是德川家昔日家臣出身的譜代大名（註），所以提出如此特殊的請求才能獲得通融。

註：日本江户時代的一種制度，各藩的大名需要前往江户替幕府將軍執行政務一段時間，然後返回自己領土執行政務。

「抱歉，我述說的順序顚倒了……」

餅太郎露出遙望遠方的眼神，接著說：

「自從我離開畑間村後，人世已過了三年又十個月。」

在賭場村裡，過年——也就是更換骰子的情形，只發生過一次。那裡時間流逝的速度果然與人世不同。

「一木村的木桶店老闆告訴我，近十個月領地內展開最後的普查——神社普查。」

神社普查。

「這可是第一次聽說呢。應該是跟字面的意思一樣，對神社展開普查吧？」

「對……」

餅太郎頷首，目光一暗。

「展開普查時，領地內都膜拜怎樣的產土神，這位外地來的主君並不清楚，所以當時事先預告，主要是巡視各地進行確認，如此而已。」

坐鎭在餅太郎他們生活的這塊土地上，一位小小的土地神。

「事實上，其他村落並未發生什麼嚴重的紛爭。在一些爲了產土神建造氣派神社的地方，頂多下令今後要連同新主君帶來的神明一起祭祀。」

「那是新藩主特別膜拜的神明吧。」

「他好像是位信仰虔誠的主君。」

餅太郎滿不在乎地低聲說道。

「只對他中意的神明虔誠。」

然而，大畑村與六個分村崇拜的六面神，主君就是看不順眼。

「他擅自認定，喜歡賭博的神明不算是眞正的神明。」

——這是假的神明。是裝神弄鬼，像猴子一樣低俗的東西。居然還加以崇敬，眞是豈有此理。應該搗毀，全部燒了。

「這麼說來，連寄居的牛虻神也是一樣的遭遇嘍？」

「以傳說故事爲首，新主君一聲令下，一律禁止。主君說，因爲太低俗了，今後連提都不准提。當供品的骰子、起源書、繪馬、護身符，全部堆在一起，一把火燒了。」

可是大畑村與六個分村的村民們，並未乖乖聽從命令。

「因爲六面神是我們的神明。」

祂喜歡賭博，一不小心慘輸，捅了很大的漏子，但祂也曾贏來其他土地的產物。連當初與牛虻神的交易也是如此，正因六面神與牛虻神都不是邪惡的神明，那場交易才有辦法談成。帶點滑稽，又有點可愛。

與人親近，和人相似，跟凡人一樣會歡笑、開心、享受、懊悔，「我們」的土地神。

「聽說大村長、神官、六個分村的村長們聚在一起，一再向主君請願。希望將六面神請出大畑村的神社，封進一個較小的神殿裡。原本的神社改爲祭祀新主君帶來的神明。分村也絕不會再祭拜六面神……」

所以，請讓六面神留在我們身邊。祂是我們的產土神，是這塊土地的神明。

然而，請願被駁回。

「他們全都被逮捕。」

註：昔日德川家康的家臣出身的大名，統稱譜代大名。

不知爲何，他們被說成是想聚眾造反，竟羅織出這樣的罪名。

「過沒幾天，大村長他們遭處磔刑（註），頭顱在野外曝曬。正當村民們感到驚惶不安時，擔任主君護衛的騎兵隊率領大批人馬前來，放火燒毀大畑村的六面神總神社，分村的分社也依序燒毀。」

那些設置軍營，爲打仗做準備的武士們，四處破壞六面神，追捕祂的氏子們。

村民們大爲驚恐，只能眼睜睜看著這一切發生，束手無策。

「畑間村已變得很富有，或許再過幾年，就能建立第七座分村了。」

這也是多虧有六面神的加持，但主君根本不屑一顧。

「爲了殺雞儆猴，大畑村被撤走所有男丁，畑間村則是所有人全部撤走，另遷他處。」

——完全沒有他們的消息。有人說，西邊業川沿岸展開新田的開墾，他們可能是被送去那裡吧。

「當木桶店老闆說出這句話時，我感到眼前一黑。業川是非常可怕的一條河，過去多次泛濫。這藩國的人明明都很清楚這件事……」

從外地來到上州宇月藩的新藩主，以及其家中的武士們都不知道這件事。雖然他們早晚會知道，但在那之前，會犧牲多少無辜領民的性命和勞力呢？

——我十分同情你，不過，你父親、哥哥、姊姊的事，勸你還是死心吧。

一木村的木桶店老闆抓著餅太郎的肩頭搖晃，向他說道理。

「令人驚訝的是，木桶店老闆居然很清楚我的事。」

——你代替你姊姊接受詛咒，被大牛虻抓走對吧。

之前你人在哪裡啊？六面神的村子？嗯……總之，能回來就好。保住性命就是幸運。不能白白糟蹋自己的性命。

「就算我大搖大擺地出現，也救不了畑間村的任何人。因爲在普查人口時，我被當成是逃亡，要是被捕，下場會是遭處磔刑。」

我不是逃亡，是代爲承受牛虻神的詛咒，因此被大牛虻抓走，帶往賭場村，服侍那些投入賭局的眾神。在新藩主治理下的這塊土地上，說出這樣的事，只是縮短被送上磔刑台的時間罷了。

——你只要想著如何活命就行了。你家人也會這麼希望。

「他這樣說服我，雖然腦袋明白……」

但胸口像燒起來一樣，我既悲傷，又不甘心，說什麼也無法接受。

「這樣太殘酷、太不合理了。」

富次郎猛然驚覺，餅太郎眼眶泛紅，噙著淚水。

「因爲我也很擔心彌生小姐。」

餅太郎以手背拭淚，彷彿在鼓舞自己，喘了口氣，接著說道。

「我很想去城下。雖然不知道她家的屋號是什麼，但我知道是城內御用的布莊。只要前往拜訪，馬上就會知道。」

如果去那裡，一定能找到彌生。她頭部受傷後，一直昏睡不醒，如今魂魄回到體內，應該不會有事才對。

「我告訴一木村的木桶店老闆，想找一個曾和我一起待在六面神村子的人，她是神官的親戚，並大致說明了情況。」

木桶店老闆就像要打斷他的話似的，不停搖頭，更加用力搖晃餅太郎的肩膀。沒用的，沒用的。找到又如何？

註：把人綁在木頭搭成的十字架上，以長槍刺死的一種刑罰。

——餅太郎小弟，我剛才說的話你沒聽進去嗎？祭祀六面神的神官一家，最早被處刑。

「這番話雖然說得直接，但也沒說錯。」

我誰都救不了。什麼都無法重拾。在一切都被破壞殆盡後，沒有任何事可以恢復原狀。他既痛苦，又悲傷。擦乾後，又流出新的眼淚，緊握的拳頭在顫抖。

「我雙手抱頭，號啕大哭。」

一木村的木桶店老闆讓他藏身在馬廄的角落。所以當他與木桶店老闆交談之際，負責拉木桶店貨車的馬匹就在一旁甩著尾巴，原地踱步，啃食牧草。

「在我哭泣時，不知為何，那匹馬靠了過來，用鼻子在我臉上磨蹭。」

那溼潤的溫熱、馬噴在臉頰上的鼻息，撼動餅太郎的內心。那是生命的溫熱，生命的可貴。

「這時我突然想到，在賭場村裡沒有這樣的溫熱。」

賭場村是眾神的村子，在那裡負責服侍的，全是眾神的僕人，或是被賦予暫時的生命，像亡靈般徬徨的罪人們。

「我從那裡回來了。」

這雙手有溫暖的鮮血在運行。

「就像木桶店老闆說的，我不能糟蹋自己的性命。於是我下定決心，我要逃走，想辦法活下去。」

一木村的木桶店老闆為了做生意，每個月會從碼頭越過藩國邊境一、兩次。只要逃往鄰藩，餅太郎就安全了。

「我再度請求老闆讓我躲在木桶裡，越過藩國邊境。」

過了藩國邊境後，他決定投靠木桶屋老闆做生意的客戶，一家酒鋪的店主。這也是木桶店老闆代爲介紹的。

「直到現在，我還是很感念一木村木桶店老闆的大恩。」

來到逃亡的當天，一早便下著大雨。餅太郎將木桶店的老闆娘替他準備的隨身用品收進包巾裡，緊緊抱在懷中，蹲進空酒桶。

「傳來一陣辛辣的酒香。當時的氣味，我在夢中仍不時會聞到。」

藩國邊境附近的村子，除了作物的種子和秧苗外，只要是以貨車載運的商品和人換錢，便准許與鄰藩的商家進行交易。這是前任藩主的政策，新藩主更進一步鬆綁，准許票據交易。由於這個緣故，木桶店的貨車順著山腳下的小路前往碼頭的途中，會與各種業界的商人同行。

光聽他們之間的問候和交談——

「會感覺這塊土地一直都十分平靜，沒有任何壞事發生。」

祖先們代代景仰的主君家離開這塊土地，一位不知是何方神聖的大名以藩主的身分駕臨此地，一把火燒毀大家從小就很親近的產土神，殘殺無辜的村民，並將村民與故鄉拆散，硬生生帶走他們。

「這麼可怕的事，好像從沒發生過似的。」

沒人敢提，不敢隨便亂說話。風暴過去了。只要低著頭，就能度過這場風暴，老天保佑、老天保佑。

領民無法選擇領主，只能溫順地服從度日。

「我就算死也不要那樣過日子，冒著性命危險離開領地，便沒再回過故鄉。」

那天，餅太郎在木桶裡這麼想——

「我知道八百萬眾神聚集的賭場村。」

雖然有那麼多神明，但那裡並非極樂之地。

「那麼，現在我身處的人世又是如何？只憑外地來的新藩主個人的好惡，就燒毀一尊產土神，讓祂從世上消失，理應遭天譴的事卻能被允許，這到底是什麼樣的地方？」

簡直就像地獄。但有許多人在這裡生活，還有他們景仰的神明所在的神社，所以這裡不是地獄。雖然不是地獄，對餅太郎來說，卻是最接近地獄的地方。

大畑村的大村長、神官、彌生小姐、父親、哥哥、姊姊、餅太郎的心思、對骰子們的回憶、化為大牛虻的那個不幸的女人，全都混在一起，在這個離地獄最近的地方受不合理的業火燒灼——

說到這裡，餅太郎停頓片刻，低下頭。他單薄的胸膛上下起伏。富次郎想像著此時他心中浮現的思緒，靜靜等候他開口。

不久，餅太郎抬起眼。

「我投靠的那家鄰藩村落的酒鋪，店名叫『三山屋』。」

從店門正面可以看到三座形狀相同的漂亮山峰，就像三胞胎一樣。

「三山屋老闆的四兒子，五歲時外出迷了路，下落不明，於是我借用他的名字。」

在那裡，大家都很體恤餅太郎，說他是神隱（註）歸來。山神把人還回來了，眞是謝天謝地。

「這酒鋪一家，個個都是好人呢。」

「是啊。」

餅太郎用力點頭，蓄積在眼眶裡的最後一滴淚落下。

「宇月藩新藩主那殘暴的行徑，當然也在鄰藩傳開了。三山屋所在的這座靠近藩國邊境的村子，受惠於自周遭山林砍伐而來的優質杉木和梧桐木，成為一座大村莊。」

施行那野蠻的神社普查的結果，在大畑村和畑間村引發了可怕的憾事，這個消息傳來時，他們召集村裡的男丁，沿河焚燒篝火，連續好幾晚監看對岸的情況，以防有村民從宇月藩的領地渡河過來。

「此舉對外聲稱是要抓逃亡的村民，其實是要幫助他們，加以藏匿。」
就是這樣的村子，所以儘管大家推測餅太郎應該不是神隱歸來的四兒子，仍配合這樣說。
「我不懂酒鋪的生意，而且不會讀寫，也不會打算盤。再加上雙腳行動不便，能做的勞力活有限。總之，我負責做一些打掃和撿拾垃圾的工作。」
從早到晚賣力地工作。
「一木村的木桶店老闆不時會到店裡露面，告訴我宇月藩的情況。就在我投靠三山屋，過了約半年的時候……」
在季節更替之際，降下大雨。
「雨勢很大，接連數日船隻都暫停航行，不過我待的村子沒遇上什麼災情，正當我暗自慶幸時，木桶店老闆越過藩國邊境前來。」
——果不其然，業川似乎出大事了。
「開墾到一半的新田，包括負責工程的官差屯駐地，以及苦力們住的小屋，全都被滾滾洪流吞沒，什麼都沒剩下。」
餅太郎沒哭。他的淚水已乾，內心變得剛硬。
「我不想待在這裡了，想去更遠的地方。」
三山屋有個嫁到城下一家絲線批發店當媳婦的女兒。
「如同我們村子裡流行紡線，這裡也是以蠶絲和麻線當特產。」
這家絲線批發店財力雄厚，在江戶也有設店。

註：山神或天狗將孩子帶走，稱爲「神隱」。

「我拜託三山屋的老爺和夫人，讓我到江戶的那家店工作。當然，只要能當個打雜的，有口飯吃就行了，不需要工錢。我如此向他們懇求。」

三山屋老闆一時不知如何是好，但老闆娘一口答應。

——我也認爲你去江戶會比較好。我之前就這麼想了。

「老闆娘見我不時會不自覺地哼著紡線歌，相當擔心。」

這裡雖是鄰藩，但隔著一條河有生意往來的，並非只有一木村的木桶店。要是在不適當的時機下，被不適當的對象聽到餅太郎哼的歌曲……

「到時候不光我會被捕，也會給三山屋和木桶店惹麻煩。老闆娘會擔心，也是理所當然。」

於是，餅太郎前往江戶。如果單純以年數來算，他當時十六歲。

「最後，我在那家絲線批發商也只工作了一年左右。」

餅太郎說得雲淡風輕，眼中卻像汙泥一樣渾濁又黑暗。

「他們說我是怪人，跟死靈一樣，感覺很陰森。」

年輕的夥計、女侍、童工，對我既排斥又厭惡，我待在那裡如坐針氈。

「從那之後，我到處打零工掙錢，勉強糊口度日。雙腳也因爲上了年紀而日漸虛弱無力，走起路來比以前更加蹣跚，所以就像我一開始說的，現在的我，連駝背的老爺爺都比不上。」

餅太郎使起了性子，顯得自暴自棄。那張臉明明忘了怎麼笑，卻在心底嘲笑自己的沒用。

富次郎暗忖，眼下有幾個問題想問，該從哪個問起好呢？

還是問這個好了。

「我知道這樣問很失禮，不過還是請容我問一句。」

「是，請說。」

餅太郎的眼眶泛紅。

「餅太郎先生，您今年幾歲？您的聲音聽起來頗年輕，但臉看起來不年輕。我猜不出您的年紀，一直心懷歉疚，不安地聽您說故事。」

餅太郎單邊嘴角倏然彎曲。

「三島屋……小少爺，您今年幾歲呢？」

「二十二歲。剛才我也說過，我沒有背負屋號的責任，是個輕鬆自在，還不成氣候的小少爺。」

「對，您剛才說過。」

餅太郎眨了眨眼，接著仔細打量富次郎的臉。

「不，您這哪是不成氣候，看起來儀表堂堂啊。像百物語這種事，果然只是一時興起，用來打發時間的。」

餅太郎流露出和之前不太一樣，略帶嘲諷的神情。富次郎朝他微微一笑。

「如同您說的，這只是用來打發時間，不過，藉由聽客人說故事，有助於我對人世有更深的了解。」

「那麼，請您仔細地看，猜猜我今年多大歲數。既然您聽我說了這麼多，應該看得出來吧。」

哦，竟然來這麼一招。這下富次郎傷腦筋了。因爲用詞得小心才行。

您看起來像是頭髮稀疏的老翁，也像是不諳世事的小鬼。約莫是內心的時間一直停在您從最接近地獄的地方逃走的那天。只有身體的時間不斷增加，導致您變得愈來愈虛弱。

「餅太郎先生，在猜您的年紀之前，可以請您再回答我兩個問題嗎？」

餅太郎略微噘起嘴。「您想問什麼？」

「您還記得令姊唱的紡線歌嗎？哼得出來嗎？」

這個提問發揮的效果，超越富次郎的預期。餅太郎的眼神游移，下巴往內收。
「我……當然記得。」
「是嗎？那麼，我問第二個問題。您現在仍會製作編織草鞋嗎？」
這次餅太郎全身流露出慌張。他的手指不自主地動了起來，瞬間做出像在製作編織草鞋的動作。
「我應該會。」
「您說『應該』，是因爲您不確定，對吧？您逃出宇月藩的領地後，不論是在三山屋，還是在江戶的絲線批發店，都沒機會編織吧？」
「因爲在三山屋這麼做，會有危險。」
餅太郎提高音量，頓時破音。
「連附近的村落都知道，那是大畑村的當紅商品。」
「的確，要是不小心將編好的草鞋送給別人或是販售，都是很危險的事。不過，您來到江戶後，情況如何？」
編織草鞋既罕見，又漂亮。江戶有許多人重打扮，如果在這裡販售，與當初在上州的客棧町受歡迎的程度相比，應該會遠遠高出許多。
「而且您是在絲線批發店工作，想必不必爲材料發愁吧。」
餅太郎滿臉通紅，接著漸漸轉爲蒼白。唯獨他的眼眶還留有濃濃的血氣，淚水再度浮現。
「只要我試著編織……便會想起往事，雙手無法動彈。」
想起阿凜、彌生、快樂的事、幸福的時光。
想起夢幻般的賭場村的日子，想起從最接近地獄的地方逃離時，木桶裡的黑暗。
「我……」

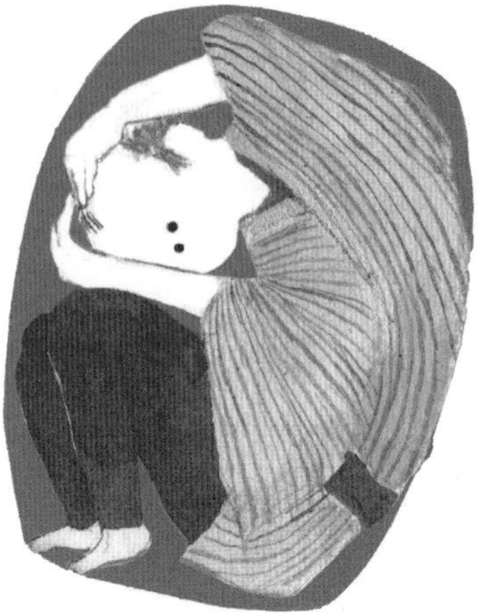

餅太郎單手掩面。

「我活在世上，眞該被詛咒。」

那逝去的歲月，就封存在他此刻的低語中。

「因爲您很後悔吧。」富次郎說。「您不想拯救您的父親、哥哥，還有姊姊，甚至不想找尋他們。只想著自己要逃離，將自己的性命擺在第一位。」

這摻雜悔恨和羞恥的念頭，一直困仕餅太郎。

別人用耳朵馬上就能聽出，他的聲音中帶有幽暗的歉疚。

「您無須後悔。」

富次郎以宏亮的嗓音，冷靜又明確地說道。

「餅太郎先生，好在您當初逃走，好在您聽從一木村木桶店老闆的忠告。您沒做錯任何事。」

餅太郎突然大喊：「這種事，你怎麼會知道！」

富次郎不爲所動，平靜地應道：「您是六面神最後的氏子。要是您沒繼續活下去，六面神將會被世人遺忘。身爲對六面神充滿景仰、懷念之情的氏子，您肩負著活下去的使命。難道您不這麼認爲嗎？」

餅太郎就像被人絆倒般，陡然倒向一旁。

「最後的……氏子？」

「沒錯。不過，要不要連牛虻神一起祭祀，就看您個人的意願了。」

從錯愕的餅太郎額頭滑落一道水滴。不是淚，是汗。

「餅太郎先生，您今年幾歲了呢？雖然我還是猜不出來，但如果您願意製作編織草鞋，我會鑑定是否能當商品販售，並幫您接洽適合的販售店家，這點我幫得上忙。」

說完後，富次郎抬起一手，往額頭一拍。「眞糟糕，不小心打腫臉充胖子。正確來說，是請家父幫忙，也就是請三島屋店主來鑑定您製作的編織草鞋是否能當商品，然後再跟適合的店家接洽，這點我幫得上忙。」

接著，富次郎又急忙補上一句。「萬一無法當商品販售，家父不能介紹店家給您，我也能和您一起說家父壞話，一吐胸中悶氣。」

餅太郎的臉在富次郎面前緩緩皺成一團。

那不是哭臉，也不是在生氣，是想笑但笑不出來。距離他憶起該怎麼笑，還差一點。

「我今年三十一歲……」

之前一直在虛擲人生。

「既然如此，重新再過一次人生吧。」富次郎說。「身爲六面神最後的氏子，您要驕傲地活下去。」

餅太郎往前微微弓身，雙手緊抓膝頭，輕聲嗚咽起來。

他沒哭很久。那像吼聲般的短促嗚咽，很快便停止，餅太郎抬起臉。

兩人目光交會。他眼中出現之前沒有的短暫晴天。至少富次郎相信——

這短暫晴天帶來的陽光，總有一天會讓這個人想起該怎麼笑。

「下次請帶著您的編織草鞋來。只要在店頭交代一聲，說您和富次郎有約就行了。」

我期待您的到來——三島屋的小少爺恭敬地伏身行了一禮。

「阿勝，妳沒事吧？」

富次郎用略微嚴肅的口吻直接叫喚阿勝的名字，可見他相當擔心。

阿勝明白富次郎的心思。打開隔門後，她笑容滿面地探出頭。

「眞是耐人尋味的故事啊。」

阿勝是有一頭烏黑豐沛的秀髮，外加白皙肌膚的美女，但臉和脖子滿是痘疤。這痘疤證明她深受疱瘡神疼愛，而且有神明的加持。阿勝之所以能驅退三島屋奇異百物語引來的邪魔和災禍，擔任守護者的角色，可說就是因爲有瘟神當中最強的疱瘡神當她的後盾。

然而，餅太郎看到的疱瘡神，卻是由一群全身赤裸、模樣枯瘦的亡靈交疊而成，一個業火包覆全身的異形巨人。

光是想像，富次郎便感到一股寒意襲來。既可怕，又充滿不祥之氣。阿勝應該也會有點心慌吧。

——然而，她卻說耐人尋味。

「我是守護奇異百物語，防止邪祟靠近的守護者。」

阿勝的聲音聽起來平淡又溫柔，面對富次郎的表情也很沉著。

「因此，我原本不該聽故事。要是注意力全放在故事的情節上，就會怠忽守護者的職責。」

話雖如此，但應該很困難吧。只要稍微聽了一點故事的內容，會在意後續發展以及結局也是理所當然。

「今天我原本也是抱持這樣的想法，不過聽到餅太郎先生提到他仰望疱瘡神的容貌後，我腦中想的便全是那件事。」

阿勝細長的眼尾透著些許嫵媚，嫣然一笑。

「……眞希望日後我也能親眼見到疱瘡神。因爲對我來說，祂是這世上最尊貴、強大，同時也最美的神明。」

富次郎不知這番話中有幾分眞心。不過，阿勝那宛如憧憬著遠方明亮之物的眼神，令他覺得既耀眼，又可怕。

「謝謝您爲我擔心。」

「不，妳沒事就好。」

我在慌亂個什麼勁啊，眞是服了阿勝——富次郎暗想。

「小少爺，關於編織草鞋一事，您是認眞的吧？」

「嗯。」富次郎頷首，接著突然心生歉疚。「不妙。因爲餅太郎先生沒用假名，當下我認爲，他不見得只能在述說百物語的場合和我們往來。」

阿勝筆直注視富次郎。

「如果是小姐，我認爲她不會這麼做。」

她指的是黑白之間的第一任聆聽者，也就是富次郎的堂妹阿近。她已幸福地嫁爲人婦，目前身懷六甲。

「不過，那是因爲小姐的身分不能左右三島屋的生意。在這點上，小少爺您不一樣。而且現在的聆聽者是小少爺，所以您的決定沒錯。」

您不能怯縮——阿勝說。

「我也會祈禱，希望再過不久，餅太郎先生能帶著編織草鞋前來。」

像在說服自己相信般，阿勝用力點了點頭後，接著道：

「餅太郎先生的故事告訴我們，不論是殺人，還是讓人活命，終究都是人做出的行徑。不僅如此，人甚至握有神明的生殺大權。人命是很尊貴，但作爲世上的生物，我們又是何等蠻橫和傲慢啊。」

人命之所以有其限度，就是爲了讓人的蠻橫和傲慢有其限度。

「一想到這是眾神定下的規矩，就不知道是先有人，還是先有神了。這問題太難，我實在搞不懂。」

因爲有人，才有眾神，還是因爲有眾神，才有人呢？

在那之後，富次郎在黑白之間擺上書桌，仔細思考這件事，始終提不起精神。將聽來的故事畫成一幅畫，就此「聽過就忘」，這是富次郎的做法，但到底該畫什麼才好，他遲遲理不出頭緒。一天、兩天、三天，時間就這麼白白蹉跎了。

餅太郎的故事中有許多精采場面，都值得一畫。石燈籠道路兩旁林立的客棧形成的賭場村景致、六面神那不可思議的神社、神社內各種用途的大房間。

當然，可愛的骰子們也教人不忍割捨。如果畫下它們率領紙人偶認眞工作的模樣，想必會是相當有趣的一幅畫。不過，最可愛的就屬愛哭鬼燕子神了。

村子崩毀時，爲了找尋餅太郎而四處亂飛的那對羽毛也很想畫下。

餅太郎第一次遇見的妖怪、站在六面神神社前的彌生。瞬間在水面映出原來的樣貌，詛咒別人，結果自己化爲大牛虻的女人。因爲她的嫉妒，害阿凜被綁在背架上，從大畑村送回來的那一幕。有歡樂，亦有悲苦。

——不知道餅太郎先生現下在做什麼？

他會鼓起勇氣，試著動手製作編織草鞋嗎？儘管涕淚縱橫，他會不認輸，努力試著想起往事嗎？

富次郎手肘撐在書桌上，坐直身子。

我身爲奇異百物語的聆聽者，做了過去沒做過的事。試著與說完故事的說故事者建立新的連繫。

這麼做究竟是對是錯，日後自然會有答案。如果做對了，算是有功，如果做錯了，便免不了責難，我都得概括承受。

既然如此，該畫的只有一樣東西。

一雙編織草鞋。

富次郎在這幅畫中注入心願，希望餅太郎邁向全新的人生時，能幫助他站穩腳步。

第二話

陶鍋妻

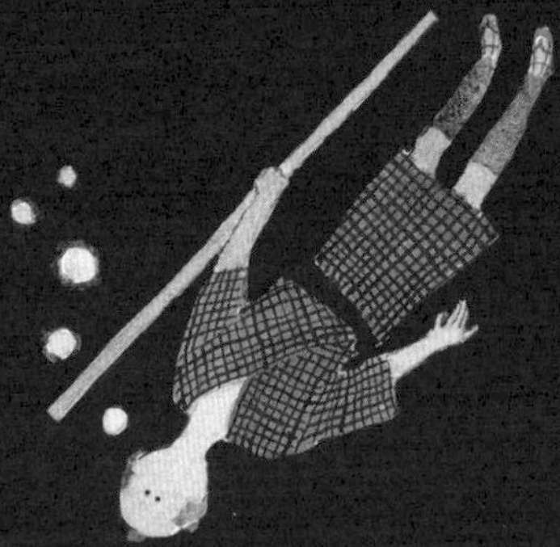

在一個秋高氣爽的日子，上午時分，常在三島屋後門進出的賣菜小販前來。

「今天有不錯的栗子，要買一些嗎？」

他在負責接洽的女侍阿島面前剖開帶刺外殼，取出裡頭的果實讓她看。確實是碩大飽滿又堅硬，看起來十分可口。

「我家老爺愛吃，就用來煮栗子糯米飯吧。好，我全買了。」

「謝謝惠顧。」

賣菜小販用一把前端呈鉤子狀的奇怪小刀，俐落地將帶刺外殼逐一剖開。他的動作相當有趣，富次郎路過時被他吸引，忍不住當場蹲下身，看他剖完最後一個栗子殼。

賣菜小販前腳剛走，從工房返回的母親阿民後腳就到。她來回望著用大簸箕裝的油亮栗子與富次郎的臉。

「又在這種地方摸魚。」

阿民瞪了他一眼，出言挖苦道。

「不不不，我只是來喝杯水，卻被栗子殼吸引。」

「既然是被吸引，那你就順便幫阿島剝栗子皮吧。一次買這麼多，剝皮得花不少工夫。」

富次郎不知道栗子在水煮之前得先剝皮。

「很硬吧？」

「對。要是不小心，會割傷手指喔。」

阿島將好用的小刀遞給富次郎，自己則是拿菜刀剝栗子皮。她俐落地一圈圈剝皮，看起來一點都不危險。富次郎可就沒這麼順利了。

「這都是爲了吃到美味的栗子糯米飯。」

明明秋意漸濃，富次郎卻忙得滿頭大汗。

兩人坐在廚房的土間，默默忙著手中的工作。從敞開的後門吹進沁涼的秋風。雖然早飯的碗盤已整理完畢，但立起來瀝水的大砧板還沒乾透。

現在晝短夜長，天亮的時間變晚，日落的時間提早。夏天這個季節，在梅雨季結束後會先派出雷雨，喧鬧地到來，陽光毒辣，幾乎要把人世都煮熟了。而夏末的餘暑，就像賴著不走的客人一樣，拖得老長，消失時卻是無聲無息。秋天則像忍者，猛然回神，它已到來。

只要季節更替，阿近肚裡的孩子就會長大。富次郎一面把玩著手中光滑的栗子，一面思忖。最近動不動就想到這件事。

得知阿近有喜，是一個多月前的事。阿近的夫家——租書店「葫蘆古堂」前來通報這個好消息。

「身為女方家人，不能高興得太早。」

在阿民的嚴厲勸戒下，富次郎等人都不敢慶祝或是前去探望。

阿近的丈夫勘一可能是猜出他們的心思，主動前來問候。

——阿近最近害喜嚴重，目前都盡可能讓她多休息。等她比較有精神，會再來通知各位，屆時請前來探望。

聽勘一這麼說，坦白講，富次郎既不悅，又不甘心：阿近是我堂妹耶。她個性好，長得美，為人勤快，而且曾擔任奇異百物語的聆聽者，膽識過人，是我引以為傲的堂妹。

說什麼「讓她多休息」。是發生什麼難過的事，身為堂哥的我得聽你說這麼一句「請前來探望」？

富次郎知道自己是雞蛋裡挑骨頭，很不成熟。是嫉妒嗎？這不一樣。富次郎發誓，自己從沒將阿近當女人看，也不是拿她當堂妹看，而是當成親妹妹。但他就是覺得不甘心。

一旁又剝起新栗子的阿島，低著頭不知在低喃什麼。

富次郎停下手，望向阿島。

「嗯，妳說什麼？」

阿島持續剝著栗子皮，剝完一整顆栗子，放進別的簸箕後，抬起臉來。

「嫁女兒的女方家，還眞是無趣。」

啊哈，原來阿島和我有同樣的心思——富次郎暗想。

「不過，我爹娘他們還好。因爲他們很快就能去探望阿近。我們卻還有所顧慮，不知要等到什麼時候。」

阿島拿起下一顆栗子。「眞想好好煮一鍋栗子糯米飯，給小姐送去，又怕挨夫人罵。」

「我去問問看。」

在三島屋內，阿島是僅次於掌櫃八十助的資深店員。富次郎和大他兩歲的哥哥伊一郎，從小都是阿島在照顧。就連阿近也是，自她從川崎驛站的老家來到江戶的第一天起，便和阿島一同生活起居，一同工作。

阿島和富次郎都認爲自己和阿近有著深厚的情誼。表面上以笑聲掩飾，其實兩人都很想說一句「女方的娘家可眞吃虧」。

「小少爺，我想的是一件更有可能挨夫人罵的事。」

阿島的語氣嚴肅，嘴角緊繃。但她的雙手仍繼續剝著栗子皮，眞不簡單。

「怎樣的事？」

「葫蘆古堂有外出跑生意的夥計，所以店內男丁充足。」

租書店也會做店內的生意，不過，大半是靠外出跑生意，四處服務老主顧，才得以成立。葫蘆古堂有幾名外出跑生意的夥計，不過，他們只在阿近成婚時前來問候，當中富次認得長相和名字的，只有十郎這個中年男子。

話說回來，正因十郎的老主顧是喜歡看故事書的阿島，三島屋和葫蘆古堂搭上線，阿近才會與葫蘆古堂的小老闆勘一邂逅。不過，先與勘一變熟的人是富次郎。絕對是這樣沒錯。富次郎請他辦過幾件事，而且兩人對美食的愛好也很一致。

但現在看了就有氣，竟然和阿近情投意合，未免太厚臉皮了吧。

不行不行。富次郎又想到別地方去了。現在要專心聽阿島說出她的想法。

「嗯，男丁充足是吧。」

他如此應道，催阿島往下說，阿島這才停下手中的菜刀，接著道：

「這麼一來，不管什麼事都靠男人來解決，會養成習慣，一切都這樣應付過去。說到女人，店內只有一名負責煮飯的老太太，連個像樣的女侍也沒有。而且只有公公，沒有婆婆。偏偏勘一先生沒有姊姊，也沒有妹妹。」

富次郎隱約猜出阿島想說什麼了。

「阿島，妳想去葫蘆古堂，對吧？」

阿島像少女般點了點頭。

「也是啦。如果我是妳，也會這麼想。」

想到葫蘆古堂工作，當阿近的貼身女侍。因爲她很清楚，日後養育孩子、操持家務，光靠阿近一個女人實在難以負荷。

「葫蘆古堂那邊爲了幫阿近的忙，可能也在想法子。」富次郎說。「這樣的話，只要告訴他們，我們可以派阿島過去，雙方談妥就行了。這不是什麼難事。我想，我娘不會罵妳的。」

阿島那愁眉深鎖的臉，這才撥雲見日。

「行得通嗎？」

「雖然我會感到寂寞，不過，只要阿近能放心，阿島妳也覺得安心，那妳就去葫蘆古堂吧。」

阿島將菜刀擱在成堆的栗子上，掀起圍兜的兩端，用力擤著鼻涕。

「謝謝您。」

——眞好，眞羨慕阿島。

富次郎心裡這麼想，沒說出口。忠肝義膽的女侍這份體恤之心，一掃他心中陰霾。

——不過，可愛的堂妹被人奪走，我這個堂哥的醋意和鬱悶，怎麼也傳達不出，無從排解啊。

「這有辦法排解。」

你也娶個媳婦不就得了——伊一郎說。

三島屋這對兄弟並肩坐在池之端一家茶屋的椅子上。盛夏時節，不忍池一片青綠的水色，今天就像淡墨一樣，顏色由濃轉淡。紅色和黃色的紅葉也才剛開始變色，看來要欣賞美景還有得等。

儘管如此，和簡單的糰子串一起送來的溫熱濃茶，直沁脾胃，說不出的好喝。靠麥茶和濃稠的甜酒挺過的炎炎夏日，它的殘渣彷彿也逐漸消融在煎茶的芳香中。

「大哥，如果要娶媳婦，也是你比我先吧。」

富次郎拿起一串糰子，笑道。

「請趕快回來娶妻成家吧。大哥肩上可是背負著三島屋的未來呢。」

富次郎的大哥伊一郎，今年二十四歲。他十六歲那年，因父親伊兵衛一句「你們到其他店學做生意吧」，前往通油町的雜貨店「菱屋」當夥計。如今在那裡的身分就像掌櫃一樣，不過現在也差不多該回三島屋了。當初伊兵衛說，既然要出去當夥計，就得待上十年，但他其實非常希望伊一郎回來，這點富次郎也很明白。

「就算你沒說，我未來要走的路也早就決定好了，不必擔心。」

伊一郎頭腦聰明，五官端整，而且個頭高大，身材勻稱，男人味十足。連耳朵形狀也長得很好看。富次郎向來都是以「氣質小生」一詞來形容哥哥的俊男形象，但最近在某個契機下和阿勝聊到伊一郎時……

——我認爲大少爺適合用「美丈夫」來形容。

美丈夫？富次郎從此記住這個詞，和伊一郎本人見面後，覺得他的俊美形象果然牢靠（註），甚爲佩服。無懈可擊的俊美。嗯？意思不一樣嗎？

對了，剛才哥哥說的那句話，可不能聽過就算了。

自從今年一月阿近舉辦婚禮後，兄弟倆便沒見過面。當時阿近的新娘裝扮令眾人看得如痴如醉，並聊到接下來就換伊一郎了。伊一郎當時裝沒聽見，之後發生了什麼事嗎？

「你說決定好了，該不會是指婚事談妥了吧？」

如果是這樣，我怎麼完全沒聽說？把我屏除在外，太過分了——富次郎微露慍容，直盯著伊一郎。伊一郎朝他一笑。

「沒有婚事上門，要怎麼談妥啊。我說未來要走的路早已決定，指的是我將來要繼承爹的衣缽，爲此非得娶妻不可，而我的媳婦早晚會成爲三島屋的第二代老闆娘。」

望著哥哥那一抹淺笑，富次郎來到嘴邊的話直接脫口而出。

「哥，你討厭這樣嗎？」

這是富次郎從未想過的事。伊一郎繼承三島屋，是理所當然的事。伊一郎是長男，又擁有這等器量，沒人能夠取代他。

然而，富次郎從未在意過伊一郎是否願意。

兩兄弟互望了好一會。伊一郎眨了眨眼，開口：

「──沒人這樣說啊。」

「你只是沒說出口，但心裡這麼想，不是嗎？」富次郎回道。

「我沒這麼想。腦中連這個念頭都不曾有過。」

伊一郎一字一句堅定地說道。

「我想繼承三島屋。光在爹這一代就經營出這樣的規模，我認爲爹很了不起，不過我有想做的事，希望能在我這一代讓三島屋更有規模。」

兄弟倆再度望著彼此，直眨眼。

「那就好。」富次郎如此應道，大口嚼著塞了滿嘴的糰子。

「梭惹不該梭的穢，抱見。」

「別邊吃邊說話。」

註：「丈夫」一詞，在日文中有堅固、結實的意思。

「嗯。」富次郎嚥下嘴裡的糰子。「說了不該說的話，抱歉。」

伊一郎拿起盛著濃茶的茶碗，正要送往口中，突然噗哧一笑。

「你眞的很有意思。和小時候沒兩樣。」

「是嗎？」

「正因爲這樣，你一定不知道，我一直很擔心你未來的出路。」

「我未來的出路？」

「沒錯，你未來的出路還沒決定。正因如此，你可以選擇。要是你什麼也沒想，只要能開分店就心滿意足，我可不像爹那麼好講話喔。對總店沒任何助益的分店，我不打算開。」

這樣啊。富次郎第一次感到心頭一震。哥哥不像爹那麼好講話，這倒是容易疏忽的眞相。

「要如何謀生、做什麼工作會覺得有意義，在你自己做出決定前，沒辦法娶妻生子。換句話說，『你也娶個媳婦不就得了』這問題一點都不好回答，你明白嗎？」

「嗯。」

「你也太不可靠了。你可沒閒工夫一直愛慕著阿近，對葫蘆古堂猛吃醋。」

咦，這話太令人意外了。「我才沒吃醋……」

「明明就是醋勁大發。這點像極了小鬼。」

富次郎像烏龜般縮起脖子。

一名繫著紅色前掛圍裙的端茶女侍，拿著濾茶網凝望這邊。是想幫他們再倒一杯茶，還是看伊一郎看得入迷了？

「哥，你今天找我出來，有什麼事嗎？」

這件事還沒問呢。

約半個時辰（一小時）前，在阿民的請託下，富次郎和一名二掌櫃一同檢視工房的置物間，阿島忽然前來叫喚。

「大少爺來了，他想請您偷偷出來一趟。別讓老爺和夫人知道，去池之端一家叫『綠』的茶屋會合。」

工房的置物間裡，能充當提袋材料的的舊布、碎布、舊衣等，堆積如山。富次郎大致分類整理後，顧不得臉和衣服沾滿線頭和塵埃，馬上趕往「綠」，只見伊一郎身穿八丈島條紋和服，搭配小紋縐綢的單衣短外罩，正悠哉地喝著濃茶。

就你一派悠閒！富次郎看了有氣，但他向來喜歡哥哥，所以只要能見到他就很開心。沒想到會被狠狠訓一頓。

「你是爲了對我訓話，才特地穿短外罩來嗎？」

怎麼可能——伊一郎坦然地說道。

「我是去探望阿近，向她祝賀，順便到家附近一趟。」

富次郎大爲錯愕。想必他的表情相當可怕，伊一郎略顯怯縮。「怎、怎麼啦？」

不公平。富次郎從緊咬的齒縫間擠出聲音。「我們都還沒能去見阿近……」

「那、那是因爲，如果大家都跑去，怕會影響阿近的身子。這也是沒辦法的事啊。我現在還不算是三島屋的人，所以算是賓客，身分特別。而且菱屋那邊也吩咐我去祝賀。」

嘎吱嘎吱，富次郎發出陣陣磨牙聲。這更令他妒火中燒。

「沒錯，我就是因爲見了阿近，才想找你出來。」

伊一郎彷彿完全忘了剛才的對話，露出親暱的兄長姿態。

「聽說葫蘆古堂裡的女侍，只有一名煮飯的老太太。這件事你知道嗎？」

富次郎仍緊咬著牙。

「之前辦婚禮時，女侍相當多，但應該是特別找來的。沒注意到這件事，是我疏忽了。」

嘎吱嘎吱。那又怎樣？

「為了阿近今後著想，她會需要一、兩個幫忙打理家務的女侍。這方面你比我機靈，也更細心，我想你應該會和娘討論這件事。」

嘎吱嘎吱。過度咬牙切齒，下巴好痛，富次郎一時沒辦法說話。

伊一郎自顧自地接著說：「我想到一個點子，乾脆從三島屋派阿島過去如何？你覺得呢？」

「這種事，我早就想到了！」

富次郎大聲喊道，那名端茶女侍和店內客人都嚇了一跳，望向他們。

「……我還沒跟娘說。阿島本人很想馬上過去。」

伊一郎注視著富次郎，頻頻點頭，同時抬起手，喚端茶女侍過來。那穿紅色前掛圍裙的女侍雀躍地端茶過來。

「謝謝。」

「請慢用。」

好似映照出前掛圍裙的顏色般，臉頰紅通通的端茶女侍，雖然長得像多福面具，但很可愛。

「原來你和阿島談好了。不愧是富次郎。那麼，可以請你跟娘交涉嗎？要是由我開口，感覺像在發號施令，會有點尷尬。」
這種感覺，富次郎還不懂。很快就要繼承家業的長男，身分還在老闆娘之上。
「知道啦。不過，我不知道娘會怎麼說。搞不好會生氣，叫我別多管閒事。」
「如果娘生氣，那不就是你登場的機會嗎？你就努力說服她吧。」
「別說得那麼輕鬆，沒那麼好辦。」
「我知道不好辦。」
浮現在伊一郎臉上的，不是剛才的淺笑，而是眞正的燦爛笑容。
「這我眞的沒辦法。因爲不論是可愛還是體貼，我都欠缺。富次郎，一切就看你的了。」
瞧你說得輕巧。餘怒未消，再加點一串糰子吧。
「阿近和勘一……是一對好夫妻。」
伊一郎喚來端茶女侍，第三杯點了櫻茶。醃櫻花讓人想起今年春天的芳香。他喝著茶低語：
「如果日後要與人結爲連理，我希望能成爲像他們那樣的夫妻。這是我深切的感受。」
富次郎一邊嚼著糰子，一邊噘嘴，當眞靈巧。
「幹麼擺出這麼古怪的表情？」
伊一郎朝富次郎的肩膀用力一拍。
「有那麼令人羨慕的範本，我和你也就明白什麼是男人一生的重要工作，那就是找個好媳婦。」
「樹、樹。」
「不是說了嗎？別邊吃邊說話。爹也是因爲有娘這樣不管什麼時候都願意一起吃苦的好伴侶，才能從挑擔叫賣的小販，一點一滴建立起現在的家業。媳婦眞的很重要。」

這句話伊一郎說得特別用力。
在茶屋前道別後，富次郎轉頭望著朝通油町離去的哥哥背影。
——哥哥應該是有人上門提親吧。
富次郎心裡這麼想，緊咬著嘴唇。糟糕，糰子吃太多了。

*

事情往往沒想像中困難。
「其實我也在想，阿近應該會需要可靠的女侍幫忙。」
富次郎談起女侍的事情，阿民非但沒生氣，還頻頻點頭，如此說道。
「這樣下去，如果不趕在生產前讓阿近回娘家，實在教人不放心，偏偏我又不能向勘一先生提出這種要求。」
母子倆暢談心裡話，富次郎坦然說出阿島想去葫蘆古堂的事，以及伊一郎對此事的擔憂。
阿島的事姑且不談，伊一郎的話令阿民相當吃驚。
「哦……看來確實是受過人世的洗禮。如果是以前的伊一郎，不會主動關心這種事。」
咦，是嗎？對富次郎來說，伊一郎向來都是細心、善解人意、可靠的兄長。
「在這方面，日後多受一點人世的洗禮，你應該就會明白。」
此事談妥後，阿民喚來阿島和阿勝。
「少了阿島之後，一切的工作暫時都得由阿勝一人承擔。因爲就算雇用新的女侍，在對方習慣之前，反而會更辛苦。我也得聽聽阿勝的意見才行。」
阿勝當然拍手贊成。

「阿島姊能去陪在小姐身邊，我就能高枕無憂了。」

一旦敞開來談才發現，原來大家都同樣擔心。

「那麼，該怎麼跟葫蘆古堂那邊開口呢？」

不是跟阿近的丈夫勘一開口，而是跟葫蘆古堂這個「家」開口。

一如往常，態度從容不迫，眼尾微帶一股柔媚，比誰都早出聲發表意見的，是阿勝。

「只要阿島姊自己逃跑就行了。」

阿島（只是比喻）打著赤腳，什麼也沒帶，一路跑到離三島屋約三丁遠的葫蘆古堂，這樣就行了。接著坐在店門口，伏地拜倒。

「我已自行離開三島屋。拜託您，請讓我留在這裡服侍小老闆娘阿近夫人。」

三島屋的店主和老闆娘都訓斥我太多管閒事，小少爺富次郎也勸阻我。但我無論如何都想留在阿近夫人身邊，求求您成全我這個心願。

「只要在他們答應之前一直緊纏不放，就能成功搞定。」

「可是，這樣只有阿島當壞人……」

「這是爲了讓對方答應，阿島姊，妳應該不在乎吧？」

「沒錯，就算會被判處磔刑，我也不在乎！」

沒人會那樣對妳的。

「其他的事，就算我粉身碎骨也會努力完成。俗話說，好事不宜遲，如果仔細討論反而會出狀況，所以阿島姊，擇日不如撞日，妳馬上前往葫蘆古堂吧。」

阿勝從來不曾這般積極地指揮調度。老闆娘阿民聽從她的建議，頻頻點頭，這也令富次郎大爲驚訝。

於是，阿島當天便逃離三島屋，跪坐在葫蘆古堂的店門口，搬出那套說詞。從店裡衝出來的勘一和阿近這對夫婦，連忙扶她起身。

「我明白了，快快請起。我們願意雇用妳！」

「阿島姊，謝謝妳。待會我再去向叔叔、嬸嬸致歉。」

勘一羞紅了臉，滿頭大汗，阿近則是滿面笑容，眼中帶淚。

此事搞定後，富次郎喚來童工新太，命他跑一趟菱屋。

「你去告訴我哥，阿島現在是葫蘆古堂的女侍了。」

新太回來後，帶了一封伊一郎寫的信。打開一看，上面只寫著「呵呵」二字。

「大哥眞討厭，老愛裝模作樣。」

富次郎在那兩個字旁邊畫上紙糊犬的圖案，這是守護嬰兒的吉祥物。

阿勝今日在黑白之間的壁龕擺上插著芒草與桔梗的花瓶。花瓶的形狀，像是從導雨管切下一部分，因爲塗上一層釉藥，顏色特別鮮豔，色澤就像栗子皮一樣。

此乃秋天的搭配。對喜好美食的富次郎來說，這是充滿喜悅的季節顏色。

不過，背對著壁龕，坐在上座的這位新來的說故事者，有一身曬得很黑的肌膚，幾乎與栗子皮不相上下。不光是臉和額頭，只要是看得見肌膚的地方，全是栗子色。想必不是最近才曬黑，大概是海風加上日曬所造成。由於這個緣故，此人的肌膚粗糙，眼角和嘴角滿是皺紋。

又是一位從外表很難猜出歲數的說故事者，不過，和前些日子的那位餅太郎不同，此人神情開朗，寒暄的聲音也充滿活力。此時正瞪大那雙水靈大眼，環顧黑白之間，似乎覺得很稀奇。應該是年近三十吧，換句話說，雖然已完全是中年婦人，但模樣相當可愛。

阿島跑去葫蘆古堂當女侍後，爲了塡補她的空缺，三島屋來了兩個新女侍。一個年紀和阿民相仿，一個就像她女兒一樣，才十四歲。兩人都住在三島屋附近，所以目前暫時是住在自己家，每天到店裡工作。工作方面，由阿民和阿勝教導，但要做的事繁多，不論是教導的一方還是學習的一方，都相當忙碌。

「因此，我想趁這個機會，讓童工新太來接待奇異百物語的客人，不知小少爺是否同意？」

做出這項提議的，是掌櫃八十助。如果是在其他店家，早就應該被尊稱「大掌櫃」的這位三島屋的重要人物，不知爲何，很排斥這種重派頭的稱呼，往往都是別人叫一聲「掌櫃的」，他應一句「好，來了」。而在奇異百物語活動中，起初有一段時間是八十助負責帶說故事者進黑白之間。

此時八十助說：

「我想趁這個機會，好好指導新太如何接待請至屋內的客人。」

沒理由反對。嗯，好啊，交給你去辦——富次郎回答得很輕鬆，但當事人童工新太第一次接待的說故事者竟然是這麼一位渾身栗子膚色的中年婦人，想必很吃驚吧。帶客人進房後，退下時他的眼睛仍眨個不停。

說故事者梳了個丸髻（註一），穿的是條紋的銘仙（註二）搭上黑領。腰帶是相當老舊的晝夜帶（註三），打著赤腳，沒穿二趾布襪。

這姑且算是外出服裝，但這身打扮極爲樸素，而且感覺她不太習慣梳丸髻。她可能是覺得鬢角一

註一：江户時代已婚女性最具代表性的髮髻。
註二：採平織法製成的絹織物。
註三：正反兩面用不同布料製成的女用腰帶。

帶綳得很緊，頗爲在意，不時伸手觸摸。雖然中規中矩地在頭頂插上紅漆髮梳，以及紅色珊瑚玉的髮簪，但很像是借來的。

她平時一定是隨手綁成一束馬尾，或是綁成一團，連髮飾也不戴吧。然後在戶外的大太陽底下幹活。

——可能是漁夫的妻子吧。

如果在佃島（註）一帶，神田三島町的三島屋奇異百物語同樣名氣響亮，那是多令人開心的事啊。若是風評傳得更遠，那些將鯖魚和鰹魚運來日本橋魚貨河岸的快艇，回程空船的時候，將奇異百物語的傳聞也載往鎌倉或館山，那可就更教人得意，鼻子都快抵到天花板了。

「……可以嗎？」

咦？富次郎猛然回神。說故事者似乎問了他什麼。

「抱歉，請問您剛才說什麼？」

他一反問，說故事者難爲情地眨了眨眼，低下頭。她的凸額頭相當顯眼。當然，她的額頭一樣曬得很黑。

「像偶這樣的山佬到這裡叨擾，眞的可以嗎？」

她自稱「偶」。光從這點就聽得出，她不是江戶市的女人。

「我們奇異百物語收集各種故事。說故事者並非全是町內的商人。如果全是武士，也教人備感拘束。」

說完，富次郎咧嘴一笑。

「而且眞要說的話，您看起來不像山佬，反倒比較像海佬。」

「山佬」一詞指的是鄉巴佬，但沒有「海佬」這樣的稱呼。很冷的俏皮話。但說故事者望著富次郎，先是一愣，接著開懷大笑。
「少爺，您眞會說笑。」
她的聲音在喉嚨裡打轉，笑個不停。
「果然，偶皮膚曬得這麼黑，看也知道是整年都吹著海風。」
「不，是我失言了。」
富次郎恭敬地低頭行禮。
「不過，我的俏皮話說中了嗎？」
「對。不過……」
說故事者再度轉動眼珠，露出調皮小鬼般的表情。
「偶哥和偶，都不是捕魚的。我們那一帶雖然有不少海苔的養殖業，但這也不對。」
不是魚，也不是海苔，難道是出海？
「那會是什麼呢？我猜猜看，請等我一下。」
富次郎裝模作樣地盤起雙臂，說故事者看著倒是急了起來。
「偶聽『阿和利屋』的老闆娘說，在百物語這邊，不用全部說眞話沒關係。」
「咦？對，沒錯。」
「如果說出偶們的工作，就會知道偶們住的地方，該怎麼辦才好呢……」
她爲難的表情顯得很純樸，相當可愛。
「我明白了。既然這樣，先整理一下哪些是您覺得可以坦白告訴我的事吧。」

註：東京隅田川左岸一帶。

說故事者再度眨了眨眼。您覺得可以坦白告訴我的事？

「意思是，就算在這裡說也沒關係的事、就算被人知道也沒關係的事。」

「啊，是。」

說故事者用力點頭，珊瑚玉的髮簪突然晃動起來。

「剛才也向您自我介紹過，我擔任奇異百物語的聆聽者，名叫富次郎。是不用繼承家業的家中次男，一個悠哉度日的米蟲，請叫我『小少爺』即可。」

「是……小少爺。」

「方便請教您的芳名嗎？」

「偶？」說故事者以手指按住鼻頭。「偶叫飛。」

飛？好怪的名字啊。

「偶哥都叫偶『飛仔』。因爲這樣叫起來比較順口。」

的確。喂，飛仔，幫我把那張網子拿過來。

「偶娘當初生偶時非常順利，才感覺快生了，隔不到半個時辰就生出來了。」

嗯，爲什麼會談到這件事情上？

「偶娘臨月後，一直在腰帶裡夾著飛魚的飛翅。因爲這樣能保佑順利生產。」

哦！這富次郎倒是第一次聽聞。應該是海邊村落流傳的民間信仰吧。

「所以我的名字才叫『飛』。大家都叫我『阿飛』，或是『飛仔』。」

原來如此。富次郎的下巴往內收，重新細看阿飛。

眼前這個人，擁有能保佑順利生產的名字。

眞是太謝天謝地了，這根本就是老天爺的指引嘛。

「我有個親人現在身懷六甲。」

「哦，恭喜啊。」

阿飛馬上低頭行禮。珊瑚玉的髮簪又是一陣晃動，幾乎有一半露在丸髻外面。

「您的髮簪快掉了。」

富次郎指著髮簪提醒，阿飛隨手將髮簪塞回原位。

有意思，而且這個人似乎比原本想像的還要年輕。

「我叫富次郎，今年二十二歲，阿飛小姐今年貴庚？」

「偶二十五歲。」

話雖如此，她的頭髮和肌膚狀況都很糟。不過，她似乎仍保有一顆少女心。

「您有個哥哥。」

「對，有……」

阿飛差點跟著應道，急忙搖頭否認。

「沒有，他死了。」

她送哥哥走完人生最後一程，至今已有一年。

「要是偶一直哭哭啼啼，偶哥就不能安心前往他該去的地方，所以有人跟偶說，如果妳有心事淤積在心裡，不妨找個地方傾吐吧，有個地方很適合。」

「是阿和利屋的老闆娘向妳介紹三島屋奇異百物語的吧。」

「對。」阿飛頷首，珊瑚玉髮簪突然滑脫。

「阿和利屋是怎樣的店呢？方便向您請教嗎？」

「哦，是海苔批發店。」

阿飛才剛應了聲「哦」，那根珊瑚玉髮簪就像極力想逃離她的丸髷般，又滑了出來。阿飛連瞧也不瞧一眼，直接以手掌推回原位，接著說：

「是批貨到江戶市內的一家大批發商。」

不能笑。但眞的很好笑。只有富次郎目睹今天這位說故事者的有趣之處。躲在隔壁房間擔任百物語守護者的阿勝，應該是感覺不出來吧。

「阿飛小姐，您是與阿和利屋有往來的商人嗎？」

「偶不是商人。」

「令兄也不是嗎？」

「偶哥擔任三笠渡口的擺渡人，偶一直在他身邊幫忙。啊！」

阿飛的眼睛瞪得老大。

富次郎忍不住笑了出來，他雙手合十，向阿飛道歉。

「對不起。我不是在笑您。在奇異百物語中不小心說出原本不想說的事情時，說故事者都會露出這種表情。所以我才想，您應該也不例外。」

阿飛應了聲「哦」，再度隨手摸向珊瑚玉髮簪，塞進髮髻。

然而，就在阿飛手放下的瞬間，那髮簪彷彿大喊一聲「好機會！」，馬上滑脫，珊瑚玉那頭朝下，落在黑白之間的榻榻米上。

「這什麼啊，眞煩人。」

阿飛十分不悅。

富次郎很想笑，但極力忍了下來。

「在您的故事說完前，先把簪子收起來吧。」

語畢，富次郎取出懷紙，折成三折遞出。阿飛不禁一愣。

「失禮了……」

富次郎如此說道，起身離席，撿起地上的珊瑚玉髮簪，以懷紙包好，輕輕擺在壁龕旁。

「顏色很漂亮的珊瑚玉。今天的衣著打扮，是阿和利屋的老闆娘替您準備的吧？」

阿飛應該是聽他這麼說才想起。她突然顯得局促不安，重新檢視自己的裝扮。

「是的，這都是向老闆娘借來的，所以要是哪裡弄髒，或是脫線，那可不行。」

「您放心。不過，您是不是把二趾布襪脫在哪裡了？」

阿和利屋的老闆娘不可能讓她打赤腳來三島屋。

「因爲二趾布襪太緊，偶沒穿。」

老闆娘罵她沒規矩。一個像樣的女人，就該穿二趾布襪。

「可是，感覺腳被束縛住，令人喘不過氣來。」

「這樣啊，在這裡不用穿也沒關係。」

聽富次郎這麼說，阿飛露出鬆了口氣的神情。

「只有腰帶是偶的。是偶哥買來送我的，所以算是他留下的紀念品。有事出門時，偶都會繫上這條腰帶。」

那老舊的晝夜帶，正面是黑緞子，背面嚴重褪色，紋樣都糊了，但原本應該是紫色縐縮吧。就算只有外出時才穿戴，也稱不上什麼昂貴的好貨。這是小姑娘穿戴的腰帶，即使是商家的女侍，到了阿飛這個年紀，也都會穿上質料好一點的和服與腰帶。由此可窺見阿飛和她哥哥平日的儉樸生活。

好，就請她說出她的故事吧。

「剛才我也說過，我並不知道三笠渡口這個地方，就算聽了名稱，也不知道在何處，所以您大可放心。」

阿飛似乎爲裝扮的話題分了神，忘記正事，微微露出納悶的眼神。接著，她突然冒出一句「啊，您說的是地點」，慢了半拍才摀住嘴巴。

「沒錯，我不知道那個地方。話說回來，在奇異百物語中聽到的故事，『說完就忘，聽過就忘』是這裡的規矩。接下來不管您說了怎樣的故事，聽的人也只有我富次郎一人。您說完故事後，我富次郎會聽過就忘。故事絕不外傳，我富次郎不會告訴任何人。」

每次一說到「我富次郎」，他就會用力拍胸脯。

阿飛就像嘴巴閉著、以牙齒咬住上脣般，露出微笑。十分獨特的笑容。

「阿和利屋的老闆娘也說，三島屋是一家正派的店。」

「謝謝讚美。」

「她還說，在店裡舉辦百物語，明顯古怪。」

她說的「明顯」，與富次郎他們平時說的「天氣明顯轉涼了」不太一樣，想必是「極爲」或「非常」之類的含意。會是哪裡的方言嗎？

盛行養殖海苔的地方，在江戶就屬品川和大森了。但那一帶沒聽過有「三笠渡口」這個地方，看來是安房南邊吧。

「如果令兄是擺渡人，而您一直在身旁幫他的忙，那麼你們和海苔批發店『阿和利屋』又是怎樣的關係呢？」

阿飛毫不猶豫地回答：「老闆娘是偶們的遠房親戚。」

「原來如此，是親戚啊。」

阿飛用力點頭。現在已沒有會從丸髻脫落的東西，富次郎可以放心看著她。

「老闆娘和偶娘是堂姊妹。老闆娘家一直都是從事海苔養殖，偶家則是從曾祖父那一代就住在三笠渡口的擺渡人，不過，親戚終究是親戚。當初偶娘在堂妹喜代決定嫁入阿和利屋時，還很驕傲地四處跟左鄰右舍宣傳，說喜代飛上枝頭當鳳凰。」

家中以海苔養殖爲業、一整年中大半時間都泡在海水裡工作的姑娘，被批發店看上，確實很幸運，堪稱飛上枝頭當鳳凰。

「阿和利屋的老闆娘名叫喜代，對吧？」

「對。偶娘希望孩子和老闆娘一樣幸運，替偶哥取名喜代丸。」

○○丸、○○丸，聽說在代代守護三笠渡口的阿飛家，是替渡船和駕船的家中男丁所取的名稱。

「偶哥叫喜代丸，他的船叫飛丸。」

「也是飛魚的『飛』嗎？」

「對。偶哥駕船時，就算粂川因漲潮而波濤洶湧，船隻也會像飛魚一樣飛越激流。」

阿飛舞動雙手，表現出洶湧的激流以及從上面翻越的船隻。

「儘管如此，船上乘客的臉也很少被水潑溼，眞的是本領高超。」

她提到「粂川」這條河川的名稱。那一帶盛行海苔養殖，所以三笠渡口應該是位於河口附近。因海潮的漲退，河水和海水混雜在一起，水位和流速也會隨之改變。對船夫來說，應該是一處難度頗高的渡口。

「我完全猜不出是什麼地方，應該可以詢問吧。『三笠渡口』這名稱有怎樣的由來呢？」

阿飛很坦率地點頭。

「是因爲在河流當中有三座形狀像戴著斗笠的岩石。」

那三座岩石會隨著粂川的水量和流速強弱，在水面上忽隱忽現。

「粂川是水神的居所，祂會透過笠岩告訴人們許多事。例如，進入梅雨季，如果三座笠岩都出現，而且連續出現三天，那年夏天就會鬧乾旱。初冬要是兩座笠石都結凍，那年就會下大雪。」

嗯，有意思。

「聽曾祖父說，以前曾經想在三座笠岩上架起注連繩，試過各種辦法，但都沒能成功。」

最後，載著神官的渡船翻覆，船夫和神官都被河水吞沒，屍體始終沒浮出水面。

「那是斗笠形狀的岩石，對吧？如果是這樣，就算綁上繩子，也很快就會脫落。」

儘管這樣還是要嘗試，或許是想要昭示水神居住的粂川是一處聖潔的場域，但這事聽了令人同情。

「還有，三笠渡口的擺渡人，無論如何都不能讓船撞向那三座笠岩。因爲笠岩原本是從水神的身軀剝落的鱗片。」

「這麼說來，粂川的水神是魚嘍？」

「不，是水蛇。小少爺，蛇也有鱗片喔。」

這我知道，只是一時沒想到而已。富次郎心裡這麼想，但沒生氣。因爲阿飛很認眞地告訴他這件事，而且

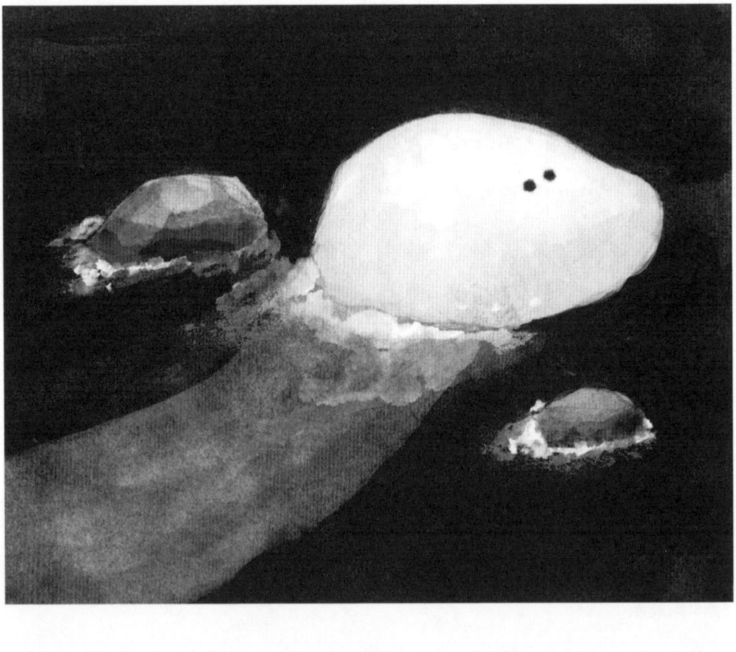

她的目光無比明亮。

「水蛇是吧。想必是一條巨蛇。」

「祂的頭位於粂川的源頭，尾巴則是藏在從河口向外擴展的平坦海底某處。就是這麼巨大的一條水蛇。」

據說，海苔養殖場便是利用那平坦的海底建造而成。

「雖然有船隻不走養殖場，而是繞過外海通行，但如果沒有橫越養殖場的船隻，養殖場的生意便做不成了，所以不管駕船有多困難，三笠的渡船還是不能少。」

「是因爲船隻從養殖場穿越，會傷到海苔，所以才不行嗎？」

「不不不，是因爲好不容易有粂川的水神淨化後的水流進這裡，要是讓人的氣息通過，可就糟蹋了。」

原來如此。不過富次郎心想，養殖也得透過人力，這樣不是早就有人的氣息通過了嗎？

「要是船隻通過那裡，攪動潔淨的水，可就大不敬了，對吧。」

大不敬。阿飛彷彿十分認同，緊抿雙脣。

「那座養殖場的海苔，會進獻到城內。主君也祭拜粂川的水神。那裡採收的海苔，是供奉過水神後撤下的供品。」

聽了她的說法後，這次換富次郎點頭。原來如此，這樣就明白了。

「因此，在處理時得格外小心謹愼才行。早在偶出生之前就有官府頒布的告示，這點沒人敢違抗。一旦違抗，就會被處以磔刑。」

雖然還是猜不出地點在哪裡，但逐漸可以明白，阿飛故鄉的海苔養殖是一項重要的產業，人們對守護這項產業的粂川水神有很虔誠的信仰，主導的不是當地居民而是藩國。

「這麼說來，守護三笠渡口的擺渡人是重要的角色。妳家代代肩負這項工作，在當地應該算是家世不凡吧。」

阿飛的臉上沒有表情，富次郎差點以為是她沒聽懂「家世不凡」一詞的意思。

然而，阿飛臉上一直沒有表情，小聲低語：

「可是都很早逝。」

咦！

「偶家的男丁個個都短命。因為粂川是一條很難駕馭的河川，撐篙稍有差錯，便會喪命。長男死了，就由次男繼承，次男死了，再換三男，最後連三男都死了，這種情況也發生過。」

剛剛才聽阿飛說過，她的哥哥喜代丸一年前過世。

「喜代丸先生是幾歲過世的？」

「二十六歲。」

「對於令兄的死，我深感遺憾。」

富次郎端正坐好，低頭行了一禮。

「那麼，喜代丸先生的繼承人是……」

「由偶弟弟勝丸繼承。他小我三歲，但已成家，媳婦生了兩個兒子，所以後繼有人。」

「哦，這樣啊。」

富次郎頓時鬆了口氣。這是怎麼回事？明明才展開對話沒多久，他已對阿飛一家人萌生特殊情感。

「那麼，阿飛小姐，您現在改為幫勝丸先生的忙嗎？」

「其實也沒幫什麼忙。」

以細瑣的工作居多，例如協助客人上下船、上貨下貨、工具保養、打掃候船場和棧橋四周等。

「河的這一側和對岸，共有兩處候船場和棧橋。一邊是由船夫的女兒負責，另一邊由妻子負責。」

聽說喜代丸擔任擺渡人時，對岸的雜務都是由勝丸負責。

「偶哥一直都打光棍。」

他堅持不娶妻。

「偶早就習慣了，所以不會在意，不過偶哥有時說話會打結。」

打結。「是不知道要講什麼嗎？」

「不是。呃……就是無法順利地說話。」

意思是會結巴，話卡在嘴裡出不來嗎？

「他非常在意這件事，很少說話，是個不太討喜的人。他總是看起來一臉不悅。偶們家裡的人從沒見過偶哥眞正生氣的模樣，但他那張臉總是像在生氣，十分吃虧。」

——女人都討厭我。如果硬是談成婚事，對方太可憐了。

「嫁給三笠渡口的擺渡人爲妻，表示無論如何都得生下男孩才行，而且很早就會守寡。另外，擺渡的工錢便宜，有一半得上繳到城內，當作是繳稅，所以一貧如洗。」

說起來，根本沒半項優點。

「話雖如此，這是自古傳承的重要職務，在村裡很吃得開，大家都重視他，也會有人上門提親，不過偶哥一律回絕。」

富次郎暗暗思索。就目前得知的線索來看，三笠的擺渡人感覺像一種神職。只有這家人的男丁才能在水神居住的粂川上划船。與輪流擔任村裡祭典的神官大不相同。

在這層意義上，阿飛應該是家世不凡，頗有淵源。而且還有藩主（城主）的虔誠信仰當後盾，想必頗受禮遇。那是無法以金錢衡量的價値，正因與貧富沒有直接的關聯，才不會墮入世俗，備受尊崇。

話說回來……富次郎深深感到世界之大，無奇不有。

他想起前一位說故事者餅太郎的故事。那也是與人們和土地神之間的情誼有關的故事。在所有土地上，每個人都需要以某種形式接受神的庇佑。爲了祭祀神明，決定屬於當地的做法和規矩。

人決定的規矩，只要人心改變，便很容易被推翻。六面神只是不合新領主的意，就遭到踐踏。

如果從這點進一步思考，神明的模樣和神力，不就是應人們的想像而生的嗎？正因有人們的祈願，才有眾神的存在。

這種事一個人思考很無趣，下次聽聽葫蘆古堂勘一的意見吧。因爲他看了不少書，見多識廣……

富次郎腦中有這個想法，連他自己也十分驚訝。

自從阿近出嫁後，他都忘了之前自己都像這樣，動不動就找勘一幫忙。

伊一郎一語道破，說富次郎是在吃醋。沒錯、沒錯、沒錯啊。因爲太無趣，太寂寞了。

富次郎突然感到一陣羞愧，整張臉熱了起來，不住冒汗。

「小少爺，您熱嗎？」

富次郎猛然回神，發現阿飛正望著他。

「偶打開一扇紙門吧。」

「哪裡的話，這種事不能讓說故事者來做。阿飛小姐，您覺得熱嗎？」

「偶從小就在河邊工作，對冷熱沒什麼感覺。」

這廣闊的世界中，原來也有這樣的生活。

「老是打斷您的話，眞的很抱歉。咳！」

富次郎清咳一聲，重新坐正。

「我也眞是的，竟然沒拿熱茶和點心款待您。」

富次郎決定今後這裡提供的茶點，全由自己安排。明明是自己的提議，但他看阿飛那栗子色的臉龐看得入迷，又被她的故事吸引，一時忘了。

「哎呀，鐵壺裡的開水都不燙了。點心是栗羊羹，因爲正值秋天。」

見富次郎如此殷勤，阿飛再度露出像在遮掩嘴脣的笑容，對他說道：

「偶的故事裡也會出現秋天的景物，例如颱風、栗子的帶刺外殼。」

這年秋天，第二個颱風肆虐後離去。

這次的颱風風勢雖強，但雨量不大。因大潮而從河口湧向內陸的海流，以及從西邊吹來，將河水推向河口的風力，兩相作用下，粂川一整晚就像大蛇一樣蜿蜒起伏。

從前天起就決定停止渡河，這邊的候船場和對岸的候船場，都沒有客人。粂川的水呈深藍色，此時水面上浮現和緩的波紋，河水緩緩流動。事實上，流速比平時還快，要不是看慣了笠岩周遭泡沫濺起的情景，很難從中看出端倪。

喜代丸一動也不動地站在棧橋上，纏在脖子上的手巾邊角，與長度及膝的筒袖和服下襬，隨風飄揚。阿飛一直都很納悶，哥哥明明瘦得像竹竿，如何能像岩石一樣穩穩地矗立在颱風尾的強風中？

正當她望著哥哥時，喜代丸突然轉身，走下棧橋。

「哥，如何？」

阿飛在候船場前大聲喚道。

喜代丸不發一語地指向阿飛背後的天空。

阿飛轉頭仰望，發現天空浮著一塊濃厚的灰雲。空中流動的雲因回吹的風而碎成一片片，一路被吹向東邊，變得愈來愈小，耀眼的清晨藍天逐漸擴展開來，但只有一片像小山般的灰雲始終頑固地保有原來的形狀。

「要等到它消失爲止是吧？」

面對阿飛的叫喚，喜代丸揮著手，默默走進候船場內。

三笠的渡口，位於這塊土地的交通要處上。商人、旅人、巡視的官差、農民、漁夫，當然還包括海苔養殖業者，各行各業的人們都會坐上這裡的渡船，往來於粂川上。所以位於河川兩側的候船場，有用來立起風向標的柱子。

紅色風向標表示停止渡河。黃色風向標表示即將停止渡河。藍色風向標表示再度開始渡河。平安無事時，會先立起白色風向標，這是規矩。

這風向標與擺渡人的筒袖形狀相同，由擺渡人家中的女人負責縫製、修補。在颱風通過前的這段時間，阿飛事先清除藍色風向標上的髒汙，加以修補。這次的停止渡河不會持續太久。根據風聲，她做出這樣的判斷，但還是沒有哥哥的預測來得精準，這也是理所當然。

等那頑固的灰雲消失，阿飛立起藍色風向標，弟弟勝丸就會划著先前趁風強雨急時退回對岸的渡船「飛丸」回到這邊。這一側的棧橋附近，岩岸一路相連，比較危險，在載乘客之前，只有船夫一人從對岸划船過來，同時也能確認渡河是否安全，因此在停止渡河時，船隻一定得先停在對岸。

如果太早開始渡河，船隻翻覆，勝丸就會一命嗚呼。

——每次都是冒著性命危險。

他們家就是從事這樣的行業，怨不得別人。而且阿飛協助哥哥工作，每天一次又一次地目送哥哥離去的背影，見哥哥划船回來，再朝他揮手，她喜歡這樣的生活。

擺渡人之家，在這一帶備受敬重。因爲名字的由來，人們認爲阿飛能順利生產，多子多孫，而且連附近的村子也都知道她生性勤奮，所以十四、十五歲時，有許多人上門提親。她答應其中一戶人家，嫁到粂川對面客棧町的問屋場（註），但不到一年就就收到休書，被迫返回娘家。

阿休的前夫說：

——她膚色那麼黑，看起來就像妖怪一樣，怪嚇人的。

自小就在棧橋和候船場工作的阿飛，陽光烤黑她的肌膚，河面反射的陽光烤黑她的肌膚，河口吹上岸的海風烤黑她的肌膚，烤得恰到好處。

既然嫌烤黑的肌膚看了不舒服，當初何必上門提親？

——當阿飛待在暗處時，就算燈光照向她，一樣只看得到眼白和門牙。每次我都會嚇一跳，折損好幾年壽命。

前夫百般嫌棄，公公婆婆也嫌她麻煩，當初作媒的那對夫妻不是生氣，而是苦笑，這些都令阿飛覺得很傻眼，於是她背起一個小行囊，返回娘家。

母親罵了她一頓。弟弟勝丸還不識好歹地向她說教「早知道會這樣，妳多花點心思讓自己變白一點就好了」，阿飛狠狠捏起他的耳垂，直到他哭著求饒。

唯一站在阿飛這邊，一點都不責怪她的，只有喜代丸。

「妳回來啦。」

他只說了這麼一句。

註：在驛站負責調度馬匹、苦力的設施。

回到娘家，待一切紛爭平息後，又有人上門提親，但她懶得再「嫁人」了。當然，問屋場的前夫那無情的言行，深深傷透了她的心。

之後，母親和弟弟仍不斷勸阿飛早點再嫁，喜代丸一句「囉嗦」便令他們全都閉嘴。

歲月就這樣流逝，後來母親身子虛弱，不久便撒手人寰。勝丸娶了個好媳婦，很快生下健康的男嬰。

年過二十的阿飛，已沒人上門提親。倒是不斷有人給喜代丸送相親介紹函來，想上門說媒。不管誰極力撮合，喜代丸都冷冷回一句「我不需要娶妻」，唯獨有一次村長夫人親自前來，他才認真地說「三笠渡口的繼承人，有我弟弟以及姪子，不是只有我一個人」，拒絕村長夫人的說媒。

從小說話就常說到一半卡住，長大後更是沉默寡言的喜代丸，生平唯一一次表達得如此完整，在場的阿飛和勝丸聽了，也大爲吃驚。當然，喜代丸這番話的重量，他們也確實感受到了。

喜代丸還說：「我是個膽小鬼，要是有了妻兒，變得怕死，那可不行。」

整年受盡風吹雨淋，在陽光和海風的熏烤下，換來一身褐色肌膚。雙頰瘦削，全身連耳朵的水分都被吹乾，渾身乾癟。要說他是俊男，即使是客套話也說不出口，可是他帶有一股過人的氣勢，不能完全用「醜男」來形容。儘管說話很冷淡，不時會說到一半卡住，而且沒必要的話向來不會多說，但該說的話，他同樣也不說。

他們都不知道，原來哥哥存有這樣的心思。

村長夫人不情願地離去後，阿飛趁喜代丸不在的時候，偷偷落淚。

「哥哥眞可憐……」

勝丸也一臉嚴肅。「要是我代替哥哥負起這個責任，也會怕死。雖然我沒認眞想過這個問題，不過，這也是我並非哥哥的緣故。」

然而，這就是這個家的宿命。

「姊，既然妳曉得哭，那妳就快點找人嫁了，多生幾個健康的兒子。這樣以後我們也比較放心。」

咦，怎麼話題轉到這邊來？太奸詐了。但他說的沒錯。阿飛正不知該如何回應時，喜代丸的大嗓門從兩人身後響起。

「阿飛、勝丸，你們不必勉強自己做不想做的事。」

姊弟倆嚇得跳了起來，轉頭往後望，喜代丸只說了這句話，又迅速離去。

「剛才他說話沒打結呢。」

「他有事要大聲說時，不會打結。還有划著渡船，看到客人做出危險動作時，也不會打結。」

厲聲一喝，清楚說出他想表達的事。這種時候的喜代丸說起話相當有魄力。

「話說回來，哥哥的個性其實認真又溫柔。如果他不是長男，沒當擺渡人的話，應該會在養殖場默默地維修竹筏，有不錯的表現吧。」

深知哥哥人品的勝丸，雖然容易得意忘形，但他不是笨蛋，很替家人著想。儘管對阿飛說了那樣的話，得知阿飛那可惡的問屋場前夫明明再娶，有了子嗣，過著幸福的日子，卻直到今日仍常在酒席間搬出阿飛的黝黑皮膚當笑話，百般嘲弄後，勝丸帶著幾名好友闖進酒席，將他痛毆一頓，逼他寫下道歉信——這又是另一個故事了。

不必勉強自己做不想做的事。

老實說，阿飛已不想再嫁人。喜代丸不需要娶妻。既然如此，兩人互相幫忙，守護三笠的渡口，把日子過下去就好。一年、兩年、三年過去，這對兄妹的生活方式逐漸固定下來，形成不會有任何變化的日常生活，連颱風也能輕鬆承受。

這天，阿飛立起藍色風向標，是在太陽升向中天的時候。天空逐漸放晴後，客人會往兩岸的候船場聚集，期待渡口再度開放，所以當喜代丸從這邊首次出船時，幾乎都會客滿。

「一路小心，願水神保佑大家。」

阿飛站在棧橋上，朝順著水流划出的渡船深深一鞠躬。即將直起身時，右手邊突然吹來一陣強風，害她一陣踉蹌，差點從棧橋上跌落。

之前勝丸從對岸划船回來時說過：這颱風尾陰晴不定，哥，你要多留神。它讓人以為已風平浪靜，旋即又像展開夜襲般颳起強風。

——這種大白天，也會有夜襲嗎？

當時哥哥如此應道。

幸好渡船平安抵達對岸。接著換載對岸的乘客回來。同樣載滿了人。

船來到粂川半途，行經第二座笠岩時，阿飛前往棧橋迎接。她轉頭一看，藍色風向標幾乎吹成了水平狀。強風果然停留在上空沒散去。

渡船逐漸往棧橋靠近。這不是小船，所以停靠時用繩索牢牢繫住，為不容易跨過船舷的老人或婦孺架上短梯，是阿飛的工作。

礙於颱風的緣故，大夥都沒能外出。在眾多要去上工的男性船客當中，有兩名女子穿著一樣的暗紅色旅行裝束，套著紅豆色頭巾，格外顯眼。可能是母女。應該是養殖場的筏主或船東的家人吧。

今天即使船繫在棧橋邊，還是一樣搖晃，於是阿飛伸手攙扶每一位客人。那兩名身穿暗紅色旅行裝束的女人，因為戴著頭巾，只看得到她們的眼睛，不清楚兩人的容貌是否相似，不過，先抓著阿飛的手跳向棧橋的女子，朝另一人喚道：「娘，要小心。」那是年輕姑娘的甜美嗓音。

「辛苦您了。」

母親也牢牢握住阿飛朝她伸出的手，對阿飛說：

「可能是颱風的緣故，船來到河中央一帶，劇烈搖晃了一下，好可怕。」

「約莫那時候水神正好翻身吧。真教人羨慕啊，夫人想必會遇上好事。」

阿飛開朗地回覆後，母女倆湊在一起，開心地笑了。

不光是她們，還有第三名同行者。此人身穿條紋圖案的衣服，下襬折起來塞進腰帶，腳下套著藍染的布質綁腿，披上除塵斗篷。是一名頭髮花白的老人。

「老爺子，你也要小心。」那個女兒如此提醒。「船舷很滑喔。」

這對母女打扮得這麼講究，不可能單獨遠行，想必是家中資深的老夥計一同隨行。這個老爺子也抓住阿飛的手臂，越過船舷，站上棧橋，接著他像要甩開什麼髒東西般迅速鬆手。

阿飛早就習慣這樣的對待。這還比那些喝醉酒，緊握著她的手不放的人好多了。阿飛沒放在心上，注意力轉往下一位客人時，不論是在棧橋上，還是飛丸上，眾人皆發出驚呼，低頭蹲下。因為和剛才阿飛差點跌倒的時候一樣，一陣強風襲來，彷彿揮拳打在人身上。

風朝阿飛背後一推，她立即跳上飛丸。要是稍有遲疑，她恐怕就落水了。站在船頭的喜代丸也抬起手護住臉，雙腳使勁站穩。

這時，走下棧橋的客人當中，有人發出被壓垮般的慘叫聲。

不光是聲音。回頭的瞬間，阿飛看到那一帶血花四濺。

「發生什麼事了？」

喜代丸毫不遲疑，從船頭躍向棧橋。阿飛也隨後跟上。

發出慘叫的，是披著斗篷的老爺子。他雙手掩面，蹲在原地。身穿暗紅色旅行裝束的那對母女蹲在他身旁，無比慌亂。

「老爺子、老爺子，你不要緊吧？」

「啊，不好了。他的眼睛受傷。流了好多血！」

撥開人群，朝三人走近後，馬上明白是怎麼回事。有一顆栗子的帶刺外殼滾落到老爺子腳下。看那油亮的黑色外殼，顯然已熟透，裂成兩半，其中一邊不見裡頭的果實。儘管如此，還是跟小石頭一樣重。

是剛才那陣強風把這東西吹了過來，紮實地擊中老爺子的臉。眞不走運。

「阿飛，先暫停渡河。」

喜代丸一聲令下，阿飛應一句「明白了！」，馬上朝候船場奔去。背後傳來喜代丸的詢問聲——這得仔細接受治療才行。客官，你們急著趕路嗎？

立起表示暫停渡船的紅色風向標後，阿飛馬上抱著藥箱奔回棧橋。剛才從對岸搭船過來的乘客們，三三兩兩走向幹道和驛站町。棧橋旁只留下那對母女，以及受傷的老爺子。

老人原地坐下，喜代丸將一條手巾撕裂，按住他臉上的傷口。老人臉上留下帶刺硬殼的圓形傷痕，儘管喜代丸拿手巾用力按住，鮮血還是從手巾滲出。那對母女惴惴不安，完全幫不上忙，兩人都是一副泫然欲泣的模樣。

「阿飛，拿傷藥來。」

喜代丸俐落地下達命令。非但說話完全沒打結，還充滿男子氣概，話聲剛強有力。

「老太爺，你剛才恍神了。血已慢慢止住，沒事了。」

「眞、眞是飛來橫禍啊。」反倒是阿飛變得結巴。「這一帶明明沒有哪棵栗子樹會結出這麼大的刺果啊。」

從未在這一帶的雜樹林裡看過栗子樹，栗子的刺果也不曾掉落在棧橋附近。今天有家裡開蔬果店的乘客，就算裝在行李中的刺果滾出，也不會順著強風從那莫名其妙的方位飛來。

治療完畢，喜代丸替老人的傷口纏上乾淨棉布。老人那張幾乎一半都被棉布包覆的臉，終於再度露出虛弱的微笑。

「擺渡先生，我的身分不是老太爺，只是陪在夫人和小姐身旁的一名夥計。」

「哦，這樣啊。」

喜代丸又回到平時冷淡的態度。為了掩飾尷尬，阿飛主動和那主僕三人搭話。那對母女已恢復平靜，在與她們閒話家常的過程中，得知三人是要前往城下。因為急著趕路，三人就要離去，阿飛幫他們雇來轎子。

「謝謝您的好心。」

三人客氣地答謝後，順利離開，候船場裡又逐漸聚滿等候重新開始渡河的乘客。

有件事阿飛很在意。剛才那顆栗子刺果不知滾到哪裡去了，得撿起來妥善處理才行。要是滾進河裡，那是沾有人血的東西，會帶來汙穢。

她手持竹製垃圾夾，在棧橋周圍巡視，就是找不到那顆刺果。明明地上還殘留著從老人眼中飛濺出的血漬（那地方已撒上黃土，讓血漬不那麼顯眼），最重要的那顆刺果卻消失無蹤。

——怎麼辦。

正當她發愁時，傳來喜代丸粗魯的話聲：

「喂，阿飛，這是什麼？」

他一腳踩在船舷上，表情扭曲。

「是客人忘了拿的東西嗎？這、這、這種東西，也不包起來，就、就這樣帶著走嗎？」

從剛才的英姿，轉為說話結巴的可愛模樣。

阿飛往船的右舷中央、喜代丸腳踩的位置窺望。

「咦?哥，這是怎麼回事?」

「我、我才想問呢。」

阿飛知道那是什麼，喜代丸應該也知道。那是掛在地爐的吊鉤上，每天都會使用的東西。

一個附蓋子的陶鍋。寬不足一尺，深約兩寸。以鍋子來說，算是相當大。一個樸素的陶器，沒有顏色，也沒圖案，就算它坐在船邊，一樣不會太顯眼。

沒錯，這個陶鍋並未打翻。它底部朝下，鍋蓋朝上，端正地「坐著」，很有規矩。

在藩內北部，自古就盛行燒陶，所以儘管是在南海沿海的這一帶，也常會和鐵壺、鐵鍋一樣，使用陶壺和陶鍋。對有裂痕、邊緣缺損的陶器進行修補的「修補店」，也是門正經的生意。

雖然在生活中經常看到陶鍋，倒是不曾見過陶鍋出現在三笠的渡船上。

「沒辦法，只好撿起來了。如、如果是忘了東西，應該很、很快就會回來拿。」

「是、是。」

阿飛先走上船，雙手握住陶鍋的把手，提了起來。之所以這麼小心處理，是因爲裡頭搞不好裝了什麼東西。食物或湯品就不用說了，也可能是染料。

就在雙手握住把手的瞬間，她暗忖：

——果然。

因爲這陶鍋還是溫的。而就在她小心翼翼提起的下一瞬間——

嘩啦。

陶鍋的蓋子底下，感覺鍋內有像水一樣的東西在動。

「哥，裡頭有東西。得先看一下才行。」

喜代丸似乎嫌麻煩，皺著眉頭。

「你幫偶拿著，偶掀開蓋子看看。」

因爲阿飛握住陶鍋兩側的把手，喜代丸以雙手擺在陶鍋底部撐住的姿勢接下。

「啊？」

就在他捧住的瞬間，身子一震。

「有、有東西在動。」

「哥，你也感覺到啦？是魚嗎？」

阿飛握住蓋子的圓把手，緩緩掀起。

「別拿歪了。」

「動作快點。這、這東西怎麼會這麼重？」

太誇張了吧，才沒多重。阿飛嗤笑一聲，往陶鍋內窺望。

裡頭是空的。

「裡頭沒東西。」

她掀起蓋子，叫喜代丸看。陽光灑落，直接照向鍋底。

「可是剛才明明感覺有東西啊……」

就算將陶鍋和蓋子全倒過來，裡頭一樣是空的。

「唔，妳整理一下。」

重新開始渡河，兄妹倆又忙了起來。阿飛將撿到的陶鍋放在候船場，一直等到傍晚，都沒人來取，也沒人前來找尋。

最奇怪的是，當阿飛打算關好候船場回家時，到處都找不到陶鍋。她甚至趴在地上，往椅子底下和屏風後面找尋，卻遍尋不著。

「應該是有人拿走了吧。」

喜代丸冷冷地說，但阿飛像吃了帶蒂的柿子般，總覺得有東西卡在心頭。

話雖如此，她沒閒到整天記掛著這件事。約莫半個月後，她才在一個意外的情況下想起。

憶起此事的契機，是一名常搭渡船的海苔中盤商，給了阿飛一捆尚未染色的全新白棉布。

「這是我娘爲了看滴過潤滑油的織布機運作狀況，用來試織的布匹。上面留下了油漬，而且有很多地方的縫眼不是太緊，就是太鬆，根本賣不了錢，要是不嫌棄的話，妳就拿去用吧。」

阿飛開心地收下，換了全新的白色風向標。紅色和黃色風向標代表不好的意思，就算有點老舊、髒汙也無妨，但用來表示三笠渡口一切順利的白色風向標，如果可以，她希望永遠保持嶄新的狀態，這樣看了也舒服。

可能是聽聞阿飛很快便製作好了白色風向標，那名商人帶著他母親前來。

「我娘說想看那捆布派上用場的地方。」

「擺渡大人，打擾您了。」

這中盤商是有些年紀的中年人，他母親更是個駝著背、皮膚乾癟的老婆婆。她使用「大人」的尊稱，反而令喜代丸他們感到不自在。

「眞的升到那麼高的地方，感激不盡、感激不盡。」

商人的母親虔誠地朝風向標雙手合十，更令阿飛感到難爲情。好在只是遠望，要是近看，她那三流的縫紉手法可就露餡了。

中盤商開心地說，他今天並非要坐船，只是想讓母親看看風見標，順便在驛站町的店裡享用鰻魚飯。近來養殖技術提升，海苔品質一年比一年好，筏主、批發商、中盤商，全都發了財。正因手頭闊綽，才能像這樣安排半天的休假，悠哉地孝敬母親。

樹葉已由綠轉紅，好似森林有一半起火燒起來，天空則是萬里無雲，清澈湛藍。粂川的河水冰冷清澈，潺潺流水聲洗滌人心。

阿飛心情放鬆，突然想起已故的父母。爹娘要是能再長壽一點，偶就能多孝順他們一些時日。

那名中盤商的母親返回幹道旁的市町前，說了這麼一句話：

「在空中飄盪的白色風向標，跟我小時候看到的水神大人一模一樣。」

水神大人長得像現在的粂川一樣又寬又長之前，也曾經很嬌小。

「哦，是嗎？是小水蛇吧？」

「沒錯。祂還很弱小的時候，爲了保護自己不受老鷹、鳶、蜈蚣的傷害，會躲在刺草或毒草間，收集栗子的刺果來築巢。」

尤其是動物們爲了過冬而勤於捕食獵物的這個季節，危險特別多，所以水神大人會住在栗子樹多的地方。

粂川的水神大人與栗子樹——這和栗子的刺果有關係嗎？阿飛倒是第一次聽聞。

「偶家代代擔任擺渡人，這件事倒是第一次聽聞。」

「哎呀，因爲是很久以前的事，可能是你們忘了吧。」

「偶會告訴家兄，謝謝您。」

傍晚，阿飛為當天的工作整理善後時，告訴喜代丸這件事。哥哥連看也不看她一眼，冷冷地應道：

「和客人交談是無妨，但不能隨便談論水神大人。我們擺渡人一家更該謹守本分。」

哥哥略帶結巴地訓斥，阿飛坦率道歉：「說得也是，抱歉。」

粂川的水神大人沒有名字，這是為了避免地方上的人們隨便亂叫祂，才刻意這麼做。可見這裡的水神大人與凡人的層級截然不同。

自從上次的颱風過後，這裡一直都是秋高氣爽的日子，粂川的水流也很平穩。小溪流將上游凋謝的紅葉運來此地，只有這個季節才看得到的紅葉筏美不勝收。阿飛深深覺得這裡眞的是悠閒又豐饒的土地，另一方面，萬一粂川泛濫，或是乾涸，眼前的美景將蕩然無存，想到這點，她便覺得不管再怎麼崇敬水神大人都不為過。

——我得更小心謹慎才行。

然而，隔天一早，就有積雨雲低空飄過，橫向吹來一陣強風，粂川就像翻身一樣，左右起伏翻騰。因為是這一、兩天的事，阿飛擔心是自己輕率談論傳聞，觸怒了水神大人。

喜代丸並未責罵阿飛，仍持續渡河，巧妙地安撫那起伏翻騰的河川。來自對岸的客人說：

「勝丸先生說，差不多該停止渡河了。」

「搖晃太嚴重，我整個胃都快倒過來了。」

船客們你一言我一語地說著，喜代丸仍是一副冷漠的表情，左耳進右耳出。

「哥，還能出船嗎？」

「我覺得這樣才舒服。」

他說這樣才有駕馭河川的感覺。

「那就好，你多小心。」

午後，橫向吹來的風更為強勁，不時夾帶像小石頭般的雨粒。

「就算喜代丸的技術再好，這樣還是太勉強了。」

愈來愈多客人看了波濤洶湧的河川，來到棧橋又折返離去，於是喜代丸不情願地停止渡河。阿飛跑向候船場，想從當置物箱的木箱裡取出紅色風見標時，發現有個陶鍋好端端地擺在前方的椅子下。

「咦，陶鍋竟然在那裡。」

這次一同待在候船場的客人們也都看到了。

「那是陶鍋，對吧？」

阿飛指著那個東西，加以確認。

「是啊，不然會是什麼？」

「阿飛小姐，是妳煮好午飯帶來這裡嗎？」

「怎麼可能。如果是這樣，我才不會放在椅子下方。」

阿飛跪在候船場的土間，戰戰兢兢地伸手摸向陶鍋的側面。微帶溫熱。她感受到人的肌膚的溫熱。

一股寒意從阿飛背後竄升。

「不好意思，偶沒辦法拿好，有誰可以幫忙嗎？」

阿飛向客人們請求協助，一名站在她身旁的行商客，納悶地覷了她僵硬的表情一眼，接著蹲下身，把陶鍋拉出來。

「這陶鍋可眞重！」

男子一抬起陶鍋，便大聲喊道。

「裡頭裝得眞滿。」

阿飛希望眞是如此。不管裡頭裝什麼都無所謂。即使是蜈蚣、蚯蚓也行，總之，拜託裡頭一定要有東西。

「嗨咻……」

行商客將陶鍋放在椅子上，掀開鍋蓋。

空空如也。

「什麼嘛。原來是個沉甸甸的鍋子。」

這是個有厚度的鍋子，而且蓋子把手部分的圓環很大。阿飛告訴自己：沒錯，是鍋子本身很重，和鐵鍋不一樣，陶鍋就算裡頭是空的，一樣會保有溫熱。因爲有土地的溫熱，會覺得可怕才奇怪。

「眞是一口好鍋子。」

行商客的手指滑過鍋蓋外緣，如此說道。細看後發現，確實和之前出現在渡船上的鍋子是一個樣。規規矩矩地「坐著」，這次是出現在候船場——

「借過一下。」

轉頭一看，喜代丸正撥開群眾走過來。想必是人潮在此聚集，他有些在意吧。

「喜代丸先生，有個奇怪的東西掉在這裡。」

儘管那名行商客笑著這樣說，喜代丸仍是那一號表情。只有短暫的瞬間……

——別多嘴。

他像在叮囑般，瞥了阿飛一眼。

「可能是在道具店買東西的客人忘在這裡吧。」

「啊，對喔。因爲看起來很新。」

「我、我代爲保管吧。」

由於客人們都很習慣這位擺渡人的冷淡態度，便沒再繼續這個話題，各自散去。喜代丸看也不看阿飛一眼，解開原本纏在脖子上的手巾後，咬住手巾，將手巾撕裂。

「你在做什麼？」

「爲了能提起這東西。」

這並不是什麼奇怪的想法。就算是在道具店買陶鍋，也都會這麼做，但不會刻意撕破手巾吧。

「置物箱裡有麻繩。」

儘管阿飛這麼說，喜代丸還是不予理會。他俐落地將撕破的手巾搓成繩索，將陶鍋綁好。

——之前他也是像這樣撕裂手巾，幫那個老爺子的傷口止血。

想到這裡，阿飛再度感到一陣寒意。

「拿回家後，偶哥清洗陶鍋，擦乾後裝滿乾淨的水，擺在廚房的角落。」

阿飛背對著黑白之間壁龕上插在花瓶裡的芒草，如此說道。在她右邊肩膀的位置，探出一朵藍紫色桔梗，花苞半開。看起來像是連花朵也一起專注聆聽阿飛的故事。

——如果是有人忘了這個東西，一旦它破損，會引發紛爭。

「偶哥說的話，聽在偶耳裡，感覺煞有其事，這令偶感到陰森可怕。」

「您說感覺煞有其事，是什麼意思？」

面對富次郎的反問，阿飛皺起眉頭思索。

「應該說，他就像是在幫人保管失物，裝出一副稀鬆平常、一點都不覺得奇怪的模樣。」

哦，原來如此。

「您的意思是，又不是野貓，一個突然出現在船上以及候船場椅子下的陶鍋，明明就很古怪，但他卻裝出一點都不覺得奇怪的樣子。」

「對，就是這樣。」

「您說的我懂，我也明白您當時的心情，以及寒意襲身的感受。」

「眞的？偶還擔心自己口拙呢。」

「不不不，您一點都不口拙。」

富次郎看準中間喘口氣的空檔，重沏了壺茶。儘管身爲聆聽者，也還是需要查看鐵壺的水蒸氣，嗅聞茶葉的芳香，保有這樣的空檔。

「那陶鍋沒有裂痕吧。」

「對。」

「既沒髒汙，也沒焦黑，看起來像新品，對吧？」

「就算是這樣，偶也沒想過要拿來用。」

「嗯，這是當然！」

神出鬼沒，拿在手中沉甸甸，還帶有人體肌膚溫度的鍋子。

然而，如果擺在廚房的角落，它就只是個普通的陶鍋，這也是可以確定的事。很快的，阿飛就不太在意它的存在了。

「因爲它既不會發出聲音，也不會張口咬人。」

阿飛笑著說道。

「偶哥擺出的神情，彷彿完全忘了陶鍋的存在。」

「是嘛，那很好啊。」
「而且當時又有人上門找偶哥談婚事，就更無暇管陶鍋了。」
「不過，喜代丸先生應該是馬上就回絕掉婚事吧？」
回一句「我不需要娶妻」。
「那是之前，這次他無法輕易回絕。」

*

從粂川寬敞的河口到南岸一帶的海邊，有三座靠海苔養殖發財的村莊。其中最大的村莊叫「卯辰村」。
這是將人們常說的「立起卯建」中的「卯建（うだつ）」(註)，改爲套用天干地支中同音的「卯辰」這兩個漢字，便成了喜氣的村名，聚集在此營生的，不光是養殖海苔的筏主，還有重要的海苔批發店和中盤商。人們從幹道經三笠渡口來來往往，這裡有精緻小巧的料理店，店內有跳舞、展現三弦琴琴技的藝妓，廣場上還有巡迴演出的劇團。就是這般熱鬧的村莊。
然而，奠基了這村莊繁榮發展的海苔養殖業，並非一開始就成功。原本遲遲養不出能高價銷售的海苔，後來雖然養殖成功，但爲了將養出的海苔當藩內的特產銷售，非得和別藩精明的商人交涉不可。他們這些做生意的門外漢被玩弄於股掌，徒留悔恨，留下一段滿是血淚的歷史。
可能是因爲有那段痛苦的回憶，這一帶的人們，在普遍開放的「大海子民」中，罕見地保有強烈排斥外人的風氣。自己辛苦打造的一切，無法容許被外來的人奪走，他們極力防範，無法解除戒心。

註：從屋頂兩側延伸出去的防火牆，若非家境富裕無法建造，爲「財富」的象徵。

卯辰村的批發店和中盤商、筏主和船東家，向來只和村裡的人，或是住在另外兩個海邊村莊的親人或姻親通婚。如此一來，新成立的家庭也會在附近，可以壯大各自的村莊，同時這些既有的家庭之間也能保有深厚的情誼。拜此之賜，一些延續三代以上的家庭，如果畫下族譜會發現，（雖然有遠近的差別）幾乎每個人都能在某個點上產生連結，就像蜘蛛網一樣錯綜複雜。

但一直這樣下去總不是辦法，於是近年來，有些家庭會刻意從城下的大商家迎娶媳婦，或是往遠處的漁村找人當養子。這樣的關係當然需要藩的許可，才得以成立。不過，只要備妥一筆銀兩上繳，什麼都能辦到。真正困難的是如何化解村民們心中根深柢固，排斥外地人的想法。

此時在卯辰村內，正爲此一頑固想法傷透腦筋的，是「筑地屋」這家海苔批發商。

「原本筑地屋的總店，是在城下二番町擁有店面的一家乾貨零售商。」

在喜代丸與阿飛的住處——候船場附近的雜樹林內，一幢唯一優點就是牢固的小木屋裡，一個老人坐在地爐邊，沉穩地說道。

由於家裡沒什麼東西好招待的，阿飛端來一碗白開水。爲了避免自己露出驚訝的表情，她坐在遠離地爐的廚房暗處。

——眞沒想到當時那個老爺子會上門拜訪。

這個老人就是先前因爲颱風尾的強風，被一顆不知哪來的栗子刺果擊中而受傷的那個老爺子。

今天他很正式地披上短外罩，腳套二趾布襪。他客氣地向兄妹倆問候，自稱是筑地屋的家中傭人，名叫庄助，今年六十七歲。接著語氣平淡地道出他今日來訪的緣由。

「卯辰村高品質的養殖海苔，對城下的零售商而言，也是利潤豐厚，令人心存感激的產物。因此，筑地屋多年來與卯辰村的海苔批發商以及中盤商維持緊密的生意夥伴關係，然而……」

約莫九年前，一家名爲「高砂屋」的海苔批發店發生憾事，剛從父親手中繼承家業的少東猝死。

死因爲食物中毒。由於是吃了大鍋湯裡的貝類而中毒，當時一起用餐的家人多少都有點身體不適，但只有少東一人喪命。聽說他很愛貝類煮成的湯，連喝了好幾碗，這是致命主因。

高砂屋這位英年早逝的少東是獨生子，沒有兄弟姊妹。年邁的父母，以及生下孩子還不到半年的少夫人，不僅身中貝類的毒而身體虛弱，還失去店裡和家中的重要支柱，連喪葬費都是好不容易才湊出，一家人前途茫茫，終日悲泣。

今後高砂屋該怎麼辦？這地方的親戚關係猶如蜘蛛網般複雜緊密，許多人搶著要到高砂屋繼承家業。因爲自願者實在太多，反而引發紛爭。連已故少東的堂哥的大舅子的繼室的弟弟的姊夫，像這種根本不知道是誰的陌生人，也跑來湊一腳。

「您應該知道，這裡的海苔批發商是採股東制，所以想要接手高砂屋的生意，得先買下高砂屋擁有的股份。」

阿飛不知道背後有這樣的結構，喜代丸應該也是第一次聽說吧。三笠的擺渡人家，向來對做生意的事很陌生。

「有這等財力的買家有限。而且得是身爲股東的其他海苔批發商能接受的買家才行。」

高砂屋的生意規模雖然小，卻是一家經營多年的批發店，已故的少東是第六代當家。在股東們的聚會上往往都坐在上座，也曾擔任聚會的主導人。因爲是這樣的店家，其他批發商也不方便隨口說一句「就由我來吧」。

「耳尖的城下筑地屋店主聽聞他們處在這樣的僵局，由於他從以前就對養殖海苔的生意很感興趣，便自告奮勇，想買下高砂屋的家產，在卯辰村高掛海苔批發店筑地屋的招牌。」

當然遭受了不少抗拒。因爲當地人非常排外。儘管是生意上素有往來的乾貨商，但城下的商家所過的生活，與卯辰村可說是天差地遠。村民們心想，哪能讓他們知道村裡的歷史以及養殖海苔的相關事宜。

那些批發店股東也分成兩派。一派說什麼也不同意，另一派則是爲了引進新的風氣，希望筑地屋能加入。後者提出意見，認爲與其任由村裡的批發商之間互相惡鬥來決定勝負，徒留恨意，還不如交給完全不相干的新人經營，這樣也比較乾脆。

「最後是高砂屋的老太爺和老夫人的意見發揮了影響力。」

——就請筑地屋接手吧。

「於是，筑地屋從城下的店裡派出店主的弟弟和弟妹到卯辰村來，這事就此談妥。」

這對夫婦是時次郎和阿道，當時三十五歲左右，已有三個孩子。分別是長男時一、長女美春、次女阿綠。

「您、您提到城下的二番町，是離居城很近的街道吧？」

原本一直沉默的喜代丸突然開口，低聲問道。

他坐在庄助老爺子對面，骨頭浮凸的膝蓋規矩地併攏。地爐裡的火因滲風而搖曳，看不清喜代丸的表情，但他講話結巴，想必十分緊繃吧。

「從地點那麼好的店家，來到位於海邊的卯辰村，眞虧他們肯來。」

這樣的說法很沒禮貌，但庄助似乎不以爲意，反而重重點頭。

「我原本也很擔心，還好是我自己多慮了。」

對海苔批發店的生意感興趣的，其實是時次郎。

——只要是待在城下，就算可以另外開分店，過的一樣是在我大哥傘下的人生。

「如果能從頭學，重新吃苦，擁有自己的店，振興店內生意，再也沒有比這更有意義的事了。他如此說道，充滿幹勁地來到卯辰村。」

不僅接下高砂屋，店內夥計也全部接收。他爲高砂屋的老太爺夫婦蓋了退休的住所，對前少東那位還抱著奶娃的遺孀在生活上也多所關照，之後甚至還介紹她改嫁的對象。

「哦，這樣的話……」

喜代丸像在重新打量庄助般瞇起眼睛。地爐搖曳的火焰形成的光影，在他線條尖銳的臉龐上躍動。

「您、您原本是高、高砂屋的夥計吧？」

「沒錯。」

因爲是這樣的身分，難怪會擔心時次郎一家是否能習慣卯辰村的生活。

「您應該是店裡的掌櫃，不，應該是大掌櫃吧。比、比起對海苔的生意一竅不通的時次郎先生，由您來繼承高砂屋應該更合適吧？」

哥哥愈說愈沒禮貌，而且話還特別多。阿飛聽得冷汗直流，吃驚不已。

但庄助老爺子依舊和顏悅色。

「我不是那塊料。就像三笠的擺渡人和一般的船夫不能等同而論一樣。」

地爐的薪材爆裂，火粉飛舞。喜代丸不發一語，庄助老爺子也始終面帶微笑。一旁的阿飛暗自焦急。

「店、店主時次郎先生，沒繼承高砂屋的屋號，對吧？」

怎麼連偶也口吃了呢？

「是的，他有他的難處……」

喜代丸彷彿要打斷庄助的話，突然大聲說道：

「如果占有這個屋號，反而會引人怨恨。妳別亂插嘴。」

阿飛縮起脖子。庄助來回望著這對兄妹，緩緩點了點頭。

「確實如此。您果然很清楚。」

喜代丸的臉轉向一旁，應道：「大、大致猜得出來。是我家的飛仔見識淺薄。」

看來，飛仔應該再害羞一點比較好。

「眞是抱歉。這麼說來，庄助先生現在是筑地屋的大掌櫃嗎？」

「不不不。」

庄助揮手否定。

「去年我已退休，沒再做生意了。因爲是個無處投靠的王老五，筑地屋收留了我，在店主家幫忙處理家務。」

啊，所以他才會自稱是「家中傭人」。阿飛，妳眞的丟臉丟大了。

「先前在渡、渡口和您同行的，是夫人和小姐嗎？」

一聽喜代丸如此詢問，不知爲何，庄助雙眼一亮，就像在說：你這問題問得好！

「是！每個月一次，夫人會去驛站町的眼科大夫那裡看病。平時都只有我陪同，但那天她的次女阿綠小姐說，想看看颱風過後的粂川，想坐三笠的渡船，就跟來了。」

一位精力充沛的千金小姐。

「既然是要去看眼科大夫，您、您當時應該也順便請大夫幫忙療傷了吧。」

「大夫說，我受傷後馬上接受妥善的急救，所以才沒大礙，得謝謝當初幫我治療的人。」

庄助緩緩以手指比向右眼外圍殘留的傷痕。

眼球確實沒事，眼皮的腫脹也消退了。傷痕已不太明顯，但地爐的火焰飄向庄助，瞬間照亮他的臉，可以清楚看出刺果刺出的傷痕，畫出一個歪斜的圓。

那歪斜的圓讓人聯想到某個東西。

——是什麼呢？和什麼很相似？

阿飛被這個想法吸引了注意力，同時也因爲一整天的疲憊和飢腸轆轆，心思早已飄向遠處。這段期間，喜代丸不知和庄助談了些什麼。

「咦！」

喜代丸突然發出驚呼。與此同時，掛在地爐吊鉤上的鐵壺，從壺口噴出熱水，發出「滋」的一聲巨響，阿飛赫然回神。

「庄助先生，如果您是狐狸或狸貓的話，這樣耍我是得不到任何好處的。」

喜代丸呼吸急促地說道。庄助大爲驚慌，屁股從圓墊上滑開，退出地爐旁，雙手撐地，深深行了一禮。

「如果惹您不愉快，請您見諒。但我說的話句句屬實，絕無欺騙您的意思。筑地屋也是很認眞地考慮這門婚事。」

婚事？

「府上代代擔任三笠的擺渡人，正因尊重您的家世，雖然擔心冒昧向您提親，有所不敬，我還是鼓起勇氣，前來詢問您的意願。」

爲了讓喜代丸能好好聽他說明，他等到太陽下山後才前來。打算即使吃閉門羹，也要一再前來拜訪——

庄助說得慷慨激昂，額頭直冒汗。

喜代丸全身僵硬猶如岩石，低垂著頭，整張臉籠罩在暗影下。

「您說婚事，是指偶哥和剛才提到名字的那位小姐嗎？」

「飛仔，妳少亂問。」
「不，我說的是與長女美春小姐的婚事。」
庄助像在求助般，轉向阿飛。
「她今年芳齡十六，身爲家中傭人的我這樣說，或許不太合適，不過，她眞的是面貌姣好，性情和善，無可挑剔的好姑娘。」
爲什麼會想將這麼好的姑娘許配給喜代丸呢？
「三笠的擺渡人是以命相搏的職務，代代都短命。」阿飛說。「偶爺爺、偶爹，都很早死。眞的不建議什麼都不知道的外地姑娘嫁進門。」
「正因是外地人，才想和喜代丸先生締結良緣啊。」
這個人在說些什麼啊？阿飛感到納悶，轉頭望向喜代丸。
喜代丸抬起臉。原本以爲他在生氣，但阿飛猜錯了。他雙脣緊抿，卻不顯慍色。阿飛不知該如何解讀哥哥此時的表情。
「如果喜代丸先生肯娶美春小姐爲妻，身爲她的娘家，筑地屋定會成爲守護三笠渡口這個家的強力後盾。出錢出力，絕不吝惜。」
雖然備受當地人敬重，有些上了年紀的人會尊稱擺渡人爲「大人」，但總是賺不了什麼錢。儘管每天都賭上性命，過得就只是船夫的生活。她認爲三笠的擺渡人就是這樣，一直都過著這樣的生活。
然而，筑地屋卻提議要改變，想加以改變。
「時次郎先生一家住進卯辰村，還不到十年吧。」
喜代丸平穩地說道。
「外、外地人要融入當地，得花上一段時間。只能耐著性子，全力投入生意中。這、這種事不是一蹴可幾的。」

「這點我也很清楚。」

因爲庄助是土生土長的卯辰村人。

「既然如此，請您讓店主一家人也明白這個道理吧。」

說完後，喜代丸手撐膝蓋，站起身。

「飛仔，妳去點亮龕燈（註），爲庄助先生帶路，送他到幹道。我要睡了。明天還要早起，妳也別磨蹭太久。」

留下這些話，他發出格外響亮的腳步聲，走進隔壁的寢室，粗魯地掀起隔間用的竹簾。

每當太陽下山，便會結束渡河的工作。庄助今晚回不了卯辰村。可能是前往幹道上的驛站町，找家客棧過夜吧。

「……雖然什麼都沒辦法幫您張羅，不過，您還是在寒舍住一宿再走吧。」

就這樣，阿飛聽庄助道出更詳細的實情。

過去這些年，海苔批發店筑地屋一直都腳踏實地做生意。當然，也曾面對他們應該跨越的難關。儘管承接了高砂屋原有的老客戶，但資深的筏主當中，有的排斥新人，拒絕與他們有生意往來，有的則是表面和善，持續與他們做生意，不過一會砍價，一會拉抬價格，簡言之，就是在測試筑地屋身爲商人有多大能耐，因此時次郎和阿道絲毫無法放鬆。

以庄助爲首，來自高砂屋的夥計們，都全力振興店內生意。一來是他們已有所覺悟，既然失去了

註：音同日文的「強盜」，爲「強盜提燈」的簡稱。江户時代發明的一種燈籠，只會照亮前方，不會照出提燈者，很適合強盜使用，所以叫「強盜提燈」。

高砂屋，眼下只能在這裡好好努力，二來是他們對於來自城下町，模樣高雅出眾的時次郎一家人，既憧憬，又感興趣。另一方面，他們也必須忍受「你服侍那位新來的主人啊」、「你領外地人給的工資啊」這種責難的眼神，因此有人主動請辭離去。

儘管已歷時九年，在股東的聚會中，時次郎至今仍敬陪末座。他的意見幾乎完全不被採納。只能想開，告訴自己沒被趕出去就不錯了。時次郎和阿道都是開朗、大而化之的個性，不會因為勞心勞力而鬧脾氣，或是無精打采，值得慶幸。

話說，筑地屋育有一男二女，時一十八歲，美春十六歲，阿綠十四歲。上面的兩人已到可以成家的年紀。身為這塊土地上的新人，時一要迎娶怎樣的媳婦，兩個女兒又該嫁到哪戶人家，都是該審慎考慮的問題。雖然這麼說有點奇怪，不過，筑地屋勢必得「鎖定目標」，挑選結婚對象，讓對方成為他們在卯辰村扎根的助力。

然而，孩子不懂父母的心思，時一有了心上人。對方同樣一往情深，想和時一共結連理。偏偏這姑娘是現今股東們的主導人、卯辰村最老字號的海苔批發店「大門屋」的獨生女。大門屋表面上笑臉相迎，背地裡一直打算要鬥垮筑地屋，將他們趕出卯辰村，是嫌棄外人的帶頭老大。筑地屋的時次郎和阿道，在這小小的村子裡，被迫知曉當中的種種內幕，由不得他們說不，而且還得強顏歡笑，與對方周旋。

時一是個孝順的兒子，但為什麼會愛上這姑娘呢？她家可不好惹啊。

大門屋的店主氣沖沖地說，絕不會把女兒嫁到筑地屋。他女兒每天以淚洗面，被迫過著軟禁般的生活。大門屋的老闆娘為女兒傷心難過。

——為了村子的未來著想，不能讓大門屋和筑地屋為這種事撕破臉。

因此，庄助全力站在筑地屋這邊，一起絞盡腦汁出主意，看是否能拿出有力的籌碼，讓時次郎和阿道可以說服大門屋的店主。

就這樣想到了。想到這個造成別人困擾的點子。

長男時一的事暫且擱一邊，筑地屋應該先打出妹妹美春這張王牌。只要讓美春嫁給喜代丸，筑地屋與三笠的擺渡人之家締結姻緣就行了。

「我們也常爲了辦事而搭乘三笠的渡船。」

所以知道喜代丸的年紀和長相，也從傳聞中得知，他過去拒絕一切提親，是個怪人。

「如果能說服他，談妥婚事，那可是美事一樁啊。」

庄助講得一頭熱，但坦白說，阿飛聽得一頭霧水。妹妹嫁給偶哥，就能成爲籌碼，說服討厭外地人的大門屋店主？爲什麼？

庄助深有所感地說道：「阿飛小姐，有些事，身爲當事人的您反而不知道啊。」

您知道府上的人，在當地人眼中是怎樣的身分嗎？不是有人會用「大人」來尊稱擺渡人嗎？甚至有人會雙手合十膜拜，對吧？

這就代表了「權威」。對筑地屋這種外地來的新人而言，這是比百萬援軍還要可靠的強大後盾。

庄助老爺子很有耐性地向阿飛解釋。

「這話說反了吧？剛才您不是說，筑地屋會成爲我們這貧窮一家人的後盾嗎？」

「對，我是這麼說過，但我並未說反，而是『後盾』這個字眼的含意不同。」

阿飛愈聽愈糊塗了。

「美春小姐想要年紀輕輕就守寡嗎？」

「哪裡的話，怎麼可能。」

「她沒辦法在這種小木屋生活吧？」

「所以我的意思是，筑地屋會將這附近的土地整平，蓋一棟氣派的房子。」
「就算這麼做，筑地屋也得不到半點好處啊！」
「所以我才說，這不是錢的問題。」
雖然兩人的談話沒有交集，談不出個結果，但展開這場愉快交談的過程中，夜色漸深，最後庄助就在地爐邊過了一宿。
「我會再來拜訪，不會輕易放棄。筑地屋和大門屋的夫人同樣不會放棄。」
颱風過後的那天，庄助因那場意外的災難而受傷時，喜代丸俐落地替他做了緊急處理，幫了他一個大忙。
「夫人和我看在眼裡，更加欣賞喜代丸先生。此事當然也傳進美春小姐耳中。」
喜代丸一句話也沒說，仍和平時一樣，投入擺渡人的工作中。
阿飛站在棧橋上，望著庄助返回卯辰村的背影。哥哥與美春這樁婚事背後的含意，她還是沒搞懂，但在晚秋的晨光照射下，望著庄助那沒睡飽的模樣，她比昨晚在地爐旁更加清楚地看見栗子刺果在庄助臉上留下的傷痕。
當時他們就有談這門婚事的打算嗎？雖然她不願往壞處想，但之所以會覺得他們挺壞心的，可能是因爲明明都早上了卻還覺得睏，太累了。
庄助眼睛周圍的傷痕，是形狀猶如歪斜的圓圈、彷彿用繡針刺成般的傷痕。
阿飛猛然想到。
——這像極了齒痕。
嘴巴能張成圓形的生物咬出的傷痕。
例如……她率先想到的是蛇。

＊

「這椿婚事，之後也傳進偶弟弟勝丸他們夫婦耳中。」

在黑白之間說故事者的位子上，可愛的桔梗花在阿飛肩膀後方露臉，她接著說道。

「也許對方在找偶哥談之前，已先跟偶弟弟他們商量過了。」

勝丸夫婦興致高昂。這種良緣豈有拒絕的道理？

「而且筑地屋店主和大門屋的夫人，原本就不能公然四處跑。」

要是被大門屋的店主知道就完了。

「白天偶哥駕著渡船的時候，替這兩家跑腿的庄助老爺子，想必也沒辦法跟他談這件事吧。百般焦急下，只好先去拉攏偶弟弟勝丸和他媳婦。」

話雖如此，即使親人向喜代丸勸說，他還是堅持不肯同意。

——我不想娶妻。

並非因爲是這椿婚事才拒絕。他和筑地屋店主無怨無仇，也沒站在大門屋那邊。他只是決定不要有家室。

「喜代丸先生說過，自己是個膽小鬼，要是有了妻兒，變得怕死，那可不行。」

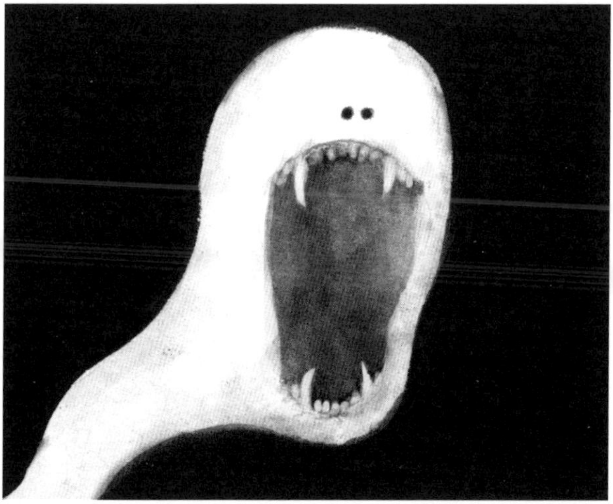

「嗯，他也對庄助老爺子說過同樣的話。」
「對方可有回他？」
「怕死的人，採取的是遠比不怕死的人更尊重生命的生活方式。」
哦！「庄助老爺子口才挺好。不簡單。」
「那位老爺子是忠心耿耿的人偶，想必是筑地屋夫婦和大門屋夫人要他說的台詞吧。」
說到這裡，阿飛微微咬著嘴脣，沉默不語。
富次郎靜靜等候。阿飛那曬成褐色的肌膚，完美映襯出桔梗和芒草的秋天色調。
「偶到現在還是不懂庄助老爺子說的話。」
他所謂的「權威」。
「偶在想，那是偶的智慧不夠，像偶哥就很明白。」
所以一開始對方提到婚事時，他沒震怒，只是露出阿飛看不懂的表情。
「儘管如此，身爲一個每天賭上性命划船渡河的人，他應該還是很高興吧。」
我有權威。擁有其他人渴望、憧憬、肉眼看不出的力量。
「人們心裡的想法，就算是親人也無法完全看透。」
阿飛自暴自棄似地飛快說著，低頭望向自己的手。極度粗糙，指甲裂開的手指。
「也許偶哥在偶和弟弟都不知道的時候，吃過女人的虧。他很嫌棄那段過去，埋藏在心底，沒跟任何人說，成爲一個整天板著臉的男人。」
就像阿飛的前夫笑她膚色黝黑一樣。
「雖然不清楚他心裡的想法，但當時筑地屋提的婚事，偶哥是認眞拒絕。偶認爲他並非假意。不過，如果說他完全沒心動，那就是騙人的。」

富次郎頷首。「人們會感到迷惘，也是理所當然。」

阿飛猛然抬起頭，令人嚇了一跳。「您也會迷惘嗎？您過著這麼好的生活，穿著上好的衣服，氣色又好，是在迷惘什麼？」

富次郎被她的氣勢震懾，一時答不出話。這個問題要怎麼回答？怎樣才是最好的回答？

「我正爲今後的人生感到迷惘……」

如果要坦白說的話，只能這樣回答。

「既然生爲男人，我希望能靠自己闖出名堂。縱然不是像喜代丸先生和勝丸先生那樣，從事每天都得賭上性命的工作，但我認爲，這世上應該會有我該做的……可是我現在還沒找到，才會感到迷惘。」

黑白之間的沉默有其重量。證據就是壁龕的芒草花穗明明沒人碰，卻自行搖曳起來。

「就去做你想做的事啊。」阿飛如此說道，露出無比溫柔的微笑。

那是庄助來訪後，過了幾天的半夜。

阿飛因聽到某種聲響而醒來，感覺有動靜。

兄妹倆的住處沒有點常夜燈的習慣。屋裡只有廚房的爐灶和地爐上方的煙囪會有月光或星光灑落，幾乎是一片漆黑。

阿飛平時都睡在緊鄰廚房的木地板房間。那天晚上氣溫驟降，她套上一件棉睡袍，仔細包裹好身體才躺下，很溫暖。她不是冷到醒來。

是聽到有人講話的聲音。

「是又怎樣……」

——是哥哥。

她微微抬頭，朝喜代丸睡覺的地方豎耳細聽，棉睡袍發出摩擦聲。

沉浸在暗夜中的廚房土間，微微傳來聲響。是堅硬的物體碰撞的聲響。

阿飛爬起身。眼睛習慣黑暗後，她逐漸看到設置在爐灶旁的寬廣台座前，喜代丸高瘦的身影佇立在那裡。這個時候，人影比什麼都沒有的暗夜還要黑。

「……哥，怎麼了？」

阿飛悄聲喚道。

「你在那裡做什麼？」

喜代丸的影子一動也不動。哥哥是面向我吧？

哥。她又叫了一次，不禁倒抽一口氣。那黝黑的影子，眞的是喜代丸嗎？如果不是他，該怎麼辦？

那道黑影突然朝她靠近，一腳踩在入門台階上。大拇趾好大，是喜代丸的腳沒錯。

「沒事，快睡。」

他只說了這麼一句，便從阿飛的墊被旁通過，走進自己的寢室。

阿飛聽著自己噗通噗通的心跳聲，半晌無法入眠。

哥在做什麼？偶在廚房的爐灶旁放了什麼東西嗎？

等天亮後，馬上就去確認。儘管心裡這麼想，但可能是半夜突然醒來的關係，隔天早上阿飛竟然睡過頭。喜代丸叫醒她時，晨光已完全照進廚房和土間。

「抱歉，哥！」

然而，喜代丸並未生氣。

「是我不好，半夜發出聲響。因爲突然覺得口渴。」

喜代丸並非貪杯之人，只有過年時會喝屠蘇酒。爹也一樣。根本不需要喝水來醒酒。

「你不舒服嗎？」

阿飛接著詢問，喜代丸沒回答。兩人對話的時候，喜代丸都不看阿飛。

不對勁。話說回來，哥哥站的位置是在爐灶邊，不是水甕前。

阿飛走下土間，站在爐灶前，猛然想到：對了，那個陶鍋！

之前一直擺在爐灶旁的台座邊。還在吧？一直到昨天都還在啊？

現在不見了。消失無蹤。

前天在嗎？更之前呢？雖然是一口大鍋，但她既不想用，也不想丟，自從不去在意它之後，它就沒再進入自己的視野。

現在不見了。不在這裡。不過台座上隱約留有圓形的痕跡。是那個陶鍋留下的痕跡。

半夜聽到那堅硬的一聲「叩」，應該是陶鍋發出的吧。可能是掀起鍋蓋擺在一旁，或是將打開的蓋子蓋上的聲響。

「飛仔，別發愣，快去煮粥。」

這次真的挨喜代丸罵了，阿飛馬上著手準備早飯。味噌煮成的雜糧粥。吃完後，暖意會傳遍全身每個角落，血流順暢，精力湧現。

這是由母親們代代流傳的三笠擺渡人早飯。一點都不奢華，但阿飛也是投注了相當的歲月，才煮出這個味道。

扒著味噌粥的喜代丸，側臉看起來和平時沒什麼兩樣。阿飛也將溫熱的味噌粥送入口中細嚼。

接下來的日子，也沒發生什麼特別不一樣的事。

——我不會放棄。

庄助老爺子先前態度堅決地留下這句話，之後有一陣子卻都音訊全無，也不見他在三笠渡口露面。想必他們也得謹慎安排，不能輕舉妄動吧。

不過，弟弟勝丸倒是很囉嗦。他將對岸的候船場交給他媳婦打理，幾乎每晚都坐最後一班渡船過來，找喜代丸談判。因爲太晚回不去，便留在這裡過夜，阿飛還得幫他打點。

「哥，你考慮一下嘛。」

「少囉嗦。」

「接受這門婚事吧。感覺像娶到仙女一樣。姊也是這麼想吧？」

「閉嘴。」

「我和我媳婦都是爲了孩子們的未來著想，怎麼能就這樣閉嘴？當然，我也是在爲哥哥的幸福著想。」

勝丸明知喜代丸不喝酒，有時還刻意帶酒菜來。一拔出瓶栓，隨即酒香四溢，想必是來自筑地屋。弟弟完全被拉攏了。

不過，勝丸夫婦的想法沒錯。每個人都這麼認爲。喜代丸沒理由討厭這門婚事，接受婚事能得到的好處，多得數不清。

粂川對岸，或許勝丸夫婦正在和筑地屋討論，直接跳過喜代丸，談妥這門婚事。那樣也好，省去不少麻煩。如果他們強行這麼做，偶也會順著他們。

阿飛從棧橋上望著夕陽染紅的粂川，突然想到一件事——那天深夜，她再度因聽到說話聲而醒來。

不是夢話，也不是自言自語。是一對男女在交談。

聲源處不是廚房，距離沒這麼近。是在喜代丸的寢室。

沒錯，男聲是喜代丸。難得他接連不斷地說個不停。因爲——
（嗚嗚、嗚嗚……）
有個女聲在哭泣，他在一旁安慰。
那是個沒有月亮且多雲的夜晚。小木屋裡一片漆黑，伸手不見五指。不，那天漆黑的程度，讓人懷疑是否平時也都這麼暗。
「真的沒這回事。妳要相信我。我絕對沒變心。」
阿飛聽到喜代丸在說話。不是一般的說話口吻，而是在極力討好對方。
然而，女聲仍在鬧脾氣。
黑暗中，阿飛屏住呼吸，將棉睡袍衣襟拉緊。就算定睛凝視黑暗，也無法看出什麼，或是聽到什麼聲音。不過，她還是一動也不動，定睛凝視、豎耳細聽。
可以清楚聽見喜代丸說的話。
「我也很困擾啊。要怎麼做，妳才會放心？」
「二笠岩旁，水流總是會形成小漩渦，對吧？那裡的顏色就像藍水晶一樣，美得教人著迷。」
「原來那就是妳眼睛的顏色啊。仔細想想，確實很特別。」
「妳別哭了，我不會背叛妳的。」
喜代丸又是哄，又是安慰，語尾拉長，無限柔情，一點都不像平時的他，但阿飛聽得很清楚。一字一句都聽得清楚明瞭。
然而，完全聽不到女方說的話。阿飛耳中只傳來嚶嚶哭泣聲。
不，這真的是哭聲嗎？是人的哭聲嗎？是女人的聲音嗎？
雖然聲音斷斷續續又小聲，但當中夾雜粗糙的磨擦聲。怎麼回事？怎麼回事？這是怎麼回事？奇怪，好奇怪，太奇怪了。

不知不覺間，阿飛已從蒙在頭上的棉睡袍裡探出頭，改採跪姿。

「我是個幸福之人。眞的很慶幸能出生在這世上。」

哥哥好似渾然忘我，聲音變得很高亢。

沙沙、沙沙。回應喜代丸的這個聲響是什麼？

「飛仔，妳醒著嗎？」

阿飛頓時化爲石頭，可見她有多驚訝。

那是喜代丸平時的聲音，從遠比剛才還要近的地方叫喚。難道他已來到廚房？

「喂，飛仔。」

踩踏地板的腳步聲。咚、咚。

阿飛閉上眼，緊抓著棉睡袍，屏住呼吸，緩緩回到俯臥的姿勢。偶在睡覺。偶沒醒。什麼也沒聽到。什麼也不知道。

她趴在墊被上，單邊耳朵一靠向老舊的枕頭，一旁旋即傳來喜代丸的氣息。

「……什麼嘛，原來還在睡啊。」

阿飛發出沉睡的呼吸聲。從鼻孔呼出氣息。氣息不能太猛，太快也不行。

她挪動雙腳，從棉睡袍裡伸出腳尖。夜氣滲進趾甲。

——怎麼辦？要是哥哥現在碰偶的話，偶一定會叫出聲。

又傳來踩踏地板的腳步聲。喜代丸逐漸離去。區隔寢室與地爐外圍的竹簾掀起。

這竹簾是喜代丸嫌木板門的開關聲太吵，請驛站町的建具（註）店特別製作的。編織得比夏天使用的竹簾更緊密，相當沉，一碰就會發出聲響。

剛才哥哥掀起竹簾。掀起沒放下。一直維持掀起的狀態。

竹簾沒發出放下的聲響。

阿飛專心地躺著。要發出沉睡的呼吸聲。要靜靜地呼吸。

而在這樣的過程中，傳來喜代丸的鼾聲。大口吸氣，大口呼氣。像要把厚紙吹破似地，很奇怪的鼾聲。

齁～呼～齁～呼。

喜代丸睡著了。

還沒傳來竹簾放下的聲響。

竹簾一直處在掀起的狀態。

此時阿飛使出全身的力量，緊閉雙眼，拚命抗拒想瞧個究竟的誘惑。

這種狀態不知持續了多久。她全身裹在棉睡袍裡，直冒冷汗。

唰。

竹簾垂落。

阿飛一直沒睡著。她就這樣閉上眼睛躺著，直到天亮。

＊

喜代丸到底在和什麼人在說話？

他是對誰發出那麼溫柔的聲音？

註：指用來區隔建築物內外，或是作爲隔間的東西，例如門、窗、拉門等。

只要檢查喜代丸的寢室，一定會有斬獲。對阿飛來說，最大的問題在於自己是否眞的想查清楚。她覺得自己一夜老了十歲，很想放下一切，逃離這裡。儘管心裡這麼想，但因畏怯而無比疲憊的身軀，感覺連一丁的距離都跑不了。

就算喜代丸眞的是和某個東西交談，顯然也不會對喜代丸造成什麼不良的影響。今天早上喜代丸很有精神，氣色也好，雙眼清澈。

而且喜代丸似乎不記得半夜發生的事。

「飛仔，妳做了噩夢嗎？眼睛看起來好腫。」

他還這樣說道，爲阿飛擔心。那模樣不像在演戲。以他的爲人，做不出如此虛假的行徑。哥哥不太對勁，但他自己渾然未覺。

阿飛只要編個藉口，趁著白天獨自回到小木屋就行了。悄悄檢查哥哥的寢室，再悄悄回去工作就好。

——不過前提是，不能讓躲在哥哥寢室裡，以女人般的聲音哭泣的那個東西，把偶抓去吃了。

太陽高掛中天，不時會飄來宛如蠶絲的浮雲，遮蔽秋天的陽光。粂川的河水碧藍，三座笠岩濺起的飛沫，像水晶碎片般閃閃生輝。

晴天的明亮陽光，在阿飛的背後催促著她。同時，這也是乘客不多，渡船往來的間隔拉長的好日子。

見喜代丸駕船駛離棧橋，緩緩朝一笠岩的方向靠近後，阿飛深吸一口氣。好。

剛剛才從渡口上岸的客人們，三三兩兩地從她面前走過。阿飛敷衍地望向他們，扯開嗓門說道：

「抱歉，偶去一下廁所。」

她捧著下腹，轉身離開棧橋，邁步跑了起來，跑得氣喘吁吁。

這樣好嗎？眞的要這麼做嗎？現在要抽手也行。只要眞的跑進廁所，然後一副舒暢的表情回到工作崗位就行了。

她穿過小木屋的門口，雙膝突然開始打顫。

裡頭空無一人。昨晚勝丸沒來，所以只要喜代丸出門，阿飛也外出的話，住處就完全沒人。

這麼一來，現下是誰在哼歌呢？

（嗯嗯～嗯，嗯哼。哼～嗯～）

阿飛抬手摀住雙耳。這樣還是聽得到，聲音持續傳來。

（妳回來啦，飛仔。妳回來啦，飛仔。）

不是傳進耳中，而是傳進心裡，無法閃躲。

她走上地爐邊，發抖的雙腳向前邁出，掀開竹簾，走進喜代丸的寢室。

（在這裡喔，飛仔。我在這裡。）

傳進腦中的聲音像在安撫阿飛，也像在嘲笑她。

喜代丸的寢室一團凌亂。約三尺寬、附拉門的置物間，拉門緊閉。再來就只有鋪著沒收的墊被和棉睡袍，以及裝有替換衣物的行李。照理來說，不應該會凌亂才對。

因汗水而潮溼，變得又薄又硬的棉被，以及滾落一旁的木頭枕。皺巴巴的寢具，仍維持剛起床時的狀態，完全沒整理。

——睡得這麼亂。

這凌亂的氣氛，感覺與男女情事有關。阿飛好歹結過婚，懂得這種感覺。可是……

——明明不可能有這種事啊。

（呵呵。）

直接傳進阿飛腦中和心中的女聲，充滿炫耀之意。

（喏，我就在這裡。）

在置物間裡。阿飛靠近那扇拉門。不知爲何，她躡手躡腳，不由得屏住呼吸。明明這裡只有阿飛一個人。

拉門很難打開。阿飛一時想不出喜代丸會把什麼東西收在這裡。父母還健在時，他們就住在這幢小木屋了。一些捨不得丟，但兄妹倆日常生活中用不到的東西，會收進這裡，把門關上後就忘了。裡頭應該都是這些破爛。

歪斜的門板，在門檻上滑向一旁，發出刺耳的聲響。打開一個約拳頭大的縫隙，露出置物間裡的黑暗。

阿飛眨了一下眼睛，一道冷汗從鬢角滑落。

置物間的中間裝設隔板，分成上下兩層。

下層是空的。

上層除了一個東西外，再也沒放其他東西。

只有一個擺在這裡、顯得很詭異的東西。

是那個陶鍋。

（飛仔，打開蓋子。）

那女聲無比親暱地叫喚她。

阿飛抬起右手，想伸向陶鍋。她的手劇烈顫抖，連要好好地張開五根手指都做不到。

（用不著這麼害怕嘛。）

女聲在阿飛的耳裡百般搔弄。阿飛不禁用力閉上眼睛。接著她倏然伸出手，一把抓住陶鍋的鍋蓋把手，掀起鍋蓋。

（呵呵呵呵。）

陶鍋裡有個女人。

面露微笑。長臉，膚色白皙，有著宛如用畫筆描出的清晰眉形和小巧的鼻子。一對薄唇幾乎沒任何顏色。

——好怪的臉。

沒加黑色半襟（註一）的和服，底色是水藍色，上頭以深藍色畫出大塊鱗片的圖案。雖然只看得到衣領周邊，但這一定是絲綢。頭髮梳成燈籠鬢的島田髻（註二），甚至連與和服同樣是水藍色的頭髮繫繩、一對玳瑁髮簪、有復古風情的黃楊木髮梳，也都看得一清二楚。

阿飛發不出聲音，緊咬著嘴唇，僵在原地。

（飛仔眞是個好孩子。）

那女聲聽起來像在哄逗，也像在奉承。

（我是喜代丸的妻子。）

阿飛抓著陶鍋的鍋蓋，手彷彿被吸住，一動也不動。

（喜代丸是我的丈夫。他是我的。）

註一：縫在和服底下、襯衣上的衣領，保護衣服不受脖子的汗漬、油脂弄髒，可拆下替換。

註二：古代女性最普遍的一種髮髻。未婚女性或煙花女子常梳這種髮髻。

女人輕聲說完，嫣然一笑。看不到牙齒。不，是她根本沒有牙齒。她的口中一片漆黑。

她不光沒有牙齒。阿飛這才發現，那張臉透著古怪。

起初看起來像是有鼻子。又小又細又塌的鼻翼。那是眼睛的錯覺。應該有鼻子的部位，只有一對小孔。左右都沒有耳朵。那花了不少工夫梳成的燈籠鬢，幾乎都快變成透明，讓人看到後面去了，至於燈籠鬢底下理應會出現的耳垂，卻完全看不到。

而且她的和服穿法，是左襟在前（註）。

這女人不是陽間之人。

她的雙眼緊盯著阿飛，像要下咒，也像要打探阿飛心裡的想法。

——她的眼瞳是藍色的。

黑暗，深不見底的水的顏色。喜代丸之前說「美到教人著迷」，指的就是這對眸子。

（我不會將喜代丸交給別的女人。）

陶鍋裡的女人面露微笑，如此低語。聲音不帶半點笑意。從那沒有牙齒、黑漆漆的口中探出一根淡紅色長舌頭，朝阿飛的臉伸了過來，想舔她的鼻頭。

舌尖開雙叉。

阿飛成了一隻被蛇盯上的青蛙，當場昏倒。

小時候，阿飛差點在粂川溺死。弟弟勝丸曾在水邊跌倒受傷，劃出一大道傷口。

但喜代丸從沒遇過這種事。只要是在流水湍急的河邊長大的人，或多或少都體驗過這種「危險遭遇」，喜代丸卻一次也沒遇過。

哥哥一直都深受粂川的水神大人喜愛。現在他長大成人，水神大人當然會爲他著迷。

哥哥也很迷戀水神大人。

彼此情投意合，成為夫妻。
哥哥之所以說不需要妻子，意思是周遭隨處可見的普通女人，他根本看不上眼。
水神大人和哥哥已是夫妻，不能打擾他們。要是水神大人醋勁大發，哥哥百般安撫也無法平息她的妒火，那就糟了。在演變成這樣的事態前，得趕緊讓筑地屋的大小姐死心才行——
「阿飛小姐、阿飛小姐，妳振作一點。」
有人不斷拍阿飛臉頰，頻頻叫喚，她倏然醒來。她仍躺在喜代丸的寢室裡，直接躺在鋪著沒收、又扁又硬的墊被上。
幾名熟客圍在阿飛身邊。扶起她頭的，是很孝順母親的那名中盤商。而拍她臉頰、緊握她手的，是在驛站町和卯辰村兩地來回挑擔叫賣的大嬸。她常用的背架放在一旁，蔬菜的葉片從簸箕裡掉出來。
「因為妳說肚子痛，跑回家上廁所，卻一直沒回去。」
「所以大家就來看妳了。」
「沒事吧？是剛好撞見小偷嗎？」
儘管眾人如此詢問，阿飛一時仍無法開口。感覺像是剛從可怕的夢中逃離，赫然醒來。
夢？沒錯，是夢。一場奇怪的夢。
陶鍋不可能會放在那種地方。陶鍋裡不可能會有一張女人的臉。那個女人不是人，而是蛇的化身，這種事也不可能。這一切肯定就是一場夢。
「偶、偶、偶沒事。」

註：正確的穿法是右襟在前，通常壽衣才會左襟在前。

好不容易擠出聲音。阿飛不管癱軟的雙腳，掙扎著想要起身。

「妳不要勉強。」

中盤商大叔扶她起身。坐在她腳邊的，好像是梳頭店的一名年輕男子。應該是要去卯辰村的客戶那邊，而在三笠等候渡船吧。

「抱歉，耽誤大家的時間。」

「這種事不重要啦。妳一副血被吸乾似的臉色。」

說這話的那名挑擔叫賣的大嬸，也臉色蒼白。

「而且手好冰……到底發生什麼事？」

阿飛這才環視四周。凌亂的寢室還是一樣，但陶鍋已不知去向。

而且置物間的拉門損毀，正中央有個邊緣呈鋸齒狀的破洞。就像有個巨大東西從這破洞衝出一般。

「——當然，偶沒跟任何人提起陶鍋裡的女人。」

在黑白之間持續講故事的阿飛，未顯疲態，但臉上表情少了生氣。或許是想起這段過往，舊事重提，再次「感覺像血被吸乾似的」。

「偶隱瞞眞相沒說。」

面對那平淡的描述口吻，富次郎沉默地頷首。

「中盤商大叔擔心偶是遇上小偷，所以偶順勢以此當藉口。」

——因爲偶突然回到小屋，那闖空門的人急著想逃走，把我撞飛。

「偶說置物間的拉門也是小偷弄壞的，事後是勝丸幫忙修好。」

喜代丸完全沒露出猜疑之色，而且像這種時候，家人應該都會問「那小偷長什麼樣子」，但他一句也沒問。

「偶倒是有很多事想問他。」

富次郎又點了點頭。

「偶知道就算問了也無濟於事。」

阿飛暗哼一聲，低下頭。芒草的花穗在她背後搖曳，桔梗花綻放。

「因爲這就是偶哥的命運。」

生於侍奉粂川水神大人的三笠擺渡人之家，被水神大人選中，成爲祂丈夫的男人。

「不過，陶鍋裡的那張女人的臉龐，一直深深烙印在偶眼底。」

之後仍一再夢見。

「面對長相那麼怪異的女人，他怎麼能忍受呢？哥哥不覺得噁心嗎？他是喜歡那女人的哪一點？偶忍不住這麼想。」

「任誰也會這麼想……」

富次郎插話，阿飛猛然抬起頭。

「是嗎？」

「當然。」

「可是，這麼一來，不就跟當初笑偶皮膚黑，覺得噁心，而把偶掃地出門的前夫一樣嗎？」

富次郎一時語塞，定睛注視著阿飛。阿飛並未因此感到不悅。她的眼神坦率且認真。

「我認爲不一樣。」富次郎說。「不過，您會覺得一樣，表示您是個心地善良的人。」

阿飛微微瞠目，接著她像要說服自己似地低語：

「一旦被神明看上，也許就不會在意外貌了。」

富次郎默默聆聽，內心卻隱隱作痛。阿飛本人沒意識到，她前夫的殘酷對待，對她的心靈造成多大的傷害。

呼——阿飛吐出一口氣，挺直腰桿，重新坐正。

「要讓筑地屋的大小姐打消與偶哥成婚的念頭，偶什麼忙也幫不上。應該說，因爲偶哥堅持不接受這門婚事，所以偶也無能爲力。只不過，看勝丸一直不斷地想說服偶哥答應這門婚事，偶也非常認眞地阻攔。」

偶很害怕——阿飛說。

「因爲建議偶哥接受那門婚事的勝丸，對陶鍋裡的女人來說，將會是敵人。」

粂川的水神大人情路上的阻礙者。

「要是惹惱了水神大人，後果不堪設想。於是偶告訴勝丸，別隨便建議哥哥做他排斥的事，別忘了你是弟弟，要搞清楚你的身分。」

光是對勝丸說還不放心，她對勝丸的媳婦也說了同樣的話。

「偶弟妹一開始還鬧脾氣，說偶陣前倒戈。」

——明明只要大哥說聲「好」，大家就都可以過好日子啊。

「想必是偶的認眞阻止，以及偶是眞的感到害怕，讓弟妹也感受到了。」

有孩子的母親，對可怕的事總是特別敏感。

「偶告訴她，過好日子的代價，就是得交出性命，她聽了之後，也開始勸阻勝丸。」

筑地屋的庄助老爺子雖然還是常來，但阿飛不再請他進入小木屋。他是客人，不能不讓他搭三笠的渡船，不過只要把他當成客人來對待就行了。

「這樣他還是學不乖，有一次甚至帶著筑地屋的二小姐——阿綠小姐前來，似乎是打算讓阿綠小姐直接跟偶和偶哥說。」

原本就態度冷淡的木頭人喜代丸，以及恐懼緊緊壓在心頭的阿飛，根本不給這個小姑娘有可乘之機。

「她從卯辰村搭船前來，前往驛站町，但沒坐回程的渡船。她不可能不回村子，所以應該是改走別的路。」

因爲她拿這對難纏的兄妹沒轍。

「驛站町和卯辰村中間有一條可供往來的道路，不用經過三笠渡口是嗎？」

「嗯。沿著粂川往上來到中游，有一座窄細的木橋。只不過得繞一大段路……」

說到這裡，阿飛表情一變，眼底頓時形成幽暗的空洞。

富次郎知道說故事者露出這樣的神情所代表的含意。類似的情況他已見過不少，才會有這種感覺。故事已來到尾聲。

「偶萬萬沒想到，她會特意繞遠路來到偶家。」

「誰來了？」

「美春小姐。」

是喜代丸像土牆一樣，毫不留情地拒絕的婚事對象——筑地屋的長女。

「庄助老爺子沒陪同，而是由一名年長的女侍隨行。因此，當她說有話想和偶談時，偶嚇了一大跳。」

美春從驛站町乘轎前來。突然造訪候船場，與阿飛搭話，所以周遭等候渡船的客人們也都大吃一驚。

美春的島田髻上插著花簪，紅豆色加黃褐色的條紋圖案振袖和服（註），腰間繫著麻葉圖案與黑緞組合而成的晝夜帶。在這一帶，振袖和服並不常見。

她們可能是走粂川中游的木橋而來，所以也算是出了一趟遠門。儘管如此，美春穿的並非旅裝，而是盛裝，腳下穿的也不是草鞋，而是草屐。肯定是一路搭轎而來。

難道是爲了展示筑地屋的財力有多雄厚嗎？阿飛感到十分不悅。

然而——

「您是喜代丸先生的妹妹嗎？」

美春的嗓音偏高，微帶顫抖。雙頰泛紅，細長的眼角噙著淚水。像這樣不請自來，對一位富裕的批發商大小姐來說，需要很大的決心。

阿飛還沒開口說話，美春已彎腰深深一鞠躬。

「非常抱歉，我們提出任性的要求，爲擔任三笠擺渡人這個重要職務的喜代丸先生一家帶來困擾，這點我自己也很明白。在此向您致歉。」

阿飛聽得瞠目結舌，呆立原地。一名在場的客人焦急地拍打阿飛的肩膀。阿飛小姐，快請這位小姐到候船室坐啊。

「不，我站著就行。」

美春馬上婉拒那名客人的好意，接著露出求助的眼神，望著阿飛。

「阿飛小姐，請給我半個時辰就好。可以聽我把話說完嗎？」

阿飛的嘴一張一合，像要從乾涸的水井裡汲水般，只有滑輪在空轉。

這時，美春執起阿飛的手。

優美的手指。柔軟的手掌。指甲剪得很工整。指甲皮沒剝落，也沒裂痕。

「阿飛小姐，拜託您。」

阿飛的喉嚨終於能發出聲音了。

「偶、偶不能讓這裡空著沒人。」

「既然如此……」美春轉頭望向守在她身後的那名有些年紀的女侍。「我帶著家中的女侍一同前來。在我占用您的這段時間，我會請她在這裡看顧。這樣可以嗎？」

阿飛遲遲無法回答，聚過來看熱鬧的客人，紛紛在一旁擅自回答「可以啊、可以啊」。

「我們也會幫忙看顧。」

「阿飛小姐，妳就去吧。」

在談到筑地屋的威望之前，看熱鬧的群眾已先被美春那恭順的模樣打動。大家都替美春說話，紛紛催阿飛同意她的要求。「在這裡說不行嗎？」

「這裡不太方便……」

「那要在哪裡才行呢？」

「可以去喜代丸先生和阿飛小姐的住處拜訪嗎？」

啊，好主意，就在附近。小姐，妳穿那樣的鞋子方便走嗎？看熱鬧的群眾又是一陣起鬨。阿飛腦中頓時一片空白，待回過神來，她放聲大喊：

「不能去我家！」

喜代丸對那個陶鍋女甜言蜜語的住處，怎麼能帶美春去呢？這是最危險的情況。那是最不能讓她去的地方。

註：未婚女性最高規格的服裝，袖子較一般和服長。

但阿飛驚恐的叫喊，聽在湊熱鬧的群眾耳裡，只覺得她是在使性子。

「別說這種欺負人的話。」

「話說回來，這可是一樁求之不得的婚事啊。而且人家小姐都自己跑來了。」

「筑地屋的小姐，喜代丸他家在這邊，我替您帶路。」

「阿飛小姐，妳快點來啊！」

眾人又推又拉，最後阿飛和美春一起回到小木屋。

「阿飛小姐，妳可要好好招待人家啊。」

看熱鬧的群眾留下這句話，鬧烘烘地離去。美春再度向他們行了一禮後，轉頭望向那唯一的可取之處只有堅固的小木屋，仔細打量一番後，露出笑容。

「這裡就是喜代丸先生的住處啊。」

阿飛感到頭暈目眩，無法好好思考。怎麼辦，竟然陷入這種窘境，得快點打發她離開才行——

「那我就打擾了。」

美春掀起門口的草簾，逕自走進小木屋。阿飛彷彿聽到自己體內的血液逆流，發出「唰」的一聲。

「妳、妳等一下。」

阿飛追上前，發現美春呆立在土間。可能是小屋裡瀰漫著各種東西的臭味，令她一時喘不過氣來。她雙手摀住口鼻一帶，一陣狂咳。

「抱、抱歉，請、請給我水。」

美春的聲音沙啞，似乎相當痛苦。阿飛從廚房的水甕裡舀水，連同柄勺一起遞出。美春馬上送入口中，一點都不嫌棄。

啊，偶招待她了。就算現在要趕她走，可能也晚了。

——既然這樣，聽完她的話之後，好好拒絕這門婚事吧。

如果能趁這個機會，讓陶鍋女明白喜代丸不會移情別戀，「他的妻子就只有妳一個」，這樣反倒幸運。當著美春本人的面拒絕她，應該是最直截了當的方法。

「請、請進屋內休息一會。雖然有點髒。」

在阿飛的促請下，美春抬起臉來。臉上滿是喜色。

「請、請別誤會，我要拒絕這門婚事。」

「可是，您肯聽我說，對吧？」

美春走上地爐邊，理好長長的衣袖，端正坐好。這幕景象，就像在單調又髒汙的小木屋裡擺了一具活人偶。

美春侃侃而談。

她說的內容，大部分之前都聽庄助老爺子提過。對筑地屋來說，喜代丸與美春的這樁婚事意義重大。筑地屋全家上下都很期盼美春能嫁給喜代丸，而美春也早已下定決心。

「我沒像妹妹那樣搭渡船，所以喜代丸先生和您可能沒發現。」

其實美春看過喜代丸很多次了。

「我到卯辰村那邊的候船場，請勝丸先生幫忙。」

躲在暗處偷看喜代丸。她去了很多次，百看不膩。一顆心噗通噗通直跳，激動不已。

「可是，最近就連勝丸先生也說，我要是太常來反而不好……」

美春十分不安，最後她想到一個方法，就是直接登門拜訪阿飛。

「勝丸先生告訴我，其實阿飛小姐您也贊成我和喜代丸先生的婚事。」

——只不過，我姊凡事都順從我哥，不懂得違抗。

「所以我才想，如果我和阿飛小姐當面談，您一定會站在我這邊。因爲不管是對筑地屋，還是對阿飛小姐你們一家來說，這樁婚事都會帶來幸福。」

起初阿飛只想著要早點打斷美春的話，說出關鍵性的理由來拒絕她，因而心不在焉。可是一頭熱的美春，根本不給她開口的機會。

這樣不行。只能讓她說個夠，等到她停下來喘口氣的時候，再拒絕她。阿飛拿定主意，讓美春盡情地說，於是逐漸明白。

美春認定自己已愛上喜代丸。這份心情應該不假。

然而，這純粹是誤會。美春只是因爲被喜代丸拒絕，才會如此逞強。她會這麼熱中，並不是心生情愫，而是美春的人生中，從沒遇過不照她的意思走、不照她說的話去做的人，她無法原諒如此冷淡的喜代丸。她很不甘心，想要喜代丸點頭答應。她只是將這份執著誤以爲是愛慕。

「請您體諒我的心情，並請幫我說服喜代丸先生。要是能談成這門婚事，阿飛小姐您也會得到很多好處。」

一旦美春和喜代成親，就會蓋新房，阿飛也能一起入住。屋子外頭會圍起樹籬，建造一座有榻榻米房間和有鍋爐可以燒洗澡水的大宅院——美春說得十分開心，眼中閃著光輝，臉泛紅霞。差不多也該說累了吧？聲音開始沙啞了吧？

「小姐，您說的話偶明白。」

阿飛插話，美春嚇了一跳，頓時打住。

「偶得清楚地答覆您，喜代丸無法娶您爲妻。」

美春定睛注視著阿飛。血色從她眼睛周邊抽離。

「如果是否定的答覆，我早就聽過了。所以我剛才不是說了嗎？我是爲了讓您站在我這邊，才特地來見您。」

「偶不會站在您那邊。偶說過，偶哥拒絕這門婚事。」

「您不覺得拒絕很奇怪嗎？」

「偶哥有他的考量。」

這時，美春的態度驟變。

「你們認爲筑地屋終究是外地人，瞧不起我們對吧？」

她的音調拉高許多，眼神也變了。

哎呀？不過這也不足爲奇。美春小姐如此逞強，會生氣也是很自然的事。

「只因是三笠的擺渡人，就覺得自己很偉大？所以對外地人不屑一顧是吧？」

從振袖和服的袖口露出她纖細的拳頭。那麼漂亮又柔軟的玉指，緊握拳頭，是想揮落什麼東西呢？

因爲是三笠的擺渡人，覺得自己很偉大？阿飛他們從來沒這麼想過。會這麼想的是你們吧？而且自以爲是，想利用這份「偉大」。

美春的「愛意」，底部整個脫落，彷彿可以看見那個大洞——阿飛心想，同時腦中的某個記憶甦醒。喜代丸寢室裡那個置物間的拉門，上頭破了個大洞，就像有東西撞破衝出一般。

「說話回來，像我這麼漂亮的女人，喜代丸先生到底是覺得我哪裡不好！」

美春太過激動，微微冒汗。

激動到雙眼溼潤。

「美春小姐。」

猛然回神，阿飛發現自己以低吼般的聲音叫喚美春。

「您確實很漂亮，但您不是神。」

美春彷彿當場挨了一巴掌，聽得目瞪口呆。

「就算您想以凡人之軀和神明一較高下，也絕不是對手。勸您還是乖乖死心吧。」

美春的臉色變得更加蒼白，嘴角抽搐。

「妳、妳在說什麼啊。莫名其妙！」

怒火直攻腦門，她的雙頰泛起紅潮。

「妳、妳自己又怎樣？聽說妳是被丈夫掃地出門。」

美春嘴形扭曲，充滿恨意，像在不屑地向人吐口水。

「妳在這種骯髒的地方，過著形同在地上爬的生活，卻還用一副了不起的嘴臉跟身為筑地屋千金的我說話。」

如果這就是美春的本性，實在教人同情。不過，至少她說出了一些心裡話。

「請回吧，筑地屋的大小姐。」

聽到阿飛這句話，美春宛如裝了發條的玩具，霍然起身。長長的袖子前端擦過地爐的煤灰。

「少瞧不起人！」

這時，阿飛全身都感受到了。

嘎吱。

木地板上傳來一陣震動，吊鉤不住搖晃。

猛然站起的美春縮起身子，畏怯地環視四周。

「在搖晃嗎？」

阿飛無法答話。一股來自屋頂上方的沉重壓力，進入了小屋。對方一面扭動身軀，一面朝地爐邊的兩人逼近。

（有個東西發出摩擦聲。）

（那是巨大鱗片摩擦的聲響。）

一股寒意在全身遊走，雞皮疙瘩直冒。

筑地屋的大小姐，您快逃。阿飛想如此叫喚，卻發不出聲音，無法呼吸。

完了，慢了一步。阿飛無法動彈。

梳著髮髻、打扮講究的美春，在阿飛面前身體扭曲。就這樣站著，身體逐漸扭曲。長長的衣袖纏住美春的身軀，高高地打了個大結的腰帶逐漸被壓垮。

她被纏住，愈勒愈緊。

「請、請您原諒。」

阿飛拚命擠出聲音來。

「偶會將這個女人趕出去，不再讓她靠近喜代丸。因此，請饒她一命吧！」

饒她一命——話才說到這裡，阿飛頓時一口氣緩了過來。兩人的身體都擺脫了束縛。倒在地爐旁，差點一路滾落土間的美春，在千鈞一髮之際保住小命。接著阿飛看到了。她雪白的脖子上，宛如有一排鱗片留下印痕。

從昏迷中醒來的美春，完全不記得發生何事。腦中似乎只記得自己遭遇了很恐怖的情況，以及她懇請阿飛站在她這邊，但阿飛不願聽從，於是她不再緊纏著阿飛不放，垂頭喪氣地離去。

那些待在候船場等著看熱鬧的群眾，事後一定會詢問來龍去脈。要是回答談判破裂，想必會受他們責怪。阿飛想不出該如何圓場才好，也心不在焉。這天她後來都像木頭人一樣，恍恍惚惚。

來到半夜，她感到呼吸困難，難以熟睡之際，得知她為那場紛爭擔心，根本一點意義也沒有。因為陶鍋女已離開陶鍋，坐在她枕邊。

陶鍋女的長相、髮型、和服的圖案，都跟之前在陶鍋裡的時候一樣。不過，她的腰部以下看不清楚。對方看起來像是跪坐，也像是根本沒有雙腳，而是白蛇長長的身軀往後延伸。

有鼻孔，但沒有鼻子。沒有耳垂。白得怪異，近乎透明的肌膚，以及一雙大眼。那雙眼睛俯視著阿飛，不時眨眼。

那是蛇的眼瞳。像鋪有一層薄膜般，顯得十分溼潤。

——辛苦妳了，阿飛。

女人的聲音無比溫柔，緩緩把臉湊近。脖子好長。沒有顏色的嘴脣逼近。兩人的臉幾乎快要貼在一起。

女人沒呼吸。

——不過，我知道時候到了。

她的眼瞳變得尖細，宛如新月。

——我不能讓心愛的丈夫喜代丸，留在有那種女人四處打轉的地方。

我要帶他走，把他留在我身邊。

阿飛，別為離別難過。喜代丸離開人世，才會得到幸福。得到以凡人之軀無法體會，永遠的幸福。

啊，這天終於還是來了。阿飛在睡夢中流下淚。

「隔天一早，當偶醒來時，哥哥已不在小木屋裡。」

阿飛馬上打開喜代丸寢室裡的置物間。因為太過擔心喜代丸的安危，她完全忘了恐懼。

「如今回想，當時偶跟傻瓜似的，以爲哥哥跑到陶鍋裡去了。」

被蛇化身的女人纏住，一起收進陶鍋裡，開心地笑著——

「但連那個陶鍋也消失無蹤。」

那女人說過，這幢小屋已沒用處。我要帶他走，把他留在我身邊。是那條河。粂川。

「偶想到這點，往外奔去，結果一個住在附近的人朝偶家跑來。」

——不好了，阿飛小姐！

「妳哥坐在第二座笠岩上。」

身穿擺渡人的短外衣，背後掛著防曬的斗笠，還配戴著護手和布質綁腿。

「但渡船好端端地繫在岸邊。偶哥一個人前往粂川中央，蹲坐在第二座笠岩上，雙手抱膝。」

露出幸福的微笑。

「當時雖是秋雨時節，卻一滴雨也沒下，連日都是乾爽的天氣。然而，那天粂川的河面卻顯得特別寬闊。」

就像大蛇扭動著身軀般，水流湍急，充滿活力。

「不久，第二座笠岩周遭激起好大的三角波。那不是河流的波浪。」

波浪濺起的飛沫，灑向蹲在那裡微笑的喜代丸的臉還有身體，但喜代丸一動也不動。

「就算勝丸想從對岸出船，也在河流起伏的波浪阻攔下，無法順利掌舵，這是偶後來才聽說的。」

阿飛和勝丸夫婦，以及聽聞急報而聚集在此的地方人士，全都束手無策。

——喂，喜代丸先生！

儘管人們紛紛叫喚，喜代丸仍是一副渾然未覺的模樣，始終面帶微笑。不時會點點頭，嘴巴微動，但聽不清楚他說了什麼。是在和人對話嗎？是在向誰微笑？此事只有阿飛知道。

喜代丸周圍的粂川河水激烈地舞動，掀起歡喜的大浪。

嘩啦、嘩啦、嘩啦、嘩啦。

「接著，偶哥突然消失無蹤。」

聚在棧橋和岸邊的人們驚恐大叫，只有阿飛一人很冷靜。

喜代丸走了。他不是死了，而是和粂川的水神一起得到永生。

「……偶明明知道，卻還是流下淚來。很怪吧？」

三笠渡船整整休息了三天。這段期間，阿飛和勝丸夫婦埋葬了喜代丸。因爲沒有遺骸，桶棺裡放入喜代丸的衣服。

「平時辦喪禮，大家都會互相幫忙，但偶哥是那樣的死法，鄰居們都避而遠之，偶們也不希望別人參與。」

直接在三笠的擺渡人家中辦完喪禮。

「不過，雖然是遠房，畢竟是親戚。只有阿和利屋的老闆娘對偶們多方關照。」

老闆娘很擔心阿飛往後的日子。

「勝丸的事，交給他媳婦去打理就行了。不過，偶是個被掃地出門、沒人可依靠的人。」

雖然偶覺得無所謂，一點都不寂寞。阿飛小聲說道。

「阿飛小姐，聽您說這個故事，我覺得您很堅強，是個了不起的人，值得敬佩。」

這麼說，眞的能算是誇獎嗎？富次郎略感不安，但還是坦然說出口。

「一開始您提到，阿和利屋的老闆娘認爲您一直哭喪著臉，對喜代丸先生也不會有幫助，所以建議您找個地方說出悶在心裡的話，對吧？」

「嗯。」

「如何？是否稍微掃除了心中的陰霾呢？」

阿飛望向富次郎。那眼神就像孩童看見漂亮的小鳥，看得入迷一樣。她很驚訝，竟然有人會問她這個問題。

「偶一直什麼也沒想，渾渾噩噩度日。」

說到這裡，她略顯難爲情地眨了眨眼，低下頭。

「不過……偶爾心思會飄到哥哥的事情上，想起小時候的事，或是心想，當時要是那樣做就好了，感到十分後悔，忍不住哭了起來。」

她把玩著粗糙的手指，悄聲說道。

「比起筑地屋的大小姐，偶更不懂得死心。」

「美春小姐後來過得如何？」

「偶哥死後不到三個月，她便與城下某個商人的兒子談妥婚事，很快就嫁人了。」

那不是懂得死心，是心生恐懼。想離粂川愈遠愈好，想逃離這裡。

「老闆娘說，偶最好找個完全不知道粂川和三笠渡口的人，說出哥哥的事。」

很好的建議，眞是位聰明的老闆娘。

「她還說，只要偶說出故事，徹底哭一場，日後就不會再哭了。」

富次郎對這點有意見。

「不過，因懷念過往而流淚，並不是什麼壞事啊。用不著刻意忍耐吧。」

「是嗎……」

阿飛曬得黝黑的臉頰上，有兩道淚痕。用不著勉強擦去，喜代丸想必也不希望她這樣做。

「阿和利屋的老闆娘建議您來參加我們的奇異百物語，實在很感謝她。請代我轉達謝意。」

這句話講得像結尾問候語似的，富次郎內心慌了起來。糟糕，我還有一件事想問阿飛小姐。

粂川的水神爲什麼會出現在陶鍋裡？除了是當地生活常見的容器外，應該有更深層的含意吧？

他一邊看準開口詢問的時機，一邊注視著阿飛略顯疲憊的側臉。

「三島屋的小少爺。」

阿飛突然開口叫喚，富次郎不自主地重新坐正。「是！」

「您是否曾經覺得某件事當時要是那樣做就好了，而感到後悔呢？」

富次郎認眞地思索，「……我很慶幸，目前沒有。」

「那麼，可有擔心的事？」

如果是這個，有件事倒是很擔心。

「應該是我那身懷六甲的堂妹。人們不是常說，生產可以是輕鬆的小事，也可以是嚴重的大事。

在看到健康的娃娃出世，和堂妹一起分享喜悅之前，我會一直擔心下去。」

「對堂妹也這麼擔心？」

「因爲就像親妹妹一樣親。」

阿飛那黝黑的臉龐，浮現一道心領神會的暗影。不是光照形成的影子，而是落寞的暗影。

「只能在一旁擔心，很痛苦吧？」

富次郎回望阿飛的雙眼，深深點頭。

「儘管如此，您還是沒向痛苦認輸，持續爲兄長擔心。我認爲您並不後悔。」

阿飛的眼角泛紅。

「您堂妹的孩子什麼時候出生？」

「明年春天二月吧。」

「那麼……」阿飛很有朝氣地應道，手伸進懷中。「這個送給您的堂妹。」

阿飛取出一個用紙包好、像護身符般的東西，輕輕放在榻榻米上。

「這是飛魚的翅膀，安產的護身符。」

「您總是帶在身上嗎？」

「嗯。偶有一個吉利的名字，就應該像這樣替人著想。」

因爲也沒其他優點……她如此說道，莞爾一笑。看到她的笑臉，富次郎頓時感到安心。想必她已一掃心中的陰霾。

「謝謝您。我會好好保管，轉交給我堂妹。」

阿飛沒忘了那根珊瑚玉的髮簪，但她沒插回髮髻，而是小心地插進腰帶的縫隙，才離開黑白之間。

感覺現場還微微飄蕩著一股海潮的氣味。是粂川河口的潮水氣味吧。

富次郎握著阿飛贈送的那根飛魚翅膀，靜靜坐著。這時，通往隔壁房間的隔門開啓，女侍阿勝探出頭來。

「辛苦您了。」

「嗯。哎呀，眞不錯呢。」

他莞爾一笑，拿起那一小包安產的護身符給阿勝看。

「眞感謝，說故事還附伴手禮。」

不過，這可以直接交給阿近嗎？

「看來還是先跟我娘討論一下比較好。」

話說回來，富次郎至今仍未去向阿近祝賀和探望。人在菱屋的哥哥伊一郎以客人的身分，老早就去祝賀過了。

「也對。這是奇異百物語的伴手禮，小姐知道想必會很開心，不過，老爺和夫人或許會有不同的想法。」

啊，對喔。也許會挨一頓訓斥，叫我別老是讓阿近與奇異百物語有關的事物接觸。

——這可難辦啊。

富次郎縮著脖子，想喝碗裡剩餘的番茶時，阿勝幫他重沏了一壺。

「先前是爲了能和說故事者保有緣分，而主動關照，這次則是收到伴手禮。」

像這樣與說故事者保有關係，究竟是好是壞？上次的說故事者餅太郎，至今仍未帶著編織草鞋來拜訪三島屋。現在就死心或許還太早，不過，感覺就算繼續等下去，他也不會來。一直都不來，就這樣結束，那也未嘗不好——這麼想究竟是膽小，還是世故呢？

「不過，我有件事忘了問阿飛小姐。可見我火候還不夠啊。」

富次郎提到陶鍋之謎，阿勝聽了之後轉為嚴肅的表情，悄聲說道：

「其實很久以前，我曾在盛行海苔養殖的土地待過一段時間。」

那當然是她住進三島屋之前的人生遭遇。

「是嘛，一樣是有人請妳去消災解厄嗎？」

阿勝原本是以幫人驅邪除厄為業。會與阿近結識，也是因著這樣的緣分。

「對，可以這麼說。」

阿勝輕鬆帶過，嫣然一笑，旋即恢復正經的表情。

「在那塊土地上，人們生活中常會用到鐵鍋和鐵壺。」

據說，只有在進行海苔買賣時，會用陶鍋或陶碗來當容器。

「採收完當年新長的海苔後，會先供奉給鎮守大人，這時也會放進氣派的陶鍋中。」

阿勝說，如果用金屬容器，得來不易的海苔風味會受損。

「這指的當然不是海苔片，而是生海苔。阿飛小姐居住的土地上，應該也是一樣的情形吧。」

哦，原來如此。

「她說過，卯辰村的海苔是上呈到城內的商品。想必是放在陶鍋內，無比恭敬地運送吧。」

眞想親眼看看運送的情景。

「對阿飛小姐來說，提到可靠的容器，就屬陶鍋了，所以水神大人跑進陶鍋裡一事，就不用多說明了。」

在水神現身的瞬間，就已明白。

「不過，掀起陶鍋沉重的鍋蓋，往內窺探，發現自己的命運就在裡頭……這眞的很可怕。」

與碗蓋或木蓋不同，有相當大小的陶鍋鍋蓋，如果不是有想打開的念頭，它是不會動的。不會一不小心自動打開，而且很堅固，不會輕易破裂或損毀。

如果不是刻意伸手，使勁掀起鍋蓋，便不會和藏在底下的東西碰面。

換言之，這是在選擇命運。

「不過，阿勝姊，妳爲什麼從剛才就一直壓低聲音說話？」

阿勝縮起脖子。「聆聽者與守護者針對才剛結束的故事展開問答合適嗎？這樣不是違背『聽過就忘』的規矩嗎？」

富次郎沒想過這個問題。

「阿飛小姐離開後，我和妳都還沒離開黑白之間。這種情況應該還能允許。而且，阿飛小姐說的故事，我爲了聽過就忘，也需要展開這樣的問答。」

用不著擔心——富次郎笑道，突然眨了一下眼睛。

如果在黑白之間談那件事，也能得到允許嗎？他不想在其他地方談那件事。談那名商人模樣的男子。

富次郎與那傢伙展開對話，純粹是一場夢或是幻覺。第一次是他在阿近的婚禮上喝醉的時候，第二次是因爲熬夜趕工而打盹的時候。

不過，阿勝知道那傢伙。她毫不忌諱地說過。

——他應該不是陽間之人。

富次郎一度覺得，應該仔細問清楚比較好，但又覺得什麼都不問可以省去無謂的煩憂，這樣也好。

幾經躊躇後，他想著之前一直沒說出此事，現在是個好機會，於是甩除膽怯，準備開口——

「對了，有件事，不是因爲在黑白之間我才特別提，而是因爲這是不能讓人知道的祕密。」

結果被阿勝搶先一步。

「是、是什麼事？」

富次郎的音調陡然提高許多，所以就連聰慧的阿勝似乎也誤會了。她那細長的雙眼微微瞪大。

「哎呀，小少爺，您果然知道。」

「我什麼都不知道。是怎樣的祕密？」

阿勝纖細的下巴往內收，仔細打量富次郎。

「是關於伊一郎先生……大少爺的事。」

原來是我那難纏的大哥啊。

「他沒知會我一聲，自己帶著菱屋的賀禮，跑去葫蘆古堂祝賀了。如果是搶著立功這件事，我早就知道了。」

阿勝的眼尾微揚，面露苦笑。

「大少爺那樣做，就算惹小少爺埋怨，也怪不得別人。不過，您還是原諒他吧。就算阿近小姐沒懷孕，伊一郎先生也有滿腹的苦水不能向人傾吐。他很想找個地方一吐爲快，才前往葫蘆古堂。」

一帆風順的大哥會需要吐什麼苦水？

「該怎麼說呢，有人託菱屋老闆介紹他一門婚事，很難推辭。大少爺爲此吃足了苦頭。」

那門婚事當然是以伊一郎回三島屋繼承家業爲前提，所以聽說菱屋的夫人也跟伊一郎的父母——伊兵衛與阿民提過。

「正因如此，大少爺才沒辦法向老爺和夫人發牢騷。」

「可是，拒絕自己排斥的婚事，大哥應該不會有所顧忌啊。爲什麼會吃足苦頭，如此煩惱呢？」

阿勝瞄了富次郎一眼，像圖謀不軌的壞人般陷入沉思。

「這個祕密是因大少爺向勘一先生和阿近小姐發牢騷，才會輾轉傳進我的耳裡。」

雖然很好奇是怎麼個輾轉法，不過還是算了。

「所以妳決定告訴我這件事，不想將我屏除在外是嗎？」

阿勝不再斜眼看他，點了點頭，接著道：「聽說伊一郎先生會拒絕，不是因爲不滿意那樁婚事，而是另有意中人。」

哎呀！富次郎差點打起嗝。

「我娘知道這件事嗎？」

「不，夫人不知道。」

「其實我最近才跟大哥說過話。」

以先後順序來看，伊一郎是先前往葫蘆古堂，回程順道和富次郎見面。

「當時他認眞地說，娶媳婦很重要，是男人一生的重要工作。」

還深有所感地誇讚勘一和阿近是一對好夫妻。當時富次郎也隱約從伊一郎的神情中感覺到……

「我就猜他可能是有婚事上門了，看來眞被我猜中了。」

不過，沒想到他竟然有意中人。

「不知是哪戶人家的小姐。不，等等。我大哥有意，卻無法如願，這樣的對象可不多。對方想必不是普通的大小姐，而是更難追求的對象……該不會是有夫之婦吧？難道是帶著孩子的寡婦？或者，是在廚房幫傭的女侍，大字不識幾個，所以大哥認爲爹娘不會答應？」

富次郎愈說愈激動，阿勝在一旁看傻了眼。

「全都猜錯。」她的話聲略顯冰冷。

「雖說是我大哥的事，但不能亂開玩笑對吧。抱歉、抱歉。」

對方到底是怎樣的人？

「小少爺，您能守口如瓶嗎？」

「當然，我保證。」

「我希望萬一大少爺在這場戀情中遭遇什麼困難，您能馬上助他一臂之力，才會告訴您這件事。」

因爲你們就只有兩兄弟。

「我明白。我大哥就算遇上什麼困難，也不會來找我幫忙，這點我也知道。不曉得該說他是逞強、放不下自尊，還是愛面子？不過，我希望能幫上忙，所以得有個心裡準備。」

阿勝再度頷首。不是對富次郎，而是告訴自己「好，說出來吧」，讓自己接受。

「這門婚事的對象，是菱屋的大客戶……屋號我不能說。」

這件事之所以麻煩，原因簡單易懂。

「伊一郎先生的意中人，正好是對方的妹妹。」

人家要促成的是和姊姊的婚事，偏偏伊一郎中意的是妹妹。

「對方知道這件事嗎？」

「妹妹知道。」

「姊姊不知道嗎？要是有人告訴她就好了。不論是姊姊還是妹妹，要是能談成婚事，菱屋也有面子。」

黑白之間下座坐著富次郎，隔間用的隔門旁坐著阿勝。壁龕上一張什麼都還沒畫的白紙，望著在不同於平時的配置下展開交談的兩人。

「對方的大女兒是前妻生的孩子，二女兒是後妻生的孩子，背後有這麼一層關係。」

店主只有兩個女兒，他與後妻想替二女兒招贅，以繼承家業，所以想讓大女兒早點嫁出去。

「……我大哥是家中的繼承人，不會到別人的店裡當贅婿。」

富次郎如此說道，拳頭緊握。

「而且他不會被長男的身分束縛。他本人說過，繼承三島屋後，想擴展規模。這是我大哥的夢想。」

當贅婿是行不通的。看來，只能放棄與那位二女兒的姻緣了，否則就要放棄三島屋。

「這很難呢。」

阿勝也微微蹙眉。

「我只是個女侍，所以我的想法是，乾脆兩人私奔，等風波過去後，再回到三島屋即可。」

阿勝，這麼做是不可饒恕的。

「這招行不通，對吧？」

聽了伊一郎心中的苦悶後，阿近與勘一不知是如何安慰他。

「那位大女兒應該是很贊成與我大哥的這樁婚事，真教人同情。」

富次郎嘆了口氣，順帶如此說道。看見阿勝的表情後，這口氣嘆到一半，頓時打住。差點又要打嗝了。

「……難道不是嗎？」

「聽說那位大女兒不想嫁給伊一郎先生。」

「因爲是妹妹的意中人……不，她不是不知道這件事嗎？」

明明不知道，卻不喜歡伊一郎？

「雖然有所謂個人好惡的問題，不過商家小姐的婚事，向來都是由父母或親戚來決定吧？如果碰巧抽到像我大哥這樣的籤，等於中了大獎。即使高興得轉圈、學狗叫、手舞足蹈，也不足為奇。居然還嫌棄，太失禮了！」

黑白之間頓時籠罩在沉默中。與平時說故事者與聆聽者之間的沉默不太一樣。猶如翻炒地瓜，是一種爽朗的沉默。

「您這樣說不對喔。」

阿勝的目光略顯尖銳，如同蜜蜂尾部的蜂針。

富次郎暗自反省。

「一時不小心脫口說出那樣的話。」

伊兵衛和阿民都不知道背後複雜的內情，卻異口同聲地說：

——既然對方不喜歡伊一郎，這門婚事就當沒談過吧。

很乾脆地結束這件事。

「爹娘什麼都沒跟我說，甚至連一點風聲都沒讓我查覺。」

「他們是刻意不說，不想讓您操無謂的心。就算沒這件事，小少爺您現在滿心想的，也都是為阿近小姐能順利生產祈願吧。」

富次郎搔著後頸。

「真的很不好意思。不過，今後要是我大哥有事發愁，請告訴我一聲。」

阿勝端正坐好，手指點地，深深一鞠躬。「不是告訴您，而是與您商量。」

富次郎小心翼翼地將飛魚翅膀收進懷裡，走出黑白之間。

江戶町秋意漸濃，正是當季商品熱賣的時候。自從太陽下山後，三島屋的客人駱驛不絕，伊兵衛和阿民都忙得不可開交。富次郎和新太一起吃完晚餐，回到自己的房間，面向書桌。

他磨好墨，打開戲畫本，一面選定範本，一面試著畫下渡船、陶鍋、風向標，藉此讓畫筆更加柔順。就算是蛇，畫本上有可愛的模樣，也有可怕的模樣，各種圖案都有。

在深夜的黑暗中，與陶鍋裡模樣怪異的女人交談的喜代丸。當時他的神情——連阿飛也沒能看到的溫柔笑容，眞想畫下來。這故事若要聽過就忘，就屬畫下那一幕最合適。

不過有難度。以富次郎的畫技，這不是他有辦法畫出的題材。

遇上這樣的障壁，並非第一次。今後想必會更頻繁發生。當聆聽者的經驗累積得愈多，愈深切感受到身爲一名作畫者（雖然只是當娛樂），自己的修練嚴重不足。

——感到一陣寒意。

不管怎樣，阿飛那充滿淚水的故事，得聽過就忘才行。

拿定主意後，他想到一個畫面。陶鍋。一個全新，沒有缺損，也沒半點髒汙的陶鍋。只不過，那素燒的表面有淡淡的蛇鱗圖案。

鍋蓋緊閉。想打開鍋蓋的人，不管裡頭會出現怎樣的命運，如何向你叫喚，你都必須先做好承受一切的心理準備。

所謂的墜入情網，就是這麼回事吧。

＊

隔天一早，富次郎和父母一起吃早飯，他讓兩人看那根飛魚的翅膀，說出緣由。父母聽了十分開心，完全沒因爲這是奇異百物語的客人留下的伴手禮，而面露嫌棄之色。

「就帶著它去看阿近吧。」

「我也可以一起去嗎？」

「如果只是見個面，出言祝賀，倒是可以。你可別在阿近面前昏倒。」

就這樣，富次郎終於得以拜訪葫蘆古堂。雖然沒昏倒，但他握著阿近的手，大灑男兒淚。

「堂哥，謝謝你。」

阿近也哭了。

「這個護身符，我會一直帶在身邊。」

盡情哭過之後，富次郎感到神清氣爽，連他自己都覺得意外。原本對阿近的丈夫勘一那宛如蛞蝓般黏稠不散的嫉妒之情，彷彿不曾存在過似地煙消霧散，好比雨過天晴。

就連腦袋也變靈活了。

「有了，戲畫本。」

「什麼？你要書本是嗎？」

「嗯。當我想要畫的是自己畫不出來的東西時，只能仰賴範本了。目前我手頭的戲畫本不夠啊。」

他和勘一一起前往葫蘆古堂的書庫，請勘一幫忙挑了幾本。兩人聊得熱絡，頻頻朗聲大笑。

阿近沒問題的，我也沒問題——富次郎背著裝滿書的大包袱，返回三島屋。

第三話

如前所述

有人向伊一郎提親。有「菱屋」牽線介紹，原本以爲會是一樁良緣，但他本人沒意願，於是就此作罷。他本人就不用說了，在三島屋這邊，也算不上是什麼會讓他們耿耿於懷的事。只能說無緣，如此而已──

在十月一日這天，父親伊兵衛簡短地告訴富次郎這件事。在吃點心的時間，富次郎被喚至伊兵衛的房間。兩人吃著做成紅葉的顏色和形狀的練切（註），喝焙茶，聊起這件事。

富次郎早已知道此事的原委，但他隱藏自己的心思，隨口應著「哦，這樣啊。哎呀，眞是遺憾，對方應該不是什麼大美人吧」，一面享受那漂亮練切的甜蜜滋味。照這情況看來，伊兵衛和阿民似乎還不知道伊一郎拒絕那門婚事的眞正原因，不過這樣也好。

「雖說拒絕了這門婚事，但並未損及菱屋的臉面，而且我方一點都不必愧疚。只不過，這也表示伊一郎差不多該離開菱屋了。」

伊兵衛如此說道，啜飲一口溫熱的焙茶。

「我打算今年年底就叫伊一郎回來。」

哇，比預期的還早。

「眞開心。歲末忙碌的時候有大哥在，令人放心不少。」

「你可別指望他。畢竟他脫離提袋店的生意已有很長一段時間，得從頭再教過才行。」

「即使如此，大哥他學得快，一定沒問題的。不過，菱屋那邊會答應嗎？」

「他們一會說再一年就好，一會說再半年就好，沒完沒了，這樣不行。重要的是，伊一郎現在離

註：和菓子的一種，以白豆餡爲主原料，加上砂糖、山藥、白玉粉等原料後揉成一團，然後染上顏色，做成各種形狀。

開正是時候。」

伊兵衛將第三個紅葉練切送入口中。爹，吃慢一點，細細品嘗比較好。

「對了，富次郎，奇異百物語最近好像沒什麼人上門呢。」

沒錯。自從飛魚的阿飛說完故事後，在燈庵老人的安排下，先後迎來三名說故事者，但內容都乏善可陳。

第一個人是氣質出眾、感覺像已退休養老的老太太，不過她的故事從頭到尾都在談惡媳婦是如何虐待她，滿是牢騷，沒半點靈異的成分，眞要說的話，就是媳婦比鬼怪還可怕。第二個人是一臉窮酸樣的御家人（註），從一開始就趾高氣昂，還百般挑剔，說黑白之間準備的黑漆刀架看了很不順眼，指著空白的掛軸大罵「像在出殯似的」，甚至把阿勝插有菊花和紅葉的花瓶踢飛，大鬧了一場，所以富次郎馬上請他離開。

最後是一個眼神精悍的年輕商人，白皙細長的手指配上紅唇，宛如旦角一般。實際上，他的嗓音也相當動聽，就算說他是演員，也不會讓人覺得訝異。他說得十分流暢，內容卻很不可取。他提到自己在甲州幹道上的某個驛站町，投宿一家傳聞有妖怪會取人性命的客棧，好巧不巧，富次郎在剛從葫蘆古堂借來的《諸州革袋評判記》這本遊記中，看過幾乎完全一樣的故事。而且當初勘一爲了助他「消愁解悶」而推薦他這本書時，還對他說：

——書名的意思是，這是個不起眼的故事，如果不裝在皮革袋子裡帶著走，恐怕會不小心滲漏，帶有謙遜之意。但看過之後會發現，其實不然。最近兩國廣小路的戰爭故事說書人，在講述長篇故事的中間休息時間，都會從這本遊記挑幾篇軼聞，讓年輕的弟子來講述，內容饒富趣味，頗有好評。我已事先在那些軼聞上貼了浮簽，請您有空的時候翻閱一下。

這個年輕商人聲稱是他的親身遭遇，其實根本就是那名戰爭故事說書人所挑選的軼聞。

——鬼話連篇的傢伙。

富次郎想到就有氣，於是吞下第三個練切。

「我們的百物語，原本就是爲了阿近才舉辦的。」

伊兵衛如此說道，朝富次郎一笑。

「既然阿近現在過著幸福的日子，就沒必要勉強繼續下去，大可停辦。」

富次郎萬萬沒想到話題竟然會轉到這上頭來，大爲吃驚。來的說故事者不如預期，他覺得很不甘心，備感疲憊，但他從沒想過要結束奇異百物語。

「不，怎麼能停辦呢。」

他這麼快回應，這下換伊兵衛吃驚了。「你回答得可眞快啊。」

不行，得認眞答覆才行。富次郎馬上端正坐好。

「像我這種做事半調子，又溫吞的個性，百物語可說是最佳良藥。在我精疲力盡，覺得就算奇異百物語再繼續下去，也學不到什麼東西，甘願死心之前，請讓我繼續下去。我求您了。」

富次郎雙手撐地，低頭鞠躬，伊兵衛見狀慌了起來。「別緊張、別緊張。」他話一出口，便咳了起來。可能是被茶嗆到，只見他手握茶碗，喘了起來。

「爹，振作一點。爹！深呼吸、深呼吸。」

富次郎抓住他的肩頭，不斷拍他的背！

「我、我知道了。可以了，可以了。」

面露苦笑的伊兵衛，突然轉爲嚴肅的表情，看著二兒子。

註：江户時代，將軍直屬的家臣中，沒有謁見將軍資格的下級武士。

「我得說一句，你既不是半調子，也不是個性溫吞。倒不如說你是直腸子，個性善良，總是為周遭的人著想。」

「咦？」

突然受到如此直接的誇獎，富次郎發出憨傻的聲音。雖然有點難為情，但他當然很高興。身為商人，伊兵衛口才過人，但作為父親，他可就沒那麼能言善道了。

「我知道，你從阿近手中接過奇異百物語，有你自己的考量，所以我沒有要潑你冷水的意思。」

坦白講，對於奇異百物語，現在是阿民比較有意見——伊兵衛說。那是坦白說出心裡話的口吻。

「娘嗎？」

「嗯。她認為現在是阿近很重要的時期，不希望再繼續聽人說那些可怕的故事。能否停辦？至少暫停一陣子也好。」

現在是農曆十月，阿近預計明年一月半臨盆。頭胎往往會延遲幾天，但也不見得會延遲。倒不如說，等新年一過，不管什候生產都不足為奇，這麼想才恰當。

只剩三個月可以進行各項準備。因為適逢歲末年初，就算不是遇上待產期，這時節也有許多事要忙。阿民說，得提早為待產做準備才行，於是預留了時間。上個月中的戌之日（註），阿近順利繫上產婦腰帶後，阿民就像大喊一聲「喝！」似地著手準備，所以益發忙碌。堆得像山一樣高的尿布、襁褓、為嬰兒驅魔用的麻葉圖案衣服，以及阿近的新睡衣，全都得重新洗過。阿民每天都手持針線，縫縫補補。

當初原本是打算在葫蘆古堂過完年，阿近便回娘家三島屋待產。然而，隨著肚子愈來愈大，阿近的想法似乎也有所改變，說是想在葫蘆古堂生產。

——請原諒我的任性。我丈夫是眾多書籍養大的，我想在這些書的守護下生產。

丈夫勘一見她做了這樣的決定，似乎也很高興。

這對夫妻感情好，而且阿近也完全融入葫蘆古堂的生活中，這對三島屋來說，是值得高興的事，所以他們也不方便置喙。

好，既然這樣，我就固定去那裡照顧她吧。我們兩家近在咫尺，就算下雨，只要用跑的，甚至不用打傘。而且三島屋的資深女侍阿島目前在葫蘆古堂幫忙。富次郎也常看到阿民、阿島、阿勝三人聚在一起，討論遇上緊急情況時該如何處理。

三島屋並非阿近眞正的娘家，而是她叔叔嬸嬸家。阿近的老家是川崎驛站的客棧「丸千」，那裡有她的父母、大哥喜一、大嫂，他們都很期待能看到阿近的孩子。不過，客棧的生意平時難有空閒，而過年到一月底的這段期間，爲了參拜川崎大師，會有大批遊客湧入，正是生意忙碌的時候。連阿近的母親也無法抽身前來照顧女兒。阿民自然就扛起這個責任，所有事情都由她一人打點，忙得不可開交。

以阿民的個性，愈是忙碌，愈是幹勁十足，然而就連富次郎也沒發現，阿民現在竟嫌棄起奇異百物語。

「可能是覺得不吉利吧。」

「不光是吉不吉利的問題。喏，之前有一次，阿勝不是冒出白髮嗎？」

確有其事。擔任奇異百物語守護者的阿勝，她擁有的力量化解了當時那個故事暗藏的邪氣，代價是她的一撮黑髮瞬間變白。

「既然發生過那種事，阿民會擔心也不無道理。在這種重要的時候，不單是阿近，任何人出什麼

註：十二支的戌，即是狗。狗象徵多產，所以日本人習慣在戌之日這天祈求生產順利。

狀況，我們都不樂見。」

富次郎很清楚父親的擔憂。

舉辦百物語會聚集人世的罪業，引來非人之物。

——希望阿近小姐的孩子能平安出世。

那場對話，與其說可怕，不如說是充滿不祥之氣，深深烙印在富次郎耳中。

爲了讓孩子平安出生，我會守護阿近。大家會一起守護。許願、祈求，盡心盡力。

「我知道了，爹。就暫時先不邀請說故事者到黑白之間吧。」

富次郎爽朗地說道。

「在看到阿近的孩子出生前，我也坐不住，這樣正好。而且，今年年底要是大哥從菱屋回來，也有得忙呢。」

伊兵衛露出鬆了口氣的神情。「伊一郎又不是小孩子。他會照顧好自己，不用擔心。」

「身爲比大哥早一步回到家中的弟弟，我可不能說這種話。爲了不讓大哥被夥計們欺負、不讓人們怕他、不讓那些不諳世事的裁縫女工們全都迷戀上他，我得好好安排才行。」

富次郎往胸口用力一拍，伊兵衛莞爾一笑。

「不過，就像爹您剛才說的，身爲聆聽者，我最近確實比較清閒……要是就這樣連休好幾個月，不免會覺得有點遺憾。」

「那你打算怎麼做？」

「請讓我再見一名說故事者——能講出眞正有內容的故事的。不管怎樣，人力仲介商的燈庵先生一時之間也無法馬上停止這類介紹人上門的工作吧。」

富次郎指的是那位老愛挖苦人的蛤蟆仙人。他一定會大發牢騷，說你們三島屋爲了私人因素，擅自宣布暫停百物語，太對不起之前排隊的客人了，也有損我的信譽，你們要怎麼補償我的損失？爲了化解這樣的不滿，就再請一名說故事者上門，之後柔性地暫停一段時間。

「我之所以會這麼清閒，也是因爲燈庵先生識人的眼力出了問題，我會順便向他抱怨幾句。」

「我明白了。這件事就交給你辦吧。」

由於這個緣故，隔天富次郎就拎著一包風味獨特的酒粕包子，到燈庵老先生的人力仲介屋拜訪。蛤蟆仙人坐鎮在昏暗的帳房內，那張油光滿面的臉，只有在聞到酒粕包子香氣時瞬間亮了一下，當富次郎道出來意後，他馬上板起扭曲的臉孔，活像隻大妖怪。呃，是叫滑瓢（註一）吧。不對，難道是加牟波理入道（註二）？那是廁所的神明嗎？

「請看這本帳冊。」

蛤蟆仙人以指節浮凸的手指敲打著帳冊。他說那是三島屋專用的名冊，採用堅韌的桐生和紙，以紫色的線裝訂。

「就算是米蟲小少爺，好歹也會算術吧。這裡頭寫了幾個人名呢？」

「一、二、三……」

「太慢了，共有二十三人！」

「未免讓我等太久了吧？燈庵先生，您看人的本事是不是退步啦？」

「你、你、你說什麼？」

「您的臉這麼紅，看起來不像蛤蟆仙人，變成章魚仙人了。」

註一：日本傳說中的妖怪，特徵爲頭部特別大。在漫畫《鬼太郎》中也曾出現。

註二：常在廁所出現的妖怪。

富次郎拿起燈庵老人手中的帳冊，細看那三島屋專用的名冊。上頭有說故事者在這裡自己報上的姓名、身分，或是職業。一旁以片假名的小字附上蛤蟆仙人的短評，「臭太老婆」、「落魄的馬屁精」、「醜女」、「窮鬼」。全是負面的評價，但他還是想介紹這些人到黑白之間來，想必是因爲最底下的「押金」欄打了圈圈，令人吃驚的是，有的竟然還寫著「一兩」。

「我看了名字後，會選出三個覺得不錯的人選，請依序與他們接洽。」

「唔……」蛤蟆仙人汗如雨下，沉聲低吼：「竟、竟然擅自做主。」

「其餘二十人，請鄭重向他們道歉後，將押金歸還他們。就跟他們說，等日後奇異百物語再度開張時，會率先通知他們。」

雖然對燈庵老人這麼說，但在挑選時，他根本沒管名字。富次郎睜大眼睛檢視的，是這名壞心眼的人力仲介商標註的短評。

最後，富次郎選出的三人如下。

「ロ細」（註一） 是魚的名字嗎？感覺燒陶的種類當中也有這種名稱。

「大腮幫子」 約莫是指臉形吧。依名字來看，應該是女人。眞沒禮貌。

第三人可就嚇人了。

「殉情者」

富次郎還當是自己看錯了，頻頻眨眼。殉情者？會不會是寫錯同音字？說到「殉情」，直接就想到是男女一起爲情而死，難道是他太孤陋寡聞？

「或許正因是不會給人看的帳冊，才會在旁邊加註吧。」

富次郎歸還帳冊，低聲說道。

「眞、過、分。」

燈庵老人板起臉，面色鐵青。「隨你怎麼說吧。」

「不過很有意思。」富次郎接著說，露齒一笑。「要是先說破就沒意思了，所以我不會問這些短評的由來。等見過當事人後，或許就會明白是怎麼回事。那麼，再麻煩您進行接洽了。」

富次郎回三島屋等候結果，過沒多久，人力仲介商派了一名夥計來，提到「口細」和「大肥幫子」時間無法配合，他們希望等日後奇異百物語重新舉辦時再來。這樣啊。富次郎心想，就這麼辦吧，不過燈庵老人應該很遺憾。因爲押金欄寫著「一兩」的，就是「口細」。

剩下的這位「殉情者」說，只要三島屋可以，隨時都能來訪。一旁寫的短評最耐人尋味的這位客人願意前來，當眞是求之不得，但這確實也是最教人不放心的短評。明知阿民的不安，富次郎卻說「最後再邀一個人就好」，還找來這樣的說故事者，實在是明知故犯的不孝子。

請原諒我這個不成材的兒子。富次郎暗自縮著脖子，與人力仲介商交涉，決定好邀請「殉情者」的日子。結果聽說對方一次會來兩個人。噢！這麼一來，果然是「殉情者」沒錯，富次郎感到一陣心神不寧。

來到當天。

阿勝在黑白之間的壁龕裡擺放的，是開出小白花的枇杷樹枝，以及完全去除葉片的柿子樹枝。花瓶四周撒下顏色鮮豔的柿子樹落葉。

「雖然待在屋內，一樣能感受到欣賞紅葉的樂趣。」

由於「開暖桌」（註二）已過，除了用來燒水煮茶的長火盆外，用來讓手取暖的手爐也一併登

註一：中文魚名爲「麥穗魚」、「羅漢魚」。

註二：江户時代，稱亥月亥日（現今的十一月初）這天爲「炬燵開き」，從這天開始使用暖桌。

場。這裡使用的手爐，要是牽涉到說故事者的個人好惡，萬萬不可，所以全都是沒有圖案的素燒陶。在這個沒其他色調的房間裡，更加突顯出柿子樹落葉的美。再加上枇杷花的淡淡芳香，令人心平氣和。

自從阿島改到葫蘆古堂幫忙後，負責爲奇異百物語的客人帶路，便成了童工新太的工作。富次郎在等候時心想，新太還不習慣，應該會很緊張吧（這樣也滿有趣），但沒想到新太竟然有說有笑地朝走廊走近。當然是和客人交談。

「……今後的季節，我們最推薦的就是那條披肩了。」

「上頭的編織可眞講究，花紋也很美，不過，做成畫軸的樣式更是出色。那是三島屋特別訂作的嗎？」

「是的。是根據織布商給的設計，我方再請他們做一些改變。至於花紋，則是爲了在做成那樣的寬度和長度的披肩時能更亮眼，投注了不少巧思。而畫軸則是找租書店討論，挑選內容吉利的故事。」

新太的語氣興奮又自豪。這位客人似乎是男性，話聲很沉穩。

「你說的租書店，是三島屋的小姐嫁過去的葫蘆古堂嗎？」

哦，「殉情者」可眞清楚。事前調查過三島屋是吧。

腳步聲和人的氣息進入黑白之間前面的那個三張榻榻米大的小房間。

「小少爺，我帶客人來了。」

新太在隔門外如此說道。

「帶進來。」

新太推開隔門，退向一旁。男子白色的二趾布襪跨過門檻，走進黑白之間。

此人一頭銀髮梳成髮髻，顏色宛如未染色的蠶絲，穿的是銀灰色結城紬（註）短外罩與窄袖和服。外表看起來是位富裕的老商人。身材高大，體格精實。短外罩略長，應該是爲了配合他的體型吧。

還有一名女子像是要躲在高大老翁身後般，緊挨著他。深紫色的蒙頭頭巾，搭配下襬圖案是山茶花與葉子的墨染窄袖和服。腰帶是胭脂底色加上唐草圖案的刺繡。當然是絲綢，而且光這刺繡似乎就價格不菲。

「請這邊坐。」

富次郎請兩人坐到壁龕前放著坐墊與憑肘几的位置，這才發現——

男子的左腕與女子的右腕，以一條細細的腰帶繩繫在一起。長度是只要兩人靠在一起，腰帶繩就會略微鬆弛垂落，所以不會太過拘束，但彼此也無法離開超過兩、三步。

——所以才叫「殉情者」啊。

富次郎恍然大悟。殉情——無法在這世上結爲連理的男女，誓言來世再聚，一起步入黃泉時，尤其是跳水自盡時，爲了避免遺體被沖散，會以布或細繩綁住彼此手腕。眼前這對男女的模樣，讓人產生這樣的聯想。

「失禮了。」

銀髮男子突然默默向富次郎行了一禮，然後鬆開繫在兩人手腕上的繩子。接著他扶著女子，讓她坐向坐墊。

「不會難受吧？」

註：以茨城縣、栃木縣爲主要生產地的絲綢布料。

女子點頭。她仍戴著頭巾，而且低著頭，所以看不見她的臉。

「這裡有憑肘几，手肘可以靠在上面。對、對。」

男子單手扶著女子的肩膀，另一手抬起女子的右手，輕輕放在憑肘几上。女子的身體一陣搖晃，靠向憑肘几。

女子的左手一動也不動，而且右手似乎也不太靈活。富次郎開口道：

「我去拿和室椅來吧。或者，您需要矮椅凳呢？」

男子轉頭望向富次郎，兩人四目交接。男子當然已不年輕，但也不老，應該與伊兵衛差不多年紀。他儀表不凡，風度翩翩，不顯一絲老態。富次郎第一眼就當他是「老人」，真的很失禮。

「謝謝您的貼心。只要我陪在身邊，這樣就行了。」

男子低頭望向女子的臉龐，溫柔地替她解開頭巾。

女子終於露出臉，富次郎看了倒抽一口氣。

女子有多處掉髮，整體髮量稀疏。剩下的頭髮也都是像白絲瀑布般的白髮，但仍在腦後以少量的頭髮梳成一個小髮髻。

面容清瘦，雙頰凹陷。不過鼻梁高挺，額頭的形狀秀麗好看，脣形也美。想必以前是美女。

女子睜大眼睛，望向富次郎。她的眼眸宛如泥灰融解的濁水，分不清眼白與眼珠，恐怕是眼盲。

「如您所見，內人眼盲。」

他讓女子面向富次郎，手抵向她的下巴，幫她調整姿勢。

「她從很久以前開始便無法說話，不過耳朵聽得見，腦袋也還沒糊塗。」

妻子像要回應丈夫的話似地，莞爾一笑。她眨了眨眼，可以看出她眼角噙著淚水。

「只要扶著她就能走，但手臂抬不起來，所以內人無法主動抓著我。平時她都待在家中，今天比較特別，我想帶她一起來，才會綁著手腕同行。模樣難看，還請見諒。」

丈夫以眼角餘光留意妻子的狀況，雙手撐地，向富次郎行禮。

「快快請起，我一點都不覺得難看。」

這並不是客套話，富次郎是眞心這麼認爲。男子護妻的每個舉動，都十分體貼。

「照我們這邊的習慣，會先端茶點招待。茶點簡便，不成敬意。請在您覺得合適的時候享用。如果有什麼需要，請儘管吩咐，不用客氣。」

見了兩人後，很想好好款待他們。番茶不能太燙，富次郎把鐵壺移向長火盆邊，添了點水。今天的茶點是仿照火盆形狀，以地瓜和栗子做成的茶巾絞（註一）。擺在塗漆的小盤子上，附上牙籤。

「多可愛的點心啊。」

丈夫瞇起眼睛，對妻子說道。

「喏，城下町的三橋邊不是有家和菓子店嗎？雖然是以羊羹爲賣點，但我和妳都喜歡那家店的栗子金飩。現在招待我們的點心，很像那家店的栗子金飩。」

「它很小，可以直接拿起來吃。」富次郎說。「其實我向來都是直接用手拿。」

富次郎夾著茶點，頻頻聊到自己喜歡的點心。這家賣茶巾絞的店，其實亥子餅也很好吃。雖是慶祝玄豬（註二），祈求無病消災而吃的點心，但就不能一整年都販售嗎？

富次郎輕鬆的閒聊以及茶巾絞，這對夫妻似乎都相當欣賞。依偎而坐的兩人之間帶有一股溫情，

註一：以小綢巾（茶巾）將柔軟的餡料包起，前端擰成包子狀，加以塑形的一種糕點。

註二：在亥月（陰曆十月）亥日亥時，吃新穀做成的麻糬，慶祝豐收的一種儀式。「亥」同時也意指十二生肖的「豬」。

連富次郎的內心也跟著溫暖起來。

「你們向燈庵先生提出申請後，是不是等很久呢？」

富次郎心想，差不多該步入正題了，便試著提問。

「不，也沒等太久。大約半個月吧。」

丈夫望向妻子，眼盲的妻子朝丈夫出聲的方向點頭。

「從一開始我便拜託燈庵先生，希望能在來日無多的內人生前完成這個心願，他可能是特別關照我們吧。非常感謝他。」

不不不，那個蛤蟆仙人只是在名冊上寫下你們的名字，一旁附上「殉情者」的說明，如此而已。不過，現在不是爲此生氣的時候。

「請問夫人是……」

這位說故事者緩緩點頭，他妻子則是低下頭。

「如您所見，內人日漸病重，每況愈下。現在我只希望能和她一起迎接下一個新年的到來。」

「……夫人的病這麼難治癒嗎？」

富次郎詢問時，聲音愈來愈小。太失禮了。

然而，這對說故事者絲毫沒因此感到不悅。丈夫眼中帶有亮光，而靠在他肩上的妻子，也像觀音像般露出柔和的微笑。

「不知道。不知道究竟是因爲生病還是受傷，是詛咒還是業障，也不知道有沒有人會知曉治癒的方法。我們就這樣來到江戶。這三年來，四處走訪知名的大夫、藥師、祈禱師、巫女。」

幾乎每個地方都走遍了，已無技可施。

「話說回來，受過這等痛苦的人，並非只有內人。三十二年前，從那地方逃來的人們，在過去的歲月裡，不分年紀，幾乎都有同樣的症狀，先後陸續死亡。」

雖然很不甘心，但只能接受事實。

「身處外地，不能向人公開這些事，所以一切都無可奈何。」

三十二年前。那地方。人們。這些事。富次郎已大致猜出，這故事並非只是一對平凡夫妻的遭遇。

「不過，我是個不容易死心的男人。我不斷懇求，做好被問罪的覺悟，一再向主君請託，最後終於獲得許可，夫妻倆一起來到江戶。」

最後卻是一場空，白白浪費時間和金錢。

「所以我才會想，至少要找個地方，說出這段回憶，以及我心裡的想法。等說完後，便帶著內人返回故鄉。」

他說藩國裡還有幾個和他妻子一樣，正一步步邁向死亡的領民。

「儘管如此……」

這位丈夫說到一半突然停住，緊咬著嘴唇，抬起臉來。

「雖然來日無多，但能一起安心且幸福地過日子，就該謝天謝地了。拚命逃離的人們，以及拚了命加以解救的我們，相信都已充分獲得回報。」

很好，談話已導入正題。富次郎挺直腰桿，重新面向兩人。

「在我們三島屋奇異百物語，您想說的事可以盡情地說，不想說的事也可以隱藏，只求說故事者能盡興。我富次郎會提醒自己，聽過就忘。」

盲眼的妻子嘴唇顫動，可能是想說些什麼。她的丈夫附耳過去。

不知爲何，這位丈夫難爲情地將目光移向富次郎。「內人說，您的聲音和我第一次與她邂逅時的聲音很相似。」

「啊，光榮之至。」

「開始說故事之前，我先介紹我的名字和身分吧。」

這位丈夫名叫淺川宗右衛門。他獲准賜姓及佩刀（註一），但並非武士。

「淺川家是在奧州久崎藩管理宇洞庄兩個村的肝煎（註二）。歷代的當家都取名為宗右衛門，這是家中的規矩，我是第四代。」

現在由他弟弟的長子，即他的姪子繼承第五代當家，並承襲這個名字，治理宇洞庄。

「退休的我，再次以年輕時的名字『眞吾』自居。」

他伸手抵向妻子背後，溫柔地輕撫著說「內人名叫花代」。

富次郎頷首。「我明白了。不過，淺川先生，關於地名和人名，在這裡可以使用假名無妨。」

淺川眞吾莞爾一笑。「因爲您會聽過就忘，我用眞名也沒關係。對我們每個人……我們家中的每個人，以及和這件事有關的宇洞庄每個人來說，都深感驕傲，絕非可恥之事。」

聽他這麼說，富次郎也感到情緒激昂。

「我們的故鄉只是個小小的藩國，稻米收穫量只有一萬石（註三），不過這是只以稻米來衡量，即所謂的表面收穫量。」

久崎藩振興各種產業，例如鱒魚和鯉魚的養殖、能作爲染料素材的草木栽種，以及藉由雜交來開發新品種、使用在領地內能大量採收的楮樹來造紙等等。並擴展生意範圍，將這些產物賣到領地外的別藩以及江戶、京坂一帶，「扎扎實實地賺錢投資」，因此實際上，在這塊土地上的人民，過著收入比稻米收穫量高出一倍以上的富足生活。

「幸好藩主阿野家一切安泰，不曾遭遇更換領地或沒收領地的危機。」

沒遇過嚴重災害，也輕鬆躲過饑荒和瘟疫，久崎藩的歷史一直都很平順。

「宇洞庄位於形狀像一分銀一樣，呈長方形的久崎領地東北角。只要一越過與鄰藩的邊境，眼前便是一座高聳的險峻山脈，而宇洞庄就位於與那座山脈相連，廣闊又平緩的山丘上，在一條小河的兩側，有中村與西村兩個村子。」

這裡主要的生計，是在美麗的梯田上從事稻作，以及製作和紙。至於空間狹小，且坡度太陡，無法打造梯田的土地，最適合用來栽種楮樹。這片遼闊的山丘，多虧有北方的山脈帶來融冰後的雪水，地下湧泉豐沛。

「淺川家位於中村，原本我們身上流的血脈，是爲這塊土地提供造紙技術的工匠。後來成爲肝煎，將這兩個村子製造的紙賣給城下的批發商，扮演中盤商的角色。爲了避免家傳的這門技術斷絕，我們仍會在宅邸裡造紙。」

「那麼，淺川大人您也是嗎？」

「是的。就像學習讀書寫字一樣，我從栽種楮樹學起。」

造紙是整個工序的最後階段，之前的籌備工作很花時間。

「培育楮樹、採收、成捆風吹日曬，徹底晾乾。等乾透後，再浸入水中，削除表面的黑皮……這項作業如果做得不夠仔細，紙張就會顯得暗沉。」

「是。」

註一：江戶時代擁有姓氏、獲准佩刀，是武士的特權。

註二：江戶時代，掌管村內政務的村級官員。

註三：穀物的測量單位，一石等於十斗，約一八〇升。

「弄乾淨後，再次晾乾，先放在共同的楮樹倉庫裡，要使用的時候，只取出需要的量，再泡進水中。」

富次郎大爲驚訝，頓時無言。明明好不容易晾乾，卻又要泡水？又要重複同樣的步驟？

「這是在冬天農閒時進行的作業，所以河水很冰冷。」

對了，這項工作也得算進去。

「眞辛苦……」

「其實這不是柔弱女子能勝任的工作。」

淺川眞吾似乎很享受富次郎表現出的驚訝，他的神情很開朗。

「即使來到漉紙階段，還是得用水。『漉紙框』相當重，得用雙手抬起，以全身的力量去晃動。」

這時，身子倚在憑肘几上，由說故事的丈夫摟著背部的花代，突然呵呵笑了起來。雖然微弱，但這是她第一次笑出聲。

「內人也爲這項工作吃了不少苦。」

淺川眞吾無比憐愛地望著妻子清瘦的臉龐。

「我從頭教她，但漉紙的工作實在太辛苦，所以她曾哭著說，她差點就要連我也一起憎恨了。」

聽在富次郎耳中，這感覺也像在展現恩愛，但就不跟他們計較了。

「不過，沒想到內人才剛掩面哭泣，接著就突然挺起身，拭去淚水，對我說……」

——這樣的正經工作如此辛苦，是何等幸福的事啊。

富次郎聽了，仔細打量起這對夫妻。

兩人緊挨著彼此而坐，不想離開對方，也不想被拆散。在富次郎的眼裡，這對年紀與他父母相近的夫妻，散發出一股神祕的氣息。

「換句話說，花代夫人所逃離的，是與平日的正經工作完全不同的另一種痛苦吧。」

拚命逃離的人們，以及拚了命加以解救的人們。

「沒錯。」

淺川眞吾面向富次郎，露出凝視遠方的眼神。

「三十二年前，我還是個年僅十七歲的小夥子，同樣是這個時節發生的事。」

*

立冬的清晨，由於中村的淺川家宅邸後方的夜見池已結凍，眞吾一起床便決定前往欣賞。他呼出雪白的氣息，踩著腳下的霜柱。

夜見池是一座形狀像滿月的圓形池子，直徑剛好四間（約七・二八公尺）。所以中村的人們都相信，它是從原本的「よんけん池（四間池）」縮音成「よけん池」，然後不知不覺間變成「よみの池（夜見池）」，但眞吾認爲純屬穿鑿附會。他在西村的藩內道場聽說的故事，應該才是眞的吧。

宇洞庄內的湧泉形成許多大小不一的池子，散落各地。四間長的池子在其中還算小的，不過，夜見池不同於其他池子，出奇的深。如果撩起衣服下襬，嘩啦嘩啦地走進池中，會在底部彷彿被刨除的地方打滑，嚇出一身冷汗。

池水很清澈，沒有魚。水藻生長茂盛，陽光照不進池底，如果只是站在池邊窺望，根本猜不出池子有多深。不過，如果是在月光下，可以看見在池邊宛如懸崖般的垂直陷落處，以及靠近池底的地方，有隱隱生輝的一大塊雲母，所以才叫「夜見池」。

甚至有人沒看漢字，只聽念法，便擅自套上「黃泉池」的漢字（註一），煞有其事地到處跟人說那池子底部通往冥土，才會剛好四間長（註二）。說這種話的人，只要是有水淤積的地方，就算是插花的水盤或鳥兒洗澡的地方，想必也一樣會害怕吧。眞不像樣。

這麼深邃的湧泉池水，會像水井一樣，受四周的泥土保護，所以鮮少會結凍。即使結凍，也只有那些無精打采地長在水邊的蘆葦，根部會結上一層薄冰。但今天早上不知爲何，池水滿滿地混雜了冰霰。

淺川家的宅邸是呈ㄇ字形的橫長平房，但茅草屋頂底下，有一層眞吾得彎著腰才能行走的低矮閣樓，充當夥計的寢室和置物間。由於睡同一間房的弟弟很吵，眞吾常會上閣樓來，做自己想做的事。

樓下的說話聲，會透過梯子直接傳上來，今天早上也一樣。他一大早就聽到夥計們的吵嚷聲。

「因爲吹來冷颼颼的風，我前去查看，發現竟變成那副模樣了。」

「眞可怕。」

「由於是立冬，池子才會結凍。這有什麼好可怕的？」

「因爲那是向來不會結凍的池子。」

淺川家的夥計，包含負責家事的女侍們，以及從事和漉紙有關工作的男丁們，一共八人。大家你一言我一語，嘈雜不已。

「你們安靜一點。我去看看情況，借我一根竹竿。」

眞吾剛起床，胃裡空空如也，益發覺得寒風刺骨。他穿上棉袍，圍上一條在閣樓裡找到的舊圍巾。

「少東家，您要用竹竿做什麼？」

眞吾是這個家的繼承人，所以「少東家」是對他的敬稱，但他本人似乎不喜歡這個稱呼。爲什麼是東家，西家不行嗎？

「我要拿著竹竿，從池邊攪動池水。憑竹竿傳來的感覺，就能知道是真的池面凍得像冰霰，或者只是池面渾濁泛白，看起像結凍。」

竹竿微微結了一層霜，緊黏在手掌上。

「少東家一個人去太危險了，我也去。」

夥計當中年紀最小，才剛滿十歲，臉頰和鼻頭都還紅通通的小彌太緊跟在他身邊。不論是身高、身體的厚度、體重，都不及真吾一半的小彌太，一旦真吾在夜見池溺水，想必也沒辦法拉他上岸。有他同行，並不能教人放心，但比起任性又愛頂嘴的弟弟妹妹，真吾覺得小彌太既可靠，又可愛。

淺川宅邸後方的竹林已乾枯，雜樹林的樹葉也幾乎都已落盡，變得光禿禿。整個夜見池一覽無遺，透著一般清冷。池面在晨光照耀下，宛如不曾磨過的銅鏡，呈現幽暗的深綠色。

真吾舉起竹竿，按照擲槍的方法，將竹竿插進池水裡。

噗通。濺起水花。可能是太過冰冷，小彌太叫了一聲「呀」，往後躍開。真吾則是發出「嗨咻」一聲吆喝。

水邊立起霜柱，容易踩滑。真吾雙腳站穩，以竹竿攪動。池水黝黑，攪動起來的感覺很像油。汲取細看，明明是清澈猶如水晶般的水，看起來卻像來路不明的淤積物。

「可能融化了吧。」

小彌太伸長脖子觀察竹竿的動靜，一臉無趣地說道。

就在這時，真吾突然感覺有異。某個東西卡在竹竿前端。如果以釣魚來比喻，就像釣到到一尺長

註一：「黃泉」與「夜見」，日文都念成「よみ」（yomi）。

註二：日文中「四」與「死」同音。

的鱸魚，或是扭動著身軀想要逃走的大鰻魚。

「小彌太，你抱住我的身軀，幫我撐住。」

雖然這小子不太可靠，總比完全沒幫手來得強。小彌太牢牢抱住他，眞吾小心翼翼地往池裡邁出。一步，沒事。兩步、三步，還很淺。

竹竿被沖向一旁。不是有東西卡在上頭，而是緊纏著竹竿。池底有水流，那東西受水流的影響而流動。

直接拉上岸吧。眞吾雙手握緊竹竿，不是要抬起那東西，而是要讓手握的位置慢慢往前移。很好，那東西還纏在上頭，沒鬆開。到底會是什麼呢？

「咦，是冰塊。」

小彌太叫道，眞吾也看見了。好幾個如拳頭般大，像冰霰凝塊般的碎冰從水底浮出，在水面上探出頭。

「水底竟然有冰塊，眞奇怪。」

眞吾大聲說道，使勁將竹竿拉回來。夜見池的池水一陣起伏，掀起波浪。

嘩啦！

竹竿旁出現一隻手臂。手肘以下整個露出。連裸露的肩膀也一併浮出水面。

「哇！」

小彌太大叫一聲，這一叫立了大功。聽聞那破空而來的尖叫，夥計們火速從淺川宅邸趕來。連眞吾那老愛頂嘴的弟弟恭次也在其中。

「哥，你一大早的在搞什麼啊……哇！」

原本恭次語帶不屑，但連他也忍不住尖叫。因爲眞吾死命握緊的竹竿前端，浮出一具全身鼓脹、

顏色蒼白的浮屍。

圍繞著夜見池的怪異與威脅，由此揭開序幕。

＊

拉上岸一看，是一具集各種怪事於一身的浮屍。

由於在水中泡久膨脹，看不出原本的體格，只知身高約五尺三寸（約一五五公分），沒有嚴重的外傷。死在大海或河裡的浮屍，往往會在海潮或水流的沖刷下褪去衣服，變得全身赤裸，但被小池子吞噬的這名男子，身上仍留有廉價的腰帶，破破爛爛的田間工作服也緊貼在身上。想必就是衣袖或下襬纏向眞吾的竹竿吧。

他的肌膚毫無血色，面如白蠟，身體和池水一樣冰冷。不過，腳掌和小腿前方有幾處擦傷和割傷，看起來不像舊傷，應該是枯枝或枯草摩擦造成。不過，將屍體翻面查看後發現，從他的右肩到肩胛骨一帶，有多道深邃的斜向割傷。這也是一看就知道，如果不是以斧頭或柴刀一再劈砍，不會留下這樣的傷口。

屍體的眼珠渾濁泛白，黑色血塊緊黏在他耳洞裡。牙齒有一半以上脫落，剩下的牙齒也都鬆動，而且又黑又髒，看起來也像血汙。牙縫間卡著像肉片的東西，用針和牙籤剔出查看後，發出令人皺眉的難聞氣味。

他可能是獵人，吃了野獸的肉。但檢視屍體的手掌後發現，他和中村的農民們一樣，因爲每天揮動圓鍬和鋤頭，上頭長出又厚又硬的繭。

這傢伙是從哪裡來的？中村就不用說了，連西村也沒這樣的男人。村民們都認得彼此，而且要是發現有外地人，不可能放著不管。連遠從城下町前來採購紙的批發商也是，如果來了新面孔，馬上會引發騷動，此處就是這樣的地方。

話說，在宇洞庄的山腳處，有藩內審查官的駐地。一般來說，大名家的審查官，是負責調查領地內作物的收成狀況，依此決定年貢多寡的職務，但在久崎藩，除了這項工作外，審查官還得擔任像江戶町奉行所的與力（註一）或同心（註二）之類的職務。平息村與村、人與人之間的紛爭，逮捕盜賊，在山犬和熊出沒的時節指揮村民加以防範，只要是守護領地治安的工作，無所不包。

從夜見池打撈上岸的浮屍，也是由審查官負責調查。當時在宇洞庄的駐地留守的，是畑作八郎兵衛，二十九歲。在藩內出身於上級武士之家，他的父親一路從審查官往上爬，擔任過作事奉行與力、管藩內財政的御藏番、文官總管。

不過，八郎兵衛個性直爽，不會擺架子，為了不辱沒「畑作」這個姓氏，他會親自到田裡拿鋤頭耕種——身為藩內的武士，他是個怪人，在宇洞庄卻是人人敬重的審查官。這天早上也一樣，他一聽聞淺川家派來的人告知這項消息，便在隨行的侍從陪同下，策馬趕往中村。

「宗右衛門，這樣實在太吵了，你去叫村民們離開。」

發生怪事的消息早已在村內傳開，村民們膽顫心驚，全聚到淺川宅邸。

「屍體放在倉庫是嗎？少東、小彌太，先告訴我發現屍體時的情況。」

八郎兵衛也親暱地叫真吾「少東」。真吾是獲准賜姓及佩刀的肝煎之子，固定到西村的藩內道場學習劍術基礎，以及藩主阿野家從戰國時代便代代流傳的獨特弓術，當時八郎兵衛曾擔任代理師傅，所以兩人的關係既像師徒，又像兄弟。

「如果這個男人是逃亡者，應該是翻越北邊的山脈而來。」

如果是從其他方向前來，一定會被人發現。照理來說，只能推測是從北方陡峻的高山越過邊境而來，但在這個季節……？

「就以夜見池爲中心，在這一帶展開搜尋吧。這傢伙當初來這裡的時候，不可能只穿著一件窄袖和服，還打著赤腳。只要找出他攜帶的行李以及身上穿的衣服，就能成爲查出他身分的線索。」

要上山搜捕——八郎兵衛精神抖擻地說道。

「少東，你去西村通報一下，請他們火速召集人手。用農具就行了，叫大夥帶上自己慣用的武器。不見得只有這傢伙一人。如果是盜賊，會有其他同夥也是很自然的事。」

眞吾的父親淺川宗右衛門，只要一提到上山搜捕，便想搶著帶頭。他命中村的獵人們帶著火槍，自己則是手持號稱淺川家「傳家寶」的紅漆弓，背起箭筒，命小彌太提著龕燈隨行（爲了照亮洞窟深處及岩石底下）。至於召集村裡的男丁，安排搜尋的工作，完全交由眞吾和八郎兵衛去處理。這位父親就喜歡這種像打仗般的狀況。

眞吾暗自苦笑，同時也告訴自己「這件事一點都不好笑啊」。如同八郎兵衛所言，這個化爲浮屍的男人不見得是孤身一人。要是他有同夥，整個村子都將陷入危機之中。

——那背後的傷，可能是惡徒之間起內鬨所造成。

傷口深可見骨。如果在砍傷時，不是懷有極深的怨念，不會留下這麼深的刀口。

「少東家，您穿這樣會冷，請穿上棉襖吧。」

一旁傳來叫喚聲，眞吾轉頭望去。當時他從ㄇ字形的宅邸西側的土間來到外頭，準備前往南邊的倉庫。

註一：輔佐町奉行的一種官職，類似於現代的警察署長。
註二：在與力底下掌理庶務和治安的下級官員。

說這話的人，是淺川家的女侍阿卷。她雙手提著水桶，想必是剛才從宅邸中庭的水井提水回來吧。她緊握水桶握把的手顯得紅通通。

村裡工作的女性，窄袖和服的下襬都會捲起塞進腰帶，另外穿上從小腿到腳踝全都緊緊包覆，名爲「半截」的布質綁腿。以「半調子」的含意命名的「半截」，是將沒徹底瀝過的楮樹殘渣晾乾，與棉屑混合，拍打後當布用。這是久崎藩特有的配件。

「來得正好。阿卷，待會男丁全都會外出，妳們要確定門窗都有關好喔。」

眞吾邊說邊走近阿卷，伸手想幫她拿水桶。這名女侍突然後退，不讓他提。

「官爺已出門，少東家您也得快點過去才行。」

「那具浮屍也許是盜賊或殺人犯。要是有其他同夥就危險了，所以在我們回來之前，別自己一個人在外面行走。」

「是，我曉得。」

阿卷有點黑眼圈，但她有張可愛的臉蛋。年紀小眞吾一歲，是窮人家的長女。家中有許多孩子，所以她八歲就到淺川家當女侍。對眞吾來說，她就像是個愛管閒事的妹妹。

「就算看到陌生人，也別當場聲張。先悄悄離開原地，向我通報就行了……」

眞吾說著說著，不禁感到納悶：阿卷是怎麼了，爲何露出這種表情？她沒看我，眼睛不知道望向哪邊。

阿卷望著與眞吾有段距離、他正準備前往的倉庫，呆立原地。她的眼睛愈睜愈大，嘴脣發顫。

怎麼回事?眞吾順著阿卷的視線，轉頭望去。

那具浮屍就站在那裡。

並非只是站著，而是一步步朝他們逼近。步履蹣跚。向前邁出一步。肩膀搖晃。手臂在空中亂抓。像醉漢似地東倒西歪，走起路來彷彿腳上有沉重的黏土。

眼睛渾濁泛白，目光游移。嘴角鬆垮，還淌著口水。

「唔啊……」

浮屍發出一聲呻吟，突然加快腳步，朝眞吾撲了過來。

眞吾無暇細想，直接躍向一旁，避開那具浮屍。而步履蹣跚衝過來的浮屍，就這樣狼狽地撲向中庭地面。

阿卷拋下手中的水桶，發出尖叫。那具浮屍馬上像蛇一樣抬起頭來，這次轉向阿卷。

「唔啊、唔啊、唔啊。」

浮屍掙扎著爬起，雙手向前伸出，嘴巴一開一合，身子前傾，奔向因害怕而全身僵硬，無法動彈的阿卷。

「阿卷，快逃啊!」

眞吾馬上撿起腳下的小石頭，擲向那具浮屍，如此大喊。小石子擊中浮屍的頭部左側，他的頭倒向一旁。

「快逃!快逃進屋子裡。」

眞吾更大聲地喊道，朝浮屍撞了過去。他打算以全身的重量壓制浮屍，於是卯足了勁朝浮屍撲去。

好臭。那是令人作嘔的臭味。還有這種觸感。浮屍的肌膚冰冷，要是用力抓，手指會陷入皮膚。

眞吾跨坐在俯臥的浮屍身上，將他的雙手扭向背後，接著環視四周，看有無可以將他捆綁的東西，卻遍尋不著。

「快來人啊！幫我個忙！」

他大聲叫喚。這時，從阿卷逃進的土間以及中庭，陸續有人趕到。

「唔啊、唔啊。」

浮屍向後挺身，想將眞吾甩開。眞吾雙手按住他的頭，使盡全力，將浮屍的臉按向地面。傳來鼻子被壓垮的手感，但浮屍還是動個不停，像是一點都沒感覺，一點都不覺得痛。

「這傢伙是怎麼回事？」

眞吾抓住浮屍稀疏的髮髻，一把提了起來，將他的頭重重砸向地面。一次、兩次、三次。這時，有人送來麻繩。

「少東家，快用這個！」

有人加入幫忙，四個男人合力按住浮屍的腳和肩膀，準備將他的雙手捆綁在身後。浮屍拚命掙扎，持續發出渾濁的叫聲。

「安分一點！」

眞吾朝浮屍的右臂用力一扯，結果手肘的皮膚發出撕裂聲，半隻手臂應聲扯斷。

眞吾和前來幫忙的男丁，一時看傻了眼，停止動作。

「吼！」

浮屍扭動上半身，向前挺出嘴巴，襲向離他最近的一名男子臉孔，咬中他的鼻子。

「呀！」

被咬的是在楮樹田裡工作的年輕人，名叫九市。他被浮屍的氣勢震懾，差點被按倒在地，是身後的眾人扶他起身。眞吾將浮屍與九市拉開，看到浮屍鬆垮的嘴角拉出血絲，稀疏的牙齒沾有紅色血汙。

「好痛、好痛。」

九市雙手掩面，弓著身子，蹲在地上。鮮血從指縫間淌落。

「唔啊！」

浮屍使勁掙扎，甩開眞吾，想再次撲向九市。是血。血的氣味。這傢伙因鮮血而激動。

「這傢伙爲什麼還活著！」

他明明溺死在摻雜冰塊的池子裡，而且已沒有呼吸，全身冰冷。

是在倉庫裡死而復生嗎？又沒人替他進行治療。爲了給浮屍最後一擊，眞吾將浮屍只剩一層皮垂掛在右肘上的前臂整個扯下，朝他膝窩一踢，想讓他跪下。但浮屍微微一晃，並未停止動作。他嘴巴一張一合，在品嘗九市鮮血的味道。

早就死掉的浮屍，要怎樣才能再殺他一回？

「少東，快離開！」

傳來一道響若洪鐘的聲音。是烟作八郎兵衛。才剛意識到這點，下一瞬間，某個東西破空而來。眞吾一個扭身，向後躍開，跌跌撞撞地離開那具浮屍，但視線仍緊盯著他。所以眞吾清楚看見，有一支箭筆直射進浮屍的脖子。

浮屍緩緩停住，僅存的左手緩緩在空中亂抓。

「大家別靠近！」

八郎兵衛再度厲聲喊道，像猴子般俐落地趕了過來。他左手按住浮屍的肩膀，右手握住射中浮屍的那支箭，先使勁將箭穿透脖子，再使出全身的力量，拔出箭來。

箭頭的形狀像蜥蜴的爪子般，帶有倒鉤，擴大了傷口，拔出箭頭後，留下一個拳頭大的破洞。浮屍頓時雙膝一軟，跪在地上。

他沒出血。一滴血也沒流。只飄散出腐爛的臭氣。

八郎兵衛將拔出的箭拋向一旁，接著拔出腰間的短刀。上山搜捕時，長刀是無用的累贅，只要帶短刀和砍樹枝用的小刀即可。

八郎兵衛在嚇得腿軟的眞吾等人面前，斬下浮屍的頭。只見白光一閃，那顆被斬下的頭顱就像爛掉的水果般掉落地上，面朝一旁，就此停住。

一樣沒流血。他的嘴巴還在動，仍貪婪地嘗著九市的鮮血氣味，過了一會才靜止不動。

現場鴉雀無聲，直喊痛的九市，因悲痛再度哭了起來。

富次郎聽著這個故事，不知不覺間雙手緊握。

會動的浮屍，動作出奇強韌、頑強。渾濁泛白的眼睛，與花代的眼睛很相似。兩者應該有什麼關聯吧。雖知不能性急地追問，還是忍不住心急，他第一次聽聞這種故事。

「畑作大人說，就算是連火槍都不怕，受傷發狂的熊，只要砍斷牠的頭，就能讓牠倒下。所以他認爲一定得砍下那具浮屍的腦袋才行。」

說這話的淺川眞吾，也不知道是否明白富次郎此時的畏懼與興奮，語氣十分平淡。

「在場眾人皆心想，世上竟然有這種妖怪，一時愣在在原地。上山搜捕一事也暫停。」

幸好九市傷得並不深，只有鼻子周遭留下一個圓形的齒痕，雖然看起來很可怕，但只要能止血，就無縫合的必要。

然而，九市不止疼痛難當，還渾身發冷，直打哆嗦，甚至發高燒。

「我想觀察九市的情況，就留他在淺川家接受照顧吧。」

聽八郎兵衛如此吩咐，眞吾的弟弟恭次自願要照顧九市。

「女侍們個個嚇破了膽，派不上用場。而且九市和我從小一起長大。」

八郎兵衛下達嚴格的命令，連恭次聽了都不禁怯縮。他吩咐將九市的雙腳捆綁，雙手也要以強韌的繩索綁在壁龕的柱子上，還要拿布條塞進他嘴裡。

「爲什麼要這麼做……」

「九市被那具浮屍咬中。人被狗或猴子咬傷，有時不是會傳染疾病嗎？那名男子有可能也是染病，想到這點，爲了避免你被九市咬傷，還是小心爲上。」

原來是這麼回事。眞吾接受了這樣的說法，將很不情願的恭次訓了一頓，照八郎兵衛的吩咐捆綁九市。

「不過……我們離開後，繩索似乎馬上就鬆開了，實在很糟糕。」

由於浮屍變成了妖怪，使得上山搜捕的準備工作益發嚴格。他們找來各種武器，交給每一名男丁。雖然寒氣都快透進牙縫了，但在晴朗的立冬這天，白天已備妥火把。這也是八郎兵衛的主意，他認爲不論怎樣的怪物，只要有生命，應該都會懼怕火。

在久崎藩，肝煎家的兒子在藩內道場所受的待遇，等同於藩內的一般武士。不過相對的，在劍術或弓術其中一方取得「基礎皆已修畢」的證書前，都得固定上道場習武。

在淺川家，父親宗右衛門取得弓術證書，眞吾和恭次則是取得劍術證書。兄弟倆並非對劍道情有獨鍾，不過宗右衛門就不同了，他對阿野家引以爲傲的「武雙風間流」這種獨特的弓術深深著迷，取得證書後仍持續上道場習武，提升技藝。此外，畑作八郎兵衛也是這種弓術的高手，在他以審查官的身分來到宇洞庄之前，甚至獲得「久崎城下一番町長山道場的八某人」這樣的稱號（長山道場是藩內道場中，最多高手聚集的地方）。

武雙風間流弓術，首先得有弦線強韌的弓、箭頭又重又短的箭，以及受風會改變方向，作工精細的箭羽。即使在惡劣天候、遠距離的情況下，一樣能準確命中，這是其特色。而且在一般得靠刀或槍互搏的近身戰中，一樣能放箭攻擊，以弓當武器，或是當作化解敵人攻擊的盾牌使用。不論遠近都一樣可靠的這套弓術，只要我方有盡得眞傳的高手，在戰場上便如獲百人之力。當初阿野家就是以這項技藝，在戰國時代成功存活下來。

因爲藩內有此等尚武的風氣，領民們也絕非窩囊廢。然而，這天上山搜捕，擔任指揮的畑作八郎兵衛之所以表情無比嚴肅，親眼目睹那個浮屍怪物的眞吾一行人之所以臉色欠佳……

「今天爲什麼這麼冷啊？」

全是因爲那冷得離譜的寒氣，使得他們的氣勢弱了一大截。

「今天一早就是這個樣子。」

「明明也不是風從山上往下吹啊。」

他們仰望北山陡峭的山巒，走在枯黃的雜樹林裡，朝草叢裡戳刺，往岩石底下窺望。手指凍僵，動作變得很不靈活，眉毛和鼻孔外緣都微微形成了冰柱。甩動竹製的水筒，裡頭的水發出快結凍的卡啦卡啦聲。草鞋鞋底結冰，走起路來特別滑。

奇怪。宇洞庄正常的冬天不是這樣。而且今天才立冬，既不是小寒，也不是大寒。

——這寒氣……

果然是從夜見池裡湧出的。

許多男丁雖然嘴上沒說，但都有這種感覺。大家不安地望向前方，那座池子的水面，就像一面模糊的銅鏡。

——畑作大人應該也知道才對。

不管再怎麼找尋，都找不到像是那具浮屍會有的行李、衣服，非但如此，就連腳印也沒找到。

「到池子裡打撈看看吧。」

八郎兵衛的話一出，隨行的眾男丁全都打起了哆嗦，不是因爲恐懼，純粹是因爲寒冷。饒了我們吧！

這時，宗右衛門與小彌太站在那四間寬的池子對面。個頭小的小彌太似乎遭寒氣直滲肌骨，連話都說不出來，低垂著頭。宗右衛門似乎也覺得很冷，頻頻搓著雙手。

眞吾望向八郎兵衛的側臉。這位審查官的髮鬢也已結冰。

「我聽過一個傳說。」

八郎兵衛突然低語。

「怎樣的傳說？」眞吾也壓低聲音問。

「一百二十年前，地點不在這裡，在久崎領地北邊的某個村子……一樣是在立冬這天，發生了一件怪事。」

異常的寒氣突然來襲，拉車的馬匹馬蹄結霜，村裡共同的水井，表面也結了一層冰。

「全村被強烈的寒氣包覆，位於村子外郊的一座半月形的小池子，也變得像是摻混了冰霰一般。」

就像今天早上，眞吾和小彌太在夜見池目睹的景象。

「聽說出現一名年約二十歲的年輕武士，在那座半月池裡游泳。」

說到這裡，八郎兵衛急躁地搖了搖頭。「不，不是游過來的。因爲他是從池底現身，應該說是潛水過來的。」

眞吾蹙起眉頭，「從哪裡潛水過來？」

八郎兵衛點頭，「從與半月池底部相通的另一個地方。」

咦，您在說什麼啊？

「那名年輕武士一副打仗的裝扮，額頭上還纏著頭巾。那條頭巾上有透染的徽印，不知爲何，與我們的藩主阿野家的徽印正好相反，左右顚倒。」

——在下服侍的，是奥州江崎藩藩主，掃部頭箏野長助大人。

眞吾他們的主君，爲久崎藩第七代藩主，掃部頭阿野光義大人。兩者一樣的地方，只有「掃部頭」這個官職。

「那名年輕武士向村長提出忠告——在這非比尋常的寒氣離去之前，要好好監視半月池。」

——我們稱爲「非人」的妖怪，或許會經由池子來到你們這邊。

「非人？」

「也就是死人。」八郎兵衛又再壓低聲音。「失去生命，身體沒有溫度，失去血色，皮膚鬆弛。但會站起身，四處走動。沒有痛覺，強烈飢餓，爲了尋求活人的血肉而張口咬人。」

眞吾倒抽一口氣。八郎兵衛就像身上哪裡痛似地蹙起眉頭，望著在陽光下沉滯不動的夜見池池面。

「那樣的妖怪眞的出現了嗎？」

眞吾壓低聲音問，八郎兵衛猛然回神般眨了眨眼，轉頭望向他。

「不，並未出現。就我聽到的傳說，襲擊村莊的寒氣三天便消失了，那名年輕武士也不知何時消失不見，半月池的水色恢復原狀。」

之後再也沒發生過怪事，那異常的寒氣也沒再襲擊村莊。

「那是在那個村莊。」眞吾說。「可是現下在我們中村，發生和那個傳說很類似的情形，對吧？」

八郎兵衛再度蹙眉，「我無法斷言。」

所以才想打撈夜見池嗎？「畑作大人，其實您是想潛入池裡調查吧？」

「別說傻話了，會活活凍死的。」

「我也這麼認爲，可是……」

突然從淺川宅邸的方向傳來警鐘聲，打斷眞吾的話，這是肝煎家的警鐘，每當發生重大的事情時便會敲響，讓中村、西村，甚至是審查官的駐地都能聽見。

發生什麼事了？圍在夜見池周邊的男人們，全都渾身一僵。然而，警鐘聲中摻雜著女人的尖叫聲傳來後，眾男丁就像鳥群受驚而飛向空中般，不約而同地往宅邸的方向奔去。

「救命、救命啊。」

女人們放聲大叫，四處逃竄。

「九市先生、九市先生他……」

奔回宅邸的眞吾，最先遇見的是名叫阿松的老女侍。她癱坐在中庭外的晾衣場上，無法動彈。

「九市他怎麼了！」

「他的眼睛變成白色，流著口水，四處追著女侍跑。」

恭次在哪裡？阿卷呢？眞吾和八郎兵衛一起衝進宅邸，從土間直奔房間。當時阿卷正好爬上閣樓的梯子，九市已逼近她身後。

「阿卷，別停下來，快往上爬！」

眞吾一邊朝她奔去，一邊大喊。此舉造成反效果，阿卷回頭一看到九市，馬上發出尖叫，抓著梯子，停止動作。

九市踩著像在跳舞般的步伐，就算從後面看也知道他不對勁。往前踏出一步，就又後退一步，每次那顆大腦袋都會搖搖晃晃。對了，爲什麼頭會晃成那樣——

這時，九市轉頭望向眞吾，他頓時明白是怎麼回事。九市的臉嚴重腫脹。不光是被浮屍咬傷的鼻子周邊，連額頭和下巴也腫起，活像是腐爛的水果。

九市的眼睛渾濁泛白，那沒半點血色、微微張開的嘴脣，難看地淌著口水，拉出黏稠的絲線。

「九市！」

就算叫他的名字，又有何用？他已不是九市。

「唔啊～」

不久前還是九市的怪物，伸長雙手，想一把抓住眞吾。阿卷仍在梯子上，無法動彈。眞吾心想，別把怪物撞開，先暫時讓他抓住自己，再把他摔向一旁吧。或者是抱住他，扭斷他的脖子——

一股怪味撲鼻而來。怪物張開嘴巴，想咬眞吾。

這時，怪物的臉部正中央被一箭射中。箭羽上有紅黑兩道線。這是畑作八郎兵衛的象徵記號。

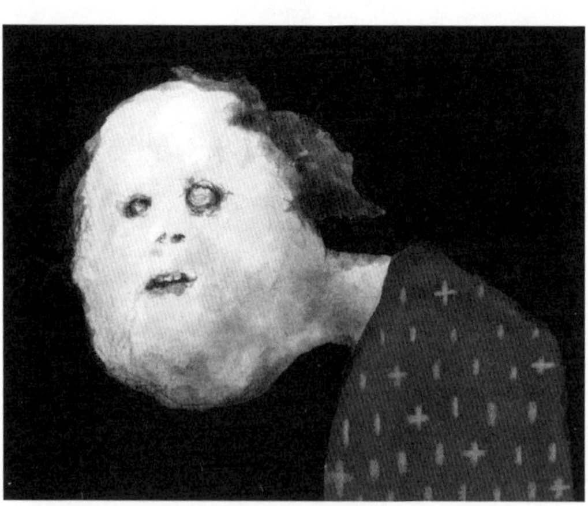

「少東，趴下！」

一聽到八郎兵衛的這聲命令，眞吾馬上蹲下，弓起身子。八郎兵衛飛也似地奔至，再次斬下怪物的頭顱。那嚴重腫脹、模樣難看至極的頭顱，在空中轉了幾圈後，落到眞吾身旁，沉甸甸地在地上彈跳。沒流血，臭味更加濃烈，嗆得令人流淚。

阿卷放聲大哭，跑過來一把抱住眞吾。

太陽就快下山了。淺川宅邸與中村的人們遵照八郎兵衛的指揮和宗右衛門的命令，四處奔忙。眾人在宅邸和其周邊，以及村裡的幾處要地，燃燒篝火。今晚絕不能讓黑暗靠近。夜見池那邊也派出數人輪流監視，並備妥弓箭、柴刀，以及能充當武器的道具。目前西村似乎還沒有狀況發生，暫時可以放心。

老弱婦孺集中在幾個地方，並派人把守。需要請女人幫忙煮飯和清潔時，恭次都會勤快地四處查看，加以保護。恭次對身分比他高的人，總愛展現不服氣的態度，但對底下的人十分溫柔。其實他對阿卷有好感一事，眞吾也已察覺。

先做好各項防護措施後，八郎兵衛、眞吾，以及村裡一名膽子特別大的獵人，三人一起將浮屍以及九市的屍體放火燒了。

「爲了能直接將骨頭和骨灰埋了，最好先挖好坑洞。」

這獵人名叫興一，聽說連他也不知道自己多大年紀，不過，應該是介於八郎兵衛與眞吾之間。他嫌梳髮髻麻煩，直接將頭髮剪短，頭部右側有一道很大的抓痕，非常顯眼。據說是以前和熊拚搏時所留下。

興一也是以弓箭當武器。他當然沒學過正式的武雙風間流弓術，是自己邊看邊學，無師自通，但他累積了不少實戰經驗，相當可靠。他的體格比八郎兵衛和眞吾還要健壯，主動拿圓鍬和鋤頭挖好坑洞。

浮屍和九市的屍體，都像黏土一樣冰冷，而且很沉重。由於土壤帶溼氣，火燒不起來。單靠火種不夠，他們另外使用了魚油。

「死不瞑目，眞可憐……」

這兩具遺體都圓睜著渾濁泛白的眼睛。興一試著讓他們閉上眼，但沒能成功。

就算是魚油腥臭的火焰也好，只要能燃起明亮的大火，便能爲此刻的眞吾壯膽。

三人圍著火葬的烈焰，八郎兵衛對興一說起一百二十年前的那個傳說。興一沒聽過這個故事，但他接著道：

「像今天這種明明還在立冬前後，卻冷得莫名其妙的日子，我們山中獵人稱爲『死人會從地下爬起來的好天氣』。我爹和我爺爺也都這麼說。」

他不曾問過這句話的由來，只當是一句笑話。因爲天氣太冷，連死人也嚇一跳，爬了起來。

將那兩具屍體燒成白骨後，三人一起埋進洞裡，塡好土，雙手合十膜拜。雖然對九市年邁的母親很抱歉，但目前得先觀察幾天，之後才能讓村民靠近這裡。

儘管累得筋疲力竭，眞吾卻無法入眠。此外還有一件怪事，那就是隨著夜色漸深，寒氣竟逐漸消退。他躺在淺川家的廚房時，到處都有冰霜融化，傳來滴水的聲響。要是不數著水滴聲，讓腦袋淨空，之前回頭望時逼近眼前的那具浮屍、九市被他咬傷時發出的慘叫，正準備爬上梯子逃離的阿卷，眼看就要被化爲怪物的九市一把握住腳踝的那幕光景，都鮮明地一一浮現。

「哥，快起床。快起來啊。」

有人搖晃他的肩膀，眞吾倏然睜開眼。他沒印象自己睡著了，只是不知不覺間垂落眼皮而已。搖晃他肩膀的人是恭次。不知恭次是否完全沒睡，雙眼充血。

「夜見池又有東西出現了……」
聽他這麼一說，眞吾一躍而起，差點一頭撞向恭次的腦袋。
「刀、刀呢？柴刀在哪裡？」
眞吾急忙四處尋找武器，一旁的恭次按住他。
「這次出現的不是死人，而是個姑娘！」
「啥？」
「她說自己是從池子對面潛水過來的。現下畑作大人正在盤問她。」
經由池子出現在這裡的姑娘，身穿一件短下襬的帷子（註一），繫著平帶（註二），長髮梳成圓髻。她從水底浮出水面時，叼著一把薄薄的雙面刃短刀，但一點都沒有要動粗的意思。非但如此，她還向現場負責監視的人跪地行禮，說有急事通報，請帶她見村長一面。
女子雙手受縛，態度恭順地坐在淺川家的房間裡。她已換上一件褪色的浴衣，並披著棉襖。此時頭髮也披散開來，幾乎都乾了。
「眞吾，你到這邊來。」
八郎兵衛如此說道，指向自己身旁。
「這姑娘說她名叫花江，今年十五歲。來自池子對面的羽入田村。」
眞吾望向名叫花江的姑娘。人如其名，有一張美豔如花的臉蛋。
「花江，就是這名年輕人在我們這邊的池子發現妳爹，將他拉上岸。」

註一：沒有內裡的單衣。
註二：平織腰帶。

聽八郎兵衛這麼說，花江在棉襖內縮起身子，低頭朝眞吾行了一禮。

「請您原諒。要是我能抓住我爹，就不會給各位添麻煩了，但最後就差那麼一點，讓他掉進池子了。」

聽得懂她說的話，也知道花江這番話的意思，但她說的「我爹」是誰啊？

眞吾困惑地東張西望，八郎兵衛向他解釋：「嗯，那具浮屍就是花江的父親。」

眞吾感覺就連他尊敬的審查官說的話，自己也聽得一頭霧水。

「我爹昨天早上到村裡的穀倉取食物，回來時被『非人』襲擊，遭到咬傷。」

花江就像被人追趕，跌跌撞撞似地，以飛快的速度說道。

「其實當時得馬上將他打爆才行，但因爲我爹身體強健，眼睛一直都沒變得渾濁，我們一時狠不下心，遲遲下不了手……」

等等，她說「打爆」？

「等到我爹終於發狂時，我無法朝他脖子使出致命一擊。就在拖拖拉拉之際，他掉進池子。由於他的身體等於死了，馬上像岩石一樣沉入水底，再也看不到了。」

花江停下來喘口氣時，八郎兵衛、宗右衛門、發現花江的那群在池邊監視的男丁們、眞吾和恭次，可以清楚聽見在場眾人的呼吸聲。眾人不禁怯縮，渾身戰慄。雖然眞吾差點笑了出來，但這並不是愉快的笑。

「那具浮屍背後的傷，是妳砍的嗎？」

眞吾終於重拾聲音，如此問道。花江注視著眞吾的眼睛，點了點頭。

「是的。」

「我和小彌太在夜見池發現妳爹時，他的身體凍僵，已經死了。像浮屍一樣全身膨脹，沒有呼吸……」

「以一般情況來說，他早就死了。」花江如此說道，縮起脖子。「你們會不相信，也是沒辦法的事，不過，他是真的變成了『非人』。因爲池水像冰霰一樣凍結，我爹要是也沉入水底就此凍結，自然最好，但如果不確認此事會有危險，所以我才會前來。」

然而，池底始終找不到父親的身影。要是經由水中，逃到「對面」去，可就麻煩了。得向「對面」的眾人通報才行。

「因爲讓我爹逃走的人，是我娘和我。」

花江握緊纖瘦的拳頭，敲打自己的額頭。一下、兩下。

「聽說很久以前也發生過一次，『非人』經由池子或沼澤逃往對面，一名善於游泳的官差前往找尋……」

啊，那是一百二十年前發生的事。

對面的羽入田村也流傳著這樣的傳說嗎？眞想進一步問個仔細。關於花江知道的事，眞吾很想從頭到尾問個清楚。但在那之前，傳來花江齒牙打顫的聲音。

「妳很冷吧？肚子也餓了吧？」

眞吾如此詢問後，恭次也發出鬆了口氣的聲音說「畑作大人，像她這樣一個小姑娘，應該不用捆綁吧？放了她吧」。

八郎兵衛表情凝重，雙手揣在懷裡，不久後他鬆開雙手，向淺川宗右衛門問道：

「肝煎大人，你兒子們提出的意見，該怎麼處理？」

宗右衛門搔抓著他那張長臉的下巴，嘆氣道：「我的兒子們向來對年輕姑娘很溫柔，實在傷腦筋。恭次，你去叫阿卷燒洗澡水，還有煮碗雜燴粥……」

「我在準備了萌！」門口旁傳來阿卷的聲音。男丁們紛紛轉頭，她馬上跑到門後躲了起來。畑作八郎兵衛抽出小刀，切斷花江雙手的束縛，呵呵輕笑。

*

池子這一側，是奧州久崎藩的宇洞庄，位於山丘上的中村。池子名叫「夜見池」。領民們尊敬的主君，是第七代藩主掃部頭阿野光義。

而池子的另一側，則是位於奧州江崎藩一萬兩千石的領地南部的羽入田村，池子的名字讀音相同，但漢字寫法不同，竟然寫成「黃泉池」。藩主是第二代的安房守熊井欣之輔。在八郎兵衛所知的傳說中，這位江崎藩藩主是姓箏野的大名，但從傳說發生當時到現今花江他們這一代，更換過領主。

羽入田村位於山中，稻作全是旱稻，不太盛行種稻。村民們耕種麻田，紡麻絲謀求生計，近年來又加入了棉花。木棉的售價比麻好，但村民們沒有足夠的財力大量引進，因而推展不開。最主要的原因，是要繳納沉重的年貢給熊井藩主。

久崎藩這邊是靠楮樹和造紙來支撐藩內財政，而江崎藩似乎對新的養殖產業完全沒投注心力。連山村裡的這個不識字的小姑娘花江，也知道他們「完全沒投注心力」，可見眞的是對振興產業毫無對策，卻依舊徵收沉重的年貢。

熊井藩主二十二歲，喜歡歌謠和舞蹈，對政事漠不關心，也完全沒將領民的生活放在心上。這兩個藩的稻米收穫量分別是一萬石和一萬兩千石，久崎藩還在江崎藩之下，但實際上肯定是久崎藩較爲富裕。當花江看到阿卷臨時煮好的雜燴粥時，不禁瞪大眼睛，覺得這是豐盛佳餚。

生活上的康泰，久崎藩有，江崎藩沒有。那麼，久崎藩沒有，江崎藩有的，又是什麼呢？

那就是「非人」。

花江是家中的獨生女，與父母三人相依爲命。聽小時候一起同住的爺爺奶奶說，「要就近看到那個怪物，平均二、三十年只有一次機會萌」。

不過，爹說的卻不一樣。

「這樣的估算太樂觀了。就我的記憶，平均五到十年便會出現一次。只是因爲官爺們很快就會收拾他們，或者是過了幾天，寒氣消失，風波就此平息，沒釀成大禍萌。」

聽花江說的故事，得知那邊的江崎藩羽入田村也有「……萌」這種獨特的口音。眞吾暗想，跟我們一樣，相當開心。

而花江今年十五歲，在她過往的人生中，這算是第二次親眼目睹「非人」。第一次發生在兩年前，喜歡歌謠和舞蹈的那位大人成爲藩主，來到他的領地那年，同樣也是在立冬這天。

那天冷得不光是水結凍，連酒也幾乎快要結凍，於是「非人」隨著寒氣一同現身。在野外撿薪材的孩子們最早遇到，他們跑了回來，村裡全員出動，等待「非人」的到來。沒人遭受攻擊，順利地收拾了「非人」。

「不過，其他村子有人被咬，接連幾天都引發軒然大波。」

「非人」是活死人，不知爲何，會襲擊人們、啃食人肉。被攻擊咬傷的人，快者只要半個時辰，慢者半天，就會變成「非人」。

換言之，和瘟疫一樣，如果放著一隻「非人」不管，才一眨眼的工夫，就會增加成十隻，甚至是二十隻。

這個怪物似乎是江崎領地內的「特產」，不會在邊界外的鄰近各藩出現。江崎領地內曾有一次最多在十四個地方同時出現的紀錄，當時是箏野家在治理，所以藩內的武士們很清楚「非人」帶來的威脅，會像打仗一樣做好準備，獵捕這種怪物。

然而，新任藩主熊井家似乎沒感受到這種威脅。箏野大人更換領地的緣由，鄉下姑娘花江並不清楚，這項消息也沒傳進眞吾他們的耳中，但畑作八郎兵衛推測——

「應該是出了什麼漏子，遭幕府究責吧。或者是有許多『非人』出現，引發宛如戰爭般的騷動，招來誤會，以爲是對幕府有叛意。如果是這樣，那就太諷刺了。」

不管怎樣，熊井家的第一代主君在不清楚有這等內幕的情況下，治理具有這種可怕「特產」的領地。他似乎相當走運，在他治理期間，「非人」不曾大鬧此地。也許某年冬天曾出現在某個地方，但可能是事情還沒鬧大，便已被收拾，或者是隨著寒氣退去，自然地消失無蹤。

沒錯，這怪物一定會和異常的寒氣一起出現，短則一晚，長則三天，待寒氣退去，便會一起消失。

不過，消失的只有從某處突然出現的「非人」，至於被咬傷而變成「非人」的人，則會繼續留下。這種「非人」要是襲擊別人，新的怪物就會愈來愈多。

所以一旦「非人」出現，一定要找出來，殺了它——將它打爆。只要照字面的意思，把頭打爆，或是砍下頭顱，「非人」就會死。此外，活人爲了不受攻擊，要做好防備，保護自己，這點也很重要。經過多年的經驗累積，箏野家的武士們都很清楚這一點。領民們也都學會這方面的知識，傳授給子子孫孫。沒人敢小看此事。

然而，熊井家的武士們，對這件事幾乎一無所悉。

「再加上這次……前所未有的大批『非人』，全部一起出現。」

羽入田村內外，光是花江所見所聞，就有八隻之多。

「一開始是『山中衙門』遇襲，因此無法指望官爺們下達指示。」

非但如此，化爲「非人」的藩內衛士們，還襲擊他們管轄的山中村落。

「我們的村子爲了因應這種情況，蓋了幾座倉庫，所以村民們都逃進倉庫裡。」
只要想辦法撐過三天，一開始的「非人」就會消失。希望在那之前，被咬傷而變成怪物的「非人」別再繼續增加。不論是城下，還是其他地方的「山中衙門」都好，希望有手持武器的衛士們趕來救援。

村民們縮著身子祈禱的這段期間，食物逐漸耗盡。羽入田村原本就很貧窮。

花江的父親說要去帶點東西回來，前往位在村子另一頭的穀倉。他順利抵達，扛著裝地瓜乾和雜糧的袋子走回來。

——抱歉，我在路上被咬中了肩膀。

對方是體格強健的山中衛士變成的「非人」，很難對付。因爲不甘心，他想著至少要給對方一擊，拚了命反咬回去，結果嘴巴臭得要命。說到這裡，父親蹲下身。

——花江，把我打爆吧。

我怎麼可能下得了手？我做不到。

一家三口回到他們住的簡陋小屋，在那裡過了一夜。花江的父親一直都保持清醒，眼睛也沒變渾濁。

——也許妳爹不會變成「非人」。

母親說出心中淡淡的期望，但隨著太陽升起，四周變得明亮時，寒氣逐漸轉強。花江因不祥的預感而發抖，但她還是先讓母親回倉庫裡，自己牽著父親的手離開簡陋的小屋。父親的身體散發出腐爛的臭味。

花江自幼接受父親的鍛鍊，父親教導她遇上「非人」的襲擊，該如何應對。現在面對即將化爲「非人」的父親，她知道該怎麼做。

儘管如此，當父親睜大渾濁泛白的眼睛，嘴角流著口水，放聲嚎叫時，她一開始使出的攻擊，沒能斬下父親的頭顱。花江逃往村外，父親緊追在後。

一旦成了「非人」，便會失去人應有的智慧。追著逃走的「食物」跑，一旦遭受攻擊，只會步履蹣跚地逃走。於是，花江一面跑給父親追，一面找機會想打爆這個之前還是自己父親的「非人」，兩人來到村郊的黃泉池邊。她躲在草叢裡對父親展開伏擊，從他背後掄起柴刀斬落，一擊、兩擊、三擊。她全神貫注地揮砍，不知第幾下砍偏了，父親跌落池裡。

畑作八郎兵衛聽聞的傳說故事裡的「半月池」，其所在的村莊就在羽入田村附近。當初那座池子已被掩埋，如今已不存在。儘管如此，相關軼聞還是流傳了下來。花江從爺爺和父親那裡聽聞那個故事，以此作爲對「非人」的一種訓示。

深邃的池子對面，有和我們很類似的其他村子。住在那裡的人們對「非人」一無所悉。

如果不去告訴他們，後果不堪設想。花江抱持這個念頭，展開行動。幸好這次的寒氣已逐漸消退。等池水轉溫後，再潛水過去吧。

「妳沒先回倉庫跟妳娘以及村裡的人說一聲嗎？」

面對八郎兵衛的詢問，花江搖了搖頭。

「就算回去，也幫不上忙。在池水轉溫之前，我一直都獨自躲在那裡。」

可怕的是，在這段期間，她發現村子內外有好幾隻「非人」。不光是山中衛士裝扮的「非人」，當中也混雜了像是農民和行商客的「非人」。有旅行裝扮的「非人」存在，表示山腳下的客棧也遭遇襲擊。

「等寒氣消退，這一切的源頭『非人』就會消失。但因爲被咬而增加的『非人』仍會繼續留下，所以……」

花江說著說著，又打起哆嗦。

「我得回去才行。我娘和村民們會擔心我。」

花江聲音的殘響消失後，現場靜默了片刻，接著微微傳出男丁們的呼吸聲。眞吾發現自己的呼吸聲也混在裡頭。

畑作八郎兵衛開口：

「妳展現如此英勇的行爲，來到池子的這邊，是爲了空手而回嗎？」

他以瀟脫又溫柔的口吻向花江詢問：

「不需要幫手嗎？」

花江望著八郎兵衛。眞吾也望著這位審查官的側臉，接著視線移向父親。淺川宗右衛門不知爲何緊握拳頭，檢視自己手肘附近隆起的肌肉。

「如果被咬傷而變成的『非人』能夠全部解決，羽入田村就能獲救，對吧？」

如果是這樣，那我們也去吧。

「在池子這邊的久崎藩，有戰國時代流傳下來的高超弓術。中村的男人們也不是普通的農民，能和你那邊的衛士一樣戰鬥。」

血色從花江臉上抽離。「各位打算潛入池裡

嗎？」

眞吾正想回答，恭次搶先一步替他說了。「既然妳能潛水過來，我們當然也能潛水過去萌！」

「我們著手準備戰鬥。」

對嬌豔如花的花江寄予同情，被激出俠義心腸的，並非只有眞吾。聽聞這故事的中村眾男丁，全都自願要去幫助羽入田村的人們。

「除了家中有年邁的父母或幼子的人，以及水性不佳的人之外。」

花代倚在說故事的丈夫身上，仰望他的側臉，想必是憶起當時的情景吧。當時中村的男丁們是多麼可靠啊。雖然花代眼中沒有亮光，但表情滿溢光芒。

「除了我和恭次外，還有畑作代理師傅推舉的一名在藩內道場受過鍛鍊的人，所以都算是驍勇之人。另外，還有興一他們幾個獵人。」

由於得先潛水，需要火藥的槍手派不上用場。獵人的人選交由興一挑選。

「說來好笑，最難挑人選的，反而是我們淺川家。」

「您鼓起手肘肌肉的父親，堅持要打前鋒是吧？」

富次郎覺得有趣，忍不住開口詢問，猛然想到這樣不知會不會失禮，心頭一驚。不過，隔了一會，淺川夫婦都開心地笑了起來。

「對，您說中了。」

淺川宗右衛門將宅邸交代給兒子們，堅持要前往。

——眞吾是家中的繼承人。恭次則是眞吾有什麼萬一時的接替者。我如果不去，還有誰能去？遺言我馬上就會寫好，還不快拿筆墨壺和紙來！

眞吾說什麼都要去保護花江，而恭次也不想輸給哥哥。

——我去，爹和恭次留下來。

——身爲繼承人的哥哥留下，好好保護爹！

最後，畑作八郎兵衛替他們下決定。

——就請少東來吧，同時也需要宗右衛門的弓術。恭次，如果有什麼萬一，你就是淺川家的當家，要有心理準備。

「不過，阿卷聽到恭次要留下，頓時淚流滿面……不是因爲害怕，而是喜極而泣。她那張臉發揮的效用，遠比審查官的命令來得強。」

阿卷這名女侍，短短半天的時間便兩度遭遇「非人」，處境令人同情。富次郎從剛才就很同情她。

「阿卷平安無事，眞是太好了。」

「是啊，有驚無險。」淺川眞吾接著道。「『非人』常會攻擊無力抵抗的婦孺。還有，九市其實和我弟弟一樣，對阿卷有意思，才會一開始就鎖定她，追著她跑。」

如果是這樣，表示就算變成怪物，九市心中還是保有分辨阿卷的判斷力嗎？

「這件事沒有定論，不過，每次想起當時發生的事，我總覺得『非人』應該沒完全喪失人的智慧和情感。」

淺川眞吾如此說道，緊摟著倚在他身上的妻子瘦弱的肩膀。

「正因爲這樣，每次想到花江目睹自己的父親變成『非人』，爲了砍下他頭顱而獨自追上前，那勇敢奮戰的心境，就深受感動。」

富次郎說不出話，只能默默頷首，注視著這對夫妻。

「於是，在畑作八郎兵衛的帶領下，總共十三名熱血激昂的男子漢，潛入夜見池，朝羽入田村前進。」

＊

八郎兵衛、眞吾、花江三人打頭陣。

「抱歉，要請花江先游，我們跟在後頭。因爲我們不清楚夜見池的深度，以及水的濁度。」

雖然那異樣的寒氣已消退，現在畢竟已過立冬。即使是晴天的正午時分，池水依舊冰冷。

「現在更加覺得，獨自前來的花江眞的很勇敢。」

八郎兵衛將背後的弓前和箭筒纏好，溫柔地說道。眞吾也準備了自己的佩刀、柴刀，以及備用的箭筒。

「那麼，我們上。」

八郎兵衛將長長的麻繩纏在腰上，另一頭交給興一。當他們三人順利潛入池底，浮出羽入田村，確認周遭沒有危險後，就會拉動麻繩，傳送信號。

眞吾小時候連路都還走不穩，便喜歡到河邊玩耍，長大後深諳水性。雖然也曾因爲太過自信而誤判，差點溺死，卻不曾心生膽怯。

然而，此刻他感到害怕。爲了解救花江和羽入田村的人們，他熱血沸騰，但膝蓋打顫，呼吸急促，心跳得又快又急，壓抑不了。

花江把頭沉入水中，身體激起水花，順利潛入水中。她白皙的腳尖輕拍水面，隨即隱沒水中，眞吾跟著潛入水中。他感覺得到身後的八郎兵衛也深吸一口氣，潛入水裡。

夜見池是一座清澈的湧泉池，可以清楚看見游在前面的花江。在光線照得到的深處搖曳的水草，更是美不勝收。

但有一片漆黑的幽暗淤積在池底。有那麼深嗎？要是雙腳被那片幽暗纏住，就浮不出水面了。得從那片幽暗上方通過，這點很重要。

看得見花江踢水的雙腳。眞吾從鼻子緩緩呼氣，雙手在水中撥動，緊跟在她的後頭。

游著游著，亮光消失了，頭頂一片黑暗。來到岩石底下了嗎？可是前方有微光閃動。就像在穿越洞窟一樣，只要通過這裡，便來到羽入田村了嗎？

身體被水緊緊纏住。不，不光是水，也被黑暗包覆，有種被壓迫的感覺。視野變得扭曲，從鼻孔冒出的氣泡，看起來也像扭曲變形。

不能停下來。眞吾全神貫注地划水，游出這片黑暗。在刺眼的亮光下，花江浮向水面。嘩啦！

黃泉池坐落在鬱鬱蒼蒼的雜樹林裡。

是一座比中村的夜見池還大上一圈的大池子，形狀呈橢圓形。周邊的淺灘上，整排枯萎的蘆葦緊靠著彼此。

花江與眞吾從池子中央浮出。他們踢水游向岸邊後，腳掌馬上接觸到地面的泥巴。池水因眞吾雙腳的拌動而變得渾濁，八郎兵衛從濁水中浮出。

三人留意四周的動靜，相互扶持，離開水面。這一側的天空雖然多雲，但陽光明亮。眞吾心想，這天候不像立冬，倒像立春。原本已做好心理準備，寒氣會滲進溼淋淋的衣服和身體裡，結果卻出乎預料。

「如果沒有那詭異的寒氣，就是這麼溫暖的季節。」花江說。氣候與池子另一頭有很大的落差。

幸好周遭沒有可疑的人影，也沒有「非人」的動靜。眞吾和花江將拉繩子傳信號的工作交給八郎兵衛，他們去收集枯枝和枯草升火。不是靠餘火點燃，而是以打火石點火，眞吾好久沒這麼做了。

據說「非人」和大部分的野獸一樣，也會怕火。眞吾心想，它們該不會被升火冒出的煙引過來吧？但花江很肯定地說，這點不用擔心。

「有火的地方就有人，它們已沒有智慧可以想通這點。所以我們只要小心別發出聲響，別被瞧見，還有盡量不要站在上風處，這樣就沒問題了。」

「非人」的鼻子特別靈，儘管身在遠處，一樣能聞出活人的鮮血與汗的氣味。

中村的男丁們陸續從池子上岸，同時有兩處在升火取暖。眾人大致將身體乾後，著手整理自己的武器。以八郎兵衛和淺川宗右衛門爲首的弓箭手，試著彈動弓弦，將每一支箭甩乾，去除箭羽上的水氣。要是有水氣殘留，箭會變重。

準備完畢後，與一踩熄柴火，因吹來的微風而瞇起眼睛。

「有內臟腐爛的臭味。」

與一帶來的另外兩個獵人，表情凝重地點了點頭。他們一個是老人，一個是年輕人。年輕人因興奮和緊張而滿面通紅。

「臭味變濃時，要馬上告訴我。」八郎兵衛說。

花江在前頭帶路，八郎兵衛與她同行，後面跟著眞吾，與一和宗右衛門負責殿後。穿過雜樹林後，不久就來到一條小路。地上雖有人的腳印，卻沒有牛馬的蹄印或手拉車的轍痕。

一行人靜默地走在雜樹林和草叢中。眞吾猛然回神，發現自己不自主地屏住呼吸，不禁深感羞愧。別這麼害怕，太窩囊了。

八郎兵衛突然停下腳步，抬起右手。花江和眾男丁也停下腳步。

八郎兵衛抬起的右手緩緩移動，指向右斜前方。高大的枯草叢對面，有東西在動。

眞吾掌心出汗，眼角餘光看到父親宗右衛門拿起一支箭搭在弓上。

沙沙，高大的枯草發出聲響。從枯草的縫隙中露出一顆渾圓的人頭。同時也能看見對方的後腦、後頸、半邊的臂膀。是一名穿著暗綠色袈裟的和尚。

和尚背對著他們，踉蹌後退。花江頓時倒抽一口氣。

「是村裡的和尚嗎？」八郎兵衛問。花江搗著嘴點頭。

「前方約半里（約兩公里）遠的山上，有一座佛寺……那是和尚的袈裟。」

彷彿聽到她的低語，那名置身在枯草裡的和尚，轉動上半身，望向他們，雙目圓睜。眼睛像水煮蛋的蛋白一樣渾濁泛白，難看地張著嘴巴，吐著舌頭。

「要來了。」

八郎兵衛低喊一聲。這時，那已化爲「非人」的和尚，像在游泳似地，雙手在空中擺動，朝他們衝了過來。

「唔啊！」

和尚啞聲叫喊，舌頭舔著嘴脣，一路奔來。

宗右衛門射出一箭，從擺好架勢的眞吾右耳邊擦過——旋即射中和尚的面門。在這一箭的衝勁下，和尚仰身倒下，消失在枯草叢裡。

「唔，原本是瞄準脖子的。」宗右衛門十分懊惱。在八郎兵衛的指示下，其他同伴以柴刀砍下和尚的頭顱時，眞吾一把抓住花江的肩頭，要她轉過身來別看。

不久，他們看到草叢前方有幾幢小屋。那就是羽入田村。沒有用來表示村子出入口的木門，也沒有道祖神和地藏堂。這村子有多貧窮，連不曾踏足城下町，只知道中村和西村的眞吾，也一看便知。這裡的村子就混在雜樹林和草叢裡，被草木淹沒。

彷彿只要一吹就會倒的簡陋小屋，對中村的人們來說，這不像人住的房子，而是像柴房或雞舍。

門口沒有門板，只垂掛著草簾。沒有紙門、隔門、格子窗這些東西。當中一戶簡陋小屋，就是花江家。

「我娘不在……」

「好，那就去倉庫吧。」

支撐水井滑輪的柱子，底部已快要腐朽，整體顯得歪斜。鋪設稻草屋頂的人家一戶也沒有。在這片往四周擴散開來的貧寒中，有兩座氣派又醒目的倉庫和穀倉，令人看得心頭一驚。土牆底部以石牆打造，屋頂鋪設素燒屋瓦的倉庫，出入口的那扇雙開門，連門環也很沉重。穀倉則是在石牆上圍一圈壁板，木板屋頂上擺設有當鎭石用的岩石。

「原本想和倉庫採同樣的方式建造，但經費不夠。」

比起用來存放生命所需的糧食、穀物、種子、稻穀的穀倉，保護村民不受「非人」傷害的倉庫更加優先。羽入田村就是這樣的地方。

所幸花江的母親在第一座倉庫裡，平安無事。這對母女相擁而泣，花江很快站起，向躲在倉庫裡的村民們介紹以八郎兵衛爲首的中村眾男丁。

「我們是從池子另一頭前來援救各位的。」

畑作八郎兵衛簡潔地說道。

「現在只要明白這點就夠了。花江，我們前往第二座倉庫吧。興一，請監視四周的情況。眞吾，請確認這裡的村民人數，以及他們的身體狀況。」

羽入田村的村民們暫時先聚集在第一座倉庫。男女老幼共二十二人，最年長的是今年七十五歲的製炭工匠甚平，最小的是連路都還走不太穩的小女孩多代。之前出事時，大家都先逃進離自己最近的倉庫，所以分散兩邊，有的親子和夫妻兩天沒見面了，看到他們手牽著手，確認彼此平安無事的情景，眞吾差點流下淚來。

羽入田村原本有三十五名村民。少掉的十三人當中，有九人（包含村長夫婦和他們的兒子）是四天前「非人」闖進村子時遭到襲擊，其中四人眼睛渾濁泛白，已馬上打爆，但有五人下落不明。這五人可能在某個地方化爲「非人」，至於其他行蹤成謎的四人，他們在何處、是生是死，無從得知。

八郎兵衛俐落地指揮調度。他請羽入田村這二十二人當中的十二名男性，從穀倉和村子裡收集糧食和生活所需的物品。

另外，他命其他十名婦孺打掃第二座倉庫，加以整理。在進行這項作業時，中村的男子們當然是負責警戒的工作，一有「非人」現身，就要馬上收拾，不能讓它們靠近倉庫。

朝羽入田村附近靠近的「非人」們，有的原本是村民，有的是從遠處一路遊蕩而來，兩者混雜在一起。

這村子附近沒有其他農村。在這土地貧瘠的山間，只有羽入田村的村民像緊貼著地面一樣勤奮工作，努力地互相扶持，勉強得以糊口。除此之外，其他有人聚集的地方，離這裡最近的就屬「山中衙門」了，接著是剛剛那名和尚的佛寺，再來則是山腳的客棧。

這邊的「山中衙門」似乎是久崎藩的山奉行所和審查官合併成的衙門。建築裡有堅固的牢房，繳不出年貢的人會被關進牢房。山中衛士對村民沒半點慈悲心，就算沒變成「非人」怪物，他們原本就很沒人性了。雖然沒必要替這種人擔心，但姑且不談武器，這些山中衛士還會穿戴防具，而且體格比村民好，十分強健，要是他們全都變成會襲擊人的怪物，那可就棘手了。畑作八郎兵衛對此相當憂心。

「花江的父親也是碰上山中衛士，才無法順利逃脫吧？」

八郎兵衛的對策並不複雜。總之，就是趁今天太陽還沒下山，先整理好羽入田村的兩座倉庫，讓所有人都能平安度過一晚。目前先不到村外去，一旦有「非人」出現，就全力打爆。他們還在倉庫四周堆沙包、挖坑洞陷阱、架起繩索垂掛許多窄細的木牌，如果晚上有東西靠近，就會發出聲響。另外，砍伐竹子製作竹槍、製作火把、升起篝火，大家分別投入各項準備工作。

在走到得死守倉庫的那一步之前，倉庫門一直都開著，由中村的男丁們輪流看守。與一和兩名獵人同伴，爬上兩座倉庫的屋頂，負責從高處警戒。

今天是這個季節中最晴朗平靜的日子，天氣溫暖，寧靜無風。羽入田村所在的這座山林，每次一過立冬，落山風的風勢便會逐漸增強。到了隆冬，還會夾雜冰霰和飛雪。

「這裡雖然又冷又窮，沒半項優點，但大家還是相互扶持，認眞過日子。」

然而，這次因「非人」來襲，造成許多人喪命。度過這次難關後，不知能否重拾原本的生活。

見花江面露愁容，眞吾對她說道：

「與其擔憂以後的事，不如先度過今晚吧。花江，妳們先休息一會，我來幫忙汲水。」

幸好這水井夠深，水量豐沛。薪材以及能當柴燒的枯草也很多。在村中每幢小屋裡查探後，找到滿滿一竹籠的木炭和幾根蠟燭。因爲村裡沒有火槍手，自然沒有火槍，不過找到一包火藥。

眞吾看到一具頭被打爆的「非人」躺在地上，沒將他擱置原地，而是搬往空穀倉安置。儘管沒有頭，模樣也變得大不相同，但如果是村民，看體格和穿著應該會認出是誰。像這樣擺在一起後，從中得知眞吾他們來了之後，打爆了七隻「非人」，而在那之前，羽入田村的人們拚了命戰鬥，打爆了四隻。這四隻當中，包括村長的妻子。

「對了，村長和市之助應該還在某處……」

村長的兒子名叫市之助，今年十五歲，與花江是兒時玩伴。村長四十二歲，據說是外型粗獷的大漢。

「儘管失去人的智慧，但他們應該不會離開自己熟悉的景物。等他們靠近，我再好好送他們上路。」

聽八郎兵衛這麼說，羽入田村的村民們不禁潸然落淚。男人們垂落雙肩，緊緊握拳，女人們則是雙手掩面。

要來這裡得潛入池中，所以中村的男丁們只帶了武器和最基本的護具。要不是水深阻礙，像木炭、鍋子、糧食、藥物、乾的衣物、棉被，只要是有需要的東西，全部都能帶來。

黃昏時，女人們找出現有的食材，煮了一鍋雜燴粥。眞吾吃著粥，心裡漸感焦急。

入夜後，進入倉庫加強守備的這段時間，他們打爆了三隻「非人」。兩隻是山中衛士，身上穿著鞣皮的護甲，一隻手持短槍。雖然已失去智慧，不懂得要揮動短槍，但還是緊緊握在手中，好像很珍惜似的。第三隻「非人」是個頭矮小的老翁，穿著印有「願勝寺」名稱的徽印短外衣，應該是寺裡的長工吧。

「也就是說，山中衙門和佛寺都被『非人』攻陷了。」

第一座倉庫的雙開門內，八郎兵衛舉著有筒型外罩的蠟燭，以木棒在地上畫出地圖。這裡是羽入田村，這裡是山中衙門，這裡是願勝寺。客棧的入口比這兩個地方還要遠。

「儘管如此，山中衙門應該有武器、備用品，以及存糧。

等天亮後，我們去調查看看吧。人多反而吵鬧，中村派三人去，羽入田村派一人帶路。」

可能是受到八郎兵衛率領的幫手們英勇的模樣所鼓舞，羽入田村的男人們也變得鬥志高昂，很快便決定好帶路的人選。他們還主動獻策，提議要怎麼做會比較好。

眞吾和宗右衛門一起待在第二座倉庫。

趁夜未深，眞吾先與人換班站哨，雖然大家叫他小睡一會，但他怎麼也睡不著。這邊的倉庫裡有三名八到十歲的男孩，他們覺得很稀奇，紛紛靠了過來。在他們的詢問下，眞吾說了許多關於宇洞庄和中村的事。

不光是孩子，連羽入田村的人們也都不知道楮樹，更不知道能用楮樹來造紙。

「你們這邊都用怎樣的紙？」

經詢問後，在倉庫裡四處找尋，一再打擾在場的其他村民，最後找出的是將稻草搗碎後延展，再加以拼湊所製作出的硬邦邦紙張。

久崎藩與江崎藩並不是「同一個國家裡的不同藩」，而是不同國家的兩個不同的藩，有中村與羽入田村這兩個地方，透過夜見池與黃泉池這兩座池子，剛好兩邊相通而已——

搞不好江崎藩是培育楮樹造紙的這個產業尚未萌芽前的久崎藩。也就是說，久崎藩的時間倒轉，就成了江崎藩，所以才會連藩主也不一樣吧？一想到這點，眞吾試著向孩子們詢問：現在的將軍是第幾代？告訴我名字。

羽入田村的男孩們一愣，「將軍？」

「那是什麼？」

「就是幕府將軍啊。住在江戶城，這個國家地位最高的主君。」

男孩們面面相覷，你一言我一語地說：

「他說的是大王嗎？」
「大王……是什麼？」
「你不知道嗎？這國家地位最高的就屬大王了。」
從那裡開始就不一樣了嗎？眞吾雙手抱頭。有了，請這些孩子們拿月曆讓我看。月曆總有吧？
「眞吾。」父親宗右衛門在雙開門外短促地叫喚。眞吾豎起食指靠在脣前，向孩子們示意「安靜」，接著走到父親身邊。
「倉庫後面的機關發出聲響。」
宗右衛門緩緩從背後的箭筒裡抽出一支箭，悄聲說道。
「你從右邊過去。我繞過左邊。」
這時，屋頂上方傳來輿一低沉的口哨聲。抬頭一看，他也揮著手，指向倉庫後方。眞吾揮手向他表示「知道了」。
父子倆兵分二路，緊貼著倉庫牆壁，緩緩繞往後方。
架起繩子並垂掛木牌的機關後面，突然冒出兩隻「非人」。
這兩人肩並肩，不知爲何，全身顫抖著。
照亮第二座倉庫後方的，是遠處的一座篝火。這兩隻「非人」背對著火光，形成黑影，看不見他們的臉。身上沒配戴護具，似乎不是山中衛士，然而……右邊那隻「非人」握著木棒。左邊那隻身形比右邊的矮小，始終低著頭。
此刻是右邊的傢伙握著木棒，觸動架起的繩子。他從下方往上撈，想把繩子抬高。垂掛的木牌發出卡啦卡啦的聲響。
這傢伙想幹麼？眞吾屏住呼吸，感覺得出倉庫上方的輿一正無聲地往屋頂外緣移動。

右邊那隻「非人」鬆開手中的木棒。繩子恢復原狀，木牌再度微微發出聲響。

唔啊——「非人」發出叫聲。

「來、來人啊。」

左邊的「非人」突然雙膝一軟，跪在地上。右邊的傢伙轉身面向他，想扶他起來。

「救、救我們。」

說話了。這兩人不是「非人」嗎？

眞吾壓低身子，迅速靠近這兩個黑影。抽出插在腰間的小刀，擺好架勢，以便隨時都能砍向對方。

「喂，你是誰？」

在他的叫喚下，右邊那隻「非人」晃動頭部，轉頭面向他。

「救、救救我、我兒子。」

他的嘴角流著口水，話說不好，聲音渾濁，但聽得懂他說的。他說「救救我兒子」。

「難道你是村長？那是你兒子市之助嗎？」

眞吾一面詢問，一面與他拉近距離。他已來到繩子與木牌的機關內側，只要伸手就能握住繩子。

「村裡的人們呢？」

右邊那隻「非人」流著口水，緩緩靠近。

頭頂一道刺眼的亮光照下。是屋頂上的興一拿著龕燈照了過來。這道光筆直地照亮右邊那隻「非人」肩膀以上的部位。

眞吾看到了。那傢伙的右眼已完全渾濁泛白，但左眼還完好。和神智清醒的正常人一樣，眼睛黑白分明。

「市、之助。」

這位「非人」村長叫喚兒子的名字，口中直冒泡。嚇！

就在這一瞬間，他原本正常的左眼倏然消失，轉為泛白。「非人」村長雙手朝眞吾抓了過來，碰觸在膝蓋高度架起的繩子。木牌同時發出刺耳的聲響。

以興一用龕燈照亮的地方為目標，宗右衛門一箭射出。這箭刺中「非人」村長的右眼，村長踉蹌後退。

眞吾縱身一躍，越過繩子，一把握住背後的柴刀，一口氣斬斷「非人」村長的頭顱。

村長的頭飛出，擊中他跪在一旁的兒子肩膀。在這股撞擊力道下，他兒子直接倒向一旁。眞吾迅速重新站穩，握好柴刀，準備連村長兒子的頭也一併砍斷。

龕燈的亮光移動，照向村長兒子的肩膀，上頭沾滿了血。

眞吾一驚，往後挺身，踢出一腳，讓村長兒子正面朝上。

村長兒子的喉嚨被咬破，臉有一半以上被啃光。這麼一來，就算化成「非人」，也沒辦法攻擊人了。應該只能搖搖晃晃地行走，身體抖個不停。

「眞慘……」興一在頭頂上方悄聲說道。

眞吾強忍想吐的衝動，將他的頭砍下。他的身體仍顫動不止。

村長個頭高大，所以花了一段時間才變成「非人」。他憑藉僅存的一點理智，想拯救自己的兒子是嗎？

「眞吾，把繩子恢復原狀後就回來。要是有什麼東西靠近，我會立即射殺。」

宗右衛門的話聲響起，聽起來相當可靠。

第二座倉庫在天亮前這段時間，收拾了三隻「非人」。兩隻是山中衛士，一隻是原本下落不明的村婦。

第一座倉庫沒有「非人」靠近，是湊巧，還是跟風向和篝火位置有關呢？或者，是因爲第一座倉庫有許多老人，第二座倉庫以婦孺居多呢？就算討論也找不出答案。

前往山中衙門查探的成員只有三人，眞吾拜託八郎兵衛讓他成爲其中一員。要將昨晚發生的事從腦中揮除，最好別靜靜待著。他想找點事做。

「我也想去親眼確認一下情況。宗右衛門，就麻煩你留下來看守吧。」

八郎兵衛如此說道，最後一人他選了年輕獵人六平太。羽入田村負責帶路的是個年輕人，名叫野野助，今年二十歲。除了種田外，他也從事織布機和紡線機等工具的維修工作。

「他們常叫我去山中衙門修理磅秤。」

那麼嚴苛地徵收年貢，山中衙門用來秤稻米、雜穀、麻絲、麻布的磅秤卻經常故障，衛士們又不會自己修理。

「爲了稍微減輕一點年貢，我在修理時動了點手腳。」

「虧你還能保住這顆頭。」眞吾應道，野野助露出尷尬的笑容。

「被派來來這衙門的衛士，腦袋都不太好，武藝也不怎麼高強。這衙門聚集的全都不是好東西。」

所以才會在「非人」群起攻擊時，潰不成軍。

「儘管如此，他們還是配戴了護甲和短槍，得多加小心。」

六平太個性謹慎冷靜。雖然年輕，但不愧是興一選中的人選。他也是弓箭手，不過腰間還繫著附鉤爪的拋繩，行動像山犬一樣敏捷。

四人離開村子後，遇見一隻「非人」。是個年輕女子，衣服前襟敞開，呈半裸狀態。她原本在草叢裡徘徊，發現眞吾他們後，動作生硬地朝他們靠近。

眞吾馬上別過臉，野野助卻撕心裂肺般地大喊。

「阿玉！」他朝女子叫喚。「阿玉，妳沒事嗎？是我，野野助啊，妳認得我吧？」

眞教人同情。這次眞吾是不忍直視，那叫得口沫橫飛的野野助的表情。名叫阿玉的女人，眼睛已完全渾濁泛白，口吐白沫。雖然猜不出她為何會變成這樣，但她右腳自膝蓋以下往內側彎曲，走起路來跟螃蟹一樣。

「野野助，你退下。」

八郎兵衛平靜地下令，拔出短刀，朝阿玉靠近。六平太擋在野野助前面，對他說道：

「你轉過頭去吧。」

阿玉三兩下就被八郎兵衛斬下腦袋。頭顱「咚」的一聲落地。身體倒向草叢，再度發出「咚」的一聲。那濡溼的聲響，莫名悲戚。

八郎兵衛緩緩走進草叢，單手一拜，接著砍下附近雜樹林的一根向外挺出的樹枝。

「這是記號，回程再帶她回去。」

野野助有好一陣子一直都吸著鼻涕。眞吾他們不發一語地跟在他身後。順著從黃泉池往東側延伸的道路往上走，穿過森林，便可來到山中衙門。

路面雖窄，但被人們踩得相當平整。在來到可以看見黃泉池的地方時，六平太突然走進一旁的草叢，過了一會又走了出來。

「怎麼了？」

「有野獸的糞便。」

剛才來的時候還沒有，是全新的糞便——六平太偏著頭，納悶地說道。

「哪裡不對嗎？」

「不，如果有糞便的話，表示有野獸，但在這種人來人往的道路旁拉屎，實在很奇怪。」

連野獸也變得不對勁嗎？或許連人以外的生物，也變得像「非人」一樣。

「完全聽不到鳥叫聲。」

經六平太一說，眞吾這才發現。八郎兵衛也大爲吃驚。

「這麼一提，確實如此。」

「野野助，『非人』出現後，鳥獸有哪裡變得不一樣嗎？」

野野助終於不再哭哭啼啼，但眼眶仍泛紅。「我不知道。因爲我是第一次這麼近距離看到『非人』……好多事都搞不明白。」

要是他又哭了起來，那可就傷腦筋了，於是沒人進一步追問。

——如果連鳥獸也會變得不正常，那麼，「非人」可能不是怪物，而是藉由咬傷傳染的疾病。

眞吾想到的是狂犬病。染上狂犬病而變得狂野的山犬或落單的狼，若靠近村莊，會造成可怕的後果。被咬傷的人會怕水，就此發狂，歷經多日的高燒和疼痛後喪命。

「非人」不是每年出現，而是每隔一段時間就會不規則地出現，這點也很像疾病。只在某些傳染的條件齊備時才會出現——

首先是立冬前後的這個條件。瘟疫都是夏天最盛行，冬天很少出現，不是嗎？說到冬天會傳染的疾病，只有感冒。

想著想著，又遇到第二隻和第三隻「非人」。草木染的筒袖、鞣皮的護甲、布質綁腿。從右前方向外挺出的岩石底下，連滾帶爬地衝了出來，發出渾濁的叫聲，朝他們步步逼近。

「是山中衛士。」

就在野野助大叫的同時，六平太已接連射出飛箭。颼！破空射去。右邊的「非人」臉部中箭，在原地打轉，左邊的「非人」大腿中箭，往前執了幾步，不支跪地。趁這個機會，八郎兵衛的短刀和眞吾的柴刀補上致命一擊。

這些傢伙沒有痛覺。眞吾此刻深切感受到此事背後的可怕和悲哀。儘管箭頭刺進眼睛下方和大腿，但他們連叫也不叫一聲，只是口吐白沫，發出渾濁的低吼聲。

「眞吾，那把大刀只會礙事，小太刀倒是可以收下。六平太，這傢伙還背著箭筒呢。」

箭筒裡裝有八根附長長箭羽的弓箭，但沒看到弓。

「這皮甲能派上用場嗎？」

「村民們不習慣穿這種東西，太沉重，會妨礙行動。就擺在原地吧。」

這次六平太撕下手巾的一角，綁在小樹枝上，以此爲記號。一行人繼續趕路。

山中衙門這棟建築有厚實的稻草屋頂，還設有東西兩側特別長的馬廄。雖然四周圍著低矮的土牆，但沒有門。在宇洞庄，畑作八郎兵衛所待的審查官駐地雖然還不到堡壘那樣的規模，但設有竹柵欄、附門閂的木門、門衛的守衛處，至少呈現出一股威武之氣，所以眼前的景象令人大感意外。

「先在周圍繞一圈吧。」

八郎兵衛走在前頭，野野助和眞吾跟在後頭，六平太殿後。他們遵照八郎兵衛比出的手勢，時而前進，時而停步。

土牆內有一條鋪滿碎石子，相當完善的步道。八郎兵衛不想走在上頭，所以眞吾他們在行走時也刻意避開。

建築正面是玄關口，設有一座特別高的入門台階。人們平時似乎不是從這裡進出，而是在這裡停放轎子。由於大門敞開，可以清楚看見從門口到盡頭有一整排木門。地面是木地板，裡頭空無一人，室內也沒有凌亂的樣子。

沿著緣廊走，他們發現有幾處的防雨門翻倒，紙門敞開。

來到馬廄後，八郎兵衛命後方三人停步，他獨自翻越柵欄，往馬房裡窺望。沒聽見馬的嘶鳴以及踏地聲，所以猜得出裡頭是空的。

「馬鞍、馬鐙、轡繩都還在……」

八郎兵衛走回來，如此說道。

「野野助，你知道這裡平時繫了幾匹馬嗎？」

「就我所見，有四匹。」

八郎兵衛來到這裡之後，第一次露出彷彿看到什麼淒慘畫面般的眼神。

「應該是某個山中衛士在還沒失去理智之前，將這些馬匹放走。」

他們繞過馬廄旁，來到建築後方。那裡是一片茂密的竹林，腳下凹凸不平。因爲視野不夠開闊，茂密的細竹，因相互擠壓而彎撓。八郎兵衛輕盈地蹲下身，從底下鑽過。野野助跟在後頭——接著他突然像石化一樣，全身僵硬，眞吾的鼻頭撞向他的背後。

眞吾重新繃緊神經。

「喂！」

眞吾從野野助身旁繞過，抬頭往上看，頓時僵在原地。

穿過竹林後，前方即是後院，在像是這一側後門的土間前方，設有一座跟眞吾的胸口一般高的「首級台座」。

那是木板和竹椿組合而成的細長台座。上面擺了八顆人頭，刺成一串擺在一起。這八人乍看都是男性，而且都是「非人」。儘管已是砍下的首級，但渾濁泛白的眼睛依舊圓睜。嘴脣歪斜，一副彷彿隨時會叫出一聲「唔啊」的表情。

「這到底是……」

連六平太也大爲驚訝，持弓的手垂落。野野助仍蹲在剛才走出竹林的地上，面如白蠟。

「野野助，裡頭有你認識的人嗎？」

儘管八郎兵衛出聲叫喚，他仍一動也不動。

「他們全是羽入田村的……不，這名理光頭的男子，應該是和尚吧。」

只有最左邊的頭顱像和尚一樣，沒有頭髮。其他七顆頭顱雖然頭髮凌亂，但都梳著髮髻。從髮髻的形狀來看，當中三名是武士（可能是山中衛士），四名是商人或農夫。

野野助搖頭，眼中帶淚地說道：「不是我們村裡的人。」

「在別的地方獵殺的是吧……」

「這名光頭男子，是那座佛寺——願勝寺的和尚是嗎？」

眞吾也走向最左邊的那顆人頭，湊近想看個仔細。微微傳出腐臭味。

這時，原本謹愼地撫摸和尚頭顱、進行檢視的八郎兵衛，突然用力把手縮回。

「怎麼了？」

八郎兵衛檢查自己縮回的右手指尖，瞇起眼睛說：「剛才那把小太刀借我一用。」

眞吾遞出小太刀，八郎兵衛以刀尖撬開和尚的嘴唇。

「你們看，有尖牙。跟山犬一樣。」

眞吾和六平太一同確認。野野助害怕地後退，「我就不看了。」

上顎有一對尖牙。一整排牙齒，前端也都像利刃一樣。這是捕捉獵物，大口啃食生肉的野獸才有的嘴巴。

「差點劃傷手指。」

眞吾也戰戰兢兢地以指尖碰觸其中一顆尖牙，有刺刺的感覺。

「其他七隻應該是『非人』，不過，最左邊這隻，應該原本就不是人吧。」

是眞正的怪物。經他這麼一說，眞吾重新觀察。確實沒有眉毛，耳朵出奇的小，下巴突尖。

「如果有身體的話，或許可能知道更多詳情。畑作大人，我們繼續查探吧。」

「嗯。要比之前更小心查探。野野助，你能動嗎？你要是嚇得腿軟，就在這棟建築裡找個地方藏身吧。」

野野助像屁股著火般，跳了起來。「請別把我留在這裡！」

四人對警戒著前後的狀況，在山中衙門周圍繞了一圈。雖然沒發現什麼可疑之物，但不時吹來的微風中……

「有股奇怪的鐵鏽味。」

六平太嗅聞著，表情扭曲。

風是從比這座山中衙門地勢更低之處往上吹。以方位來說，是來自西南西，此時眞吾他們位於下風處。

「這個臭味的來源，應該就在附近……」

「往外找尋之前，先檢查一下建築內部吧。如果還有剩餘的武器或糧食，那就太感謝了。」

眞吾他們直接穿著鞋踏進建築內。山中啇門的東西兩側寬闊，木地板上凌亂地留下許多打赤腳的腳印，以及穿著草鞋踩踏的腳印。大部分都沾有泥巴。這證明曾有慌亂的人們在此出入。

紙門、隔門、木板牆、灰泥牆上，有血花飛濺在上頭變乾後形成的黑色汙漬，特別顯眼。因爲很顯眼，不是到處都有。地爐旁和廚房的火都已熄去，水甕裡還留有乾淨的水。至少在這棟建築裡，感覺山中衛士們不曾與怪物們展開激烈的打鬥。

「那裡晾著首級，可見『非人』的數量一開始並不多。」

光憑山中衛士的人力，便能充分掃蕩。後來情勢逐漸惡化，山中衛士們一個一個遭受襲擊，不是逃離這裡，就是變成「非人」，爲了尋求新的獵物，一路徘徊來到黃泉池和羽入田村。

「野野助，你知道武器和食物存放的地方嗎？」

「在這邊的走廊前方，我記得那裡有一間很大的儲藏室。」

的確，在走廊的盡頭，有一扇四個角落用金屬零件特別補強的厚實雙開門。單邊是開著的，他們小心翼翼地走進去一看，果眞是他們要找尋的儲藏室。

遺憾的是，他們要找的東西已絲毫不剩。層架和櫃子裡都空空如也，有幾個木箱翻倒在地，但裡頭全是米糠。

「我不覺得這裡曾展開激戰，把原本堆滿整個儲藏室的武器全部用光……」

如果發生過激戰，建築物內外應該多少會留下打鬥的痕跡。

這時，野野助一臉歉疚的縮著脖子說道。「因爲這裡的山中衛士都是雜碎。」

「嗯，我在村裡也聽人這樣說過。」

「這裡値錢的東西早就被拿走了，不會剩下。」

眞吾頓時明白，「那些雜碎擅自拿去變賣花用是吧？」

「不然他們怎麼會成天渾身酒味呢？」

六平太不悅地暗哼一聲，再度說道：「啊，眞是急死人。好濃的鐵鏽味。這臭味到底是從哪裡傳來的？」

四人從儲藏室來到走廊。正準備關上雙開門時，發現門後的走廊盡頭處，地面有扇暗門。那方形的門掀開，有一道通往底下暗處的梯子。

「啊，這下面是牢房。」

野野助說著，向後退縮，一副又要腿軟的模樣。這個男人膽子未免也太小了。

八郎兵衛跪在暗門旁，檢查是何種機關。拉起這梯子上方固定的部分後，梯子會自動折疊往上升。接著可以收進這扇暗門的內側，只要將暗門合上，就會恢復成平坦的木板，只有把手設計成突出的形狀。

「喂～」八郎兵衛以粗獷的嗓音朝地下的暗處叫喚。「有人嗎？我來救你們了。要是有人被關在牢房裡，請出聲回應，報上名字來。」

一片安靜。在透進格子窗的陽光下，只見塵埃飛揚。

「在這次的『非人』騷動之前，你最後一次造訪這裡是什麼時候？」

這樣一問，野野助的表情一僵。

「什麼時候……是吧。一個月……不，兩個月前吧。」

「你記得當時這附近的村子或市町的人，有誰被囚禁在這裡嗎？」

「如果有，一定會有消息傳出，所以我猜應該是沒有。」

這樣啊——八郎兵衛簡短地應道，再次朝梯子底下叫喚。有沒有人？應個聲，報上名字。我來救你們了。

「好，拉起梯子，把暗門關上吧。」
「不下去調查嗎？」
面對六平太的詢問，八郎兵衛露出苦笑。
「出入口只有這一處。我不能讓你們冒這個險，而且我也不想這麼做。」
眞吾點頭，趨身向前，伸手搭向梯子，一邊將梯子往上拉，一邊開始折疊。卡嚓、卡嚓、卡嚓。
當梯子第三次折疊時，突然被一股驚人的力量往下拉。
眞吾一時大意，身子前傾，差點跌進暗門內。他的上半身整個倒過來，倒向暗門底下的黑暗中，
下一瞬間——
「唔啊！」
光頭的怪物露出一口山犬般的利牙，朝他的面前逼近。
八郎兵衛一把揪住眞吾的後領，將他拉了回來。六平太馬上移向前，拉滿弓，朝正沿著梯子準備爬向走廊的怪物面門一箭射出。傳來大瓜破成兩半的聲響，怪物慘叫一聲，往下跌落。
六平太又接連放了兩、三箭。八郎兵衛見狀，使勁朝暗門踢了一腳，將暗門合上。
眞吾頭暈目眩，雙手撐在地上，喘息不止。剛才那一剎那，他清楚聞到怪物口中的臭味，此刻仍殘留在鼻端，揮之不去。那是血肉腐爛的臭味。
那是怪物的呼氣嗎？那傢伙會呼吸？如果會呼吸，應該有生命，但這世上哪有那樣的生物？
——難道這裡不是陽間？
江崎藩羽入田村，難道是地獄的某個地方？
「眞吾，你沒受傷吧？」
「我、我沒事。」

「你過來坐在暗門上。六平太，我們去儲藏室搬木箱來。」

八郎兵衛和六平太搬來兩個大木箱，壓在暗門上。眞吾一邊搬動木箱，一邊從暗門上方移開自己的重量。雖然顯得很窩囊，但他擔心怪物會從底下拍打或是發出叫聲，背後冷汗直流。

「以六平太的射箭技術來看，就算只有第一箭射中，那傢伙應該也一命嗚呼了。不過，還是謹慎一點比較保險。」八郎兵衛同樣也表情凝重。

走出建築外，眞吾一再深呼吸，將鼻子深處的怪物臭味吐乾淨。

山中衙門的占地西側，有一座蓋得很簡陋，卻比三層樓的房子屋頂還高的消防望樓。剛才在外面繞一圈時，只是從通往頂端的梯子旁經過，但這次不一樣。

「我要爬上去看看。六平太，幫我瞄準上面。」

八郎兵衛拔出短刀，交由眞吾保管，接著拔出剛才那把小太刀，叼在口中，開始沿著梯子往上爬。

牢房的暗門底下，那隻怪物等我方大意時，才展開襲擊。那隻怪物不是一般的野獸，具有相當的智慧，要做這樣的推測才妥當。

一想到怪物的事，他便緊張得脖子緊繃。

若光是從底下仰望，就算消防望樓的瞭望台上有什麼東西埋伏，也無從得知。八郎兵衛決定放手一搏，命六平太以弓箭掩護，就是這個緣故。正因明白他的想法，眞吾更覺得自己窩囊：我要是更勇敢一點，就該主動爬上梯子。八郎兵衛應該也會下令「眞吾，你爬上去」。

「少東家，請留意四周。」

六平太拉滿弓，瞄準一路往上爬的八郎兵衛上方，如此說道。

「從草叢和道路都能清楚看見這裡。要是有什麼東西衝出來，就拜託您對付了。」

「我、我知道了。」

眞吾握好柴刀，野野助躲在他背後。「我、我也會好好戒備。」

嘎吱、嘎吱、嘎吱。八郎兵衛每次踩向梯子的橫棒，就會發出擠壓聲。有時也會有木碎掉落。自從這裡遭遇「非人」襲擊，山中衛士們都消失後，估算最久應該有十天左右。才經過這幾天，梯子不至於損毀，所以這裡應該是從很久以前就疏於對建築進行維修檢查。

八郎兵衛的頭部已來到瞭望台。這次換六平太手中的弓發出緊繃的嘎吱聲。

「這裡沒人。」

八郎兵衛低頭往下望，如此說道，接著爬上瞭望台。他搭在扶手上，環視四周。

山中衙門四面環山，北側和西側的山勢較高，有多處陡峭的山崖。南側到東側一帶，是緩降的山勢，有一處凹陷的地方，想必是山谷。

「野野助，」八郎兵衛從瞭望台上叫喚，「那邊是客棧町嗎？」

他指著山勢凹陷的那處地方問道。

「是的。」

「那裡好像失火了。」

剛才六平太說的「鐵鏽味」，難道就是那個臭味？與一也聞到了，看來獵人的嗅覺遠比眞吾他們來得靈敏。

「雖然看起來不像大火，但爲了滅火，應該會大範圍搗毀屋舍吧。那是客棧和……驛馬站（註）吧。屋頂塌落，牆壁破損。」

註：原文爲「問屋場」，在驛站負責調度馬匹、苦力的設施。

「有什麼動靜嗎？」眞吾朝上方詢問。八郎兵衛抓著瞭望台的扶手，凝視遠方。

「平安無事的人可能都逃走了，或是躲在倖存的建築裡，但在這樣的距離下無法確認。至少可以確定，沒看到炊煙。」

有個奇怪的東西——八郎兵衛接著道。

「我看到貫穿客棧町的道路上，似乎有許多人站在原地不動。」

確實看清後，八郎兵衛以像在跟自己確認的口吻，接著說：

「不是排成一排，而是零零散散……大約有十個人左右。嗯，果然是人，不是其他東西。」

聽聞此言，野野助全身打顫。「那是成群的『非人』啊，畑作大人！」

「你的意思是，他們會聚在路邊，呆立在原地嗎？」

「當附近沒有獵物時，他們就跟稻草人一樣。即使站上半天或一整天，也都若無其事，即使淋雨，或是被風吹得搖搖晃晃，也不當一回事。」

然而，一旦嗅到人的氣味，或是聽到聲響或聲音，就會猛然醒來，展開襲擊。

「雖然我沒親眼見過，但常聽村長跟我們說。『非人』沒東西吃的時候，能像蛇一樣靜止不動。所以他們並非死了，也不是在睡覺。只要一旁發出聲響，他們就會馬上醒來，展開襲擊，得特別留神。」

「這麼說來，現在最好別靠近客棧町嘍。」

如果只有一、兩隻還好對付，但從這個距離來看，已有十隻左右，如果我方沒湊齊人數再前往，肯定不是對手。

「既然路旁聚集了那麼多『非人』，表示客棧町的居民已完全被消滅了吧。」

六平太抒弓望著八郎兵衛，如此說道。

「就算我們現在趕去，也晚了一步。不過，或許能籌到一些食物。」
野野助拚命搖頭。「不要、不要，我不跟你們去。」
頭上再度傳來八郎兵衛的叫喚。
「野野助，那邊是山上的願勝寺嗎？」
他指向西側山邊岩石朝這裡挺出的地方。
「是的！」
「從這裡剛好可以望見我所指的那座山門。」
從底下仰望的眞吾，看不到他說的山門。這一帶的山林，似乎是由秋冬也不會落葉的樹種所構成，山壁被暗沉的綠葉覆蓋。
「願勝寺有一座附稻草屋頂的氣派山門是嗎？」
「是的！」
「野野助，你去過那裡嗎？」
「更換屋頂的稻草時，我們村裡的人曾去幫忙。」
八郎兵衛在瞭望台上朝看得到山門的方向揮手。
「不行，可能看不到吧。」
「有一名男子爬到佛寺的山門上，趴在那裡。他似乎沒發現我，但他看起來不像『非人』。」
說完後，他一個翻身抓住梯子，飛快地爬了下來，比剛才往上爬的速度快了一倍。
得去救他才行。
聽野野助說，住在願勝寺裡的只有住持、他的徒弟，以及寺內長工三人。先前遇過兩隻非人，一隻是穿著袈裟的和尚，一隻像是寺內長工。不管爬上山門的人是誰，如果是原本只住了三個人的寺院，就不必太擔心會遇到他們四人對付不了的成群「非人」。

八郎兵衛如此說道，以不容分說的氣勢趕去，催促百般不願的野野助帶路。眞吾腦中也明白應該這麼做，疲憊和怯懦卻像棉絮一樣堆積在心中的角落，令人懷念起羽入田村。他們沿著山路往上爬，朝佛寺前進。六平太的表情愈來愈扭曲，彷彿感到十分不悅，一直說「有鐵鏽味」，令人益發感到不安。

要從山中衙門的所在處前往願勝寺，有兩條路線。一是佛寺的信眾，即當地領民們常走的路，路況相當平整，可以推著載送物資到寺院的貨車通行。另一條路幾乎跟獸徑一樣，坡度相當險峻，得攀附岩石和樹根才能勉強通行，但遠比貨車走的道路要近得多。八郎兵衛已確認有人正在等待救援，當然會挑選後者。

他們氣喘吁吁地爬上山路後，從暗沉的雜樹林前方，看到以圓木架設而成，上面鋪設木板屋頂的鐘樓。

「那是寺院的鐘樓。」

身爲當地居民的野野助，不愧是走慣了山路，雖然彎著腰，一副提心吊膽的模樣，步伐卻相當穩健。

「這鐘樓又小又矮。」

「山門還比它高。」

過沒多久，他們撥開乾枯的褐色草叢，來到一處開闊的地方。那是願勝寺正殿的後方，只有風吹揚起的塵埃，什麼也沒有。雖然有幾扇用來採光的上推窗，但全都緊閉。

「好，先繞一圈檢查一遍。」
他們從鐘樓下方通過，來到正殿右側。四周感覺不到人的氣息，也感覺不到有「非人」的存在。從正殿的正面起，連左側也一併調查。入口的雙開門，以及面向外廊的整排紙門，也全都緊閉。
「感覺就像關緊門窗。」
這座山林有一半都已乾枯。願勝寺是一座小巧的寺院，除了正殿外，只有柴房。這裡到山門是一條緩降坡，有一大段距離，沒有碎石也沒有庭石的地面散落著枯葉。
「啊，好臭。」六平太以手背摀著鼻子。「抱歉，畑作大人。」
「和之前在山中衙門聞到的臭味一樣嗎？」
「對。雖然有濃淡的差異，但這一帶氣味特別濃。好像不是風從某個地方把臭味吹來這裡。」
六平太環視腳下的土地。
「是這塊土地在發臭。好像是地面冒出的臭味。」
「噢，如果是這樣，應該是礦山之類的臭味吧。或者是溫泉。」
宇洞庄沒有礦山，但有溫泉。六平太雙眼一亮。「有可能。不過，這是更難聞的臭味……」
這時，從山門的稻草屋頂旁冒出一顆人頭，發出「啊！」的一聲驚呼。
「哦，在那裡！」八郎兵衛回應：「你是這座寺院的人嗎？我們來救你了。」
四人跑向山門旁。躲在稻草屋頂上的人，待八郎兵衛他們來到山門下方後，拋下繩梯。
「南無阿彌陀佛、南無阿彌陀佛，謝天謝地。」男子的念誦聲有氣無力。
八郎兵衛握住繩梯，向頭上方的男子問道：「你下來前，先看一下四周有沒有『非人』。」
山門上的男子搖搖晃晃地在稻草屋頂上爬了一圈，伸長脖子往東南西北張望。
「現在沒看到。自從昨天下午變成『非人』的住持下山後，這座寺院一直都只有我一個人。」

原本想爬下山門逃命，但不小心耗光了力氣——男子虛弱地說。
「我覺得不管逃去哪裡，都一樣是白費力氣。」
「才沒那回事。倖存的人並非只有你。你就勇敢地下來吧。」
在八郎兵衛的鼓舞下，男子腳踩向繩梯，搖搖欲墜地爬下來。他可能已四十多歲。梳著商人風格的髮髻，身穿筒袖上衣搭窄身裙褲，腳上穿的是草鞋，背後還繫著一個包袱。
「之前我們遇見這裡的住持，已送他上西天見佛祖。」
「哦，這樣啊……」
男子一陣踉蹌，眞吾急忙讓他扶著自己肩膀。男子雖然覺得這樣有失禮數，但還是幾乎整個人都倚在眞吾身上。
「住持一直和我玩你追我跑，後來可能是聞到更可口的食物氣味，他就像突然拿定主意般，下山去了。」
眞吾與六平太面面相覷，想起仍穿著袈裟，卻完全變了個樣的那名和尙。
「你說食物的氣味……可能是從池子爬上岸的我們吧。」
六平太如此低語，眞吾原本想笑著回他一句「怎麼可能」。因爲山上和山下隔著這麼遠的距離，不可能。但看到八郎兵衛一臉嚴肅，他便把笑意嚥回了肚裡。
「你和住持玩你追我跑？」
「就像我剛說的，住持想吃我，一直追著我跑，而我則是躲著他，東躲西藏，一會爬到高處，一會趁空檔找水和食物。」
「關上正殿門窗的人是你嗎？」
「是的。我想嘗試能否把住持關在裡面，或是我自己守在裡面，但都徒勞無功。」

這時，男子像突然醒來般反問：

「你們是從關隘來的嗎？或者是木野藩的人？」

男子打量著眞吾他們的長相和穿著，急忙補上一句：

「眞是失禮了。我是角屋的門左衛門，在城下經營一家當鋪。」

「當鋪？」野野助一愣。「當鋪是什麼？」

如果沒離開過羽入田村，不會知道有這種生意。

眞吾問：「木野藩是江崎藩的鄰藩嗎？」

角屋門左衛門再次上下打量眞吾後，才點了點頭。

「是南邊的鄰藩。這裡離邊境的關隘很近。」

「你先冷靜一下，聽我說明詳情。」八郎兵衛插話。「角屋的某某，除了你之外，這座寺院沒有其他正常人了吧？」

沒有了——門左衛門搖頭應道。

「能走嗎？」

「可以。沒問題，不過是兩天沒吃罷了，一點影響都沒有。」

然而，爲了帶無法獨自行走的門左衛門回羽入田村，只能沿著手拉車的車道下山。他們五人聚在一起，壓抑緊張的情緒，朝動不動就發抖的雙腳使勁，一味地趕路。

回到羽入田村，只見在中村眾男丁的部署，以及村民們的配合下，村裡守得滴水不漏。

想要製作沙包，無奈麻袋不夠。因此在某些地方挖掘深溝，將這些泥土堆到其他地方上，構築土壘。他們反覆檢查村內，把能吃能用的東西全找出來，搬進那兩座倉庫。

不知爲何，竟找出一撮火藥，宗右衛門想到一種用法，獨自在土壘和深溝旁設下機關。當眞吾他們帶著門左衛門返回時，他剛好完成那項機關，就像以前在中村的淺川宅邸忙園藝的時候一樣，拍了拍沾在手上的泥土，一派輕鬆地起身迎接他們。

——爹可真是天不怕地不怕。

眞吾原本就認爲父親膽識過人，不過此時更是深有所感。

在深溝和土壘的作用下，從村子的出入口要接近那兩座倉庫，變成只有一條通道。兩旁裝設機關，只要拆下支撐的木棒，堆疊的岩石和圓木便會滾落，而當機關完成時，晝短夜長的初冬太陽已快速西沉。等天一黑，就無法再工作了。以女人們烹煮好的雜燴薄粥果腹後，男丁今晚同樣輪流守備。

門左衛門在第一座倉庫接受花江照料，氣色恢復不少。野野助一回到村裡便精力百倍，口沫橫飛地大談剛才探險時發生的遭遇，門左衛門斜眼瞄著野野助，不管別人問他什麼，他都話不多，一直觀察著人們的舉動。

當夜幕籠罩羽入田村時，八郎兵衛、宗右衛門、眞吾、花江，以及包含最年長的甚平在內的羽入田村的男人們，都在第一座倉庫裡，圍著門左衛門而坐。

「託各位的福，我才撿回這條命，感激不盡。」

門左衛門朝八郎兵衛拜倒。

「我只是一個在城下町開當鋪的商人，不過聽這村子裡的人說，你們是從池子另一頭的別藩來的。」

就像他們有許多事想問門左衛門一樣，門左衛門也有滿腹疑問。

「花江，麻煩妳把整件事從頭說給他聽吧。」

在八郎兵衛的催促下，花江結結巴巴地道出始末。門左衛門不時瞪大眼睛，倒抽一口氣，緊緊握拳，聽得相當專注，完全沒打斷花江的話。

「白天我們去山中衙門那裡找尋食物和武器，畑作大人從消防望樓上發現了你。」

眞吾說完後，門左衛門瞇起眼睛。

「那座衙門有人頭擺在那裡展示嗎？」

「有！你知道這件事？」

「應該是兩天前吧……一、二。」門左衛門沒什麼把握地屈指數著天數。「我在客棧休息時，聽到兩名山中衛士在茶屋裡交談。」

那兩名山中衛士顯得不慌不忙。

——這次的怪物數量很多，光一個首級台座都不夠擺了。

——因爲浮田村好像有一半以上的村民都變成了「非人」。

「浮田村是離客棧約三里遠的一座大村莊。」花江補充說明。「那裡比山中衙門更早遭遇襲擊……」

對不曾離開過羽入田村的花江他們來說，就算不知道有這樣的情況也很正常。

「明明發生這麼嚴重的事，他們竟然還能悠哉地在茶屋打混，這裡的山中衛士眞的都不是好東西。」

眞吾壓抑不了心中的怒氣，不屑地說道。門左衛門心平氣和地回應：

「他們沒注意到事情的嚴重性，太小看『非人』了。就像中村的各位聽說的那樣，在這領地內，一再發生『非人』的動亂。這是這塊土地的歷史，同時也是這裡的風土特性。但這是在怎樣的緣由下、如何開始的，幾乎沒什麼領民知道詳情。連在熊井家，像山中衛士這種位階低下的家臣，也不具備相關的知識。」

因更換領地而來到這塊土地，現在才第二代的熊井家，從一開始就欠缺這方面的知識，而不幸的是，他們對「非人」的威脅，沒做好心理準備。
「儘管如此，之前沒釀成大禍，純粹是運氣好。」
然而，這次可就沒那麼走運了。
「我們這些來自中村的人，也對這件不祥之事一無所悉。」
「在那座山中衙門裡，我看到一顆怪物的首級，雖然是人的模樣，但沒長頭髮，而且還有山犬般的利牙，混在當地人士變成的『非人』當中……」
聽八郎兵衛與眞吾這麼說，門左衛門馬上點頭。「既然你們看過，那就好談了。因爲有利牙的怪物，正是這場『非人』災難的源頭。」
門左衛門講得起勁，正準備接著往下說時，宗右衛門厚實的手掌朝他的鼻頭探出，制止了他。
「你只是一名當鋪老闆，爲什麼知道得這麼仔細，還能向我們講解？從市町的當鋪到這種鄉下的山寺來，有什麼事？這點也令人起疑。」
這麼一說，確實有理。爹可眞不簡單。
此時門左衛門的表情，就像是被人潑了一桶冷水，但烟作八郎兵衛則是眼中帶著笑意。
「如何？角屋老闆，說來聽聽吧。」
門左衛門環視圍坐在他四周的男人們，接著像決定豁出一切似地，深深吐出一口氣。
「好吧，我就全部告訴你們。我要說的故事，可能會引來這村子的人們怨恨。」
角屋確實是位於城下町的當鋪，但店主門左衛門其實是從事放債的生意。
「從我父親那一代開始經營純放債的生意。會收借據，但一概不收人或物當擔保。不過，我們只和有信譽的客人交易。」
在熊井家中，也有幾位他們的上賓。當中也有不少藩內重臣。

「正因為這樣，藩內的一些祕密會傳入我耳中。」

與「非人」有關的事，也是門左衛門將自己聽來的消息兜攏後才明白前因後果。

「坦白說，願勝寺的住持，也是我的熟客之一。」

羽入田村的眾男丁聞言，詫異不已。有人尖聲叫喊——這怎麼可能！

「住持並非向我借款。因為他老家經營的蔬果批發店欠下債務，我找不到人償還，不得已，只好到住持這裡找他催討了。」

那家蔬果批發店倒閉，住持老家的人早就散了，留下的只有欠款。

「脫離俗世，一心向佛的住持，沒有自己的財產。當然，他也絕不會動用寺內的財物或是施主們的捐獻。」

「既是如此，你向住持催討什麼？」

門左衛門平淡地應道：「這個行業有時會招人怨恨，替死後著想，我請他為我誦經。」

眞吾大為吃驚。「就為了這個，專程去到那樣的山寺？」

「因為一年就一次。我與住持約定好，每年在立冬前後前往拜訪。」

現場一片靜默。大家都不知道該擺出怎樣的表情才好。

這時，之前一直像擺飾般不發一語的製炭工匠甚平老先生，啞聲說：「如果是這樣，我們不會恨你。」

現場的沉默氣氛頓時緩和下來。門左衛門可能也鬆了口氣，嘴角露出笑意。「謝謝您。那麼，我可以繼續往下說了吧？」

角屋位於城下的三番町，熊井家的居城——橡山城的後門附近。在立冬兩天前的中午時分，門左衛門坐在店裡的帳房內，突然屁股底下一陣搖晃。他以為是地震，做好防備後，又搖了兩、三下才安靜下來。接著，外面飄來一股令人作嘔的臭味。
「我急忙到外頭查看，只見我店裡的童工握著竹掃箒，張口狂吐。我聞到那臭味，不禁皺眉，感覺胃裡一陣翻湧。」
門左衛門仰望天空。剛才明明一直都還是晴天，現在卻湧現烏雲。
「一抹烏雲籠罩在居城的天守閣上。」
橡山城蓋在平地一座外形渾圓的山丘上。誠如其名，是一座橡樹森林的山丘，雖然地勢不像山城那般高，但森林裡樹木濃密。
「在居城後方的森林裡，升起一縷細煙。」
人們認爲這股怪味的來源，就是那道煙。
「那是看起來像狼煙，宛如流動的墨汁般漆黑，很詭異的一陣煙。雖然在風的吹拂下變得膨脹，卻完全不會變淡。」
剛好這時眾人從那道煙當中看到四散的火花。
「我們這些町內的人全都緊張起來，心想：可能是城內一隅失火了，這下大事不妙。」
城主熊井安房守在春天進京前，都會待在藩國內。
「在主君的面前冒出火來，這是天大的疏失，卻始終不見消防隊出動，我就這樣看了約兩刻鐘（約三十分鐘）後，那詭異的黑煙便自行消失了。」
雖然臭味遲遲不散，但到了傍晚時分，只留下「到底發生了什麼事」這樣的傳聞，街道上又恢復平靜的生活。
「不過，我心中隱隱感到不安。」
沒想到會發生這種事……心裡這麼想，始終無法完全消除一股又小又黑的不安。

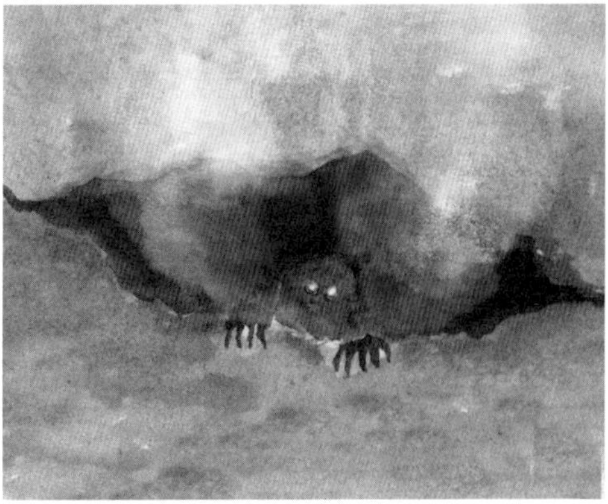

「隔天清晨，天還沒亮，城裡便響起全員進城的宣告鼓聲。這宣告鼓聲只在發生緊急狀況時才會響起。

「藩內的眾家臣趕著進城，奇怪的是，來到半途，城門竟然逐漸關上。」

從角屋可以望見的後門，也不顧正要走來的家臣們，自顧自地關上。門左衛門一陣心神不寧，雙膝發顫。

啊，情況愈來愈糟了。一產生這樣的念頭，他便害怕不已。

「我心想，會不會是昨天那場騷動，在居城所在的山丘某處產生會吐出『腐鬼』的地面裂縫呢？那三次地震和黑煙，該不會也是這個緣故吧？」

「腐鬼」是什麼？

「有利牙的怪物都用這個稱呼。聽說從以前就用這個稱呼。」

腐鬼雖有人的模樣，但棲息在地底深處，是一種又醜又臭的野獸。長得骨瘦嶙峋，動作俐落，甚至有足以跳上屋頂的跳躍力，這點很像猴子。牠沒什麼力氣，只要用武器就能輕鬆取牠性命，而且在陽光下只能存活短短數天。

這種怪物的可怕之處，在於遭其咬傷的人會變成「非人」。「非人」雖然有生命，卻會像屍體一樣腐爛，不斷襲擊他人，啃食生血生肉，藉此增加更多「非人」。

「更可怕的情況是，『非人』沒能被收拾，持續襲擊人們，最後變成腐鬼。」

常人化成的「非人」，進一步墮落變成的腐鬼，不會因陽光而變得虛弱，更加棘手。

一個很單純的疑問湧上喉頭，眞吾開口詢問：「你說腐鬼棲息在地底，換句話說，他是地獄的鬼怪嘍？」

野野助可能有同樣的疑問吧，在一旁點頭如搗蒜。「願勝寺的正殿擺出一幅地獄圖當裝飾，所以我也知道。在地獄中位階特別低下的鬼怪，個個赤身露體，骨瘦嶙峋，模樣難看。」

門左衛門以像在跟小孩子解釋般的口吻，回答野野助。「不不不，腐鬼與在地獄服侍閻羅王的牛頭馬面之類的鬼怪不一樣。牠不是那種大有來頭的東西。」

不過就是一種野獸，一種醜陋又可憐，飢餓難耐的怪物。

「在江崎藩的領地內，自古就有這種地底下的野獸，會在某種情況下爬出地面，引發災難是嗎？」

聽八郎兵衛這樣詢問，門左衛門點了點頭。

「正是如此。之前的藩主——早在戰國時代之前就在這塊土地上扎根的箏野一族，對於這種不幸……如同野獸災情與瘟疫合而爲一的災禍，留下相關的紀錄，在更換領地時轉交給熊井家，然而……」

熊井的家臣們並不看重這份紀錄，似乎單看一句「野獸災情」，便以爲是像熊或山犬之類的災害，不當一回事。現在也不知道當初那份紀錄擺去哪裡了，搞不好早已丟棄。

「不過，藩內仍有幾位家臣看過那份紀錄，我的知識也是從他們那裡聽聞得知。」

腐鬼都在立冬到春分這段期間出現，照以往的經驗，以立冬前後居多。而且都來得很突然，首先是發生地震，地面出現裂痕，或是地面陷落，形成深坑。從地下冒出灼熱的蒸氣，有時還會冒煙。

地面裂開或陷落，並不是多嚴重的事，而且是發生在遠離人煙的深山或森林裡，所以不會馬上引發災情。倒不如說，往往大家都渾然未覺。不過，可怕的不是地面裂開或陷落，而是從地底下跑出地面的腐鬼。

「幸好腐鬼不是成群出現，而且地面裂開或陷落，也不曾同時在多處發生。」

平時就得用心監看領地內是否有哪裡出現異樣的蒸氣或黑煙，或是有無地面裂開或坑洞陷落的情形，不得鬆懈。一旦有這種情形發生，就得盡快收拾跑出地面的腐鬼。這樣應該就能加以阻止，將這種災厄引發的災情降至最低。

「眞的有阻止嗎？」

眞吾望向花江。只見她眼眶泛淚，雙脣發顫。

「因爲是發生在山中，沒對城內或城下町造成危害。」花江緊咬著嘴脣，小聲說道。「沒人仔細告訴我們這件事，我們是靠傳聞和自己邊看邊學，才勉強應付。」

羽入田村的男人們紛紛點頭附和。可能是想起花江的父親，甚至有人以手臂拭淚。

「眞教人同情。」

門左衛門壓低聲音，低頭望向地面。

「連山中衛士也因爲牠們其臭無比而百般嫌棄，但他們認爲飢餓的熊遠比腐鬼可怕，也更難對付，太過小看此事。」

眞吾想起山中衙門那隨手搭建的首級台座，以及門左衛門說他在茶屋聽到山中衛士的那段悠哉的對話，心中一陣焦急。

「還有一件聽了讓人覺得不舒服的事。」門左衛門一臉歉疚地聳著

肩，接著說：「會冒出腐鬼的地面裂縫或陷落的坑洞，頂多一晚就會堵住。這也是這種災厄不易被人發現的原因之一。」

坑洞堵住，變得和原來一樣之後，若往那個地方挖掘，常可以挖出金砂或金塊。可能是原本在地底的東西，遭一再翻攪而來到地表附近吧。

「正因爲這樣，對那些不太擔心腐鬼和『非人』帶來危害的人們來說，這樣的災厄反而是賺錢的好機會……」

所以他們才沒感到害怕。

「從因飢餓而攻擊人的大熊身上，能取得上好的熊肝，同樣的道理是吧。」

說這話的人是宗右衛門。他的表情就像戴著能劇面具一樣，接著他又補上一句：

「抱歉，說了這麼無聊的話。」

他的表情轉爲柔和，並向花江道歉。花江眼中淌下一滴眼淚。

「你覺得自己的不安預感可能成眞了，便馬上逃離城下町嗎？」

八郎兵衛向門左衛門詢問，催他接著往下說。

「對。不過……我沒馬上做出決定，還是猶豫了好一會。」

沒想到，在江崎藩內住了最多居民的城下町正中央的居城山丘上，竟然會出現那帶來災厄的地面裂縫。這教人不敢相信，也不願相信。

「腐鬼與『非人』雖是領地內發生的事，但我住在町內，認爲這種事不會發生在我眼前。」

但這純粹是他的想法，毫無根據。

「不過，城裡熊井家的武士都在。命所有人進城的宣告鼓聲，應該是要集結力量，對現身的腐鬼展開狩獵吧。之所以關上城門，應該是爲了不讓腐鬼逃往町內。這場風波一定很快就會平息。我這樣說服自己。」

然而——

「宣告鼓聲停止後，才過沒多久，便有幾名武士翻越緊閉的居城後門，逃了出來。」

他們丟棄長短刀和弓箭，像在門上搔抓似地，往城門攀爬。由於太過慌亂，從那裡跌落，連滾帶爬地通過架在外濠上的土橋，逃往町內。

「目睹那一幕後，我更急了。不知道是幸運還是不幸，我一直都隻身一人，沒有家累，父母也都不在了。」

我命夥計關上店門，要他們緊守門戶。

「我命家住附近的人，快點跑回家，和家人一起躲好，而住店裡的人，在我返回叫門之前，絕不能開門讓任何人進來。我自己則是將書信盒裡的錢以及簡單的生活用品打包好，頭也不回地離開城下町。」

起初我不知該往哪裡逃才好。我是在離開市町、來到幹道後，才想起願勝寺的住持。

「每年這個時候，我都會去見住持，這時候去正剛好。」

在這場風波平息前，先躲在山寺裡，聽住持誦經吧。其他的事我不願多想。

「你沒想過要叫左鄰右舍的人們逃命嗎？」

以嚴厲的語氣詢問的，是六平太。他以箭頭般銳利的眼神，望向門左衛門。

「就算你突然告訴他們腐鬼的事，想必他們也不會相信。不過，你難道就沒想過要跟他們說一聲嗎？」

門左衛門低著頭，不發一語。坐在六平太身旁的野野助，輕輕拉了一下六平太的衣袖，默默搖了搖頭。六平太看了，嘴角下撇，別過臉去。

「我才是不折不扣的非人……。」

門左衛門低語，抬手掩面，繼續道：「我逃出市町，來到這裡的客棧町，花了整整一天的時間。若是平時，這樣的路程得花兩天半的時間，幸好當時明月高照，我走走停停，連晚上也在趕路……」

途中來到一家茶屋，聽到那兩名山中衛士的對話。

「我感到自己的背脊為之凍結。」

這一帶也一樣，浮田村早就遇襲，村民幾乎全滅！

「這並非是出現在城裡的腐鬼所為。再怎麼說，未免也太快了。如果那怪物引發的災厄會以這麼驚人的速度擴散，一路走在幹道上，翻山越嶺的我，沒在某個地方被追上，反而才奇怪。」

既是如此，只有一個可能性。

「這一帶的山林裡，也有地面裂縫或陷落的坑洞，有腐鬼出現。」

冒出腐鬼的地面裂縫和陷落的坑洞，並非一次只會出現一處。就算過去是這樣，也無法保證這次也是如此。

「同樣的，一次不會同時出現好幾隻腐鬼，這不過是我們自己過度樂觀的想法。」

沒有任何依據。搞不好這次同時有十隻、二十隻從地底冒出。就算發生這種情況也不足為奇。

「這裡的山中衛士為什麼還能如此一派輕鬆？看著實在教人心急。」

總之，這裡的客棧不能待了。這裡離浮田村太近了。要馬上離開，到山裡去。

「我這樣說像是在替自己找藉口，實在很難為情，不過，如此沒人性的我，還是會為願勝寺的住持擔心。」

他腦中浮現那名還很年輕的修行僧，以及總是親切照顧他的寺內長工。門左衛門在恐懼的鞭策，以及不安的催促下，仗著那僅存的一點希望，卯足全力走在平時走不慣的山路上。

「整片的山林和草叢都逐漸枯黃，迎向冬天，在這樣的寂靜包覆下，感覺沒任何怪異之處。」

但當他邊走邊擦拭冰冷的汗水時，發現聽不到鳥叫聲。接著發現山中的空氣裡瀰漫著一股怪異的鐵鏽味。

「你原本也一直這麼說呢。」眞吾轉頭望向六平太。這名弓箭手表情緊繃，微微點頭。

「那獨特的臭味，是從冒出腐鬼的地面裂縫或陷落的坑洞飄來的。」

換句話說，這鐵鏽味表示腐鬼出現的地方離此不遠。

「當坑洞堵住，臭味就會散去，而且臭味的濃淡會隨著風向而有所不同，不過，我知道這下情況更糟了。」

不過，門左衛門還是朝願勝寺前進。儘管害怕，他還是沒轉身逃跑，這點很不簡單。這個放債的生意人，好歹還是有他的堅持。之前救了他，是正確的決定。眞吾這樣告訴自己。

「最後我終於平安抵達，寺內只有住持一人。」

昨天一早修行僧便下山托缽化緣去了，還沒回來。寺內長工則是從昨晚就不見人影。

門左衛門向住持道出實情。年事已高的住持當然知道出現在這塊土地上的「非人」歷史，也曾受羽入田村和浮田村的施主委託，替化爲「非人」而被打爆的死者祭祀。不過，這並不是每年都會發生的事，而且那些山中衛士雖然不可靠，好歹幫得上忙，再加上守護村莊的男丁們也發揮了作用，因此過去都沒引發大災情，便阻止了非人。

「我被狠狠訓了一頓。住持說，別那麼擔心，何必自己一個人如此驚慌失措呢？」

因爲這座偏僻山寺的住持，同樣認爲這場災厄的程度，與熊、山犬、夏天流行的瘟疫差不多。

「然而，這次可能不會那麼輕易解決。這場災厄也許已擴散到江崎藩領地內的每個角落。」

門左衛門緊抓著住持的膝蓋，向他曉以大義。住持將他推開。

——我要開始誦經了，你也去把臉和手洗乾淨，順便洗去腳下的泥巴吧。

門左衛門從正殿來到戶外，感覺不出有人，也沒有任何生物的氣息。

「因爲想確認周遭的情況，我試著爬上山門。」

從那裡可以遠望山中衙門、穿過這一帶山間的幹道，以及客棧。

「這時，我發現客棧冒出黑煙。不是像狼煙般的黑煙，而是火災的濃煙，像雲一樣往上湧，隨風吹向一旁。」

大白天的，竟然發生嚴重的火災。看來客棧也遭殃了。門左衛門眼前一黑。

既然這樣，要和住持一起逃往山中衙門嗎？比起投靠那些悠哉的衛士們，記得附近應該還有一座村莊，要逃往那裡嗎？

「相較之下，死守在這裡可能才是明智之舉。雖然這是一座貧困的寺院，但至少備有米和味噌，也有水井。如果只有我和住持兩人，應該可以撐上半個月左右。」

他坐在山門的稻草屋頂上，獨自沉思。這時，他看到有個動作敏捷的東西從願勝寺的正殿後方竄出，衝進鐘樓後方的草叢裡。

門左衛門瞬間在屋頂上化爲石頭。

「那東西不是狗，不是貓，不是狐狸，也不是貉。牠有兩隻腳，有頭和手腳，模樣難看地駝著背，肌膚呈現的顏色，就像骯髒的屍體。」

是腐鬼。腐鬼從正殿跑出來。

啊，太大意了。牠什麼時候來的？

「得去確認住持是否平安無事。雖然心裡這麼想，身體卻動不了。我齒牙打顫，淚水盈眶，呼吸紊亂，只是一直俯視著正殿。」

再過一會，住持會不會自己走出來？會不會前來尋找門左衛門？您一定要平安無事地露臉啊，住持。

但住持始終沒現身。

「說來也真沒用，我很想小解，再也無法忍耐，爬下山門時，太陽已逐漸下山。」

待天色完全變暗後，就再也不能下來了，在這份焦急下，門左衛門拿定主意。

「上下山門使用的繩梯，原本裝設在鐘樓那裡。」

萬一有事發生時，能逃往更高的地方，所以現在這是門左衛門的救命繩索。門左衛門將繩梯纏在自己身上，留在身邊。

「我從一旁的緣廊進入正殿，發現住持伏臥在主佛阿彌陀佛面前。」

袈裟高高地隆起，老邁的僧侶骨瘦如柴的身軀，就埋在袈裟裡。要不是從下襬露出他纖瘦的腳，門左衛門或許會心想，住持將袈裟脫在這裡，逃到哪裡去了呢？

——住持。

門左衛門顫聲叫喚。心裡的一個自己，很想奔向住持身邊扶起他。而另一個自己，則很想馬上轉身逃離這裡，看是劈柴的斧頭，還是木棒都好，他想趕緊找個武器防身。

倒臥地上的住持身邊，鮮血四濺，臭味撲鼻。

「這時，袈裟突然滑動，住持爬起身。」

一直過著清貧生活的漫長歲月，造就出瘦削的雙頰，凹陷的眼窩，模樣宛如枯木一般，是住持沒錯。而賦予他生氣和睿智的，是住持那不管何時都保有溫暖光芒的眼神。

然而，此時他的眼珠渾濁泛白。

在黃昏的幽暗下仍可清楚看出的白色絕望與恐懼，令門左衛門不自主地發出嗚咽聲。

住持就像被某個肉眼看不見的人一把掐住後頸提起般，霍然站起身。他身體微微前傾，雙臂在空中揮動。掛在脖子上的香木念珠相互碰撞，發出清響。

「住持張開大嘴，朝我襲來。」

這也令人難以置信。照理來說，動作快的只有腐鬼，被咬傷而變成怪物的「非人」則是動作遲鈍，但眼前的情況根本不是這樣。

「我大叫一聲，轉身就跑，在千鈞一髮之際避開住持的攻擊，從正殿衝向屋外。」

接著，一場拚了命的你追我跑就此展開。

「我沒學過劍術，而且到了這個年紀後，劈柴、汲水等粗重活，全都交給夥計去做了。」

在四處逃竄的過程中，他在廚房找到菜刀，在後院找到釘耙，但要揮動武器，親手將住持「打爆」，他絕對辦不到。不是無法狠下心，而是他沒有這樣的力氣。

他一面閃避追趕，一面將門戶關上，有時還將住持關進某個空間裡，但持續不了多久。

「變成『非人』的住持，起初似乎連防雨門和紙門如何打開關上都忘了。但我在他面前逃竄，反覆做這些動作，他就想了起來。」

住持馬上隨意地開門關門。就算門左衛門堆疊家具和擺設物，堵住某個地方，想要守住，但住持已能巧妙地加以移除，或是從旁邊繞進來，展開追逐。

門左衛門不光是躲著住持四處逃，對於那或許仍藏身在某處，對住持展開襲擊的腐鬼，也要特別小心才行。一想到這點，他便覺得夜裡離開寺院下山，實在是危險之至。

「正當我們開始你追我跑時，身爲活人的我，漸感體力不支。」

最初的期待落空，這座山寺裡沒有像樣的食物。他只靠喝水來塡飽肚子，幾乎完全沒睡，身體變得十分虛弱。

「儘管如此，自從昨天下午住持離開寺院後，我心想，我也改到其他地方去好了……沒錯，就是這個村子，我想透過這裡逃命。」

然而，當他鼓起勇氣，從原本躲藏的正殿地板下爬出一看，很明確地從風中嗅到那股鐵鏽味。新鮮又濃重的臭味。

「那表示附近某個地方，又出現全新的腐鬼坑洞。」

他無從得知是在哪個地方，也不想知道。

——我受夠了，就死在這裡吧。就算餓死、渴死也沒關係，遠比被咬死強得多。

「畑作大人發現我時，我就是陷入這種自暴自棄的狀態，想著至少要死在離上天較近的地方，於是趴在山門的屋頂上。」

門左衛門說完後，弓著背，神情頹喪。野野助戰戰兢兢地輕撫他的肩膀。

「畑作大人……」

在大家圍坐的圈子外面，響起一個刻意壓低的聲音。是興一。這麼一提眾人才想到，不久前他剛離席。

「怎麼了？」

「請過來一下。」

興一對現場眾人有所顧忌。八郎兵衛站起身，兩人面朝倉庫牆壁，竊竊私語起來。

興一的雙眼因警戒而透射出光芒。兩人說著說著，只見八郎兵衛的背脊變得緊繃。眞吾感覺自己心跳加快。

「好，第二座倉庫就拜託你了。」

八郎兵衛如此說道，送興一離開，自己則是回到眞吾他們身旁。

「各位，請冷靜地聽我說。現在情況棘手了。」

就在剛才，在屋頂上負責守備的人聽到村子後山發出像是山崩地裂的聲響。規模相當大，森林有一部分似乎也走山了。

「接著，從聲響發出的方位飄來一股令人皺眉的怪味。」

眞吾瞪大眼，望向宗右衛門。統管宇洞庄，個性堅毅的父親，已準備起身。

「……後山出現新的坑洞，會有腐鬼出現。」

八郎兵衛的指示很簡潔。今晚將不再派人戒備四周，在場所有人都守在這兩座倉庫裡。熄燈，屏氣斂息，不發出聲響，等候黎明到來。

「在黑暗中無法採取行動。既然不知道會從什麼地方出現幾隻腐鬼，就該以保護自身安全爲優先。等天亮後，我們才能設法對付。」

各位明白了嗎？要忍耐到天亮。幸好這倉庫的牆夠厚。

「好在這裡頭沒有嬰兒。」六平太暗自低語，拭去額頭的汗水。

＊

「那天晚上的情景，我至今仍不時會夢見。」

淺川眞吾坐在黑白之間的上座，一邊溫柔地握住妻子的手，一邊說道。他的口吻很平靜，感覺不出緊繃的恐懼。不過，他凝望某個點的雙眸，卻蒙上一層暗影。
他的視線前方，存在著那天晚上的黑暗。
「那是個半月之夜。倉庫東邊兩側牆壁的高處設有採光窗，月光斜斜地透進倉庫內。」
恐懼得蜷縮身子的人們，在月光的照耀下，臉色就像死人一樣蒼白。
「隨著月亮移動，透進的月光長度也會隨之改變。可以聽見周遭人們的呼吸聲。連有人挪動身子發出的衣服摩擦聲，以及責備制止的聲音，也都傳進耳中。負責守備的人員聞到的臭味，過沒多久，在倉庫裡也能清楚聞到，讓人說不出的難受。」
花代靠在丈夫肩上，睜大一雙盲眼。
她的雙眸同樣望著昔日那一晚的黑暗。
「……怕。」
從花代的唇間傳出沙啞的低語。富次郎十分詫異，淺川眞吾更是流露出強烈的震驚，重新摟住妻子的身體，窺望她的臉。
「花代，妳剛才發出聲音了，對吧？」
花代緩緩眨了眨眼，對丈夫微笑。
富次郎說道：「如果我沒聽錯，夫人似乎是說『可怕』。」
「對。」可能想壓抑內心的顫抖吧，淺川眞吾突然閉上眼。「那晚發生的事，想必仍清楚地烙印在內人的心中吧。在過去的這些歲月裡，她的身體日漸孱弱，精神也一日不如一日，在這種情況下，我一直祈求那段痛苦的過去和可怕的回憶也能隨之淡化……」
「因爲不全然是痛苦的回憶，才會一直記得吧。」
富次郎並未細想，便說出這句話。但說出之後，他明白自己說的沒錯。

「的確，對你們大家來說，那是很可怕的一夜。但花代夫人並非孤單一人。不像之前從黃泉池潛水來到夜見池，造訪中村的時候那樣，是孤零零一人。」

聽富次郎這麼說，花代臉上再度浮現微笑。她的丈夫看了，也莞爾一笑。

「對，有我陪在她身旁。」淺川眞吾說。「倉庫的黑暗中，我們聚在一起，肩並著肩，猛然回神才發現，花代就在我身旁。」

她不住顫抖。爲了抑制顫抖，她雙手環抱著自己。

「如果是要鍛鍊臂力、騎馬四處奔跑、贏過親弟弟恭次讓他覺得不甘心、讓自己的跟班小彌太佩服讚嘆，我什麼都肯做，我就是這麼一個粗魯的小夥子。但面對哭泣顫抖的小姑娘，我完全不懂該如何安慰。」

不過，眞吾感受到花江顫抖的吐息，再也無法按捺，一把摟住她的肩膀。

花江也緊緊抓著眞吾。

「內人身體的溫熱，讓我感覺到前所未有的安詳。」

過沒多久，傳來一個可怕的腳步聲。

確實是腳步聲沒錯。不是其他聲音。

「有個東西朝倉庫的牆壁一踢，接著便爬上了屋頂。」

那東西在瓦片屋頂上方又蹦又跳。像是在嘗試，看在這樣的聲響嚇唬下，會不會有人自己跑出倉庫。

「大家屏住呼吸，趴在地上，閉上眼睛。不能因此心生慌亂。要在心中默念，我們不在這裡，我們要變成倉庫的牆壁和地板。」

又傳來別的腳步聲。一隻、兩隻。接連爬上牆壁，上到屋頂。以渾濁的聲音交互叫喊著「嘎！」

「嘎！」。

「當時我緊摟著內人，緩緩抬頭，望向採光窗。就在那時——」

月亮已隱沒在山的另一頭，窗外沒有月光，只有暗夜。拜此之賜，眞吾才沒叫出聲。

「其中一隻身子倒懸，從窗口往內窺望。」

眾人趴在倉庫底部。交錯的粗大橫梁正好形成遮蔽。

「腐鬼的眼睛發出光芒。」

渾濁的黃光，骨碌碌轉動著。牠想往倉庫裡探尋。

「感覺到內人呼吸急促，齒牙打顫，身體不自主地顫抖，我反而漸漸冷靜下來。」

中村的男丁們是被花江說的話打動，前來援救羽入田村的人們。要是跟著一起害怕，可就完全幫不上忙了。

「待確認過腐鬼從採光窗上縮回頭後，我跟周遭屏息的村民們說，從採光窗看不到我們。只要別動，別發出聲音，把身子壓低，就不會有事……」

花江抬頭望向眞吾，靜靜注視著他。其他村民也拭去臉上的汗水和淚水，緊挨著彼此，互相打氣。

「不過，之後又傳來一群腐鬼的腳步聲。」

牠們直直地衝來，順勢爬上倉庫牆壁，從屋頂上飛奔而過。一會踹出入口的厚實大門，一會發出用爪子搔抓的聲響。最讓人覺得不舒服的，就是那群腐鬼互相發出猴子般的高亢叫聲，聽起來就像在找尋獵物，邊伸舌舐脣，邊展開交談一般。

「坦白說，一開始畑作大人要大家躲在倉庫裡，也不派人戒備四周，我聽了之後，腦海冒出一個狂妄的念頭。」

——為什麼不戰鬥？

「我心想，就算來兩、三隻腐鬼……不，就算來四、五隻，現在我們中村的男丁都在，根本不足為懼。只要在此給牠們迎頭痛擊，將牠們全部殲滅，就沒有後顧之憂了。為什麼要躲起來？這樣太懦弱了吧。」

然而，來襲的腐鬼可不是四、五隻。甚至不只十隻。也許多達二、三十隻。

「既然不知道敵人的數量，就該以保全眾人的性命為優先，畑作大人的判斷很正確。他的果決和冷靜，對照我的不夠成熟，令我羞愧得冷汗直流。」

黎明將至，終於完全感覺不到腐鬼們的氣息。八郎兵衛依舊行事謹慎，他吩咐眾人繼續待在倉庫裡。

雖然平安度過一夜，但人人都嚇得心底發寒，不敢違抗八郎兵衛的吩咐。

角屋門左衛門也提過，他們之前都不知道腐鬼的事。不知道這樣是幸還是不幸，至少住在這一帶的領民們過去都沒機會遇上腐鬼，昨晚是第一次親身感受到腐鬼的可怕。

對村民們來說，長期以來，「非人」就像是一種難解的瘟疫。既棘手又可怕，但他們做夢也沒想到，造成這一切的原因，竟然是另一種更可怕的怪物。

這塊土地的山中衛士們，同樣沒有足夠的相關知識可以告訴村民嗎？還是，他們有這方面的知識，卻沒有足夠的智慧，懂得要告訴村民，讓他們小心提防呢？

不管怎樣，村民們突然遭受腐鬼的來襲，面對這樣的事實，當然會害怕，心生慌亂。在一旁沒插話，只是靜靜聆聽他們對話的眞吾，感覺到眾人對於繼續留在村裡生活，即將失去信心。換言之，這是對江崎藩的政權感到不信任的一種表現。

這個藩國的治理方式過於隨便，而且對領民很冷漠。只知道收取年貢，像這麼重要的事，卻疏於讓領民們知道，偷懶、傲慢、一點都不可靠。之前就隱約感覺得出來，但大家知道就算抱怨也沒用，所以都絕口不提，裝成沒看見。但現在這些缺點一次全顯露出來，再也無法視而不見。

羽入田村的生活和歷史——過去辛苦流汗耕種的田地，以及養育村民們的山林恩惠，眾人心中都存有一份感謝和眷戀，以及回憶，難以割捨。但如果拘泥於此，將會危及重要的性命。想要保住性命，該怎麼做才好呢？

如果站在同樣的立場，我會怎麼做？眞吾試著思考。中村是一處豐饒的土地，是懷念的故鄉。只要不是遭遇天大的災難，就不可能拋下故鄉離去。

一想到這點，阿卷和小彌太的笑臉掠過腦海，他同時想起恭次那狂妄的說話口吻。

眞吾同樣想平安回到中村，想重返原本安穩的生活。

——既然如此，這裡的人全都逃到中村去吧。

這不是突發奇想。能逃離此一虎口的渺小希望，就是那座池子。潛入黃泉池，從夜見池浮出水面，逃往久崎藩宇洞庄的中村。

什麼時候才會有人勇敢提議，催促羽入田村的村民們下定決心呢？眞吾覺得這是唯一的問題。

角屋門左衛門可能是因爲置身在眾人當中的這份安心感，再加上精力和體力都已耗盡，睡得很沉，就跟死了一樣。一旁的八郎兵衛與宗右衛門，以及獵人興一與六平太，則是悄聲展開交談。

過了一會，畑作八郎兵衛只讓興一與六平太兩人外出，將倉庫門關上後，喚眞吾過來。

「興一和六平太出去查看四周的情況。如果是他們兩人，可以放心交給他們去辦，不用擔心。」

昨晚負責守備的人員聽到的巨大崩毀聲響，以及那強烈惡臭的來源究竟在哪裡？似乎是在村子後山的某處，但離這裡究竟有多近？現在仍有腐鬼會從那裡冒出嗎？八郎兵衛就是派他們前去確認。

「據門左衛門所言，那種坑洞一個晚上就會堵上。這樣的話，是該找出地點，等坑洞完全堵上後再展開行動，還是趁白天徹底展開行動？」

八郎兵衛低聲說，宗右衛門沉著臉接話：「畢竟這邊的人數比我們來的時候要多出一倍以上。不過，值得慶幸的是，這村子沒有嬰兒和臥病在床的老年人。」

眞吾差點跳了起來，但他忍住了。「這麼說來，是要經由那座池子，逃往中村嘍！」

「不然還有什麼方法？畑作大人你看，連我家這半調子的繼承人也知道只有這個法子行得通。」

宗右衛門已拿定主意。至於八郎兵衛，臉上仍有一絲猶豫。

「城下或是離這裡最近的山中侰門，還是有可能會派人來救援……」

八郎兵衛壓低聲音說道，宗右衛門嗤之以鼻，哈哈大笑。

「不能指望他們啦。」

眞吾大爲驚慌，我爹太失禮了吧。但八郎兵衛不顯一絲慍容，他的眉眼哀傷地垂下。

「據我推測，江崎藩過去可能不曾像這樣一次出現這麼多腐鬼。過去的幾次經歷，都是在不同地方發生，而且規模都很小，臨機應變一下也就解決了。」

但這次不一樣。不僅規模大，地點也很不巧，而且不是一次就結束，會一再發生。現下也仍在持續。角屋門左衛門逃離的城下町也一樣，就算之後仍會有新的陷落坑洞出現，冒出腐鬼，也不足爲奇。

「要是能平安逃離這裡，您要以無禮的名義砍下我這顆腦袋，我也不會皺一下眉頭，但現在請容我說句話。」

宗右衛門瞇起眼睛，表情凝重地說道。

「畑作大人，您同樣身爲武士，會對江崎藩的武士抱持些許期待，也是理所當然。不過，即使是武士，窩囊廢一樣是窩囊廢，傻蛋一樣是傻蛋。要指望那些傻蛋，而對這村裡的善男善女見死不救，我做不到。我家代代擔任宇洞庄肝煎一職，我賭上淺川家的名譽，才敢說這番話。要是這時候我做出錯事，淺川家的祖先們一定會讓我遭受惡報。」

這話說得帥氣，但太過火了。眞吾聽得後頸發冷。

畑作八郎兵衛低著頭，呵呵輕笑。「眞是毫不留情啊。」

「在此爲我的無禮致歉。」宗右衛門如此說道，接著咧嘴一笑。

八郎兵衛也轉爲爽朗的笑臉。

「總之，先等興一和六平太回來吧。這段時間，先將第二座倉庫的人們都叫過來這邊吧。」

好在昨天事先做好加強防禦的工程，倉庫外必須警戒的地方，只有固定幾處。由於第二座倉庫以婦孺居多，眞吾他們分批迅速展開行動。女人們因昨晚的可怕遭遇而面容憔悴，孩子們因極度疲憊而精神恍惚。至於和他們共處一整晚的中村男丁們，宛如天降神兵，無比可靠。

兩座倉庫的牆上都留下許多腐鬼的腳印。牠們的腳爪似乎很銳利，在土牆上留下極深的刨痕。大小和眞吾的手掌差不多大。有三根腳趾。十足的怪物模樣，反倒讓人鬆了口氣。

現在得避免炊煮，所以剩下的食物全給孩子們吃，大人只靠喝水暫時解饑。不過，看到熟悉的臉孔全平安地聚在一起，羽入田村的人們恢復了生氣。這時，角屋門左衛門終於起身，睡眼惺忪地坐著，花江在一旁照料。

「我想和羽入田村的諸位商量一件事。」

八郎兵衛坦率地拋出這個話題，說明接下來的計畫。那就是所有人一起逃往中村。

「不過，沒向山中啇門提出申請，倖存的二十二位村民擅自離開這裡，形同逃亡。在我們久崎藩，逃亡是違反〈鄉村令〉的重罪，按規定得處磔刑。也就是說，羽入田村的諸位一旦離開這裡，就再也不能回來了。」

要拋下住家、田地、祖先的墓地，離開這裡。

「儘管如此，要躲避這場災難，守住各位的性命，這是唯一的方法。不過，如果有人執意要留在這裡，我不打算強行帶走。」

「各位要去的地方是宇洞庄的中村。是我們住的村莊。」宗右衛門朗聲道。「我淺川宗右衛門身爲肝煎，會負責照顧羽入田村的諸位。」

羽入田村的眾人並未大聲叫好。他們全都和地藏王石像一樣，靜默不語。

眞吾的眼角餘光捕捉到花江的神情。她陪在門左衛門身旁，低著頭。花江的母親站在她的身後，單手摀著眼睛，不讓眼淚流下。

「這我們做不到……」

羽入田村的某人呻吟般說道。那是男人的聲音，但話中帶淚。

「要是離開這個村子，我們會沒辦法養活自己。」

他是坐在人群中央，一名出奇年輕的男子。靠在他身旁的應該是他的家人吧。有父親、母親，以及年幼的妹妹。

「中村會收容你們，讓你們可以養活自己。」宗右衛門說。「中村有農田，也有楮樹田。你們知道漉紙嗎？那是這裡沒有的技術。中村還有許多這村裡沒有的東西。你們只要選擇自己喜歡的生計，走自己的路就行了。」

這句話才剛說完，馬上有一個尖銳的聲音響起。「那些下落不明的人，你們打算見死不救嗎？」

說話者是頭髮和鬍子都像草叢一樣蓬亂，皮膚黝黑、個頭矮小的男子。他左手收在衣袖裡，弓著背。可能是覺得冷吧。

「你有家人失蹤嗎？」

八郎兵衛平靜地詢問。滿臉雜亂鬍鬚的男子別過臉，不肯回答。

「這個人叫常吉，原本是我們村裡僅有的兩名火槍手之一。」野野助代替他回答。「這兩名火槍手是兄弟，但去年春天，常吉被熊咬傷。」

聽聞此言後，連眞吾也明白了。常吉的左手不是藏在衣袖裡，而是失去左手。

「之後都是弟弟松吉在養他，不過我們也會幫忙。」

如今重要的弟弟下落不明。

失去下落的人該如何處置？雖然心裡明白，但不想談這件事。儘管知道不可能一直避而不談。

「我不能留下弟弟，自己離去。我要在這裡等。」

常吉的語氣剛強，但那駝背的身影又瘦又小，看著令人十分難過。

「你弟弟從什麼時候開始就沒回來了？」

八郎兵衛詢問，這次是由花江代爲回答。「在我爹變成那樣的前一天早上，松吉先生曾到山上去獵捕山鳥和兔子，一度也回到村裡，但之後出門就沒再回來了。」

「松吉也是火槍手嗎？」

「不，他說常吉先生明明帶著火槍，卻身受重傷，所以他再也不仰賴火槍了。」

「原來如此，有一撮火藥的地方，就是你家吧。」宗右衛門問：「你的火槍呢？」

「早就拿去客棧町賣了。」

「那麼，你弟弟用什麼武器？」

「他帶著斧頭和弓箭。」

常吉的眼眶泛紅。

「你是哥哥，應該最清楚自己弟弟的本領。你認爲松吉靠著那兩樣武器，能活到現在嗎？」

常吉低下頭，弓著的背使足了力氣：「我不知道……」

「說得也是。」八郎兵衛平淡地回應。

「我也不知道。這事說來殘酷，令人同情。但眼下硬是要將這樣的殘酷往肚裡吞，爲了活命而必須做出抉擇的，並不只有你。村裡的人們，或多或少都得拋下家人離開這裡。」

沒錯。得面對這殘酷的一面。那些明確知道自己的家人或夥伴已變成「非人」的村民，反而得到解脫。

眞吾無法直視村民們此時的表情，於是低下頭。

「我不會問你們每個人心中的想法。就算問了，我還是只能說同樣的話。我很同情，這實在很殘酷，但還是得做出抉擇。」

八郎兵衛這番話正確無誤，不容辯駁。正因如此，無法給人任何安慰，這點教人很不甘心。眞吾眼中再度閃過弟弟那狂妄的臉龐。還無法確認他是否平安，就這樣拋下他離去，連我也做不到。

「昨天我們去了山中衙門和願勝寺一趟，一路上遇到的正常人，只有來自城下的角屋門左衛門一人。」

被叫到名字，門左衛門像猛然醒來般直眨眼。

「我也是，自從進入山寺後，沒看到半個倖存的人。」

「那些失去下落的村民們，如果平安無事，現在也差不多該回來了。之所以沒回來，是因爲他們沒能平安。」

淺川宗右衛門以粗獷的嗓音說道。雖然說得沒錯，但眞的毫不留情。

「死心吧。所謂『留得青山在，不怕沒柴燒』，就是用在這種時候。要是你們沒能活命，死去的家人和夥伴就沒人供養了。」

「現在還不知道是死是活啊！」常吉猛然抬起頭，大聲叫喊，因一時用力過猛，失去平衡，倒臥在地上。周遭的人急忙想扶他起來。

「他已經死了。」畑作八郎兵衛說。「如果你眞的這麼難過，就當這裡是戰場。你們打敗仗撤退。若是捨不得夥伴，錯過撤軍時機，將會全軍覆沒。」

羽入田村的人們就像浪潮洗滌沙灘一樣，受到悲痛的決定洗滌。每個人都逐漸將這份殘酷往心裡吞，微微發出聲響，眞吾感覺自己彷彿能聽見。

許多的啜泣聲和嘆息聲交錯。

「請問……」

野野助柔弱的聲音，莫名滑稽地打破現場的緊張氣氛。他一副膽小的模樣，縮著手，往上舉至臉旁。

「野野助，怎麼了？」

「我們羽入田村的人，在你們中村會不會被問罪啊？我很擔心這點。」

八郎兵衛馬上端正坐好，不光是野野助，他仔細環顧羽入田村的每一個人。

「野野助的提問十分合理，各位想必也很不安吧。不過，在場的二十二位村民，我畑作八郎兵衛一定會認同你們的身分。」

羽入田村眾人就像滂沱大雨的雨滴在地面上彈跳一樣，嘰嘰喳喳討論起來。許多話聲交錯，但談不出一個結論。

眞吾注視著花江。她正執起母親的手，與母親一同落淚。

眞吾很想直接說服她，心裡焦急不已。這時，宗右衛門彷彿早就看透兒子的心思，再度朗聲說道：「別哭。我們景仰的久崎藩第七代藩主阿野光義大人慈悲為懷，與這塊領地的冷血主君不一樣，他一定會接納你們。畑作大人和我會向他請願。用不著擔心。」

這一切的開端是花江。將中村與羽入田村連繫在一起的，是花江的勇氣。快做出決定啊，花江。有我站在妳這邊。

「畑作大人……」

啞聲開口的，是倖存者當中最年長的製炭工匠，甚平老先生。

「什麼事？」八郎兵衛應道。

甚平老先生望著坐在八郎兵衛和宗右衛門身後的中村眾男丁，依序一個一個緩緩注視著。

「中村的諸位。」

甚平明顯少了幾顆牙，說話有點含糊，但嗓音雄渾有力。

「你們明明沒必要背負任何道義，只因聽了花江的遭遇，就前來幫助我們。拜此之賜，我們才得以活命——

「此刻也是，如果拋下我們，你們自己逃走會方便許多，你們卻說要帶我們走。」

說到這裡，甚平緊抿雙唇，嘴角垂落。接著，他改為環視羽入田村的村民們。

「我想跟他們走。」

甚平明確地說道。

「希望你們也能這麼做。我知道這會有危險。有人說無法對那些下落不明的人棄之不顧，你們的感受我也明白。」

那麼，到底該怎麼做才好？

「不想去中村的人舉手。只要有一個人不走，我就和他一起留下來。」

甚平的雙眼無比清澈，嘴角浮現溫柔的笑意，宛如佛像一般。

「我沒有親人，又是個來日無多的老頭，有誰要留下來，我可以陪他。不過，請原諒其他想去中村的人。」

現場鴉雀無聲。只聽得到現場聚集的男女老幼發出的呼吸聲。

「想留在這裡的人舉手吧。」甚平又說了一遍。「沒有嗎？我只問這一遍。」

在羽入田村的眾人圍成的圓圈中，坐在最後面的位置，一名穿著滿是補丁的田間工作服，長相粗獷的男子舉起右手。他左手抓著坐在身旁，年紀與他相當的女子手腕，舉起她的手。

「巳三！」野野助大聲喊道。「你個性再怎麼乖僻，也要懂得適可而止吧。不覺得你太太很可憐嗎！」

被巳三強迫舉手的女子，應該是他的妻子。只見她低著頭，肩膀顫抖，暗自落淚。

但巳三竟說出令人難以置信的話。

「如果我留下來，這村子的水田和旱田就全部歸我，對吧？」

不光是羽入田村的村民，連中村的眾男丁聽到這樣的說法，也都大爲傻眼。

宗右衛門露出凶惡的表情。「就算你獨占所有農田，在這塊滿是腐鬼和『非人』的土地上，你打算怎麼活下去？」

眞吾的父親骨架粗大，體格健壯，雖然都這把年紀了，平日仍勤於鍛鍊，只要他想，便能發出如打雷般的洪亮聲音。此時眞吾耳內嗡嗡作響。

但巳三並未因此氣餒。

「腐、腐鬼這種東西，在太陽底下不是很快就會死了嗎？」

一點都不可怕——他呼吸急促地說道。

「就算是『非人』，只要沒東西吃，一樣沒戲唱。」

「他們有的是東西吃。」

這時，角屋門左衛門插話。

「這領地內的人民全是他們的食物。被啃食的人會化爲『非人』。當領地內的『非人』爆滿，就會越過邊界，湧進周邊的土地。當食物吃完後，應該會往下一個目標挺進吧。」

這場災禍沒有終點。

「『非人』和死人一樣，感覺不出冷熱和痛癢。明明一直很飢餓，卻和死人一樣，所以不會餓死。在找到食物之前，會變得猶如稻草人或木棒，靜靜等候。」

沒有心靈，也沒有感情。「非人」只會不斷增加「非人」。當吃的人夠多，就會進一步變成腐鬼，造成更嚴重的事態。

「忘了自我介紹，我角屋門左衛門，做的是放債的生意。你知道嗎？這世上到處都有人做放債的生意。放債的生意不管在哪裡都能生存，都有賺頭。等我到了畑作大人他們的藩國後，我要到熱鬧的市町去，馬上賺進大把銀兩，錢滾錢、利滾利，然後擁有自己的住家和店面。巳三先生，你們夫妻可以在我店裡工作。與其留在這裡耕田，還不如在我底下工作，可以過更輕鬆優渥的生活。」

所謂的口若懸河，就是像他這般。

「……眞的能過優渥的生活？」

「當然可以。」

「爲什麼你能做這樣的保證？」

「因爲我是個有生意手腕的放債商人啊。」

聽到如此強而有力的回答，隔了一會，巳三卸下手中的力氣。他的妻子把手放下，順便甩開巳三的手指，縮起身子。周遭的人以看「非人」般的眼神望著巳三，護著他的妻子。
「看來談妥了，畑作大人。」
角屋門左衛門眨了眨充滿睏意的眼睛，莞爾一笑。
「我也會跟中村的眾人一同前往。這麼一來就全員意見一致了。唯一擔心的是……我水性不佳，要潛入池裡實在不放心。」
從剛才那自信滿滿的對話，變得像膨脹的烤麻糬破掉一樣，氣勢全無。那滑稽的模樣，令宗右衛門發噱。八郎兵衛也忍不住苦笑。
「我打算由我們當前導，從池子這頭拉起通往另一頭的繩索，好讓每個人都能平安地潛水抵達對面。放心吧，只要會憋氣划水就沒問題了。」
那走起路來還搖搖晃晃的小女孩多代剛好在他身旁，他輕撫多代的頭說道：
「孩子們由我背著潛水過去。」
這時馬上傳來花江的聲音。
「由我來帶多代潛水過去。」
雖然帶著鼻音，但她已不再哭泣。
過沒多久，興一和六平太返回第一座倉庫。
「昨晚形成的陷落坑洞，位在這座村子的西側，在後山的山腹開了個大洞。」
是足足有一戶人家那麼大的坑洞。
「由於這個緣故，附近沼澤的水流都改爲流向那個坑洞了。我在想，昨晚那場騷動，可能是因爲沼澤裡的水一口氣流進坑洞裡，坑洞底下的腐鬼們大吃一驚，全都跳出坑外。」
興一說，在水流的壓制下，陷落的坑洞外緣有一半都已崩塌，恰恰堵住坑洞。異味也幾乎都消失了，至少感覺不會再有腐鬼從坑洞裡出現。

「那群怪物通過這座村子後，不知到哪裡去了，我們順著腳印和臭味追蹤後發現……」

昨晚冒出的成群腐鬼，行經山中衙門，穿過雜樹林，有一部分爬向願勝寺，剩下的全部前往客棧町了。

「山中衙門內的情況還是一樣，不過到處都留下三根腳趾的腳印，跟這座倉庫牆壁上的腳印相同。」

由於感覺不到生物的氣息，腐鬼過而不停。不過，擺在台座上的人頭，有的被咬得稀巴爛，有的被扔在一旁。」

「那麼，『非人』呢？發現了幾隻？」

興一與六平太互望一眼後，六平太回答：「去的時候發現兩隻，回來的路上發現一隻，全都解決了，只是……」

那三隻都是在興一或六平太發出聲響時，從草叢、岩石後方，或是竹林裡突然冒出。他們渾身沾滿泥土和枯草，看起來像是在野外露宿。

「他們不斷發出用鼻子嗅聞的聲音，可能是順著我和六平太的氣味找到我們。」

聲音和氣味。人是這兩者的來源，同時也是他們的食物，如果附近沒有人，「非人」就會像薪材一樣躺在地上，或是像稻草人一樣矗立原地。

「客棧町應該有十隻左右的『非人』，在道路中央排成一列。」

八郎兵衛說道。這是他從山中衙門的消防望樓上看到的景象。眞吾也還記得，六平太聽了之後頷首。

「所以我們去的時候很小心提防，但可能是被成群的腐鬼趕跑了，連一隻『非人』都沒發現。」

難道是爲了找尋食物而轉移陣地，到了那裡之後就矗立原地？光想就覺得毛骨悚然，但也隱隱有些心痛。

「不過，好在他們動作很遲鈍。」

「不不不，當中有的動作很快，不可小覷。」

被門左衛門打斷後，興一微微蹙眉。「當中有什麼差異嗎？」

「如果是剛變成『非人』，也許動作會比較快。」

眞吾也因爲宗右衛門這句話猛然想起。來到這裡的第一個晚上，村長化成的「非人」出現在第二座倉庫。他在眞吾面前，原本完好的左眼突然變得渾濁泛白時，馬上朝眞吾撲了過來。動作確實一點都不遲鈍。

「先不談這個，現在客棧町已變成腐鬼的巢穴了。」興一說。由於他說得若無其事，聽著一點都不覺得可怕。

「腐鬼們取代『非人』，潛入客棧町是嗎？」

「對。牠們似乎很怕陽光。不光是完好的建築，像一些燒毀後的殘垣，或是被搗毀的建築，只要是能遮蔽陽光的地方，牠們就會躲進裡面，像石頭一樣縮著身子熟睡。」

眞吾感到心跳加速，喉嚨緊縮。「你們走過去觀察是嗎？」

「比起靠近一隻帶著小熊在身邊、飢腸轆轆的母熊，這不算什麼難事。」

他們說細數之後，足足有十三隻。眞教人不敢相信，簡直就是天不怕地不怕。

「像石頭一樣熟睡是嗎……」

八郎兵衛的眼神變得犀利。既是如此，白天是好機會。只要提防「非人」就行了。

「後山陷落的坑洞，有一半已堵上。只要再等一天，就會完全堵住，更加安全。但多等一天，也許附近其他地方又會出現新的陷落坑洞。」

「那可就沒完沒了了。既然要去，只能趁現在吧。」

眞吾幹勁十足地說道。

「現在村民們也都達成共識了。要是再多等一天，也許又會心志動搖。像這種時候，最重要的就是展現出氣勢，不是嗎？」

這時，有人從後面朝他腦袋用力一拍。是父親。「你很狂妄喔。」

「爹才是呢，對畑作大人講話老是那麼沒禮貌。」

畑作八郎兵衛沒理會淺川父子，握緊拳頭朝自己的大腿輕輕一捶，隨即站起。

「好，著手準備吧。」

*

羽入田村的眾人就這樣什麼也沒帶，踏上逃亡之路。閉氣潛入水中後，再來就是沿著繩索一路前進。就算閉著眼睛也做得到。即使是幼童也沒問題。

「熟悉水性的人，要幫助不諳水性的人。當然，中村的男丁們會陪在一旁，絕不會對任何人棄之不顧。」

八郎兵衛仔細地向眾人說明。他的表情比之前躊躇不決時顯得更開朗，動作也輕靈無比。

二十二人排成兩列，攜帶武器的中村男丁夾雜其中。爲了指揮眾人，八郎兵衛帶頭前往黃泉池。抵達池邊後，他會派兩名熟悉水性的中村男丁先潛入水中，到對岸去找人來支援。同時也派人到審查官的駐地，把八郎兵衛的部下全部喚來，並將駐地備有的箭筒、拋槍、鉤繩等武器統統帶過來。

花江會將母親交由熟人照料，趁著還有體力，不斷往返於黃泉池與夜見池兩地，協助村民們潛水前往中村。幼童多代和她的母親，則是在繩子串連兩地，確認安全後，率先由花江陪同她們潛入池中。

「要請中村的每戶人家燒開水、升起篝火、燒飯供餐。等羽入田村的人們抵達後，依序安排他們擦乾身體，好好休息。」

隊伍離開羽入田村前，宗右衛門和興一不知在討論什麼，向六平太要了幾隻箭。

「爹，你在打什麼主意？」

眞吾還沒請教父親之前用常吉和松吉的火藥設下什麼機關。

八郎兵衛應該知道吧。

「之後你就會知道。」

宗右衛門冷冷地應道，仔細確認弓弦的彈力。

「我們這幾個弓箭手，晚點會追上你們。眞吾，你要好好保護羽入田村的眾人。他們今天將納入我們中村的淺川家管轄，就交給你這位繼承人處理了。」

父親平淡的口吻，與「交給你」這句話，令眞吾感到怯縮。

「爹才是我們淺川家的當家。你這麼早就交給我處理，我很傷腦筋。」

「一旦接班的時候到來，沒有什麼太早或太晚的問題。我的意思是，要你做好心理準備。」

接班？

「爹，你打算尋死嗎？」

你想做這麼危險的事嗎？

宗右衛門沒回答。眞吾望向不發一語的興一和六平太。兩人在肝煎和少東家面前，都是一副若有所思的神情。

「為什麼只有你們三人會晚點到？是要負責殿後嗎？既是這樣，我也要幫忙。」

「你不是弓箭手，幫不上忙。」宗右衛門厲聲說道。「要怨的話，就怨自己沒有先見之明，沒練成武雙風間流的弓術，在這種時候派不上用場。」

眞吾無言以對。的確，眞吾向來疏於弓術的修練。因爲父親和代理師傅都本領高超，他很早就認定自己怎麼也追不上他們。

儘管如此，他還是想回嘴，想大聲地說句話。如果爹是爲了讓大家能平安逃離，而自己走上這條危險的道路，那我也要一起走。我不能讓爹一個人冒險。淺川家的未來，交給恭次就行了！

這時，宗右衛門一把抓住眞吾的肩膀，與他目光交會，繼續道：「接下來你沒陪在花江身邊怎麼行？那孩子就算沒氣了，還是會爲村民潛入水中。要是放著她不管，她會沒命的。」

「可、可是……」

「我不會死的。哪能死在這種地方啊。我只是考慮到萬一，想試著說句像父親會說的話而已。眞是的，你這種不懂情趣的個性，到底是像到誰呢。」

興一眼中帶著笑意。六平太微微點頭，緊握雙拳。

「我們會在肝煎大人背後好好保護他的。」

我知道了。眞吾只能這樣應道。

「那就有勞你們了。」

他低頭行了一禮，刻意不看宗右衛門，跑離現場。

風聲颼颼。

離開羽入田村，來到塵土飛揚的原野道路後，突然聽到一陣風聲。

是這塊土地上的寒風，一面從雜樹林中穿過，一面發出像女人尖叫般的聲音。剛過立冬時，吹過宇洞庄的北風，會發出這種充滿不祥之氣的聲音嗎？

從羽入田村的位置來看，黃泉池位於北北西，幾乎只有一條路。雖然會左右蜿蜒，但沒有大幅度彎曲的地方。只要持續吹著這陣風，逃離村莊的這一行人就能一直處在目的地的下風處。

然而，同樣的，這道北風也會將這三十五人的氣息和氣味，送往他們後方的羽入田村和其後山，以及包圍村子的叢林。得先做好心理準備，聞到氣味的怪物們會追趕而來。

從陷落的坑洞裡冒出的腐鬼害怕陽光。但「非人」大啖人的血肉後，「升級」而成的腐鬼，據說連陽光也不怕。希望附近沒有這種棘手的腐鬼。希望分散在這一帶的「非人」全是動作緩慢，而且沒智慧的傢伙。

不管什麼神佛都好，請聽取我的祈願吧。眞吾在心裡一再反覆說道。

他一面安慰羽入田村的眾人，一面對四周展開戒備。也許竹林裡或較高的枯草中，藏有「非人」，所以要走在道路較開闊的地方。在這場騷動開始前都是晴天，所以道路又乾又硬。有人吸入塵土，打起噴嚏或咳嗽。每次八郎兵衛都會要眾人停步，有時則是要大家當場蹲下。打噴嚏或咳嗽的如果是大人，就自己摀住口鼻，如果是孩子，則是一旁的大人們將孩子整個頭抱進懷裡，讓孩子安靜下來。

被熊咬斷左臂的獵人常吉，走路時腳會在地上拖行。眞吾走近常吉，對他說：「你背後的柴刀，我幫你保管吧。」

常吉看也不看眞吾一眼，但眞吾配合他的步伐行走時，他冷冷地對眞吾說：

「我的慣用手還是完好的。我會保護我自己，你去陪在女人和孩童身邊吧。」

「是嗎？我明白了。」

之前來的時候看過的成排樹木，六平太曾用小刀在樹幹上留下刻痕，以便認路——

隊伍前方突然傳來尖叫聲。右手邊的竹林裡，有三隻「非人」像稻草人突然站起似地，猛然出現。

中村的男丁們很冷靜。一面保護羽入田村的人們，一面打爆那三隻「非人」，同時注意四周。這時，從左手邊的緩坡上方，又有兩隻「非人」搖搖晃晃地走下來。

「他們果然是因爲氣味和腳步聲而察覺。大家動作快，一口氣衝到池邊。」

這時，從羽入田村的方位傳來既像鳥鳴又像口哨的聲音，宛如飛箭般穿透強勁的北風。

「那是什麼？」

「是指哨的暗號。」

八郎兵衛簡短地應道，催促大家行動。

「大家摀住嘴巴，呼吸保持輕細，彎腰小碎步行走。別往後看。」

眞吾轉身想走在隊伍後頭。這時，羽入田村的方位發出巨大的爆炸聲。那爆炸聲不光是傳到耳朵深處，引發的震動還沿著地面，從腳踝傳至膝蓋。

沙沙沙沙。

北風捲起沙塵，從朝黃泉池而去的一行人身旁吹過。已枯的樹枝、尚未乾枯的樹枝、得抬頭仰望的大樹、蒙上塵土的灌木，周遭的一切全都受到這陣風的吹襲。

在眞吾的視野中，出現一隻又一隻的「非人」。紛紛從竹林中、樹蔭下，以及山崖下的岩石中冒出。

被包圍了！他心頭一寒，喉嚨瞬間乾渴。這時又傳出比剛才更劇烈的爆炸聲，從那裡產生的爆風與自然風，一同逆向吹來，帶來強烈的惡臭。

「大家別動。蹲下來，壓低身子。」

八郎兵衛下令。不用他說，眞吾已全身僵硬，無法動彈。村民們也都身子微蹲，雙目圓睜。從周遭的景致中陸續冒出「非人」。他們面朝的方向，不是僅隔兩、三間遠，蹲在路旁的眞吾他們，而是後方的羽入田村。

怪物們以鼻子嗅聞，步履蹣跚，手臂舞動，彷彿被一條看不見的線牽引，邁步朝羽入田村走去。有的「非人」沒來到路上，而是搖搖晃晃地順著斜坡往下走，有的則是鼻子不斷嗅聞，腳步愈來愈快，幾乎是用跑的遠離這裡。

又傳來爆炸聲。這次的聲響並不大，但距離比剛才更近，隨後傳來像是幾根圓木從高處滾落的聲響。惡臭愈來愈濃烈。眞吾這才發現，那是水肥的臭味。

目光所及的「非人」們，現在完全被爆炸聲和惡臭吸引，背對著村民們排成的隊伍，腳步踉蹌，慢慢地朝羽入田村走去。就像朝腐肉聚集的成群蒼蠅。

「好，我們到池邊去。」

八郎兵衛壓低聲音，大動作指揮眾人前進。

「別發出聲響，用跑的。」

花江最早採取行動。她背起多代，牽著母親的手。

「大家要低著頭跑。」

中村的男丁們也在後頭護衛，跟著村民跑。眞吾轉頭望向他們。

「我要和我爹他們一起去。那場爆炸應該是我爹他們做的吧？」

八郎兵衛一把握住眞吾的手臂，朝他點頭。「是宗右衛門先生畫圖，派村民們設置的機關。」

在地勢較高的地點和狹窄處大致搭起鷹架，在上頭堆疊小塊的岩石和圓木。再擺上裝滿水肥的木桶和甕，這樣便完成了。

「將一撮火藥分成五個小包，裝設在五處鷹架上。」
為了從遠處就能看出火藥的位置，特地將羽入田村的男丁們穿舊了的紅色兜襠布撕破，綁在上頭當記號。
朝黃泉池而去的村民們，如果腳步聲和呼吸的氣味引來「非人」們靠近，就用這五個地方裝設的機關，發出更巨大的聲響，流出更強烈的惡臭。讓「非人」們先往羽入田村的方向靠近，再趁這個空檔讓大家安全逃離，這就是他的計畫。
「畑作大人，請讓我去。我要去接應我爹他們。」
八郎兵衛再次往眞吾的手臂用力一握，轉身跑開。
要確實地啓動這個機關，需要厲害的弓箭手，從不會受爆炸波及的遠處，準確地射中那小小的紅色記號。能做到的只有宗右衛門、興一、六平太。
雖說是站在遠處射箭，但這三人肯定是冒著生命危險。「非人」們正陸續朝羽入田村而去。
剛才第四個地方爆炸了。似乎是目前最遠的位置。為了替潛入黃泉池的人們爭取時間，要盡可能讓「非人」們遠離。為此，三名弓箭手要很晚才能逃離。雖然他們是武雙風間流的能手，等弓箭射完後，應該也能以弓當武器戰鬥，然而……
——怪物的數量實在太多了。
眞吾躲在竹林裡，心急如焚，急躁地咬著拳頭。爹、興一、六平太，他們在哪裡？這些「非人」到底是從哪裡冒出來的？

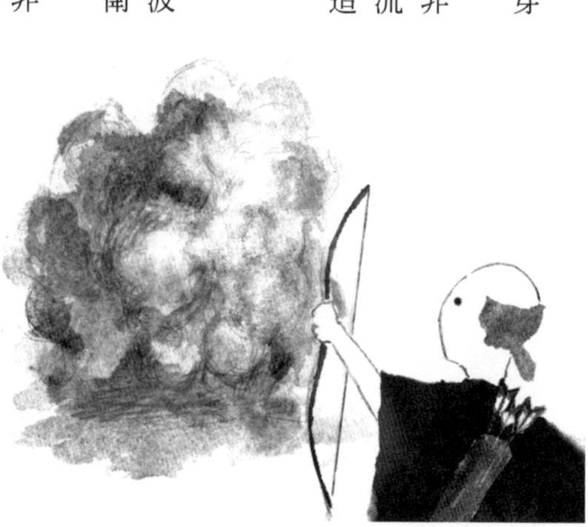

察覺到真吾他們的氣息前，「非人」們一直都藏身在不顯眼的地方嗎？這是智慧，還是和野獸一樣的習性？

成群的「非人」大多行動緩慢，走起路來搖搖晃晃，但偶爾會有動作出奇敏捷的傢伙。到底是哪裡不同呢？親眼目睹這麼多數量的「非人」還是第一次，想必以後也不會再有這樣的機會，所以雖然因恐懼和厭惡而表情扭曲，真吾仍仔細觀察這些怪物。

宗右衛門說，如果是剛變成「非人」，動作會特別快。真吾仔細比較了幾隻後，發現確實如此，那些能大步行走的「非人」，感覺全身還很乾淨。

背後的雜樹林一陣騷動，真吾馬上低下頭，俯臥在地。在緊貼竹林上方處，一隻「非人」飛越而過。雖然只有短暫的瞬間看到全身，但他頭髮已全部脫落，衣服也已褪去，全身赤裸，肌膚像燒焦般呈淡黑色。這已不是「非人」，即將變成腐鬼。換句話說，只要進展到這個階段，就能跳脫出緩慢的行動模式，能像猴子一樣敏捷。

那傢伙過去了。爹他們的第五個機關還沒爆炸嗎？快點逃回來啊。

道路上已不見「非人」們的蹤影。當真吾從竹林裡站起身時，傳來第五次爆炸聲。這次還能從雜樹林對面看見煙塵。

真吾朝那個方向奔去。他彎著腰，縮著脖子，屏氣斂息。朝天空揚起的塵煙，從樹叢間的縫隙湧來，將真吾包覆。

這時，塵煙中傳來沉重的呼吸聲。普嚕、普嚕。真吾停下腳步，一匹棕色的馬竄出，來到他面前。牠狂野地甩動黑色馬鬃，因爆炸聲而感到害怕，馬蹄不斷踩踏地面。一隻沒裝上馬鞍、韁繩、馬鐙的裸馬，但體型壯碩，色澤也很漂亮。難道是從山中衙門逃出的馬，在這一帶的森林裡徘徊嗎？

「噓～噓～！乖馬兒。」

馬在同樣的地點游蕩，頻頻以馬蹄蹬地，爲了讓牠平靜下來，眞吾伸手想抱牠脖子。馬感到排斥，低下頭，眞吾撲了個空。就在他撲空時，淺川宗右衛門那嘴角下撇的臉龐突然從塵煙中出現。眞吾忍不住叫了一聲。父親那粗大的手隨即一把掐住他的下巴。

「別叫，快逃離這裡。」

宗右衛門以手中的弓拂去塵埃，背後的箭筒已不剩半支箭。隨後趕到的興一，搭在手中那把弓上的箭，似乎是最後一支。

「六平太呢？」

才剛如此詢問，便有一支飛箭發出「颼」的一聲，從眞吾他們三人頭上飛過，在雜樹林的某處發出一聲悶響。

「肝煎大人、少東家，請快往這邊走！」

是六平太的聲音，他從前方約五間遠的樹枝上跳向道路。

「大哥，剛才我的箭射完了。」

「知道了，你先走吧。」

六平太與興一簡短交談後，宗右衛門朝眞吾肩膀用力一推。

「快跑。仔細看好六平太的腳步，跑的時候要踩在他踩過的地方。」

「這、這匹馬怎麼辦？」

那匹棕色馬不再蹬地，一邊用鼻子噴氣，一邊大動作甩動馬尾。

「可能不是山中衙門的馬。」

「不過，牠的毛色未免太漂亮了。」興一如此說道，拔出插在腰帶裡的小刀。眞吾才在納悶他想做什麼，只見他俐落地用小刀割傷馬的右耳，頓時鮮血四濺。

「好，你去吧。別被妖魔抓了！」
與一朝馬的屁股用力一拍，那匹棕色的馬奔進雜樹林裡。
「割傷馬的耳朵，是用來除魔。」宗右衛門說。「順便利用牠的血腥味，來掩蓋我們的氣味。」
眞吾他們朝黃泉池奔去。
抵達池畔時，村民們已開始潛水。有十人左右潛往對面了。眞吾看到一名年輕男子，沒理會身上溼透的窄袖和服，下襬仍滴著水，正與八郎兵衛交談，他不禁瞪大眼睛。
「恭次！」
率先發出這聲怒吼的，是宗右衛門。
「你在這裡做什麼！」
「我來幫忙啊，你有什麼意見嗎，臭老爹。哦，臭老哥也在啊。」
恭次用來纏住衣袖的紅色束衣帶，大概是阿卷的。
「竟然把我一個人留在對面，說到水性，我可是比哥哥強上三倍。」
與一與六平太一看到從中村帶來的補充箭筒，馬上奔向前。除了恭次外，從池子對面來了幾名支援的新面孔。當中也有八郎兵衛在駐地留守的部下。
「既然大家都來了，那就在所有人成功逃離前，努力爭取時間。一旦情況危急，放火燒草叢也是個辦法。」
幸好周遭很多枯草。
「這個派得上用場嗎？」
八郎兵衛的部下從懷中取出一個油紙包，裡頭是火藥。
「我塞在懷裡帶了過來，看來沒弄溼。」

「感激不盡，當眞來得正是時候啊。」

中村的男丁們護衛著最後幾個村民。羽入田村的村民們一個接著一個潛入冰冷的池水。架起的繩索在水中晃動，在岸邊微微彎曲，傳來人們的動靜。

製炭工匠甚平老先生堅持要當羽入田村最後入水的人。但獵人常吉牽著老先生的手臂，說道：

「最後一個是我。好歹賣我這個面子吧，老爺子。」

常吉完好的單手握著柴刀。他的手臂沒有肌肉，骨瘦嶙峋，柴刀狀甚沉重地垂落著。

就差最後一點了。眞吾定睛凝望四周，豎耳細聽，不敢大意。

道路對面，竹林和森林的暗處，出現「非人」搖搖晃晃的頭部。這時，弓弦發出彈響，飛箭破空而去。一隻，又一隻。怪物們暫時被打退，拉長了時間和距離，無法靠近黃泉池。活該，再等一會就是我們贏了。

「哥，換你了，快潛到水裡吧。」

不知不覺間，留在池畔的只剩常吉、八郎兵衛、興一、六平太、宗右衛門、眞吾，以及恭次。

「花、花江呢？」

「她正在對面烤火呢。」恭次以鼻音笑道。「哥，要是害怕的話，這次會換你被留在這裡喔。你就和那個人一起潛水吧。」

常吉只有一隻手，要是手抓繩索，就沒辦法撥水。要是沒人陪在一旁照料，替他帶路，會有危險。

「既然這樣，那你先走啊。」

「你就像醃過頭的醬菜一樣皺巴巴的，一副疲憊不堪的模樣，逞什麼強啊。」

眞吾一驚。我眞的露出那麼疲憊的神情嗎？

在一旁聽著他們對話，面露微笑的六平太，突然轉爲嚴肅的表情，低喃「好臭」。

眞吾還沒聞到任何氣味，與一已擺出防備架勢。連宗右衛門也無法掩飾肩膀到背部所積累的疲憊，但此時他仍配合與一的動作，重新振作精神，從箭筒裡抽出一支箭。

「雖然不清楚是什麼東西發出的臭味，不過……」

恭次朝食指舔了一下，感受風吹的方向。

「畑作大人，最好繞到池子另一側看看，風向可能改變了。」

恭次如此說道，像小鹿一樣，動作輕盈地繞過池子邊。別自己行動、別擅自離開崗位，正當每個人都準備出言提醒，每個人的聲音都還來不及化爲言語說出時——

窸窣、窸窣。

池子對岸高大的蘆葦生長茂盛，一路長到水邊。雖然蘆葦叢有一半都已乾枯，變得稀疏，但現在早過了午時，陽光在那一側形成陰暗處，視線不佳。

從暗處伸出一隻骯髒的手臂，一把抓住恭次的肩頭，緊接著冒出「非人」的臉孔。他張開血盆大口，眼看就要從旁咬向恭次的脖子。

恭次先是一僵，接著才放聲大叫，將「非人」甩開，縱身跳進池中。沒能抓住恭次的「非人」一陣踉蹌，來到剛才恭次所在的位置，隨即被兩支箭射中臉。受到箭的勁道衝擊，他仰身倒地。

恭次划著池水，回到眾人這一側。眞吾踩進水中，伸手要扶恭次時，他看到第二隻「非人」跨過倒地的那隻「非人」，出現在眼前。

是一隻武士「非人」。他頭上剃著月代（註），身上穿著護甲和護手。棉質條紋野袴一旁破了個大口子，從縫隙露出他的腳。

可憐又滑稽的是，他的長短刀仍完好地收在腰間。但這個「非人」張開雙臂，發出像要恫嚇人的怪聲，一躍而起，邁步奔馳。只見他繞著池邊跑來。

「好個活力充沛的傢伙。」

興一如此說道，瞄準了他。這名武士「非人」避開飛箭，猛然蹲下身，直接改爲爬行，流著口水發出陣陣低吼。

「六平太，危險！」

恭次才剛從池子裡爬上岸，便如此叫道。因爲站在興一身旁的六平太肩膀後方，突然出現第三隻「非人」。無聲無息，且動作快得令人難以置信。

六平太馬上蹲下身，以手中的弓掃向那隻「非人」腳下，自己同時滾向一旁。被絆倒的「非人」大叫一聲，一頭倒臥在宗右衛門腳下，但他還是像蛇昂首吐信一樣，嘴巴先往上抬，準備一口咬向宗右衛門的腳踝。而宗右衛門在這樣的近距離下，不禁猶豫該一箭刺向「非人」，還是用弓將其掃向一旁。

就在他猶豫時，「非人」已露出利牙。爹要被咬了！時間就此在眞吾眼前暫停。

有個人撲向宗右衛門腳下，擋在他和「非人」中間。就像將自己的身體送到「非人」的利牙前一般。

是常吉。「非人」一口咬向他的左肩。露出利牙、張開大口，好似要將常吉整個人吞下肚。

「他、他是松吉。」常吉說道，仰望眞吾他們，眼中帶著笑意。「這傢伙是我弟弟。終於找到他了。」

接著，他以僅剩的右手，輕撫那緊咬他不放的「非人」頭部。

這麼一提，眞吾才發現，這隻「非人」是一身在山中行走的獵人打扮，腰間纏著用來釣掛獵物的鉤繩。眾人皆無言以對。

「太好了，我們可以一起走了，松吉。」

常吉溫柔叫喚著，右手握住弟弟的脖子後，隨手用力一扭。發出頭骨斷折的聲響。

至於那隻武士的「非人」，他躲過興一一箭，舔舐著嘴脣，準備撲向八郎兵衛。泥巴和鮮血濺向他的護甲，上頭還有個圓圈裡是杉葉的徽印。

「那匹迷路的馬，主人就是你吧。」八郎兵衛說道。「你的馬似乎沒被腐鬼和『非人』攻擊。身爲主人，你至少也該祈求自己的愛駒能在這塊土地上平安活下去。」

武士「非人」縱身一躍，一口氣縮短約二間的距離。這不像怪物，也不像野獸，是習武之人的動作。

八郎兵衛很冷靜。他朝這隻飛撲而來的「非人」拔出短刀，只見寒光一閃，瞬間斬斷對方的首級。他自己則是一個轉身，避開「非人」落向水邊的身軀。

「我要回村裡。不好意思，請將我弟弟放在我的肩上。」

常吉如此說道，站起身。

「這麼一來，我就不能到對面去了。我要和松吉在一起。」

宗右衛門和六平太合力將松吉的身軀放在常吉弓起的背上。

註：中世紀末期起，成年男性都會將前面頭髮剃光，稱爲「月代」。

「畑作大人。」常吉望向八郎兵衛。

「什麼事？」

「您說逃往池子對面是唯一的辦法，您確實猜中了。那名武士的護甲上，有個圓圈加杉葉的圖案，那是木野藩的徽印。」

木野藩是鄰藩。聽說這一帶離邊境很近，還設有關隘。

「『非人』的地獄，已不光是這處領地。村民們就拜託您了。」

常吉轉身離去。他步履蹣跚，不時會停下，重新將弟弟背好，走向塵煙飛揚的道路前方，走向羽入田村。

剛過立冬的午後太陽無比紅豔。陽光在地面烙印下中村男丁們的黑影，那些短短的黑影，看起來猶如一排木樁。

在此止住這場災禍的木樁。

＊

「我潛進黃泉池，浮出夜見池後，說來慚愧，我已虛脫無力，無法靠自己的力氣游上岸。」

在中村這邊，全村的男人都候在一旁，全村的女人也都四處奔忙。

「小彌太過來照顧我，還告訴我許多中村這邊的情況。我也將池子另一頭發生的事告訴小彌太。因爲我覺得，如果不趁現在先整理好說出來，很快就會忘記，所以還記得當時我說得很急。」

這些事實在太過離奇，難以置信，回到中村冷靜下來後，我常做噩夢。

「啊，原來如此。您認爲羽入田村發生過的事，或許會像夢境一樣，從您腦中消失，對吧？」

事實上，根本沒這回事。眞吾反而是多年來一直受腐鬼和「非人」的噩夢所苦。

「我和花代就像原本就有婚約般成爲夫妻，但我常會做噩夢，還會夢囈，她很擔心我。」

淺川眞吾在黑白之間持續說著他的故事，而他的妻子花代倚在他手臂上，不知什麼時候打起了盹。花代雖有反映出年紀的皺紋和老人斑，而且生命猶如風中殘燭，臉頰瘦削，但仍像少女般純潔美麗。

「就像我一開始說的，在宇洞庄有種楮樹田和漉紙這種生計，人手怎麼都不夠，所以羽入田村的人們也全都選擇以此謀生。」

宗右衛門果眞履行承諾，照顧每個人的生計。從羽入田村來的人們當中，也有人很熱中地投入漉紙的工作中，練就技藝，過著富足的生活。

「內人當初見漉紙是這樣的粗重活，大爲驚訝，但眞正令她感到悲傷難過的，並非工作。她不曾在我面前說喪氣話，不過對之後成爲妯娌、感情深厚的阿卷，她說出了心裡話。」

——我對九市先生的家人很歉疚。

「啊……」

富次郎想起這個人名。當初花江的父親從池子另一側漂到這一側，咬傷了一個村民，是這邊唯一一個就此殞命、很不走運的男子。

「不過，羽入田村的村民們似乎都順利融入宇洞庄的生活，眞是太好了。好在這邊有一位慈悲爲懷的主君。」

故事逐漸走向尾聲。富次郎也轉爲接受圓滿結局的心情。

「是的。不過，就像我一開始說的，大家在這邊都變得愈來愈虛弱。」

沒有明確的病因，只是逐漸流失生氣。

「甚平老先生來到這邊後，只活了一年就過世。他本人笑著說自己陽壽到了，但之前一直很強健的腰腿，突然變得虛弱，而且還失明，我認爲不光是上了歲數的緣故。」

久崎藩和江崎藩有哪裡不一樣，這對人們的身體造成影響。從羽入田村逃往中村的人們，猶如梳子的梳齒缺損般，人數一再減少。

「最年幼的多代，她連羽入田村的事都不記得，還是只活到十六歲就過世了。」

說這話的淺川眞吾，聲音輕細，透露出他的難過。

「羽入田村的村民們，有一半的人來到這裡之後便改了名字，或是先把頭髮剃光再重長。另外，也有人採用在當時宇洞庄很罕見的方法，就是刺上除魔刺青，想爲兩地做個區隔。」

身爲江崎藩領民的人生已結束，大家就像死過一回，在久崎藩的宇洞庄重生——

「原來如此，還有人改了名字啊。」富次郎說。「不好意思，打斷您說話。我懷疑自己聽錯，有點難以啓齒，不過，花代夫人也是吧？」

在故事中都是稱呼她「花江」。

「哦，這件事……之前應該先告訴您的。」

眞吾驚訝得直眨眼睛。

「眞的很抱歉。就像您說的，內人的名字也從『花江』改爲『花代』。」

當初改名時並不順利。

「聽說『花江』這名字是她父親取的，她本人不想改，但她母親勸她改名。」

眞吾找爲此苦惱的花江商量，絞盡腦汁，最後想出漢字和平假名都差只一個音的「花代」（註），問她能否接受。

「這是個好提議。」

「是嗎？」

眞吾馬上反問，富次郎一時無言以對。

「我現在很後悔。當初眞應該狠下心，想個和『花江』的漢字和發音都完全不同的名字才對。要讓內人不受羽入田村牽絆，不受爲了保護家人而化成『非人』的父親這份思念所影響，我應該這麼做才對。」

要是能狠下心改掉名字，花江的身子或許不會變得這麼虛弱，雙眸也就不會失去光芒了。

「聽起來像在發牢騷吧。」

眞吾頹然垂首，當事人花代沒答話。她在丈夫臂彎中打盹。不知她夢見了什麼，緊閉的眼皮微微顫動。

「您可曾試著向羽入田村的人問過這件事？」

富次郎平靜地詢問。

「如果來到這裡，一樣無法長命百歲，當初眞應該留在羽入田村的——有人會發這樣的牢騷嗎？」

眞吾微微嘆了口氣，抬起眼來。「包括內人和我岳母在內，羽入田村的眾人都沒這樣抱怨過。」

沒人責備過中村來的那十三個男人。羽入田村的眾人也不曾對自己做的決定感到後悔。

「他們說，如今回頭看，在那裡就算沒發生『非人』的災禍，也一樣會被年貢的徵收逼得喘不過氣。光是衝著這點，就很慶幸能逃到這裡。」

怪物和惡政，在奪取人命這點上，有著同樣的危害。

「換句話說，大家在二擇一的抉擇上，選了正確的選項。」

註：花代的平假名爲「はなよ」（hanayo），花江的平假名爲「はなえ」（hanae）。

眞吾自己一開始也說過：雖然來日無多，但能一起安心過日子，就該謝天謝地了。不過想到會失去妻子，還是心如刀割，這也是人之常情。

這對恩愛的夫妻如此耀眼。想必是在無比罕見又強烈的緣分下，才繫起了兩人。

眞羨慕……爲了避免這個念頭貪婪地顯現在臉上，富次郎急忙伸手朝鼻子下方摩挲幾下。

「雖然角屋門左衛門先生有他的脾氣，但我並不討厭他。」富次郎說。「他後來眞的到大市町去，靠放債的生意蓋了自己的房子嗎？」

淺川眞吾的雙眸一亮。「對，他眞的做到了。從池子對面來的人當中，現在就屬他最健康。他有點耳背，是個愛大聲跟人說往事的老先生。」

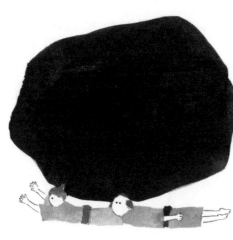

願這位頑強的放債生意人有福。

「這個軼聞是否在久崎藩內廣爲流傳，大家都相信呢？」

「是的。當時主君甚至下令，要對領地內的沼澤和池子展開調查。」

久崎藩第七代藩主，掃部頭阿野光義不光是寬大爲懷，還是位明君。

「當時，藩內有幾名水性好的藩士，曾潛入中村的夜見池查看……」

但沒人抵達黃泉池那一側。儘管試著又探索了幾次，夜見池的深處都擋著一座岩壁。

「這麼一提，我第一次跟在花江身後游到另一側時，途中感覺到一股全身快要被壓垮的重壓。或許當時是穿過了通往對面的

通道。」

難道這條「通道」不是一直都開啓？或者，只有在江崎藩那邊發生「非人」的災禍時，才會作爲唯一的脫逃路線開啓？

爲了讓逃脫者與想出手援助者能邂逅彼此？

「聽說現在領地內幾座池子邊都有派人看守，但再也沒發生過那樣的事。」

羽入田村所在的江崎藩，現在不知情況如何？它沒毀滅，仍是以那地獄般的光景存在於世嗎？不知道。雖然要打聽的話，也不是全然沒有方法，只不過……

「如今已沒有這樣的勇者，會想主動潛入某座池子去查探江崎藩的情況。」

這成了禁忌，被人們封印。在池子邊看守的人，緊盯著水面，不讓過去的歷史重演。

「今天我之所以來說這個故事，也是因爲我相信貴寶號的風評，在這裡說的事絕不會外傳。」

富次郎肯定地應道：「是的，我向您保證。請放心。」

兩人互望一眼，點了點頭。

「我的過去已離我好遠。」

在淺川眞吾的心中，那場怪物災難的可怕記憶已淡化。此時掛心的，只有愛妻這盞微弱的生命之火，不過有則軼聞，他至今想起仍深感懷念。

「不是別的，正是和畑作大人有關的事。」

雖然八郎兵衛早已在九泉之下。

「他做事一向冷靜，無畏無懼，看起來彷彿怎樣都不會失去平常心。不過，他當時也曾壓抑不住雙手的顫抖，冷汗浸透全身……」

哦，這我也很感興趣，得坐正仔細聆聽才行。

「是在怎樣的情況下？」

「他要將這難以置信的遭遇，寫成報告書送交城內的時候。」

——此信的一字一句，皆關係著中村與羽入田村眾人的性命。

如果我的文字無法打動主君的心，博取他的信任，一切都將化爲泡影。一想到這點，便筆尖顫抖，難以下筆。

「多年後，他才很汗顏地提到，當初在書信的結尾，寫到『如前所述』這行文字時，不小心在上頭滴落汗珠，只得重寫。」

此乃眞正的武士英姿。

目送淺川夫婦離去後，富次郎馬上開始思考如何作畫。

這次想畫的題材，以及能用畫來呈現的場面相當多。爲了聽過就忘，只要畫一張就夠了，此時卻有各種畫面浮現心頭，他覺得光是一幅不夠。

他窩在黑白之間裡，陸續畫下底稿。第一天畫下宇洞庄那和緩的山丘與小河、中村的淺川宅邸、通往審查官駐地的小路。眞吾、小彌太、個性狂妄的弟弟恭次。先吐出浮屍，接著吐出少女花江的夜見池，以及環繞四周的雜樹林。與一頭溼髮的花江第一次邂逅的眞吾。女侍阿卷和很不走運的九市。

第二天終於畫下「非人」。一開始下筆畫的是花江的父親。他被山中衛士化成的「非人」追到走投無路，在進退維谷的那一刻，只想著要還以顏色，於是不顧一切，一口咬向怪物。

這是在一心想著家人，想要守護村子眾人的強烈意念下，才有辦法做出的行爲。但說來可悲，即使是他這麼了不起的人物，一旦被「非人」咬中，仍會變成他們的同類。富次郎心想，這就是這場瘟疫最可怕的地方。

穿著皮革護甲的山中衛士、行商客、在客棧或驛馬站工作的人們，只要化爲「非人」，一律會淪爲怪物。

連皈依佛法的僧侶也不例外。一想到願勝寺的住持化爲「非人」的模樣，富次郎就感到情緒激昂。這世上又有幾個畫師能得到這樣的繪畫題材呢？

那名個性頑強的放債商人——角屋門左衛門與住持展開的那場捉迷藏，既悲慘又滑稽。雖然恐怕是機會渺茫，但如果日後能遇上門左衛門，很希望能聽他親口說明詳情。想必是在住持的追趕下，邊哭邊四處逃命吧。然而，他是不是心裡又覺得好笑呢？在這種情況下，他是否又恨又氣，覺得世上根本沒有神佛存在？

第三天，富次郎開始畫中村的十三名男丁。當中最具魅力、也最難畫的，就屬畑作八郎兵衛了。不過，淺川宅邸的當家，擔任肝煎的淺川宗右衛門，亦別有一番風格，難以割捨。面對怪物，自己拿起武器參與戰鬥，甚至負責殿後，這麼一位擔任肝煎的父親，可說是絕無僅有。他們那像山犬般敏

捷的動作，該如何用一支畫筆來呈現？

羽入田村的野野助，那令人不忍苛責的膽小模樣、最年長的甚平在關鍵時刻說的那句話所具有的分量、齊聚在第一座倉庫的村民們各自的想法和祈願。啊，爲了躲過成群腐鬼的來襲，眾人一起屏氣斂息度過的那個恐怖的暗夜，也令人無法忘懷。

光是用簡樸的水墨畫來呈現每一幅畫就很困難了，偏偏富次郎的畫技尚嫌不足，他自己也很清楚這點。既焦急又不甘心，這天晚上他難以入眠。

翌晨，洗過臉後，他拿定主意。

——還是選擇戀愛故事的場景吧。

既是如此，那就非眞吾與花江的邂逅莫屬了，但他弟弟恭次與女侍阿卷這對組合，富次郎也很想畫。成爲妯娌的關係後，花代與阿卷的互動似乎也會是一幅不錯的畫。例如，阿卷教導花代漉紙、兩人背著背架，並肩走在楮樹田的田間小路，眞吾與恭次兩兄弟就等在道路的前方，這樣的構圖如何？挺好的啊！爲了呈現出這兩對年輕夫婦在得到幸福前所經歷的苦難，就把這條田間小路畫成很不尋常的模樣吧。好比有骷髏探出頭來，或是像手臂形狀的樹根在地上蜿蜒——

這是很好的構想，連富次郎自己都心裡發毛。他感到幹勁十足。這次或許只畫一張還不夠。因爲他很想畫腐鬼。腐鬼不能加進這兩對年輕夫婦的構圖中，得另外畫才行。

——乾脆畫成連環圖畫吧。

又不是爲了給人看才畫。只是爲了平息自己激昂的情緒，爲了讓自己想作畫的衝動能盡情宣洩，才提筆作畫。不管要花多少時間都沒影響。

而且正好以此告一段落。奇異百物語將暫時休息，之前與父親伊兵衛說好了。在阿近平安生產，一切都穩定下來之前，就先這麼做吧。這也是母親阿民的期望，富次郎完全沒有要忤逆的意思。

不過坦白說，他心裡不免還是有點落寞。不，是備感落寞，而且沒事可做，無趣極了。聽不到新的故事，沒辦法作畫，也很無趣。

所以，這故事更顯得重要。富次郎當成寶物看待，珍藏在心底，想要多畫幾張，直到自己滿意爲止。就像在品嘗一塊怎麼舔也不會變小的糖果。

好，先從這兩對夫妻開始畫。

——楮樹是怎樣的植物呢？

是喬木，還是灌木？葉子是長形，還是圓形？他努力翻閱手頭的範本時，頭上傳來一聲清咳。是哪名夥計嗎？還是大掌櫃八十助？對了，今天早上是不是有人打了個大噴嚏啊？

「我現在沒空，你有什麼急事嗎？」

富次郎仍埋首於範本中，如此應道。

「我回來了。」

咦？

富次郎抬起頭。

大哥伊一郎就站在黑白之間的門口。他是剛去了一趟梳頭店嗎？頂著梳理得窄細又時髦的銀杏髻，另外披上一件富次郎沒見過的加賀龍紋短外罩，像是新製的。

「我說我回來了。」

伊一郎走進房內。他極力避免踩到那些打開覆在地上的範本，以及疊放在地上的大開本戲畫本，來到沒擺放東西的壁龕前，朝窄袖和服的下襬一拂，原地坐下。

「我回家了。」

伊一郎說道。傳來髮油的芳香。

「歡、歡迎回來。」富次郎應道。「眞早，我還以爲你會在菱屋一直待到歲末大掃除（註）。」

「既然決定要回來，就愈早愈好。又不是要出遠門，而且我的行李只有一個包袱。」

大哥長得英俊，頭腦又機靈，不僅聰明，脾氣也好，人見人愛。連孩童、貓狗也喜歡他，當然更是大受女性歡迎，但他從未因此變得傲慢。無可挑剔的大哥伊一郎，連嗓音都好聽，眞氣人。

「抱歉，沒能去迎接你。」

「沒關係。你好像很投入呢，鼻頭都沾了塵埃。」

富次郎急忙朝臉抹了一把。伊一郎拿起附近的戲畫本翻閱，斜望著書說：

「哦，是葫蘆古堂的書。」

書背印有印章。

「是我請勘一找給我的。」

「你最近去看過阿近啦？她快臨月了，對吧？我接下來打算去看她，你要一起去嗎？」

如果是平時，富次郎一定馬上答應這項邀約，但他緩緩搖了搖頭。

「今天我就不去了。我正忙著呢。」

他環顧黑白之間內散落一地的書本。

「現在有好幾幅我很想畫的圖浮現在腦中。想著那些圖畫去找阿近不太好。」

伊一郎微微蹙眉，「因爲是奇異百物語的畫嗎？」

「嗯，當中有些是不太吉利的畫。」

在約莫兩次呼吸的時間裡，伊一郎的眼神轉爲嚴厲，半晌才和緩下來。

「有嗜好固然不錯，但既然我回到家中，今後你也要在工作上幫我的忙。我聽爹說過，奇異百物語要暫停一陣子。」

「我和爹說好，在阿近平安生產前會先暫停。等看到寶寶健康的模樣後，會再重新開張。」

在約莫兩次呼吸的時間裡，伊一郎的臉變得像能劇面具一樣。

富次郎已看出大哥的意思：別再這樣拖拖拉拉下去，乾脆到此結束吧。如果是要玩百物語的遊戲，外頭一些風雅人士的聚會多得是——

富次郎說道：「哥，你瘦了。」

伊一郎一震，「有嗎？」

「雙頰都凹陷了。辛苦你了。」

之前阿勝告訴他關於伊一郎那場一波三折的婚事。由於那個緣故，最後只能對那位好姑娘死心了。伊一郎的戀情沒能開花結果。

伊一郎這顆寶石，在過往的人生中不曾有過一絲傷痕，現在上頭出現一道雖然細小，但很深邃的裂痕。此時可以清楚看見那道裂痕，實在令人心痛。

「我……雖然沒有足夠的智慧和經驗，可以向大哥你提供建言，不過……」

富次郎與大哥面對面，不自主地改採弟弟的口吻。

「如果是在黑白之間學到的事，我倒是知道該怎麼說。」

「哦，」伊一郎挑起單眉，「你有什麼高見？」

富次郎應道：「如果有緣相繫，不論遇到再大的困難，也會克服難關，緊緊相繫。」

就像淺川眞吾和花江那樣。

「所以，沒能相繫，表示無緣。誰都沒錯，就只是這樣。」

註：原文是「すす払い」，指十二月十三日這天。

伊一郎沒答話。富次郎也沒說話，默默等候。他暗暗捏了把冷汗。

富次郎的肚子突然發出咕嚕嚕的聲響。

伊一郎一時忍俊不禁，愉快地咧嘴一笑，輕快地站起身。

「我去探望阿近。」

富次郎獨自留在黑白之間。畫畫就會肚子餓，阿近和肚裡的孩子應該也會肚子餓吧？好，等我畫完，就帶著麻糬點心去看她吧。

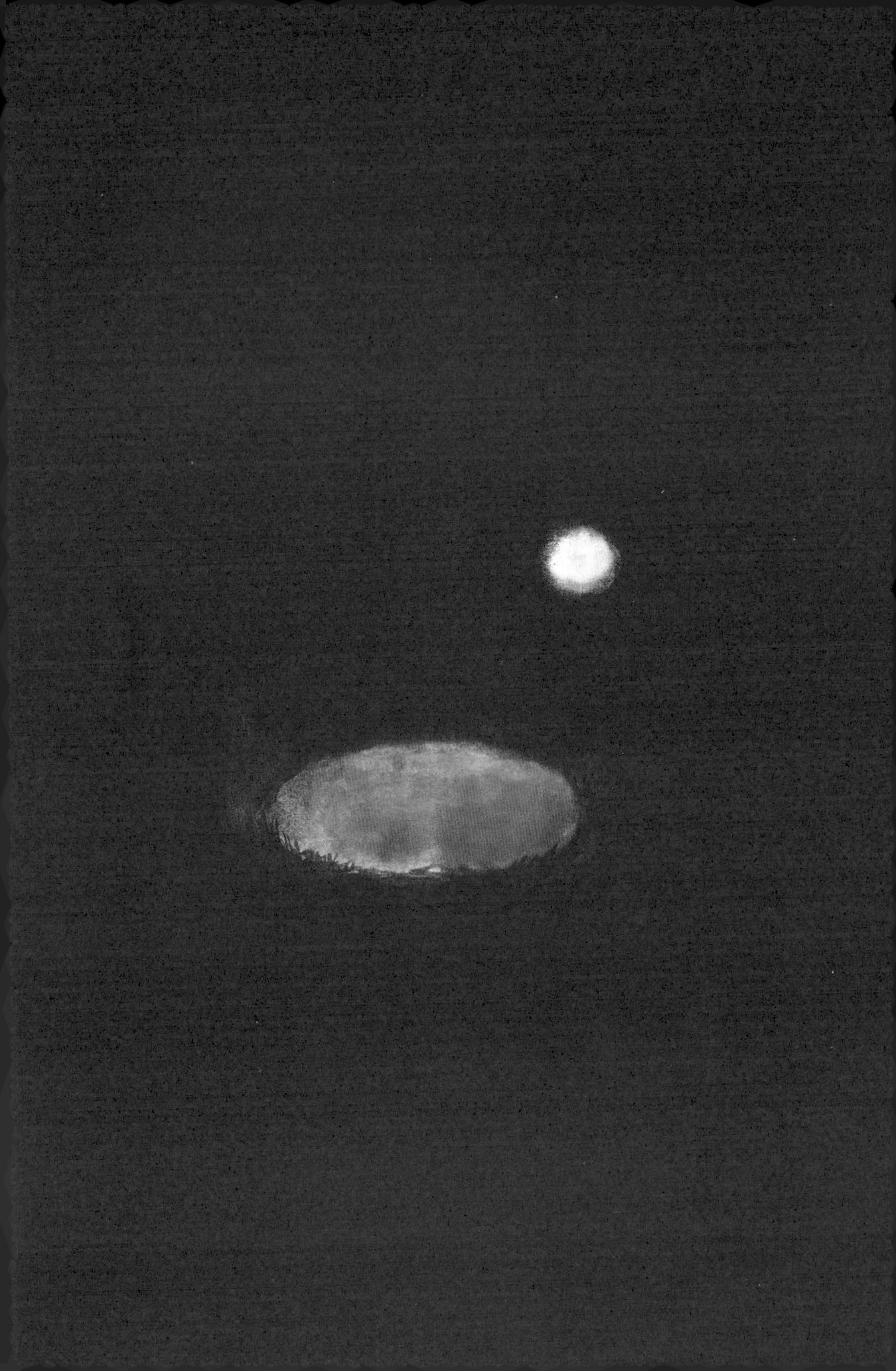

所述如前

解說　陳栢青

※本文涉及故事關鍵情節，未讀正文者請慎入

「三島屋奇異百物語」系列作第八集裡，宮部美幸讓小說人物穿入井中。在〈如前所述〉這篇故事裡，井是一個池塘，從森冷的池水中潛入——另一頭是平行宇宙？反面世界？過去？亡者之地——一故事的主人翁自時代小說的水平面探頭，卻發現出自現代語境的喪屍正顛顛倒倒奔向他。

「喪屍」可以說是正在成形的現代神話。你必然熟知它構成的元素，「打爆喪屍的頭就可以停下它的行動」、「被咬到會傳染」、「喪失個體意志」、「地表上漫遊直到腐爛」……

喪屍故事背後想述說的是什麼？可不正是當代人們對資本主義文明生活的憂慮：活成一個沒有面目的人、失去自我思考能力，被現實和制度當扯線木偶拉動四肢，文明發展到了極致，卻回歸最原始的動物性，人類只剩下爬蟲類腦驅動的慾望……

但這本該發生在稠密的都會中的恐懼，是對於傳染，對陌生人的憂慮，若是發生在訊息並不流通，人口相對較少的古代，又會有怎樣的變形呢？

宮部美幸打通故事的宇宙，若喪屍是現代神話，MADE IN 西方，那同一集中收錄的〈骰子與牛虻〉和〈陶鍋妻〉則體現大和民族所信仰的神道色彩，「三島屋奇異百物語」系列由此堂堂來到第八集，集中所收錄三個作品，上天下地，最日本，很西方，超古老，又最現代，我覺得台灣版的書名翻譯有多好，如「前」所述，作為書名的這個「前」，不只是字面意義上作為書信體「像我之前提到過

的」，也是重述整個人類文明所敘述過故事的「前」——借用心理學家榮格的集體無意識理論，他認爲無意識是所有人類經驗的沉積。「用一種不可見、更有效的方式主導個人生活」，而「所有神話都是集體無意識的投射」，我們可以從神話與民族的原始故事中找出共通的原型。那麼，古往今來那麼多的故事也許都是同一個，人類反覆述說相同的故事。

所述如前，那麼，正如聽故事人最喜歡問的，「後來呢？」，當百物語的井連結了神話和故事等人類集體意識之海，宮部美幸要從這其中長出怎樣屬於自己的故事？

電影裡的布萊德彼特和宮部美幸小說裡的人為何都不停在吃？

〈骰子與牛虻〉中少年來到神的領域。鳥居、神社、氏子、神主、供奉、祭典……而萬物有靈，骰子成爲式神，紙人成爲僕役，神在其中擲骰子，天地萬物原來都是神的遊戲。年輕的人類則穿梭其中辛勤工作，他們要找回家的路，那是否讓你想起宮崎駿的電影《神隱少女》，小千在湯婆婆的溫泉旅館中工作，諸天神明降現，年輕的女孩則要「奪回自己的名字」。宮崎駿透過溫泉進入，而宮部美幸透過骰子開啓了進入集體意識的井。這一切元素，都汲取自日本神道諸神話中。

問日本人「神道」是什麼？必然會有人告訴你，神道已經落實在日本人的生活之中。正如〈骰子與牛虻〉中眼有眼神，病有病神，燕子有燕子神，連牛虻也有神。有八百萬神，不可勝數。萬物皆有其神。

我們可以在〈骰子與牛虻〉和〈陶鍋妻〉中找到諸多拆解自神道神話中的世界觀的邏輯和零件，例如，災厄神們用玩雙六的方式決定去程，「咳神停下的地方，就會流行咳病。瘧疾之神停下的地方，就會流行瘧疾。旱神有時前進，有時後退……」小說家用神道可能催生的思維方式去解釋病毒和細菌觀念未及破譯之前疾病的大流行。

也有神在之處反而必須搜集汙穢，因爲這是「眾神齊聚的神域。無比聖潔的清淨之所」，所以「六面神才會收集人世的汙穢，像灑水似地灑向邊界，以隱藏這個場所的聖潔之氣」這樣讓故事邏輯言之成理的自洽之處。

正是這些小細節，讓故事不只是主線在前進，而是像打磨一個世界一樣，鳥居立起來了，燈籠點亮了，沙上扒出饒有深意的爪痕，細白的石子一粒一粒靠攏聚集，安靜鋪排於地上，宮部美幸讓這個神明所在的陰影世界無比立體，又無比精緻，處處充滿玄機，這是一個我們可以停下來觀賞的世界，小說家打造了自己的神隱少女湯屋。宮部美幸的井，通往了天之戶。

歷史學家津田左右吉在《日本的神道》一書中提到，神在日語中稱「かみ」，本來是指「凌越常人能力之物事」，「古代日本人對山川、巨石、動物、植物等自然物以及火、雨、風、雷等自然現象有一種特別的感覺，認爲自然有精靈，此精靈既給個人帶來恩惠，有時也會帶來災難。」津田左右吉進一步提到，人們爲了安撫帶來災難的精靈，並希望他們帶來恩惠，所以進行祭拜，於是對精靈的祈禱便逐漸變爲宗教儀式。「人們稱這些精靈爲かみ（kami），這就是原始神道的形成。」

所以，你心中的神明是誰？關聖帝君？媽祖娘娘？或是頭頂法輪手捻法指的觀音與佛祖？但在〈骰子與牛虻〉和〈陶鍋妻〉中這些充滿神道色彩的神並不是華人信仰中，因爲善惡和道德觀而確立的宗教性神祇。他們並不因爲揚善懲惡或是人類道德觀而封神，更多是源於自然的轉化。

甚至，你可以說，正因爲自然如此變化多端，先民依靠自然而活，在這其中便養成敬畏與崇拜。

神道可以和大自然趨近。

人和自然何其貼近，最鮮明的證據不正浮現在宮部美幸的小說中，神體就是宮部美幸的文體。豈止「三島屋奇異百物語」系列，在宮部美幸所有的時代小說中，人物總是不停在吃。好萊塢電影裡布萊德彼特不停吃，據傳是因爲他太帥了，最初片場有人建議布萊德彼特必須要不停在鏡頭前吃東西，來表現他有人性，接地氣，讓一般觀眾因此產生認同感。但宮部美幸的小說中一直吃是爲什麼？我想那正是因爲，四時有常。宮部美幸小說中不厭煩瑣的展示吃穿用度，生活瑣碎，乃至「三島屋奇異百物語」系列的一個定番是，怎麼擺設黑白之間：「阿勝今日在黑白之間的壁龕擺上芒草與桔梗的插花」、「此乃秋天的搭配」，而等楓葉紅了，「黑白之間的壁龕裡擺放的，是開出小白花的枇杷樹枝，以及完全去除葉片的柿子樹枝。花瓶四周撒下顏色鮮豔的柿子樹落葉」、「雖然待在屋內，一樣能感受到欣賞紅葉的樂趣」，那是風雅，也顯示三島屋的階級。但何嘗不表示日本文化中一個面向，人對自然有強大的感受，以及人和自然的高度結合。

可黑白之間中說故事人有多享受，也就同時體現他們有多受苦。自然多變，神近乎自然，而神／自然從不在乎人們因爲他們的善變而受苦。享受與受苦正是黑白之間的一體兩面。

〈骰子與牛虻〉出現了疱瘡神。天花作爲古代的不治之症，疱瘡神代表的疫病在歷朝歷代奪走多少人命。祂是災禍，卻又被視爲神。由此體現人的敬畏。在神道的世界觀下，神明不是用善惡判斷，也不因所行就少了祀奉和敬畏。這在三島屋的阿勝身上體現尤爲強烈，她身染皰瘡，痊癒後美麗的臉上因此留下疤痕，卻不懷恨，也曾在之前故事中，以此驅散惡靈。宮部美幸讓阿勝這樣說道：「眞希望日後我也能親眼拜見疱瘡神。因爲對我來說，祂是這世上最尊貴、強大，同時也最美的神明。」

神明是無常。自然也是無常。自然強大而美麗。神也是如此。人只能接受祂，感受祂。就算祂多變。但連這份無常都是美麗的。都是必須敬畏的。

宮部美幸的井開在這裡。不只是借用神道神明世界觀這麼簡單，而是進入的神話深層，其實連接了大和民族的精神內裡。

大哥沒有輸：故事存在的意義是什麼？

黑白之間的規則是「在奇異百物語聽到的故事，說完就忘，聽過就忘」。仔細想想，這條規則多奇怪，說的人忘記了，聽的人也忘記了，那說故事和聽故事到到底有什麼意義？

宮部美幸於《如前所述》中再一次揭露故事的本體。故事如果存在意義，那故事的法則可以歸納爲這一條：「我們無法改變事實，但我們可以決定眞相。」

這句話聽起來很矛盾，卻是故事背後運行的唯一眞理。

事實是無法改變的，但眞相可以。因爲眞相可以被詮釋。

這使得〈陶鍋妻〉有兩種讀法。像是這則怪談中的本體——陶鍋。當鍋蓋子打開了，裡頭空空如也。所以你可以只讀結局。黑白之間裡說故事之人的大哥死掉了。他被河汎捲走了。如果你是這樣想的，那〈陶鍋妻〉就是自然吞噬人類的悲劇。大哥的消失是哀傷的死亡。蒼天無情，自然視萬物爲芻狗。

但在陶鍋打開之前，你總覺得那裡頭有東西。你不知道那是什麼，但你想像那其中必然有什麼，於是，你用故事充滿了它。那個陶鍋裡的空，其實是滿，那個無，便成了有。在那個沒打開的陶鍋裡，甚至存在有神。而人還可以和神相愛。當你這樣解讀，〈陶鍋妻〉就成爲愛的故事。大哥沒有輸。大哥死了，但他跟他所愛的人在一起。大哥得到了超越人世間的至福。

事實沒法改變。人死了就是死了。但眞相可以被詮釋。

於是故事成爲人類憑依的存在。如前所述，自然是無常的，甚至是萬能的。能奪走一切。但我們也能述說人類的故事。在這些故事的詮釋中，人與自然互動，人類幫助神明，人類對抗神明，人類有了存在的意義。

讓我們跟著追問，宮部美幸爲什麼要讓少年在神道世界中冒險？

也許因爲，無論在〈骰子與牛虻〉和〈陶鍋妻〉這些以神道爲世界觀的故事中，人類的存在並沒有意義。

但沒有意義這點，正是百物語故事中最有意義的地方。

餅太郎身處六面神的駐殿中，但神自玩自樂，神有專屬的供品（神明的自助餐？），神帶來自己的僕役（國王人馬？）。餅太郎在此的位階，連影子都稱不上。

但正是這樣沒有存在感的人類介入了神明的事情，你瞧，是人類讓燕子神贏了賭局。

沒有意義的人類撼動了神。

這「沒有意義」具備了多大的意義。

一方面，少年餅太郎在這裡完成自我的旅程。他經歷反覆的邂逅，重逢與離別，歡快過，也失去過，然後長大了。這是宮部美幸自己的英雄物語，我們會反覆在她作品中看到，「不封閉，不害怕，要更堅強」。從時代到現代，一個又一個堅強的少年少女們站起來了。他們在旅程中完成自我。成爲大人。宮部筆下所有的少年是同一個少年。

另一方面，餅太郎一個人的旅程，其實就是全人類的旅程。英雄在神的世界中經歷考驗，成爲自己。意義誕生了。故事中敘事的「我」，在這裡變成人類集體的「我們」——自然是很恐怖的，正如神是很恐怖的，但人類可以改變自然——朝著文明的進步踏一大步。

不只是成爲「大」人，故事中孩子長成了成年人。也是成爲大「人」，所述如前，人類集體更朝大歷史「前」頭邁進了。

我們的百物語

「我」以及「我們」誕生了，這件事情非常重要。

自然是無常。但人類可以對抗自然。人類影響自然。

宮崎駿在《神隱少女》之外，述說了這類故事的另一種變形方式。那就是《魔法公主》和《風之谷》。在這些故事中，人改變了自然。自然被破壞了，神被汙染了。神明滿身泥濘，鹿神倒地，山豬神要人類付出代價。

在宮部美幸的小說中也提醒了我們這點。〈骰子與牛虻〉中男孩和女孩為何被拉出神之世界？可不正因為現實世界中新的人類統治者斬殺了祭拜者，焚毀了神社。政治介入了。

人類的權力毀壞了神之境。

小說在此借用餅太人之口談到，「『我們』的神明被殺死了。」

故事讓我們辨明了善惡。理解了「我們」，也就知道存在「他們」。知道是什麼讓「我們」受到傷害。

神道世界中，就算穿入另一口井，進入喪屍世界，人類對抗「非人」，但最讓小說中人們害怕的，卻不是非人，而是當此世之人提出遷村時，彼岸之人的憂慮：「如果我隨意遷移了，我會被領主所殺嗎？」

甚至，〈如前所述〉威風凜凜的畑作大人，作為故事中的英雄，他行俠仗義。屠殺鬼神，在「非人」之前總能輕鬆以對。「他做事一向冷靜，無畏無懼，看起來彷彿怎樣都不曾失去平常心」，但他真正汗流浹背的那一刻，是抽離故事，帶著彼岸之人回到現世安居，「如果我的文字無法打動主君的心，博取他的信任，一切都將化爲泡影。一想到這點，便筆尖顫抖，難以下筆」、「當初在書信的結尾，寫到『如前所述』這行文字時，不小心在上頭滴落汗珠，只得重寫」。

人類擔心的，依然是政治與人情。

宮部美幸的百物語在這裡很成人，不只是大人的故事，也是現代的故事。

所以，如何面對政治？或者，這個詞彙如果太現代或者太激進，我以爲，小說家說的是，「我們息息相關。」

就算政治是人類之事。乍看是人類因爲權力更迭造成生活發生改變，但是，人的政權變化，竟連諸天神明都因此震動。

「我們」是一體的。無論是說故事的人，還是聽故事的人。無論是池塘的這一邊，還是通往未知宇宙的另一頭。無論是人類，或是自然，乃至神明。

這就是宮部美幸獨特的創造了。小說家極致體現了「我」的表述，卻是爲了創造「我們」。

如前所述，無論是神道世界，或是喪屍世界觀，宮部美幸汲取了故事原型中的元素，但在這些元素中，又提供了自己的詮釋，以此捏塑了獨特的輪廓。那使得宮部美幸的故事既公眾，又個人，出入於神話之間，又滿含創造的神采。有自己的詮釋，也有歷史的背景。並且也保留有讀者解讀的空間，讓我們去思考。

至此，這已不只是「百物語」，不只是宮部美幸的百物語，而是「我們」的百物語。

據說，百物語說完九十九則，到第一百則，就會發生異事喔。

我不免想，這所謂的「異」，會不會就是「我們」的誕生？

當我們成爲故事的一部分，當故事成爲我們的一部分，接下來，帶著故事的我們會活出怎樣的新故事呢？

故事的力量在此。
所述如前，由此啓後。

作者簡介

陳栢青

一九八三年台中生。台灣大學台灣文學研究所畢業。出版有長篇小說《尖叫連線》、短篇小說集《髒東西》、散文集《Mr. Adult 大人先生》。另曾以筆名葉覆鹿出版小說《小城市》。

宮部美幸

作品集 / 79
Miyabe Miyuki

如前所述

國家圖書館出版品預行編目資料

如前所述——三島屋奇異百物語八 / 宮部美幸著；高詹燦譯. - 初版.- 臺北市：獨步文化：家庭傳媒城邦分公司發行, 2024.09
面；　公分. --（宮部美幸作品集：79）
譯自：よって件のごとし——三島屋変調百物語八之続
ISBN 9786267415115（平裝）
9786267415092（EPUB）
861.57　　112021557

YOTTE KUDAN NO GOTOSHI
-MISHIMAYA HENCHO HYAKUMONOGATARI HACHI NO TSUZUKI
by MIYABE Miyuki

Originally published in Japan by KADOKAWA CORPORATION, Tokyo.
Chinese (in complex character only) translation rights arranged with RACCOON AGENCY INC., Japan through THE SAKAI AGENCY.

Illustration by Ai Miyoshi
Illustration usage permission arranged with KADOKAWA CORPORATION, Tokyo through TOHAN CORPORATION, Tokyo.

原著書名 / よって件のごとし——三島屋変調百物語八之続・原出版者 / 角川書店・作者 / 宮部美幸・翻譯 / 高詹燦・責任編輯 / 陳盈竹・行銷業務部 / 徐慧芬、李振東・編輯總監 / 劉麗真・事業群總經理 / 謝至平・發行人 / 何飛鵬・出版 / 獨步文化 115台北市南港區昆陽街16號4樓　電話：886-2-25000888　傳眞：886-2-2500-1951・發行 / 英屬蓋曼群島商家庭傳媒股份有限公司城邦分公司 115台北市南港區昆陽街16號8樓・客服專線：02-25007718；25007719　24小時傳眞專線：02-25001990；25001991服務時間：週一至週五上午09:30-12:00；下午13:30-17:00　劃撥帳號：19863813　戶名：書虫股份有限公司讀者服務信箱：service@readingclub.com.tw　城邦網址：http://www.cite.com.tw・香港發行所 / 城邦（香港）出版集團有限公司 香港九龍土瓜灣土瓜灣道86號順聯工業大廈6樓A室　電話：852-25086231　傳眞：852-25789337　電子信箱：hkcite@biznetvigator.com・馬新發行所 / 城邦（馬新）出版集團 Cite（M）Sdn. Bhd.（458372U） 41, Jalan Radin Anum, Bandar Baru Seri Petaling,57000 Kuala Lumpur, Malaysia. 電話：+6(03)-90563833　傳眞：+6(03)-90576622・封面及內文插畫 / 三好愛・封面設計 / 蕭旭芳・排版 / 游淑萍・印刷 / 中原造像股份有限公司・2024年9月初版・2024年10月4日初版2刷・定價 / 540 元
Printed in Taiwan　ISBN 9786267415115（平裝）9786267415092（EPUB）

獨步文化
APEX PRESS

廣	告	回	函
北區郵政管理登記證			
台北廣字第000791號			
郵資已付，免貼郵票			

115020台北市南港區昆陽街16號4樓

英屬蓋曼群島商家庭傳媒股份有限公司

城邦分公司

請沿虛線對摺，謝謝！

獨步文化
APEX PRESS

書號：1UA079	書名：如前所述：三島屋奇異百物語八	編碼：

請於此處用膠水黏貼

獨步文化 APEX PRESS

讀者回函卡

謝謝您購買我們出版的書籍！

請費心填寫此回函卡，我們將不定期寄上城邦集團最新的出版訊息。

姓名：＿＿＿＿＿＿＿＿＿＿　性別：□男　□女

生日：西元＿＿＿＿年＿＿＿＿月＿＿＿＿日

地址：＿＿＿＿＿＿＿＿＿＿＿＿＿＿＿＿＿＿

聯絡電話：＿＿＿＿＿＿＿＿＿＿　傳真：＿＿＿＿＿＿＿＿

E-mail：＿＿＿＿＿＿＿＿＿＿＿＿＿＿＿＿＿＿

學歷：□1.小學　□2.國中　□3.高中　□4.大專　□5.研究所以上

職業：□1.學生　□2.軍公教　□3.服務　□4.金融　□5.製造　□6.資訊

□7.傳播　□8.自由業　□9.農漁牧　□10.家管　□11.退休

□12.其他＿＿＿＿＿＿＿＿＿＿＿＿＿＿＿＿

您從何種方式得知本書消息？

□1.書店　□2.網路　□3.報紙　□4.雜誌　□5.廣播　□6.電視

□7.親友推薦　□8.其他＿＿＿＿＿＿＿＿＿＿

您通常以何種方式購書？

□1.書店　□2.網路　□3.傳真訂購　□4.郵局劃撥　□5.其他

您喜歡閱讀哪些類別的書籍？

□1.財經商業　□2.自然科學　□3.歷史　□4.法律　□5.文學

□6.休閒旅遊　□7.小說　□8.人物傳記　□9.生活、勵志　□10.其他

對我們的建議：＿＿＿＿＿＿＿＿＿＿＿＿＿＿＿＿

＿＿＿＿＿＿＿＿＿＿＿＿＿＿＿＿

＿＿＿＿＿＿＿＿＿＿＿＿＿＿＿＿

為提供訂購、行銷、客戶管理或其他合於營業登記項目或章程所定業務需要之目的，家庭傳媒集團（即英屬蓋曼群島商家庭傳媒股份有限公司城邦分公司、城邦文化事業股份有限公司、書虫股份有限公司、墨刻出版股份有限公司、城邦原創股份有限公司），於本集團之營運期間及地區內，將以mail、傳真、電話、簡訊、郵寄或其他公告方式利用您提供之資料（資料類別：C001、C002、C003、C011等）。利用對象除本集團外，亦可能包括相關服務的協力機構。如您有依個資法第三條或其他需服務之處，得洽詢本公司服務信箱cite_apexpress@cite.com.tw請求協助。相關資料不提供亦不影響您的權益。

□我已詳讀權利義務之相關條款，並同意遵守。

請於此處用膠水黏貼

宮部みゆき